Martin Arz

Der GOTTSTEHUNSBEI

HIRSCHKÄFER verlag

Als ob der Herrgott die Welt nicht schon ohnehin mit harten Wintern, verregneten Sommern und dramatischen Missernten aufs Schärfste gestraft hätte: Eine grässliche Mordserie erschüttert München im Jahr 1430 – und das kurz nachdem ein Brand die halbe Stadt in Schutt und Asche gelegt hat. Nun scheint im Umland eine teuflische Bestie ihr Unwesen zu treiben, die ihre Opfer aufs Grausamste entstellt. Die einzige Augenzeugin ist sich sicher: Sie hat den Gottstehunsbei gesehen – den Leibhaftigen daselbst.

Zwar fühlt man sich hinter den hohen Mauern der Stadt und im Schutz der vielen Kirchen und Klöster sicher, doch der Gottstehunsbei zieht seinen Kreis immer enger um die Stadt. Und das ausgerechnet, als die große Dult bevorsteht! Der Magistrat beauftragt daher eines seiner Mitglieder mit der Aufklärung: Tassilo Stubenruß. Der junge Spross einer mächtigen Patrizierfamilie gilt als höchst erfolgreich in Sachen Müßiggang sowie Schürzenjagd und er dilettiert zudem ebenso eifrig wie erfolglos in der Dichtkunst. Nichts liegt ihm ferner, als seinen heimeligen Landsitz in Untergiesing zu verlassen und bei Dauerregen im Morast nach Leichen und Teufeln zu wühlen. Doch er sieht sich schließlich genötigt, der Spur des Leibhaftigen zu folgen. Gemeinsam mit seinem treuen Diener durchforstet er die tristen Dörfer der Gegend und die schmutzigen Gassen Münchens. Die beiden begegnen Hunger und Leid, Liebe und Aberglauben, Missgunst und Rachsucht – und zuletzt dem Gottstehunsbei höchstselbst.

Martin Arz, geboren 1963 in Würzburg, schrieb als freier Autor für einige Magazine und arbeitete als PR-Berater, bevor er sich ganz der Malerei und dem Schreiben widmete. Martin Arz veröffentlichte zahlreiche Krimis, allein sechs davon mit seinem Hauptprotagonisten Max Pfeffer, und mehrere Sachbücher über die Stadt, in der er lebt und arbeitet: München. »Der Gottstehunsbei« ist sein zweiter historischer Roman.

Historische Romane:

- Die wilde Reise des unfreien Hans S.

Max-Pfeffer-Krimis:

- Das geschenkte Mädchen · Max Pfeffers 1. Fall
- Reine Nervensache · Max Pfeffers 2. Fall
- Die Knochennäherin · Max Pfeffers 3. Fall
- Pechwinkel · Max Pfeffers 4. Fall
- Westend 17 · Max Pfeffers 5. Fall
- Geldsack · Max Pfeffers 6. Fall

Allach
Untermenzing
Moosach
Milbertshofen
Freymann
Obermenzing
Straße nach Dachau
Gern
Kemnaten
Neuhausen
Schwabing
Straße nach Freising
Johanneskirchen
Bogenhausen
Pasing
Straße nach Augsburg
Laim
München
Straße nach Wien
Riem
Haidhausen
Straße nach Wasserburg
Au
Berg am Laim
Untersendling
Untergiesing
Ramersdorf
Gräfelfing
Hadern
Mittersendling
Obergiesing
Thalkirchen
Perlach
Obersendling
Harlaching
Harthausen
Unterbiberg
Straße nach Rosenheim
Solln
Forstenried
Hachinger Bach
Isar
Unterhaching
Taufkirchen
Grünwald
Oberhaching
Straße nach Wolfratshausen
Straße nach Tölz
Deisenhofen
Straßlach
Schäftlarn
Dingharting
Sauerlach

München anno 1430
1 Rathaus
2 Oberrichterhaus
3 Stadtwaage
4 Heilig-Geist-Spital
5 Spitalfriedhof
6 Roßschwemme
7 St. Peter
8 Angerkloster
9 Gemaine Töchterlein
10 Henker
11 Inneres Sendlinger Tor
12 Schöner Turm
13 Augustinerkloster
14 Marienkapelle
15 Unser Frauen Friedhof
16 Alter Hof
17 Barfüßerkloster
18 Barfüßerfriedhof
19 Neuveste
Kapellen/Kirchen
Klöster/Seelhäuser
Bäder
Martin Arz fecit 2018
Hauptstatt
Neuhauser Tor
Straße nach Augsburg
Sendlinger Tor
Straße nach Sendling
Angertor
Angermühle
Glockenbach
Westermühlbach
Pest-friedhof
Kuhgassl
Prandasgasse
Kreuzgasse
Salzstadl
Salzstadl
Barts Gassen
Vingergasse
Seemüllers Gassl
Enges Gassl
Gilgengassl
Weite Gasse
Kistlergasse
Steinmetzengassl
Schäfflergasse
Neuhauser Gasse
Weinstraße
Schrei
Holzmüllners Gassl
Gießers Gassl
Dunkles Gassl
Kaufinger Gasse
MARKT
Rörerspeckengasse
Elend (Saumarkt)
Bei den Linden
Rosengasse
Brunngasse
In dem grünen Ängerlein
Färbergraben
Rindermarkt
Hackengassl
Schmalzgasse
Sendlinger Gasse
Dultgassl
Krottental
Hebammengassl
Staingassl
Schiffe
Anger (Dultplatz)
Schmiedgassl
Gänsbühel
Tegernseer Gassl
Scharfrichtergassl
Rossmarkt
Großer Angerbach
Kleiner Angerbach

Schwabinger Tor
Gasse
Vordere Schwabinger Gasse
19
Köglmühlbach
17
18
engassl
ergassl
Barfüßergassl
Burggraben
gassl
16
Wurzer Tor
Kainzmühlbach
Graggenau
gasse
Burgstraße
Seerieder Gassl
Pfisterbach
Lederergasse
Einschüttbach
Germbach
1
2
3
4
Tal
Auf dem Germ
Fischergassl
Fischerbach
Radlsteg
5
Isartor
Stadthammerschmiedbach
Hainmühle
Spital der
Sondersiechen
Untere Kaiblmühle
Untere
Lände
Gasteig
liggeistmühlbach
Kaiblmühlbach
Wasserturm
Au

Das Grauen, das München in jenem kalten, feuchten Sommer des Jahres 1430 heimsuchte, konnte nach Ansicht vieler nur eines bedeuten: Gott zürnte dem Land und wollte es strafen. Die Vorzeichen waren überdeutlich gewesen: Ein Jahr zuvor hatte ein schwerer Brand in der Stadt gewütet und beinahe ein ganzes Stadtviertel vernichtet, kurze Zeit später war die Isarbrücke teilweise eingestürzt. Im Frühjahr 1430 fielen die Hussiten mordend und brandschatzend in Niederbayern ein. Und dann regnete es fast ununterbrochen. Die Bauern konnten den Feldfrüchten beim Verderben zuschauen. Wenn das keine Zeichen waren!

Doch dass der Gottstehunsbei, der Leibhaftige in persona, kommen würde, um scheinbar wahllos Seelen zu pflücken, hatten selbst die größten Pessimisten nicht für möglich gehalten.

1 Die Gurkenhemma

Regen. Regen. Regen. Was reimte sich auf Regen?
Segen. Sägen. Verwegen. Degen. Mägen. Fegen. Beieinandergelegen.

»So sind wir im Regen
mit vollen Mägen
verwegen
beieinandergelegen.«

Tassilo ließ die Feder sinken. Außer Kinderkram fiel ihm nur Schweinkram ein. Frustriert zerbrach er den Gänsekiel. Tinte tropfte auf den Tisch, das trockene Holz saugte sie weg wie immer. Fleck an Fleck. Aus Wut über die Leere in seinem Hirn, das Tintenfass gegen die Wand zu schleudern, juckte ihn zwar in den Fingern, doch als er es das letzte Mal gemacht hatte, hatte er dabei die unangemeldet den Raum betretende und die Wurfbahn kreuzende hochwürdige Mutter Äbtissin vom Angerkloster mitten auf die Stirn getroffen. Höchst unangenehm, auch wenn die hochwürdige Mutter Äbtissin durch ihr spontanes Eintreten selbst einen Großteil der Schuld trug, ganz zu schweigen von ihrem Verstoß gegen Anstand und Etikette.

Regen. Regen. Der ständige Regen hielt die Musen fern. Selbst die besten Dichter – und Tassilo Stubenruß war sich sicher, dass er zu deren engstem Kreise zählte – konnten da verzweifeln. Wie sollte er je die Aufnahme bei den Meistersingern schaffen, wenn es immer nur schüttete? Das Frühjahr war viel zu kalt gewesen, und seit Mai gab es kaum einen trockenen Tag. Jetzt war Mitte Juli. Die Ernte würde auf den Feldern verfaulen. Was heißt, würde. Sie verfaulte bereits. Ein weiterer Hungerwinter kündigte sich an. Mit dem Regen hatte sich die Kälte festgesetzt. Im sogenannten Hochsommer bereits einen Gutteil des Feuerholzes verbraucht zu haben … Tassilo schüttelte es bei dem Gedanken, was das wieder an ausgemergeltem Lumpenpack bettelnd und Frostbeulen vorzeigend an seine Haustüre schwemmen würde. Und die Gurkenhemma, diese gutmütige und einfältige Seele, würde wieder großzügig geben, geben, geben. Essen wie Feuerholz. Alles sein Eigentum! Mit fremdem Gut ist leicht großzügig sein. Aber der Gurkenhemma konnte er nicht böse sein, war sie doch seine geliebte Amme. Natürlich benötigte ein stolzer Patrizier von vierundzwanzig Jahren keine Amme mehr, aber wenn man früh, ja, viel zu früh Waise geworden war, ließ man seine Gurkenhemma eben nicht einfach so gehen. Statt um ihn kümmerte sich die Alte nun um den Haushalt. Also auch wieder um ihn.

Die Ereignisse in jenem Schreckenssommer 1430 hatten nach Ansicht vieler unmittelbar mit dem Wetter zu tun. Gott strafte sie für ihre Vergehen und Sünden. Und die Sünde, das wussten alle aus der Kirche, haftete bereits an einem neugeborenen Säugling. Die Menschen nahmen es hin, wie es kam. Der Herrgott setzte in seinem unergründlichen Plan das Schicksalsrad in Bewegung, und dagegen kam man nicht an. Man konnte versuchen, das Rad ein bisschen zu beeinflussen, indem man sich geißelte, viel Geld an die Kirche spendete oder der Jungfrau Maria und allen Heiligen mit Gebeten in den Ohren lag. Am besten eine Kombination aus allem. Ansonsten fügte man sich und dachte nicht weiter nach. Denken konnte man sich nur leisten, wenn man entweder reiche und mächtige Gönner auf seiner Seite hatte oder wenn man selbst reich war. Das eine bedingte natürlich nicht das andere. Die Dummheit war manchen Reichen geradezu ins Gesicht geschrieben. Und manch Armer musste für sein Denken teuer bezahlen. Denken konnte schnell tödlich enden. Tassilo Stubenruß gehörte zu den Menschen, die es sich leisten konnten zu denken. Auch wenn er noch zu jung und zu unerfahren war, um sich der Macht seiner Möglichkeiten bewusst zu sein – sowohl was die Macht des Denkens als auch die Macht des Geldes betraf.

Regen. Den Bart pflegen. Das reimte sich. Also trimmte Tassilo ein wenig seinen Bart. Nicht, dass es wirklich nötig war. Er pflegte seinen Bart mit Hingabe, genauso wie sich selbst. Er war kein wirklich schöner Mann, aber doch recht ansehnlich, und er hielt sehr auf sein Äußeres. Stets nach der neuesten Mode gekleidet. Seine Schnabelschuhe waren immer einen Tick spitzer und geschwungener als die Schuhe anderer. Er liebte kräftige Farben und starke Kontraste. Heute hatte er sich allerdings gegen das Ensemble aus knallenger, rot-gelb gestreifter Hose und grünem Wams entschieden. Zu auffällig für die Sitzung, die er nachmittags hatte. Rote Hose und dunkeloranger Wams würden bei den alten Herren besser ankommen.

»Bei allen 350 Märtyrern von Apameia am Orontes!« Die Gurkenhemma betrat sein Zimmer. »Dieses Wetter! Ich sage Euch, junger Herr, daran ist dieses ägyptische Volk schuld. Die haben alles Unglück der Welt mitgebracht aus ihrem sündigen Ägyptenland.«

»Rede nicht solchen Unsinn, Hemma«, tadelte Tassilo die Alte. »Das sind auch Christenmenschen. Und sag nicht ägyptisches Volk. Das gehört sich nicht. Man sagt jetzt Zigan oder Ziganische …«

»Das ist mir egal, wie man die jetzt nennt. Ziganische!« Die Amme stemmte die Fäuste in die Hüften. »So weit kommt es noch, dass man Dinge nicht mehr beim Namen nennen darf. Ich sage Euch, das ist nicht normal, was es die letzten Jahre regnet. Seit unsere Herzöge diese … Ziganischen ins Land gelassen haben, geht es abwärts. Man sieht es doch überall. Wo die auftauchen, verschwindet Wäsche von der Leine und Vieh von der Weide! Und, seid Ihr mit Eurem Gedicht weitergekommen?« Eine ihrer Spezialitäten waren sprunghafte Themenwechsel.

»Nein. Kaum. Der Regen inspiriert mich nicht.«

»Mein armer junger Herr! Warum schreibt Ihr nicht einfach mal etwas Hübsches über Blumen oder so. Vergissmeinnicht zum Beispiel, junger Herr. Die mag ich. Die sind hübsch und duften so gut. Und Gedichte über Blumen kommen in der Damenwelt sehr gut an, das könnt Ihr mir glauben. Euer Vater selig würde sich im Grab umdrehen, wenn er wüsste, dass Ihr mit euren vierundzwanzig Jahren immer noch nicht verheiratet seid! Von Eurer Mutter, Gott hab sie selig, ganz zu schweigen. Wollt Ihr denn ledig sterben?«

»Hemma! Lass meine Eltern aus dem Spiel. Ich werde heiraten, wenn ich heirate. Und über Vergissmeinnicht können die effekthascherischen Minnesangbübchen ihre schwülstigen Machwerke ergießen, von denen ich nur Brechreiz bekomme. Meine Kunst, Hemma, das dürfte auch dir schon aufgefallen sein, geht tiefer! Und dieser Regen … Ach …« Er seufzte melodramatisch.

»Mein armer junger Herr, Ihr dauert mich so. Ja, das sind keine Zustände. Bei den heiligen Gebrüdern Wolfadus und Rufinus, ich bete jeden Tag dafür, dass dieser Regen endlich aufhört. Das ganze Bayernland ist in Unruhe. Gestern erst habe ich zum heiligen Onesimus gebetet und habe ihn gefragt, ob uns wieder ein Hungerwinter bevorsteht.«

»Und?«, fragte Tassilo. Die Gurkenhemma und ihre Heiligen. Sie kannte alle, mehr als jeder Pfaffe. Es war ihr Versuch, das Schicksalsrad zu beeinflussen. Sie überraschte Tassilo immer wieder mit neuen, bislang nie gehörten Seligen oder Heiligen, an die sie sich fortan zu wenden verkündete, weil die anderen vorher nicht so geholfen hatten wie erhofft. Nachzufragen hatte der junge Herr Stubenruß längst aufgegeben. Früher hatten er und seine Schwester die Amme gerne aufgezogen. So hatten sie beispielsweise schwer bezweifelt, dass es wirklich eine heilige Hemma von Gurk gab. Nur weil die Amme selbst Hemma hieß, musste es beileibe keine gleichnamige Heilige, noch dazu »von Gurk«, geben. Heilig war sie wirklich nicht, die Hemma, aber selig, so berichtete der Pfarrer von Giesing außer Atem. Außer Atem, denn die Amme hatte ihn am Kragen den ganzen Weg von der kleinen Obergiesinger Dorfkirche zum Sitz der Familie Stubenruß in Untergiesing hinter sich hergezerrt. Ja, hatte der Pfarrer geschnauft, die selige Hemma kam aus der Stadt Gurk im Land Kärnten, was zum Erzherzogtum Österreich gehöre, und man rief sie gerne an, weil sie für glückliche Entbindungen sorgte und gegen Augenleiden sowie Epilepsie half, die selige Hemma von Gurk. Zwar hatte der Pfarrer die Geschichte der Amme bestätigt, doch längst hatte diese ihren Spitznamen bei den Stubenrußkindern weg: Gurkenhemma. Inzwischen kannte man sie in ganz München unter diesem Namen.

»Was und?« Die Amme starrte missbilligend auf den neuen Tintenfleck auf dem Schreibtisch.

»Steht uns ein neuer Hungerwinter bevor? Was hat dir der heilige Ominösus gesagt?«

»Versündigt Euch nicht, Herr Dassl.« Sie nannte ihn gerne immer noch Dassl. Als kleiner Bub hatte Tassilo seinen Namen nicht richtig aussprechen können und stets Dassl gesagt. Genauso sagte sie weiterhin »junger Herr«, obwohl Tassilos Vater seit rund zehn Jahren tot war. »Es war der heilige Onesimus. Und ja, es sieht wohl nach einem Bohnenwinter aus!«

»Ist auch sehr schwer vorherzusagen, wenn die Ernte im Regen verfault.«

»Junger Herr Dassl«, die Gurkenhemma wurde streng. »Die Ernte geht kaputt, weil der Bilwis sein Unwesen treibt!« Wie um ihre Worte zu unterstreichen, knallte ein Vogel außen gegen das Fenster und taumelte benommen im Sinkflug davon.

»Ah, mein Herz!«, kreischte die Gurkenhemma. »Da selbst die Vögel …«

»Der Bilwis«, unterbrach Tassilo betont laut seufzend, damit nicht auch noch ein unglückliches Vöglein als böses Omen herhalten musste. Bilwis! Jetzt kam die Alte mit diesem absurden Aberglauben vom Getreidedämon Bilwis an, der die Felder verwüstet. »Gerade waren es noch die Ziganischen.«

»Ja, der Bilwis. Den hat das ägyptische Volk wiedererweckt. Die Mauerbichlerin hat ihn gesehen! An Peter und Paul. Da ist der Bilwis mit seiner Sichel über die Felder getanzt und hat alles platt getreten.«

»Die Mauerbichlerin wird ihren vermaledeiten Mann herumtanzen gesehen haben. Der ist ein Säufer vor dem Herrn und hat sein eigenes Feld verwüstet. Der Bilwis! Jetzt ist gut, Hemma.«

»Das ist das große Problem mit den jungen Leuten von heute! Da schickt man sie zur Schule, und was kommt dabei raus? Alles wollen sie besser wissen. Es fehlt ihnen der Glaube …«

»Jetzt ist gut, Hemma!«, wiederholte Tassilo scharf. »Geh und sag Christoffel Bescheid, dass wir in einer halben Stunde aufbrechen. Und wartet nicht auf meine Rückkehr heute. Es wird sicher spät, und ich übernachte in der Stadt beim Mathes.«

»Beim Fenggenmathes?«

»Kenne ich noch einen anderen Mathes?«

»Was weiß denn ich, junger Herr. Aber ich finde, der Fenggenmathes ist kein Umgang für Euch. Reichtum allein macht noch keinen Herrn. Und er ist … seltsam. Ach, die Stadt!« Die Gurkenhemma seufzte und kreuzte die Arme vor der Brust. »Seht Ihr auf der Baustelle nach, wie weit sie sind? Ach, was schwätze ich dummes Weib, natürlich seht Ihr nach. Ich möchte endlich wieder in die Stadt zurück. Dieses Landleben hier … das ist doch kein Leben! Wer möchte schon freiwillig auf dem Land leben? Also ich gewiss nicht.«

»Du vermisst doch nur den Tratsch deiner Freundinnen«, triezte Tassilo seine Amme, um sich von seinen Gedanken abzulenken, denn auch er hasste dieses Landleben. Gut, in heißen Sommern war es sehr angenehm, dem Stadthaus sowie den engen, überhitzten, bestialisch stinkenden Stadtgassen zu entfliehen und sich im Sommersitz der Familie, der Burg Untergiesing hoch oben über dem Tal der Isar, den frischen Wind durch die Haare wehen zu lassen. Für ein paar sonnige Wochen war das famos. Ein wenig an Blumen schnuppern und bunte Insekten beobachten – ein amüsanter Zeitvertreib, dessen man jedoch bald überdrüssig werden konnte. Und nur möglich, wenn die Sonne schien.

Doch wenn es dauernd regnete? Und abgesehen davon, welcher ernsthafte Dichter konnte sich schon auf dem Land inspirieren lassen? Und wovon? Von Bauern und Misthaufen? Von Säuen und Hühnern? Von Schwachsinnigen und Aussätzigen? Kein Wunder, dass die Gurkenhemma mit ihren Vergissmeinnicht ankam. Das Land verblendete die Sinne. Gut, er musste zugeben, dass er vor zwei Jahren an einem herrlichen Sommertag auf einer Wiese am Waldrand kämpfende Hirschkäfer beobachtet hatte und davon inspiriert eine vielfach bewunderte Ode an den Hirschkäfer geschrieben hatte.

Tassilo Stubenruß sehnte sich nach dem Leben in der Stadt zurück, da roch es zwar meist erheblich schlechter, aber da gab es pulsierendes Leben, Kunst, Kultur, die Meistersinger, Weinstuben und natürlich Frauen. Tassilo sah sich so sehr als Stadtmensch, dass er gelegentlich mit dem Gedanken spielte, in eine richtig große Stadt zu ziehen. Nach Augsburg zum Beispiel. Das war beinahe doppelt so groß wie München, und jedes Mal, wenn er dort zu Besuch weilte, erfasste ihn dieser Rausch der echten Urbanität. Und wenn der weit gereiste Honlin Eßwurm von seinen Besuchen in die Metropolen dieser Welt berichtete – als einer der führenden Tuchhändler Münchens kam er nach Gent, Antwerpen und sogar Paris –, dann hing Tassilo fasziniert an seinen Lippen. Paris! Ein wenig zu träumen, erlaubte er sich. Doch von Paris aus wäre der Weg zu seinen Ländereien viel zu weit.

Bei jedem Besuch unten in München drängte er die Arbeiter, sich mit seinem Neubau in der Prandasgasse zu beeilen, damit sie noch vor dem Winter fertig wurden. Aber ganz München glich einer einzigen Großbaustelle. Die neue Stadtmauer mit ihren Wehranlagen und Türmen war noch nicht überall fertiggestellt, und der große Stadtbrand im Vorjahr hatte für viele weitere Baustellen gesorgt. Das Feuer hatte das Stubenrußsche Anwesen vernichtet, doch sie waren bei Weitem nicht die einzigen Abgebrannten. Der verheerende Brand hatte ausgerechnet das Kreuzviertel zerfressen, in dem vor allem die Wohlhabenden residierten. Nun hockten die reichen Münchner Familien in umliegenden Dörfern auf ihren Landsitzen und versuchten verbiestert, sich gegenseitig auszustechen, wer als Schnellster wieder sein Stadtpalais beziehen konnte. Die Preise und Löhne stiegen und stiegen. Gute Baumeister ließen sich ihre Dienste vergolden. Wer es sich leisten konnte, holte Baumeister aus dem Ausland, aus dem Fränkischen, aus Tirol oder Italien. Alles kein Thema für Tassilo Stubenruß, zum einen verdiente er prächtig an der allgemeinen Bautätigkeit, zum anderen war er ohnehin nicht nur wohlhabend, sondern – wie bereits erwähnt – richtig reich. So reich, dass sein neues Stadthaus als eines der ersten fertiggestellt sein würde. So reich, dass es der Abt des Augustinerklosters einmal »obszön« genannt hatte, weshalb besagtes Kloster seitdem ohne Zuwendungen der Stubenruß' auskommen musste. So reich, dass selbst die Herzöge gelegentlich anklopften, wenn sie schnell ein wenig Geld zur Überbrückung benötigten.

Der Reichtum war den Stubenruß eher zufällig in den Schoß gefallen. Recht wohlhabend waren sie schon seit einigen Generationen, dank geschickter Landkäufe und -verkäufe im Münchner Umland. Hier ein Bauernhof, da ein kleines Gut mit mäßig ertragreichem Ackerland. Doch dann kam ihnen der Umstand zu Hilfe, dass es rings um München keinerlei Natursteinvorkommen gab. Die komplette Stadt bestand aus Holz- und Fachwerkbauten mit Wänden aus Stroh und gestampfter Erde, selbst die Stadtmauer. Jeder kleine Brand geriet zum Fiasko. Man entdeckte zu Großvater Stubenruß' Zeiten – womöglich war es zu Urgroßvaters Zeiten, das wusste Tassilo nicht so genau –, dass die Familie auf einer Goldgrube saß. Unter ihren weitläufigen, einst für einen Apfel und ein Ei vom Kloster Scheyern abgekauften Feldern bei dem kleinen Dorf Haidhausen im Münchner Osten fand man hochwertigen Lehm, aus dem sich feinste Ziegel brennen ließen. Zunächst flache Ziegel, um Dächer zu decken, damit der Funkenflug unterbrochen wurde, und schließlich Backsteine, aus denen sich halbwegs feuerresistente Häuser bauen ließen. Die Stubenrußens betrieben selbst zehn Ziegelbrennöfen und pachteten dann dazu noch Ziegelgrund, den die Stadt erworben hatte, um jedem Bürger zu ermöglichen, zum Selbstkostenpreis günstiges Baumaterial zu erstehen. Alles, was sie über den Stadtbedarf hinaus produzierten, konnten die Stubenrußens frei verkaufen. Nun zählten sie zu den wichtigsten und einflussreichsten Familien Münchens. Was einen Sitz im Inneren Rat der Stadt mit sich brachte.

Und diese Mitgliedschaft im Stadtrat erforderte, dass Tassilo Stubenruß mindestens einmal die Woche nach München zu einer Sitzung musste. So wie heute. Daher die dezente Kleidung. Genau in dem Moment, als er das Haus verließ, hörte der Regen auf. Tassilo nahm den eingefetteten Umhang aus gewalkter Wolle von den Schultern, er war sich sicher, hätte er keinen Umhang umgelegt, hätte es nicht aufgehört zu regnen. Dank seiner hölzernen Trippen beschmutzte er seine Lederschuhe nicht, während er sich mühte, würdevoll durch den rutschigen Matsch im Hof zu schreiten und dabei den sich suhlenden Schweinen auszuweichen.

»Habt Ihr Euer Christophorus-Amulett dabei?«, rief ihm die Gurkenhemma nach.

»Aber ich reite nur nach München, Hemma!«

»Auch auf einem kurzen Weg lauern Gefahren, junger Herr. Ich zünde zur Sicherheit noch eine geweihte Kerze an, damit …« Was sie beim Zurückgehen ins Haus noch brummelte, hörte Tassilo nicht mehr. Vor dem Hoftor wartete sein Diener Christoffel mit dem gesattelten Pferd. Christoffel, von allen nur Stoffel genannt, saß bereits auf seinem Maultier und schob die Kapuze des Regenumhangs vom Kopf. Hinter ihm türmte sich das Gepäck. Man blieb nur eine Nacht weg, aber Tassilo gehörte zu den Menschen, die gerne gut ausgestattet unterwegs waren. Wer wusste schon, wie oft man sich im Laufe eines Tages umziehen musste.

»Wenn der Herr kommt, lacht die Sonne!«, rief Stoffel fröhlich.

»So gehört es sich auch«, antwortete Tassilo ebenso fröhlich. Er mochte den jungen Burschen, seit der vor siebzehn Jahren als ein kaum einige Tage altes

Findelkind nachts vor die Tür der Stubenrußens gelegt worden war. Man hatte sich des Kindes mildtätig angenommen und im Haus aufgezogen. So wuchs der Bub gleichsam natürlich in seine Rolle als persönlicher Diener für Tassilo hinein. Für Tassilo war Stoffel fast wie ein jüngerer Bruder oder kleiner Neffe, aber nur fast, denn das Schicksal hatte ihnen völlig unterschiedliche Plätze in diesem Spiel namens Leben zugewiesen.

Es gab dann doch immer wieder diesen Moment, in dem Tassilo den Landsitz auf dem Hochufer der Isar liebte. Wenn er wie jetzt auf seinem Pferd saß, über das weite Flusstal blickte und dort unten seine Stadt liegen sah. Von Westen schob lichtes Blau die Regenwolken hinweg. Münchens Kirchtürme und einige Hausdächer glitzerten im Sonnenlicht. Wie gewöhnlich ritt er nicht sofort über den gewundenen Weg den Hang hinunter ins Tal, sondern so lange als möglich oben an der Hangkante Richtung Norden, um den Blick zu genießen. Unten am Flussufer lag das Fischerdorf namens Au. Ein Ort, der in den letzten Jahren erheblichen Zuzug erlebt hatte, weil viele Menschen in der nahen Stadt Arbeit fanden, sich aber das teure Bürgerrecht nicht leisten konnten. Also wucherten die erbärmlichen Siedlungen der einfachen Lohnarbeiter an den Rändern der Dörfer rings um München. Auch damit müsste sich bald der Stadtrat beschäftigen, wusste Tassilo, mit diesen geschwürartig wachsenden Elendsquartieren.

Die Isar führte schlieriges Hochwasser und mäanderte in vielen Seitenarmen durch das breite Tal. Flöße ritten gekonnt auf dem wilden Wasser zielstrebig auf die große Lände links und rechts der Brücke zu. Kräftige Knechte und bullige Zugpferde warteten auf das Anlanden und Entladen der Flöße. Eben kollidierten zwei Flöße beim Versuch, an Land zu kommen. Schon herrschte Gebrüll, die Schlägerei würde nicht lange auf sich warten lassen. Ein weiteres ewiges Thema im Rat: Die Flößerei an sich und im Speziellen die Halunken und Huren, die die beiden stetig wachsenden Häfen Münchens magisch anzogen.

Schließlich gabelte sich der Weg kurz vor der Leprosenanstalt auf dem Gasteigberg. Vor dem Anstaltstor konnte man zwei Aussätzige hocken sehen, die hohen spitzen Hüte und die weiten schwarzen Mäntel, die sie tragen mussten, machten sie weithin sichtbar. Sie bettelten vorbeikommende Fuhrwerke an. Tassilo und sein Diener ritten links die engen Serpentinen des steilen Hügels hinunter zur Brücke am östlichen Isarufer. Ein paar halbwüchsige Burschen lungerten herum. Bäuerinnen warteten darauf, über die Brücke in die Stadt gelassen zu werden. Die drei Torwachen beschäftigten sich, den Weg blockierend, mit zwei Salzfuhrwerken, deren Lenkern und bewaffnetem Begleitschutz. Man diskutierte laut, die Fuhrleute schienen mehr als unglücklich und verängstigt, regelrecht in Panik.

»He«, rief Stoffel laut. »Macht Platz für den Herrn!« Die Bäuerinnen stoben auseinander.

»He, Burschen«, rief Stubenruß, nachdem sich die Wachen nicht bequemten, den Weg frei zu machen. »Was erlaubt ihr euch? Lasst uns gefälligst passieren. Und ihr Wachen lasst die Fuhrleute in Ruhe.«

»Verzeiht, Herr«, antwortete einer der Wachen, ein Rothaariger mit nur noch zwei Zähnen im schiefen Maul. »Wir lassen die Fuhrleute doch in Ruhe …«

»Das sieht mir nicht danach aus. Sind sie bleich und zittrig, oder nicht? Sie sehen verängstigt aus. Warum sollten sie das sein, wenn ihr Halunken sie nicht bedroht habt? Ich werde euch …«

»Nein, Herr, so hört doch.« Der Rothaarige katzbuckelte.

»Für wen fahrt ihr?«, fragte Tassilo die Kutscher und überhörte die Wache einfach.

»Für den Fenggen, Herr«, antwortete der Fuhrknecht, der nicht ganz so verschreckt dreinblickte.

»Den Nepomuk oder den Bartel?« Immerhin gab es zwei Fenggens, um die in München niemand herumkam. Nepomuk und Bartholomäus Fenggen. Brüder, dennoch oder gerade deshalb aufs Bitterste verfeindet. Die zanken sich wie die Fenggens, war in München bereits ein geflügeltes Wort geworden.

»Den Fenggenmuck.«

»Nun, Bursche«, Tassilo drehte sich wieder zum rothaarigen Wachmann. »Das könnte böse für dich enden, wenn du die Wagen des ehrenwerten Stadtrats Fenggen …«

»So hört doch, Herr«, keuchte die Wache. »Die Fuhrleute sind nicht wegen uns so in Aufruhr. Sie haben berichtet, dass sie heute früh …«, er schluckte, »den Bilwis haben tanzen sehen!«

»Den Bilwis?«, echote Tassilo. Erst die Gurkenhemma, nun die Fuhrleute. Sollte also doch etwas dran sein, dass der Getreidedämon die Felder heimsuchte? Die Halbwüchsigen und die wartenden Bäuerinnen drängten neugierig näher heran. »Ich habs dir doch gesagt«, raunte eine der anderen zu.

»Oh nein, nicht der Bilwis«, meldete sich einer der Fuhrmänner mit kratziger Stimme zu Wort. Er bibberte wie ein Häschen vor dem Fuchs und war kreidebleich. »Das war mehr! Das war …«, er fuhr sich mit der Hand über die Stirn und brüllte dann wie von Sinnen: »… der Gottstehunsbei selbst!« Er bekreuzigte sich dreifach. Zwei der Bäuerinnen gaben spitze Kiekser von sich. Alle wichen einen Schritt zurück. Alle zogen scharf die Luft ein oder hielten selbige an und bekreuzigten sich, denn wenn man den Namen des Teufels zu oft aussprach und nicht sofort ein klares Bekenntnis zu Christus nachschob, konnte der Leibhaftige sich herbeigerufen fühlen. Alle machten es so, außer Tassilo. Es gehörte ein wenig mehr dazu, einen Stubenruß aus der Ruhe zu bringen.

»Der Leibhaftige?« Wieder schrie eine der Frauen laut auf und murmelte Stoßgebete. Eine begann sich im Kreis zu drehen und zu einem Rhythmus, den nur sie hören konnte, mit den Füßen zu stampfen.

Tassilo musste lachen. »Sag, wie heißt du?«

»Dietz, Herr.« Der Fuhrmann ballte ängstlich die Fäuste vor seinem Mund und biss auf die Fingerknöchel.

»Der Leibhaftige selbst soll dir begegnet sein, Dietz? Und du lebst noch? Ihr alle lebt noch? Wem wollt ihr diese Ammenmärchen weismachen? Der Herrgott ist gnädig, aber nicht der Leibhaftige. Der hätte euch verschlungen, so wie ihr da steht. Wo soll das denn gewesen sein?«

»Wir kommen aus Rosenheim, Herr. Mit Salz aus dem tirolischen Hall. Wir sind heute beim ersten Morgengrauen in Taufkirchen aufgebrochen, weil wir vor dem Mittagsläuten in München sein müssen. Und kaum waren wir aus dem Ort raus, also vielleicht auf halbem Weg nach Unterhaching, da sah ich ihn! Den Gottstehunsbei mitten auf einem Feld. Riesig war er. Getanzt hat er und Feuer gespuckt. Gegraust hats mir! Jessasmariaundjosef. Ich hab sofort zum heiligen Achatius von Armenien gebetet, dass er mir in meiner Todesangst hilft ...«

»Und du?« Tassilo wandte sich an den anderen Fuhrmann.

»Ich weiß nicht«, antwortete der langsam und zog den Kopf zwischen die Schultern. »Ich bin mir nicht sicher. Ich habe nicht wirklich was gesehen. Der Dietz hat so rumgeschrien und dann gebetet. Weiß nicht. Es war noch so dunkel, und es gab Sprühregen und Nebel. Wenn, dann war es höchstens der Bilwis, aber nicht der Leibhaftige. Würde ich meinen. Ich kenne mich da aber nicht so aus.«

»Würdest du meinen. So o. Obwohl du ja gar nichts gesehen hast.«

»Wahrscheinlich hat mein Gebet zum heiligen Achatius den Gottstehunsbei so schnell vertrieben, dass der Franz«, der Dietz deutete auf seinen Kollegen, »ihn gar nicht mehr sehen konnte.«

»Vielleicht.« Tassilo wandte sich an die Bewaffneten, grobschlächtige Kerle, die nicht nur auf den ersten Blick nicht sehr hell wirkten. »Und ihr? Habt ihr den Gottstehunsbei gesehen? Oder den Bilwis?«

Der eine deutete auf seinen Mund und öffnete ihn kurz. Er hatte keine Zunge. »Oha, herausgeschnitten«, kommentierte eine der Bäuerinnen überflüssigerweise.

»Na ja«, sagte der andere Bewaffnete gedehnt. »Da war schon was, Herr. So ein großes Ding mit Hörnern oder eher mit einem Geweih.«

»Genau!«, rief der Dietz. »Mit Geweih. Mir schauderts jetzt noch!«

»Ein Hirsch wird es gewesen sein!«, rief Stoffel amüsiert. »Ein Hirsch im morgendlichen Dunst, ihr depperten Moosbummerl.«

»Ach ja«, gab der Dietz giftig zurück. »Und wo hast du schon mal einen Hirschen gesehen, der mit einem weiten schwarzen Umhang im Kreis tanzt und dessen Augen Feuer sprühen, depperter Gscheithaferl?«

»Aha«, sagte Tassilo nüchtern. »Da kommen neue Details heraus.« Er wandte sich an die Torwachen. »Sagt, Burschen, sind euch in letzter Zeit öfter Berichte über den Bilwis zu Ohren gekommen? Oder gar den Gottstehunsbei?«

»Oh ja«, nickte der Rothaarige eifrig. Die anderen Wachen schienen nicht sprechen zu wollen oder zu können. Sie drängten sich hinter dem Rücken des Rothaarigen zusammen. »Also nicht über den Leibhaftigen. Aber über den Bilwis. Vorige Woche waren es bestimmt drei oder vier … und erst gestern hat eine Bäuerin aus Ramersdorf Stein und Bein darauf geschworen, dass sie ihn mit einer Sense auf den Feldern tanzen gesehen hat. Das ist kein gutes Zeichen, nicht wahr Herr?« Allgemeines Bekreuzigen. Die tanzende Bäuerin, die kurz aufgehört hatte, sich zu drehen, begann sofort wieder mit ihren Pirouetten, während sie Stoßgebete gen Himmel schickte.

»Das habe ich auch gehört«, murmelte eine der wartenden Frauen und rempelte die Tanzende an. »Mei, Kati, jetzt hör aber mal auf.«

»Der Bilwis ist nie ein gutes Zeichen«, sagte der Fuhrmann namens Dietz und schlug gleich dreimal das Kreuz. Seine Hand zitterte wie ein Weberknecht in einer zugigen Zimmerecke. »Man hat uns in Rosenheim versichert, dass die Straßen bis München sicher sind, Herr. Und dann das!«

»Nun, seid ihr sicher nach München gekommen oder nicht, ihr schlotternden Waschweiber?«, rief Stoffel. »Na also!«

Ein mageres, kleinwüchsiges Männlein quetschte sich zwischen den Menschen hindurch und fluchte leise vor sich hin, dass offensichtlich niemand mehr heutzutage es für nötig hielt, anderen Reisenden Platz zu machen. Zeternd humpelte das Männlein weiter, bis ihm Tassilo »He da, bleib stehen!« zurief. Der Angesprochene drehte sich verwundert um.

»Mein Herr?« Er war so klein, dass er den Kopf ganz in den Nacken legen musste, um zu Tassilo aufschauen zu können.

»Was hast du da in der Hand?«, fragte Tassilo.

Der dürre Mann hob seine linke und öffnete sie. »Nichts. Wieso fragt Ihr, Herr?«

»Öffne die rechte!«

»Die ist schmutzig vom … vom Abort, Herr.« Er wischte sie sich am ohnehin dreckigen Gewand ab, dann hob er die knochige Rechte. Leer.

Tassilo seufzte. »Christoffel«, befahl er. »Rechte Seite.«

Der Diener sprang vom Maultier, nahm das überrumpelte Männlein so in den Schwitzkasten, dass dessen Genick knackte, und durchsuchte gleichzeitig mit geübten Griffen dessen Taschen und Beutel. Schnell lagen ein Holzlöffel, ein Kanten Brot und zwei Zwiebeln auf den Holzbohlen der Brücke. Außerdem noch ein scharfes Messer und fünf Silberpfennige.

»Die Fuhrknechte tun jetzt gut daran, vorsichtig ihre Geldsäcke zu untersuchen«, sagte Tassilo Stubenruß. »Ich sage vorsichtig, weil durch den Schlitz, den der Dieb mit seinem Messer hineingeschnitten hat, noch mehr Münzen entweichen können. Und es wäre doch schade, wenn das Geld in die Isar plumpsen würde, oder?«

»Woher wusstet Ihr …« Einer der Fuhrleute hielt seinen ledernen Säckel hoch. Ein sauberer Schnitt auf halber Höhe. Die Bäuerinnen kreischten auf und durchsuchten sofort ihre Beutel und Taschen.

»Bringt ihn ins Gefängnis, den Dieb«, befahl Tassilo. »Mal sehen, ob er morgen noch beide Hände haben wird.«

2 Die Leiche im Keller

Die Ratssitzung verlief genauso langweilig, wie Tassilo befürchtet hatte. Es war mitten im Sommer, auch wenn selbiger bisher äußerst herbstlich dahergekommen war. Es gab keine wichtigen Themen zu besprechen. Darum hatte man sie erst auf Mittag angesetzt, normalerweise begannen die Sitzungen bereits in aller Herrgottsfrühe. Elf der zwölf Ratsherren des Inneren Rats der Stadt München waren anwesend. Honlin Eßwurm, der Tuchhändler, fehlte, da er zu wichtigen Geschäften in Frankreich weilte. Tassilo Stubenruß war mit großem Abstand der Jüngste unter den Ratsherren. Die meisten hatten die vierzig schon hinter sich.

Neben dem Inneren gab es noch einen Äußeren Rat der Stadt, dem vierundzwanzig vornehme Bürger angehörten. Eine Art Kontroll- und Beratergremium für den Inneren Rat. Der Äußere Rat galt als Sprungbrett für den gesellschaftlichen Aufstieg, von hier aus führte der Weg für Kaufleute, Handwerker und Grundbesitzer niederer Abkunft in den Inneren Rat, also an die Spitze der Stadt. Innerer und Äußerer Rat stellten jeweils einen Bürgermeister. Die beiden Bürgermeister durften dann den Herzögen die Ratsbeschlüsse nahebringen. Das Amt wechselte monatlich den Träger. In diesem Juli war der Salzhändler Seitz Hundertpfundt dran, dessen Name passenderweise alles über seine Leibesfülle aussagte. Wie üblich nahm der Bürgermeister des Äußeren Rats an der Sitzung teil, Paul Wilprecht, schon rein optisch das genaue Gegenteil zu Hundertpfundt. Saßen sie nebeneinander, konnte es passieren, dass man Wilprecht überhaupt nicht wahrnahm, nicht wahrnehmen konnte, weil er neben Hundertpfundt so unterging.

Übrigens gab es in der Stadtverwaltung noch ein drittes Gremium, das ein Mitspracherecht in allen Belangen hatte: Die Gemain, ein sechsunddreißig Mann starker Ausschuss, den die Gemeinschaft aller Münchner Haus- und Grundbesitzer stellte. Aber die Gemain hatte auf normalen Ratssitzungen nichts zu suchen. Ebenso wenig wie der Oberrichter. Der kam nur zu den Sitzungen, an denen der Stadtrat Todesurteile zu fällen hatte. Und aktuell stand kein derartiges Urteil an. Doch zu Tassilo Stubenruß' Verwunderung saß am Tisch der Oberrichter Bartholomäus Fenggen, gemeinhin von allen Fenggenbartel genannt, was nur für Nichteingeweihte respektlos klang. Selbst die Fenggens nannten ihn untereinander so. Man musste die Fenggenbrüder im Gespräch irgendwie schnell unterscheiden können, also gabs den Fenggenbartel und den Fenggenmuck. Der Sohn vom Nepomuk war der Fenggenmathes. Der Bartel war deutlich jünger als der Nepomuk, fünfzehn Jahre trennten sie. Natürlich vermied Bartel jeglichen Blickkontakt mit seinem verhassten Bruder Nepomuk. Gelegentlich lugte er dem Schreiber, der das Protokoll führte, über die Schulter, ansonsten starrte er schweigend auf seine gefalteten Hände.

Ein weiteres Dauerthema, das regelmäßig für erhitzte Diskussionen sorgte, war, wie man gegen nächtliches Rumoren energischer vorgehen könnte. Die Stadt war voll von Feier- und Saufwütigen, die die Nächte zum Tag machten und die redlichen Anwohner um den Schlaf brachten. Prinzipiell waren alle dafür, dass die Straßen sicherer werden sollten. Die Ratsherren Casper Tömlinger und Michel Astaler wehrten sich gegen schärfere Kontrollen in den Wirtshäusern, aber die waren Weinschenke und daher auf trinkfreudiges Publikum angewiesen. »Bei mir in der Schenke hat es noch nie, noch NIE! eine Schlägerei gegeben«, brachte Astaler empört vor. »Freilich, IN deiner Schenke nicht«, rief Urban Katzmair zur allgemeinen Erheiterung, »weil sich die Saubande nämlich VOR deiner Schenke schlägert und rumbrüllt wie nicht gescheit.« Der Rat Ulrich Ligsalz warf nicht ganz zu Unrecht ein, dass man halt den Wein nicht zu sehr mit irremachenden Kräutern würzen solle – wie beispielsweise mit Stechapfel oder Bilsenkraut. Das, so Ligsalz, solle man endlich mal verbieten. Dann, so warf Astaler ein, würde ja niemand mehr Wein trinken! Er würde sowieso nur Bilsenkraut in minimalsten Mengen beimischen und weder Stechapfel noch Tollkirsche kämen ihm in den Wein. Der Alkohol, so antwortete der Ligsalz, wäre schon Rausch genug, das würde reichen.

Den Wenzel Pötzschner trieb eher die Frage um, wer denn die zusätzlichen Wachen bezahlen sollte, ganz ohne Abgabenerhöhung! Da tauchte der Bürgermeister Paul Wilprecht hinter den Massen des Bürgermeisters Hundertpfundt auf und rief, dass eine Abgabenerhöhung mit ihm als Bürgermeister und dem gesamten Äußeren Rat auf gar keinen Fall zu machen sei! Nie und nimmer! So wahr er hier stehe!

Tassilo gab unter allgemeinem Nicken zu bedenken, dass der Stadthaushalt aktuell überstrapaziert sei. Die Erneuerung und Erweiterung der Stadtmauer, dann die letztjährigen Katastrophen – Brückeneinsturz und Stadtbrand –, dazu die zu erwartenden Ernteausfälle. Wenn man gerade jetzt mit Abgabenerhöhungen ankäme, könnte das die Münchner zu Aufständen verleiten. Und wozu solche Aufstände führten, das sei ja wohl besonders den älteren Herren nur zu bekannt.

Immerhin einigte man sich auf den Unterpunkt, dass weiterhin jeder, der des Nachts auf den Straßen unterwegs war (aus welchen Gründen auch immer), ein Licht mit sich führen musste. Wer dagegen verstieß, durfte von jedermann in die städtische Schergenstube im Ratshauskeller geworfen werden.

Bei der Frage, ob die Stadt in baldiger Zukunft den unverheirateten Männern ein offizielles Bordell zur Verfügung stellen sollte, flammte kurz ein Streit zwischen Veit Sendlinger und Melchior Pütrich auf. Die Sendlinger und die Pütrichs zählten zu den ältesten, einflussreichsten und grundsätzlich gegensätzliche Meinungen vertretenden Münchner Familien. Es war in den vergangenen Monaten wiederholt zu Übergriffen auf junge Mägde und zu Vergewaltigungen gekommen. Der greise, verschrumpelte Veit Sendlinger hatte zeitlebens wie ein Asket gelebt, was ihn nicht vor der Gicht bewahrt hatte. Dicht eingemummelt in Pelze, deren Wärme seine Krankheit lindern halfen, sah er hinfälliger aus, als er tatsächlich war. Ein fanatischer Betbruder vor dem Herrn, der überall Unzucht und Sodomie witterte. In Sachen Betbruder konnte es nur noch der Fenggenmuck mit ihm aufnehmen, doch der war geradezu liberal, was die Ansichten über Zwischengeschlechtliches anging. Die gichtigen Hände des Sendlinger schienen eh immer ineinander zum Gebet verknotet. Er forderte lautstark, dass die unverheirateten Männer sich gefälligst in keuscher Enthaltsamkeit üben sollten, das sei ja wohl nicht zu viel verlangt – hier überging er geflissentlich das nicht sonderlich unterdrückte Gelächter der anderen Herren. Und wer nicht hören wolle, dem solle man zur Strafe sein »Ding da« abhacken. Melchior Pütrich verwies darauf, dass der Mensch nun einmal von Geburt an sündhaft sei – daran sei bekanntlich das Weib an sich schuld, also das Urweib, die Eva, damals mit dem Apfel –, und betonte, dass das Bordell, das der Scharfrichter momentan in der Nähe seines Hauses betrieb, ohnehin unter schärfster städtischer Kontrolle stehe. Daher sei es nur ein kleiner Schritt, dieses »Frauenhaus« offiziell zu machen und dem Henker, der ohnehin von der Stadt bezahlt wurde, die Aufsicht über das liederliche Weibsvolk zu übertragen. Man sollte, warf da der Rat Lorentz Tulbeck ein, zu diesem delikaten Thema auch die Kirche anhören, speziell den Fürstbischof von Freising. Der Sendlinger nickte beifällig, mehrere andere, darunter Tassilo Stubenruß, verdrehten genervt die Augen. Was der Fürstbischof zu dem Thema sagen würde, sofern man ihn mal von seiner Geliebten runterbekam, war eh klar. Also könnte man das auch gleich lassen. Die Abstimmung wurde vertagt.

Die Sache mit dem kleinwüchsigen Taschendieb, den Tassilo am östlichen Brückenkopf hatte festnehmen lassen, behandelte der Rat zuletzt. Diesmal mischte sich der Oberrichter Fenggen ein. Man ließ den Dieb aus dem Kerker holen. Er beteuerte seine Unschuld und bettelte um Vergebung. Tassilo berichtete, was er beobachtet hatte. Es dauerte keine fünf Minuten, da waren sich Stadtrat und Oberrichter einig, dass man den frechen Kerl am nächsten Morgen beim ersten Hahnenschrei vor das Sendlinger Tor führen sollte. Dort bestrafte man kleinere Vergehen durch Auspeitschen, Brandmarken oder Gliedmaßen abhacken. Kurz stand im Raum, dass man dem Verbrecher beide Hände abhacken sollte. Doch der Oberrichter legte aufgrund der recht geringen gestohlenen Summe fest, dass man sich mit der rechten begnügen würde. Danach würde man den Delinquenten durch richterliche Schergen mit Knüppeln aus dem Stadtgebiet rausprügeln lassen, das er im Übrigen für mindestens zwölf Monate nicht mehr betreten dürfe. Wie alle Städte endete München nicht an seinen Mauern. Es gehörte immer noch Umland zum Stadtgebiet, das man Burgfrieden nannte. Vom Sendlinger Tor aus hatte der Verurteilte gute Chancen, die Grenze zu Sendling nahe der Brudermühle zu erreichen, wenn er den Verlust seiner Hand sofort ausblendete und schnell genug vor den Bütteln mit ihren Prügeln davonrannte. Das Übliche eben. Alle waren zufrieden, lobten die Milde des Richters als gottgefällig, und selbst der Verurteile wimmerte »Danke, die Herrn, danke«, als man ihn zurück in die Zelle brachte.

Als sich der Rat auflöste, die Herren in ihre hochhackigen Holztrippen schlüpften und deren Lederriemen festzurrten, um sich draußen im Matsch nicht die feinen Schuhe zu versauen, und Tassilo seine Sachen zusammenpackte, traten die beiden Bürgermeister an ihn heran. »Mit Verlaub, Herr Tassilo«, sagte Seitz Hundertpfundt. »Wir hätten Euch gerne noch etwas gezeigt. Und etwas mit Euch besprochen.«

Tassilo Stubenruß zog erstaunt die Augenbrauen hoch. Mehr als »So?« fiel ihm nicht ein. Er sah von Hundertpfundt zu Wilprecht und von Wilprecht zu Hundertpfundt. Dann noch zum Oberrichter Fenggenbartel, denn der war zu seiner größten Verwunderung ebenfalls geblieben. Ebenso dessen Bruder, der Fenggenmuck. Sollte es mit seiner Bewerbung für die Meistersinger zu tun haben? Waren den hochnäsigen Stadtratskollegen die Meistersinger zu vulgär, weil sie sich nur aus Handwerkern und Zunftmeistern zusammensetzten?

»Hört, meine Herren …«, begann Tassilo, kam aber nicht weiter.

»Folgt uns bitte, mein Herr«, sagte Fenggenbartel. Es ging im Fackelschein hinab in den Kerker unter dem Rathaus, vorbei an den Zellen, vor denen sich drei städtische Wachmänner langweilten und in denen nur zwei Landstreicher, zwei Huren und ein Dieb hockten. Bis auf den Dieb würden morgen alle anderen zum Frondienst an der Stadtmauer geführt werden. Man ließ sich von einem Büttel die schwere, eisenbeschlagene Tür zu dem Raum aufschließen, in dem normalerweise nur die »peinlichen Verhöre« stattfanden, also mehr oder weniger raffinierte Verfahren der Schmerzbereitung zur Wahrheitsfindung eingesetzt wurden. In einer Ecke kauerte eine junge Magd, die in ihre Schürze heulte. In der Mitte des Raums stand ein niedriger Tisch, darauf lag etwas Großes, Massiges unter einem groben Leinentuch. Erbärmlicher Verwesungsgestank füllte das Kellerloch und grub sich in die Mägen der Anwesenden.

»Ihr Herren, werte Meister«, wimmerte die Magd und stand auf. »Habt Mitleid. Lasst mich endlich gehen. Ich bin doch unschuldig.«

Richter Fenggenbartel wedelte in ihre Richtung, als wolle er eine lästige Fliege verscheuchen. Er trat zum Tisch und zog schwungvoll das Leinen weg. Eine Armada an fetten schwarzen Schmeißfliegen erhob sich und verbarg für einen Moment den Blick auf das, woran sich die Fliegen gelabt hatten. Alle Anwesenden taumelten und hielten sich die Hände vor die Gesichter. Sicher, man hatte genug Hinrichtungen mit dem Schwert beigewohnt, war oft beim Rädern und Hängen gewesen und hatte den Metzgern beim Schlachten und Ausnehmen von Viechern zugeschaut. Und wenn man nach Pasing oder weiter nach Augsburg reiste, kam man stets am Galgenberg vorbei. Dort blieben die Gehenkten so lange hängen, bis sie von selbst abfielen. Erst dann beerdigte man sie. Also waren die Herren einiges gewöhnt. Doch dieser Anblick traf selbst Hartgesottene ins Mark. Brechreiz wogte durch Tassilos Körper und ließ sogar seine Haarwurzeln bizzeln. Nur mit äußerster Beherrschung gelang es ihm, sich nicht sofort zu übergeben.

»Du hättest uns vorwarnen können!«, rief der Fenggenmuck seinem Bruder angewidert zu. »Das ist ja entsetzlich! Heiligemuttergottesstehunsbei!«

»Was …«, stammelte Tassilo, saure Galle hinunterschluckend. »Warum … warum zeigt Ihr mir das?«

»Das ist der Koberbauer aus Taufkirchen. Beziehungsweise was von ihm übrig ist«, sagte der Oberrichter. Der Fliegenschwarm ließ sich langsam wieder auf der Leiche nieder. Vorher war alles schwarz-rot, nun schwarz-schillernd.

»Ich verstehe«, sagte Tassilo langsam, seine Mundhöhle fühlte sich öde und trocken an. Er riss sich zusammen. Mensch oder Sau, aufgeschlitzt gab es keinen so großen Unterschied. Was ihm tatsächlich zu schaffen machte, war weniger der Anblick als der Gestank. Und die nervtötenden Fliegen. »Also gut. Das da ist sein Kopf, oder? Und, nun ja, die Gliedmaßen sitzen noch einigermaßen an den Stellen …« Er würgte. »… wo es sich geziemt. Aber was hat man mit seinen Innereien gemacht? Das ist ja …«

»Nicht wahr?«, mischte sich nun Bürgermeister Hundertpfundt ein. »Welche Bestie ist zu so etwas fähig? War das sein Darm?« Schmeißfliegen stoben auseinander. »Warum hat man ihn … also, das ist doch obszön, den Darm eines Mannes so … Also wirklich. «

»Es muss ein Bär gewesen sein«, sagte Bürgermeister Wilprecht. »Oder ein riesiger Wolf.«

»Meint Ihr?« Tassilo schürzte die Lippen. »Dann aber nur ein monströser Wolf mit einem Schwert oder einer Lanze. Seht Ihr nicht, meine Herren? Die Schnittkanten sind überall gerade. Ein Bär oder eine andere Bestie würde keine sauberen Schnitte hinterlassen. Dann wäre alles zerfetzt. Also, ich meine, noch stärker zerfetzt.«

»Verblüffend, Ihr habt recht, Herr Tassilo!« Bürgermeister Hundertpfundt beugte sich neugierig über den offenen Torso. Fliegen umtanzten ihn. »Und hier, ich bin kein Medicus, aber das sieht aus wie eine Niere. Sollte da nicht noch eine sein?

»Da ist noch eine«, sagte eine dunkle Stimme. Tassilo zuckte zusammen. Ein großer Mann, den Tassilo bisher nicht bemerkt hatte, löste sich aus dem Schatten der Ecke links neben der Tür. »Hier.« Der Mann hob mit einer Reitgerte das heraushängende Gedärm ein wenig an.

»Ratsherr Tassilo Stubenruß«, stellte Oberrichter Fenggen vor, »das ist Ludwig Gröbner, der für Taufkirchen zuständige Richter vom Landgericht Wolfratshausen.«

»Angesichts der Umstände hier«, sagte Tassilo, »kann ich leider nicht sagen, dass es mich freut, werter Herr Ludwig.«

»Nur zu verständlich, werter Herr Tassilo«, antwortete Richter Gröbner und strich sich mit der linken Hand über den schwarz glänzenden Bart. »Man hat den Koberbauern so gefunden. Komplett aufgeschlitzt, alle seine inneren Organe sind entnommen, aber wieder in den Körper hineingelegt worden. Es fehlt nichts. Wir haben den Leichnam untersuchen lassen. Sowohl der Bader als auch der Henker haben uns versichert, dass alle Organe vorhanden sind.«

»Habt Ihr keinen Medicus, der etwas kompetenter Auskunft geben könnte?«, fragte Tassilo.

»Einen Medicus? Ihr Städter redet euch leicht«, sagte Richter Gröbner spitz. »Wozu braucht es hier außerdem einen Medicus, wenn jeder Dorfdepp sehen kann, woran der Koberbauer gestorben ist.«

»Nun, woran ist er denn gestorben, der Koberbauer?«, fragte Tassilo ebenso spitz. »An der Entnahme der Organe? Oder daran, dass man ihm alle seine Knochen und das Genick gebrochen hat? Oder dass man ihn wie eine Sau aufgeschlitzt hat? Oder …«

»Ich würde sagen, an einer Kombination aus allem«, antwortete der Landrichter trocken.

»Ist er in dieser Position gefunden worden?«, fragte Tassilo.

»Wie? In dieser Position?« Die anderen Männer sahen ihn fragend an und die Magd hörte zu schluchzen auf. »Meint Ihr hier auf dem Tisch liegend?«, sagte Bürgermeister Wilprecht und zog amüsiert die Augenbrauen hoch. Was für ein Hornochse, dachte sich Tassilo.

»Nein, natürlich nicht«, sagte der Landrichter. »Es spielt ja keine Rolle, wie man ihn gefunden hat, oder?«

»Tut es nicht? Findet Ihr nicht, dass die Lage des Toten und die Umgebung eine Rolle bei der Aufklärung eines Verbrechens spielen?«

»Nein, gewiss nicht.« Landrichter Gröbner lachte, und auch der Oberrichter schüttelte amüsiert den Kopf. Noch ein Hornochse, dachte sich Tassilo und wünschte sich, dass die anderen endlich aufhörten, durch ihr Gefuchtel ständig die fetten Fliegen aufzuscheuchen. Lasst sie sich setzen und beruhigen, dachte er. Das Gesurre nervte enorm.

»Nun gut.« Tassilo deutete auf die Magd, die mit großen Augen und rotzender Nase die Herren beobachtete. »Und dieses Weib hat den Koberbauern umgebracht, oder? Verzeiht, Herren, wenn ich lache, aber dieses schwache Mädchen kann unmöglich den Kerl hier aufgeschlitzt und so zugerichtet haben.«

»Das denke ich auch«, pflichtete der Fenggenmuck bei.

»Ich war es nicht, meine edlen Herren!«, fing die junge Frau wieder zu greinen an. »Habt Mitleid mit einer armen Magd.«

»Nein, sie war es nicht. Wir haben bereits die nötigen Beweise dazu nach modernsten Erkenntnissen in Wolfratshausen erbracht. Wir können diese Beweisführung aber für die Herren, vor allem unseren Herrn Tassilo, gerne wiederholen. Komm her, Anni. Keine Angst. Na los, du dummes Ding.« Landrichter Gröbner packte die Magd am Handgelenk und zog sie zur Leiche. Das Mädchen wimmerte und drehte den Kopf weg. »Seht Ihr, meine Herren! Nichts«, sagte der Landrichter triumphierend. Er nahm die Hand der Magd und legte sie dem Toten auf den Kopf. »Und auch hier: Nichts!« Er ließ die Hand los. Das Mädchen stürzte zurück in ihre Ecke, wo sie jammernd zusammensackte und ihre Hand schüttelte, als sei sie verbrannt.

Der Fenggenmuck schnaubte empört, ging zu der Magd und reichte ihr ein frisches Tuch. Seine Weichherzigkeit gegenüber dem einfachen Volk war nur zu bekannt.

»Meine Herren, Ihr habt es selbst gesehen.« Ludwig Gröbner hob dozierend den rechten Zeigefinger. »Ihr wart Zeugen des Beweises, dass diese Magd unmöglich die Mörderin des Koberbauern gewesen sein kann.«

»Wie das?«, fragte Tassilo verwundert. »Was haben wir denn gesehen?«

»Nichts. Und genau das ist es.« Gröbner deutete auf die Leiche. »Es ist hinlänglich bekannt, dass der menschliche Körper durch das Gleichgewicht der vier Säfte, als da sind Blut, Schleim, schwarze und gelbe Galle, gesteuert wird. Da könnt ihr jeden Medicus fragen.«

Oberrichter Fenggenbartel nickte wohlgefällig.

»Besonderes Augenmerk«, so fuhr Gröbner fort, »gilt natürlich dem Blut. Schon der große antike Medicus Galenus von Pergamon hat festgestellt, dass im Herzen ein Feuer brennt, das den Blutfluss befeuert.«

»Verzeiht, wenn ich Euch korrigiere«, unterbrach der Oberrichter, »das ist nicht ganz korrekt. Laut Galenus brennt in der linken Herzkammer ein Feuer, das das Blut reinigt.«

»Wie dem auch sei«, der Landrichter kniff verärgert die Augen zusammen. »Wesentlich ist dennoch das Blut. Bekanntlich beginnt das Blut eines Mordopfers vor Empörung wieder zu fließen, wenn man den Täter nahe an die Leiche heranbringt. Seid Ihr zumindest da bei mir, werter Kollege?«

Der Fenggenbartel nickte.

»Gut, der Koberbauer ist nun schon einige Tage tot und nicht mehr im besten Zustand, aber darum habe ich die Hand der Magd auf die Leiche gelegt. Ihr habt es gesehen, nichts passierte. Sie ist unschuldig.«

»Ein Ordal?«, fragte Tassilo erstaunt. »Ein Gottesurteil? Hat sich nicht der Heilige Stuhl dagegen ausgesprochen?«

»Richtig.« Fenggenbartel nickte zustimmend. »Aber das hier ist kein Ordal. Das, mein lieber Herr Tassilo, mag Euch befremdlich vorkommen, aber das sind die anerkannten und modernsten Methoden zur Klärung von Verbrechen. Wobei ich schon anmerken muss, dass diese Probe nur gelingen kann, wenn die Leiche noch frisch ist. Der Zersetzungszustand des Opfers lässt einen eindeutigen Beweis nun nicht mehr zu.«

»Deshalb sagte ich ja, dass wir den Beweis bereits in Wolfratshausen erbracht haben, als die Leiche noch frisch war«, entgegnete Gröbner zickig.

»Nun gut«, sagte Tassilo. »Ihr seid diejenigen, die Erfahrung im Umgang mit Mördern und der Beweisführung bei Kapitalverbrechen habt. Dann verstehe ich aber nicht, warum diese Magd hier ist.«

»Die Anni hat den Koberbauern gefunden, und sie hat den Täter gesehen.«

»Na, dann ist doch alles bestens«, sagte Tassilo betont fröhlich und drehte sich Richtung Tür. Bloß schnell weg hier von dem grausigen Verwesungsgestank und dem Anblick des zerfledderten Leichnams. »Das Landgericht Wolfratshausen ersucht also um Unterstützung durch die Stadt München bei der Festnahme des Täters. Ich denke, das hätten wir eben in der Ratssitzung besprechen können.«

»Nicht ganz«, meldete sich Bürgermeister Hundertpfundt zu Wort. »Hört Euch erst an, wer der Täter ist, den diese Magd hier gesehen hat. Na los, Anni, sags dem Herrn.«

Die Magd machte zwei Schritte zurück und zerknüllte dabei mit ihren Händen die Schürze.

»Na, komm Dirndl«, sagte der Fenggenmuck aufmunternd. »Du bist hier sicher.«

Sie presste die Schürze kurz vors Gesicht, dann warf sie die Hände dramatisch von sich und schrie: »Der Gottstehunsbei. Der Gottstehunsbei wars! Ich schwöre es bei allen Heiligen und der Jungfrau Maria.« Sie brach schluchzend zusammen. Bedeutungsschwere Blicke zuckten durch den Raum. Hände fuhren nervös über Stirne und Lippen. Der Fenggenmuck und Bürgermeister Hundertpfundt bekreuzigten sich gleichzeitig. Bürgermeister Wilprecht küsste das große goldene Kruzifix, das er an einer Kette um den Hals trug.

»Der Gottstehunsbei«, echote Tassilo und zog eine Augenbraue hoch. »Schon wieder. Wie sah er denn aus, der Gottstehunsbei?«

»Furchtbar sah er aus.« Die Magd Anni zitterte am ganzen Leib. »Riesig! Mit so Hörnern oder einem Geweih oben und einen langen schwarzen Umhang hatte er und einen Stock und einen langen Schwanz hinten … und Feuer hat er gespuckt. Ganz furchtbar eben. Und Hände wie Krallen …«

»Und was hast du gemacht, Anni? Hast du geschrien oder was? Wenn du so nah dran warst, warum hat der Leibhaftige dich dann gehen lassen?«

»So nah war ich nicht dran, Herr. Was denkt Ihr denn. Ich hab mich hinter ein Gebüsch geworfen, als ich ihn im Nebel gesehen habe, und zur heiligen Jungfrau Maria und allen Nothelfern gebetet.«

»Sehr vernünftig«, nickte der Fenggenmuck.

»Und dann?«, fragte Tassilo weiter. »Hat er sich in Luft aufgelöst? Oder ist er zur Hölle gefahren oder was?«

»Ich weiß es nicht. Es hat geraucht und gedampft! Als ich wieder nachgeschaut habe, war er eben weg. Und dann bin ich zu der Stelle hingelaufen und da lag er, der Koberbauer. Aufgeschlitzt wie eine Sau.« Anni flennte wieder.

»Kommen wir nun zur entscheidenden Frage, meine Herren.« Tassilo Stubenruß drückte das Kreuz durch und machte die Schultern breit. »Was hat das alles mit mir zu tun? Warum mutet Ihr mir diese Widerwärtigkeit zu? So interessant ich die Methoden zur Aufklärung von Gewaltverbrechen auch finde – Ihr wisst zu gut, dass ich ein Mann der Künste bin. Ein Dichter. Ich bin solch blutigen Angelegenheiten abhold.«

»Ach was.« Bürgermeister Paul Wilprecht gab ein Prusten von sich.

»Verzeiht bitte!«, empörte sich Tassilo. »Was sollte das heißen, Herr Paul?«

»Nichts, nichts, werter Herr Tassilo«, mischte sich der Fenggenmuck ein. »Ihr seid ein kluger Mann, der aufmerksam sieht und hört und sehr gute Fragen stellt. Wie oft wünsche ich mir, mein Sohn hätte Eure Vorzüge. Vielleicht habt Ihr Euch schon gefragt, warum ich so ein Interesse an diesem Fall habe? Nun, der Koberbauer arbeitete für mich, er bewirtschaftete einen meiner Höfe! Einen der großen Höfe!«

»Verstehe«, sagte Tassilo.

»Doch eine wichtige Frage habt Ihr noch nicht gestellt. Nämlich die Frage …«

»Nach dem Warum«, unterbrach ihn Tassilo. Alle rissen erstaunt die Augen auf.

»Warum?«, wiederholte der Fenggenbartel. »Wie warum?«

»Na, warum musste der Koberbauer sterben? Wolltet Ihr ihn vom Hof nehmen, Herr Nepomuk? Oder war einer seiner Söhne scharf darauf, den Alten zu entsorgen und seine Stelle einzunehmen? Oder …«

Die Männer lachten ungläubig. »Das ist nicht Euer Ernst, Herr Tassilo.« Der Landrichter wischte sich eine Lachträne aus dem linken Augenwinkel. »Der Leibhaftige fragt doch nicht. Er handelt! Es gibt kein Warum. Vielleicht hat der Koberbauer ihm seine Seele verschrieben, das ist möglich. Aber sonst gibt es kein Warum! Oder sehe ich das falsch, meine Herren?« Die anderen brummten Zustimmendes.

»Meine Herren, bitte«, sagte der Fenggenmuck. »Die Fragen von Herrn Tassilo sind teilweise berechtigt, und ich möchte antworten, dass ich keine Absicht hatte, dem Kober den Hof wegzunehmen. Und er hat keine Familie. Sein Weib ist vor einigen Jahren gestorben, und die beiden Söhne sind bei einem Sturm im Wald von Bäumen erschlagen worden. Alles lange her. Ja, der Herrgott hat in seiner unergründlichen Weise den armen Koberbauern schwer geprüft. Er wird es wohl verdient haben. Denn der Herr straft nicht ohne Grund. Der Kober war ein verbitterter Mann, aber ein tüchtiger Bauer.«

»Danke, Herr Nepomuk. Wenn das Warum nicht beantwortet werden kann, bleibt die Frage nach dem Wo«, sagte Tassilo. »Doch diese Frage erübrigt sich meiner Ansicht nach, denn wenn der Koberbauer aus Taufkirchen war, gehe ich davon aus, dass es in Taufkirchen war.«

»Fast. Der Kober wurde nicht auf meinem Land getötet. Sagt Euch der Name Oberhaching etwas?«

»Sicher. Oberhaching. Dort besaß meine Familie einst ein bisschen Land. Ein kleiner Weiler bei … oh … bei Taufkirchen.«

»Nun hat diese unglückselige Weibsperson hier den toten Koberbauern just auf einem Acker gefunden, der Teil Eurer ehemaligen Ländereien war«, erklärte Landrichter Gröber.

»Wie Ihr sagt. Ehemalig. Den Grund hat mein Vater selig den Klarissen vom Angerkloster überschrieben«, antwortete Tassilo. »Es ist kein Stubenrußland mehr. Geht zur hochwürdigen Mutter Äbtissin …«

»Dort war ich bereits«, sagte Oberrichter Fenggenbartel. »Die Hochwürdige hat uns ausdrücklich um Hilfe bei der Klärung dieses – nun ja, kann man es noch Verbrechen nennen, wenn der Leibhaftige selbst darin verwickelt ist? –, dieser Untat um Unterstützung gebeten und explizit Euren Namen ins Spiel gebracht.«

»Das hätte ich mir denken können«, seufzte Tassilo. »Ihr glaubt im Ernst, ich würde mich dem Leibhaftigen entgegenstellen, falls es denn überhaupt …«

»Seht Ihr, werter Tassilo«, Bürgermeister Hundertpfundt legte vertraulich seinen Arm um Tassilos Schultern, »genau deshalb wünschen wir Euch mit der Angelegenheit zu betrauen. Ihr seid nicht leichtgläubig und fest im wahren Glauben. Ihr stellt Fragen! Ihr hinterfragt! Auch wenn Ihr bereits im Mannesalter seid, brennt in Euch noch das Feuer der neugierigen Jugend. Ihr seid ein sehr aufmerksamer Beobachter und Zuhörer. Ganz abgesehen davon, dass Ihr jung und kräftig seid und, was man so hört, auch gut mit Schwert und Armbrust umgehen könnt. Nennt uns einen anderen aus unserer Ratsherrenriege, der es auf ähnliche Vorzüge bringt. Seht uns an, wir sind alte Männer.«

»Sehr schmeichelhaft, die Herren, aber ich würde gerne auf die Ehre verzichten. Um gegen den Leibhaftigen zu ziehen, bedarf es eher eines Geistlichen, nicht wahr? Wenn Ihr wollt, teile ich es der Mutter Äbtissin gerne selbst mit.«

»Es war nicht der erste derartige Vorfall«, platzte der Landrichter heraus. »Im Februar wurde im Wald die Leiche einer Magd aus Schäftlarn gefunden. Eine Afra. Ähnlich geschändet wie diese hier. Damals haben wir dem Vorfall noch nicht diese Bedeutung beigemessen wie heute. Die Verletzungen waren wie beim Koberbauern. Damals dachten wir noch an einen kranken Lustmörder. Doch nun … Es sieht uns doch sehr nach einem teuflischen Ritual aus.«

»Vielleicht haben die Ziganischen etwas damit zu tun«, mischte sich Bürgermeister Wilprecht ein. »Dass die Herzöge die auch ins Land lassen! Da sieht man, was dabei rauskommt. Die haben sicher ganz ähnliche Riten wie diese gottlosen Juden, die uns mehr als einmal die Pest gebracht haben.«

»Habt Ihr Ziganische im Umland, Herr Landrichter?«, fragte Tassilo.

»Nein, haben wir nicht.«

»So viel dazu.«

Paul Wilprecht lachte trocken. »Als ob die sich nicht nachts anschleichen würden! Ganz dumm sind die ja auch nicht.«

»Wie gesagt, meine Herren«, Tassilo wollte die Angelegenheit beenden. »Es ehrt mich, dass Ihr alle und die hochwürdige Mutter Äbtissin mich für klug genug haltet, dieses Rätsel zu lösen, aber ich werde es leider ablehnen müssen. Ich arbeite an einem neuen Lied, einem großen Lied, einem umfassenden Werk und bin daher unabkömmlich.«

»Bedrängt den jungen Herrn nicht so«, sagte Oberrichter Fenggenbartel jovial. »Das alles kommt für ihn sehr plötzlich. Lasst ihn eine Nacht darüber schlafen. Morgen soll er mit der Mutter Äbtissin sprechen, und vielleicht ergibt sich eine Audienz bei den Herzögen …«

»Die Durchlauchten wissen davon?«, fragte Tassilo überrascht.

»Sicher doch, ich habe die Durchlauchten persönlich informiert. Und sie haben entschieden, dass dieser Fall nicht beim Landgericht bleibt, sondern an die Stadt geht. Wir sind also zuständig. Es dürfte übrigens selbstverständlich sein, dass das alles hier unter uns bleibt! Nur wenige wissen Bescheid, und so soll es bleiben.«

»Verzeiht, aber dazu ist es zu spät«, bemerkte Tassilo lakonisch. »Bereits an der Brücke war der Leibhaftige bei allen das beherrschende Gesprächsthema.«

»Gegen den allgemeinen Klatsch kommen wir nicht an«, sagte der Fenggenbartel. »Lasst die Leute über den Teufel reden. Was ich meinte: Wir sind die einzigen Ratsherren, die Euren Auftrag kennen. Haltet Euren Auftrag geheim. Nun geht. Oh, habt Ihr eine Bleibe für die Nacht? Ich gewähre zwar bereits dem Herrn Landrichter das Gastrecht, doch mein Haus ist groß. Ihr könnt gerne bei mir nächtigen.«

Tassilo glaubte herauszuhören: Und ich habe eine Tochter namens Petronella im heiratsfähigen Alter, die ich dringend unter die Haube bringen möchte, weil ich sie sonst in ein Kloster stecken muss, wenn sie nicht bald einen Kerl findet.

Der Fenggenbartel hatte nämlich im Gegensatz zu seinem Bruder nur Mädchen in die Welt gesetzt. Und seine Petronella stand ganz oben auf der Liste der Heiratskandidatinnen für Tassilo, wenn es nach seiner Schwester, der Gurkenhemma und den Fenggens ging. Wobei Tassilo theoretisch durchaus Gefallen an Petronella fand, ein hübsches Ding. Für Tassilo eine Eroberung, ein Abenteuer wert, wie so viele andere Töchter aus gutem Hause, die seinem Charme erlegen waren. Doch Petronella blieb stets kalt wie Eis. Die demonstrative Sittsamkeit und Keuschheit mochte andere reizen, ihn nicht. Man konnte es mit der Keuschheit auch übertreiben. Außerdem – da war er ganz Poet und Romantiker – wollte Tassilo aus wahrer Liebe heiraten.

»Danke, das ist ein überaus großzügiges Angebot, aber ich werde bei Eurem Neffen erwartet. Beim Mathes.«

»Ich verstehe.« Oberrichter Fenggenbartel schenkte seinem Bruder einen vernichtenden Blick.

Im Gehen wandte sich Tassilo noch einmal um. Verdammtes, lästiges Verantwortungsgefühl. »Was passiert mit der Magd?«

»Die bringe ich unter«, antwortete der Fenggenmuck. »Das arme Ding ist ganz verstört und braucht Ruhe. Und wenn Ihr dann morgen oder übermorgen losreitet, könnt Ihr sie mitnehmen …«

»Wenn? Ich würde eher sagen: Falls!«

3 Beim Fenggenmathes

»Die sind doch alle nicht bei Sinnen«, fluchte Tassilo vor sich hin, als er in ausladenden Schritten über den Marktplatz stob. Stoffel, der Pferd und Maultier führte, hatte Schwierigkeiten, mit seinem Herrn Schritt zu halten. Die Bauern waren dabei, ihre Stände abzubauen, denn die Sonne senkte sich hinter dem Schönen Turm der Nacht entgegen. Bei Sonnenuntergang hatten alle Bauern, Fischer, Arbeiter, Bettler, Aussätzigen – kurz, alle die nicht das Münchner Bürgerrecht genossen, außerhalb der Mauern zu sein. Zwei Männer legten auf den Fischerbrunnen einen schweren, zweiteiligen Holzdeckel und schlossen ihn ab. Die lebenden Fische blieben für gewöhnlich über Nacht im Brunnen.

»Ich bin ein Mann der schönen Künste! Nicht wahr, Stoffel?«

»Ja, Herr!«

»Und niemand, der in aufgeschlitzten Leibern herumwühlt und Gedärme herausnimmt.«

»Oh nein, Herr!«

»Und dem Beelzebub fröhlich entgegentritt und ihn in Ketten legt.«

»Ganz sicher nicht, Herr. Aber es wäre hilfreich, wenn ich wüsste, wovon Ihr überhaupt sprecht, Herr.«

»Das werde ich dir schon noch sagen, Stoffel, verlass dich drauf.« Tassilo rempelte unbedacht eine Bäuerin zur Seite, die das Gleichgewicht verlor und »Verzeiht, Herr« keuchend ihre Körbe mit den nicht verkauften Eiern platt drückte. »Oh, Herr, meine Eier!«, rief sie verzweifelt. »Meine Eier!«

»Ja, und?« Tassilo stapfte weiter. »Ich sollte jetzt gleich zur hochwürdigen Frau Äbtissin ins Angerkloster gehen …«

»Tut das nicht, Herr!«, rief Stoffel. »Man würde Euch zu dieser späten Stunde ohnehin nicht mehr vorlassen.«

»Die sind alle nur in Panik, weil nächste Woche die große Dult losgeht. Da soll das Land sicher sein.« Abrupt blieb Tassilo bei einem Kräuterweiberl stehen. »Ach, du meine Güte! Was waren wir fahrlässig!« Er hustete kräftig und stieß energisch die Luft aus der Nase, unterließ es dann sofort, als Rotz mit herausflog. »He, du da, Weib. Gib mir Rosmarin, Myrrhe, und hast du Weihrauch? Nein? Dann Wachholder. Mehr!« Er warf der Frau eine Münze hin und zerrieb die Kräuter in seiner rechten Faust und hielt sie sich vor die Nase. Er inhalierte, so tief er konnte, saugte den Kräuterduft in die Lungen. »Was für leichtfertige Personen!«, stieß er hervor. »Warum habe ich nicht vorher daran gedacht!«

»Was ist denn, Herr?«

»Miasmen! Ich war in diesem widerwärtigen Keller einer Menge Miasmen ausgesetzt. Jeder, wirklich jeder weiß doch, dass die Ausdünstungen von Leichen übelste Krankheiten mit sich bringen. Und je verwester der Zustand, desto giftiger die Miasmen.«

»Sicher, Herr, die schlimmen Miasmen!«

»Eben. Selbst du weißt das! Aber glaubst du, dass nur einer von denen da unten im Keller daran gedacht hat, uns mit Kräutersäckchen oder Essigschwämmchen gegen diese Miasmen zu schützen?« Er klang nasal, weil er sein Gesicht so tief in den Kräutern verbarg. »Ich hoffe, es ist noch nicht zu spät, mein lieber Stoffel. Wenn ich mir in dieser üblen Luft die Pest geholt haben sollte, dann verfluche ich die dort anwesenden Herren bis in die fünfte Generation, dass allen männlichen Nachkommen ihre kleinen Lanzen verfaulen und abfallen mögen!«

Schnaufend stapfte Tassilo weiter über den Marktplatz, dann machte er auf dem Absatz kehrt, ging zurück zu der verzweifelten Eierfrau und warf ihr einige Münzen hin.

»Glaubst du, ich merke nicht, dass du die ganze Zeit versuchst, meinen Hinterkopf mit vorwurfsvollen Blicken zu durchlöchern, Stoffel«, knurrte er beim Weitergehen. »Und jetzt wisch dir dein dämliches Grinsen aus dem Gesicht.«

»Grinsen, Herr?«

»Halt die Klappe.«

»Und die Gurkenhemma nennt das immer meinen Welpenblick«, kicherte Stoffel. »Mein Gschau, mit dem ich alle umhau!« Er folgte seinem Herrn geradeaus in die Kaufinger Gasse und dann rechts ins Dunkle Gassl, an dessen Ende Matthäus Fenggen sein Haus besaß.

Das Haus war für den Sohn eines der reichsten Salzhändler der Stadt nicht gerade repräsentativ, doch der Vater gestand seinem Sohn nicht mehr zu. Mathes schien sich nicht daran zu stören. Selbst der Ausblick war ihm egal. Man sah direkt auf den Friedhof, der die Marienkapelle umgab. Der Tod war allgegenwärtiger Teil des Lebens. Auf den Gräbern weideten Ziegen.

Mathes wurmte es höchstens, dass sein Vater direkt nebenan in einem deutlich prächtigeren Haus wohnte. Er fühlte sich durch den Alten beobachtet und gegängelt.

»Ja, so ist das. Das Blut gerät durch die Empörung wieder in Wallung«, sagte Mathes, als sie bei gewürztem Wein im Garten hinter dem Haus zusammensaßen, man musste jede regenfreie, halbwegs warme Abendstunde genießen. Ein kleines Windlicht ließ die Schatten tanzen. Es roch nach Heckenrosen und nach Pferden wegen der nahen Remisen. Glücklicherweise wehte nur sehr gelegentlich ein Lüftchen den Gestank vom nahen Abort herbei. Der typische Geruch in den Stadtgärten. »Das ist üblich.«

»So etwas weißt du?«, fragte Tassilo.

»Sicher doch.«

»Hast du das schon einmal erlebt?«

»Wie bitte?« Mathes richtete sich empört auf. »Hör mal, ich habe viele Dummheiten in meinem Leben gemacht, aber noch nie wurde ich zu einer Leiche geführt, um eine Blut…«

»Entschuldige! So meinte ich das nicht«, beschwichtigte Tassilo.

»Das will ich auch gemeint haben. Da siehst du es, Tassilo, wenn du immer nur über Gedichten und Liedern brütest, entgeht dir die wahre Welt da draußen.«

»Von der bekomme ich schon genug mit. Mehr als genug«, brummte Tassilo.

»Allerdings ist das, was du heute gesehen hast, gar kein Beweis«, sinnierte Mathes. »Diese Magd, Anni, die kann sehr wohl die Täterin sein. Was, wenn sie zum Beispiel den Teufel beschworen hat? Da braucht sie gar nicht selbst Hand anlegen.«

»Meinst du, sie ist eine Unholdin?«

»Wer weiß das schon?« Mathes zuckte mit den Schultern. »Womöglich wendet sie einen Zauber an, damit das Blut des Opfers eben nicht in Wallung gerät. Oh, wechseln wir das Thema, da kommt meine Gattin und Teufelsspuk ist ihr nicht zuträglich …«

Rosa Fenggen rauschte nur kurz vorbei, um Tassilo zu begrüßen, weil es sich so gehörte, und sich dann sofort wieder zu entschuldigen, weil sie unpässlich sei. Sie strich sich dabei über den kaum sichtbaren Schwangerschaftsbauch. Tassilo konnte sich nicht erinnern, dass Rosa jemals pässlich gewesen war, schwanger oder nicht. Rosa war ein blutjunges Ding aus Reichenhall, recht hübsch, aber nach Tassilos Ansicht überaus reizlos. Dazu ein wenig schlampig, denn unter ihrer Haube lugten immer ein paar ungezähmte Strähnen dunkelbraunes Haar hervor. Rosa war gerade achtzehn Jahre alt geworden, die Familie hatte sich schon gesorgt, dass man keinen Bräutigam mehr für sie finden würde. Das hatte Mathes berichtet. Rosa benahm sich stets wie eine große Dame bei Hofe. Sie sprach betont Münchnerisch, um ihren ländlichen Dialekt zu verbergen. Sie mochte Tassilo nicht. Daraus hatte sie nie einen Hehl gemacht. Es beruhte auf Gegenseitigkeit.

»Wann ist es so weit?«, fragte Tassilo, obwohl es ihn kaum interessierte.

»In zwei Monaten, sagt ihre Hebamme. Ich bin heilfroh, wenn es endlich vorbei ist. Ihre Laune ist nicht zu ertragen.« Mathes trank Wein und verzog den Mund. »Zu viel Nelke drin, oder?«

Tassilo nickte. »Schon gut, lässt sich trotzdem trinken.«

»Oh, da fällt mir etwas ein. Ich wollte dir noch etwas Gutes tun. Entschuldige mich bitte einen Moment.« Mathes stand auf, verschwand kurz im Haus und kam mit einer kleinen Tonpfeife zurück, die er mit getrocknetem Huflattich füllte. Dann zündete er sie an und reichte sie Tassilo. »Hier, rauch das. Das tut den Lungen gut und bekämpft mögliche Miasmen.«

Während Tassilo inhalierte, erinnerte er sich daran, dass er die Penisse der anwesenden Herren und ihrer männlichen Nachkommen verflucht hatte, also auch den seines Freundes Fenggenmathes. Kurz meldete sich sein schlechtes Gewissen, dann beruhigte er sich mit dem Gedanken, dass er dank der Kräuterdämpfe gute Chancen hatte, gesund zu bleiben.

»Pass auf, Tassilo: Ich sage dir als dein alter Freund, dass du den Auftrag der Ratsherren annehmen solltest! Wenn schon die Mutter Äbtissin der Klarissen mit dabei ist und offenbar auch die Herzöge, dann bleibt dir gar keine andere Wahl. Ich verstehe sowieso nicht, warum du dich so sträubst. Du kommst mal raus aus deiner Giesinger Burg …«

»Sensation!«, rief Tassilo sarkastisch. »Ich komme bis nach Oberhaching und Schäftlarn. Welch Reise. Da bleibe ich lieber in meiner Giesinger Burg.«

»Reisen wird allgemein überschätzt«, lachte Mathes höhnisch. »Glaub mir, ich weiß, wovon ich spreche.« Es war etwas über zwei Jahre her, da hatte der Fenggenmuck die Nase voll von dem Unsinn, den sein Sohn trieb – Hurerei, Glücksspiele, Turniere, Saufgelage, Schlägereien. Das war zwar für einen Sohn aus reichem Hause nicht ungewöhnlich, doch Vater Fenggen drängte darauf, dass der Spross den Ernst des Lebens und vor allem Demut kennenlernen sollte, um eines Tages sein Erbe antreten zu können. Ausschlaggebend waren wilde Nächte mit dem Erbprinzen Albrecht und Tassilo nach einem Turnier in Augsburg. Tassilo konnte sich kaum noch erinnern, was damals alles geschehen war – nur, dass es wild war. Und wie!

Kaum zurück in München befahl Vater Fenggen dem überraschten Sohn an einem kalten Februarmorgen, seine Sachen sofort zu packen und auf Reisen zu gehen. Hinaus in alle Himmelsrichtungen zu den Handelspartnern der Fenggens. Als Begleiter gab er Mathes einen gestrengen Kartäuserpater aus dem Kloster Christgarten bei Ederheim mit. Nun waren die Kartäuser bekannt dafür, dass sie Einsamkeit und Schweigen als bestmöglichen Weg zu Gott sahen. Der Fenggenmuck hatte diesen Orden mit Bedacht gewählt und genug gezahlt, damit selbst der menschenscheuste Eremit seine Kartause verließ. Mit einem wortkargen, jede Gesellschaft verachtenden, alles Weltliche hassenden Geistlichen namens Julius durch Europa zu reisen, war nicht wirklich nach Mathes Gusto. Doch man widersetzte sich den Befehlen des Vaters nicht. Als Mathes nach rund eineinhalb Jahren im November 1429 heimkehrte – übrigens ohne den Kartäuser Julius, der hatte sich nur wenige Wochen vor der Rückfahrt nach München in Turin einfach abgesetzt, warum, darüber schwieg Mathes –, schien er tatsächlich gereift. Zumindest verändert. Und dann holte der Vater zum finalen Schlag aus und setzte Mathes eine Braut vor die Nase. Rosa Pichler, die Tochter eines Salzhändlers aus Reichenhall. Nein, dem Befehl seines Vaters widersetzte man sich nicht. Mathes nahm sogar den Weg nach Reichenhall auf sich, um die Künftige vor Ort pflichtschuldig zu heiraten und nach München zu führen.

Nicht zuletzt deshalb fand Tassilo, dass ihre Freundschaft gelitten hatte. Die unbeschwerten Zeiten der Adoleszenz waren endgültig vorbei. Gut, wer so viele Monate auf Wanderschaft geht, kehrt niemals unverändert zurück, das war Tassilo klar gewesen. Mathes schien vor allem eines bei seinem Reisebegleiter gelernt zu haben: Schweigen. Wobei er durchaus gerne und viel redete, doch er sagte wenig. Er erzählte kaum von seiner Reise oder seinen Interessen oder den Liebschaften. Tassilo hatte die äußerst zurückhaltende Mitteilsamkeit zunächst gefuchst. Schließlich hatte er damals dem Mathes alles erzählt, als Tassilo einst unsterblich und unglücklich in Prinzessin Beatrix, die Tochter von Herzog Ernst, verliebt gewesen war und wie sehr ihn die Prinzessin gedemütigt hatte. Das empörende Verhalten der Prinzessin, inzwischen durch Heirat eine Pfalzgräfin, zehrte bis heute an Tassilo und insgeheim schmiedete er immer noch verwegene Rachepläne.

»Wie ich schon sagte«, griff Mathes das Thema wieder auf. »Ich an deiner Stelle würde es machen. Du befragst ein paar Leute, und das war es dann. Einfältige Bauern und dumme Knechte. Die werden dir alle möglichen Erlebnisse mit Dämonen und Geistern berichten. Die sehen ihren eigenen Schatten und beten vor Schreck sofort zum heiligen Korbinian. Vielleicht findest du in den Wäldern fahrende Gaukler, die sich verstecken, weil sie keine Genehmigung haben, das Land zu durchqueren. Ja, und? Was soll passieren? Niemand erwartet ernsthaft, dass du dem Leibhaftigen gegenübertrittst.« Er bekreuzigte sich nachlässig.

»Ich hatte schon den Eindruck.«

»Und wenn, dann hast du immer noch deinen Stoffel an deiner Seite, der für dich alles tun würde, inklusive dem Teufel in die Hölle folgen.«

»Da hast du recht. Aber willst du mich nicht lieber begleiten, Mathes?«

Da er eben einen Schluck getrunken hatte, prustete Mathes Wein über den Tisch. »Tut mir leid, mein Freund. Das mache ich mit Sicherheit nicht. Das wirst du alleine schaffen. Abgesehen davon wird mich mein Vater nicht weglassen. Pfffh, und mein Weib schon gleich gar nicht. Ich könnte mich ja versehentlich amüsieren … Die Knute des Vaters zu ertragen mag schicklich sein, ist manchmal aber eine schwere Prüfung für einen Sohn. Sei froh, dass du dein eigener Herr bist!«

»Mein eigener Herr? Du kennst meine ältere Schwester!« Tassilo zog amüsiert die Augenbrauen hoch.

»Stimmt.« Mathes lachte, beugte sich über den Tisch und flüsterte fast. »Hast du schon gehört, dass es einen interessanten Neuzugang im Haus der gemainen Töchterlein gibt?«

»Nein.« Tassilo war ganz Ohr. Neuzugänge im Bordell waren immer interessant. Und typisch für Mathes, dass er darüber Bescheid wusste. Trotz Gattin. Vielleicht auch deswegen. Verheirateten war der Besuch im Frauenhaus streng verboten. Aber das hielt kaum einen Verheirateten vom Besuch ab. Die reichen Herren konnten sich die Strafen finanziell leisten. Der Fenggenmathes pflegte sich für die nächtlichen Abenteuer zu verkleiden. Meist als Scheffler.

»Eine Mohrin«, wisperte Mathes und schnalzte mit der Zunge.

»Nein!« Tassilo hatte noch nie eine Mohrin gesehen. Wie absolut aufregend und voller Exotik das Leben in der großen Stadt doch war.

»Wenn ich es dir sage. Eine echte Mohrin aus dem Mohrenland. Ich werde ihr heute noch einen Besuch abstatten. Man muss um Termine ersuchen und diese einhalten. Erwarte also nicht, dass ich dir den ganzen Abend Gesellschaft leiste und morgen früh anwesend bin.«

»Absolut verständlich!« Es war nicht das erste Mal, dass Mathes Tassilo in seine Fremdgehaktivitäten einweihte. Tassilo beschloss, so bald als möglich den Henker aufzusuchen, der für das Bordell zuständig war und eine Verabredung mit der Mohrin zu vereinbaren.

»Und du bist sicher, dass du nichts essen möchtest?«, fragte Mathes.

»Danke, der Appetit ist mir vorhin vergangen.«

»Schade. Meine Köchin hat für uns Blancmanger vorbereitet.«

»Blancmanger? Mandelpudding mit Huhn oder Fisch?«

»Diesmal mit Hecht.«

»Ach. Hecht. Nein danke. Iss ruhig.«

»Etwas Leichteres vielleicht? Wir haben sicher noch Veilchenpaste mit Schmalz im Haus. Das hast du doch immer gerne. Oder ein Karbenada hat die Köchin auch schnell gezaubert.«

»Karbenada klingt jetzt doch verlockend.« Tassilo schnalzte mit der Zunge. Scharf angebratener Bauchspeck, ordentlich gesalzen – »Keine Scheu, salzt ordentlich! Salz wird in diesem Haus nicht mit Gold aufgewogen«, wie Mathes stets zu scherzen pflegte –, zuletzt gewälzt in Zimt und Zucker, darüber reichlich gehackte Petersilie, dazu Brot und Wein … Der Hunger war wieder da.

4 Die Hochwürdige und die Durchlauchten

Wartet hier und setzt Euch, Herr«, sagte die vergrämt blickende Pförtnerschwester des Angerklosters zu Tassilo und wies auf den einzigen Holzschemel, der in dem kahlen Raum stand. Das Parlatorium, nur hier durften weltliche Besucher empfangen werden. Die Schwester war noch jung, doch alles an ihr strahlte Leid aus. »Ich werde die hochwürdige Mutter informieren.« Dann faltete sie ihre Hände unter der weißen Schürze über den dicken Wanst und rauschte davon. Tassilo setzte sich. Er kannte das Prozedere von seinen Besuchen. Es gab nur eine Sitzgelegenheit, damit niemandem einfiel, es sich gemütlich zu machen und damit die Sprechzeiten mit Klosterschwestern kurz blieben.

»Mein lieber Tassilo!«, rief die Äbtissin erfreut aus, als sie das Parlatorium schwungvoll mit dem nonchalanten Selbstbewusstsein einer Frau von Macht und Einfluss betrat. Hinter ihr schlurfte die Schwester Pförtnerin herein.

»Hochwürdige Frau Margaretha.« Tassilo verbeugte sich und deutete einen Kuss auf die ihm hingestreckte Hand mit dem Siegelring an. Die Hand roch nach Salbei. Die Pförtnerschwester schenkte ihm einen verachtenden Blick und verließ den Raum.

»Verzeiht, Hochwürdige, aber kann es sein …«, Tassilo kratzte sich am Kinn, während er der Schwester Pförtnerin hinterherschaute, »… kann es sein …« Er brach ab. Ihm lag eine dumme Frage auf den Lippen, die sich nicht geziemte.

»Kann was sein, mein lieber Tassilo?«

»Nichts. Verzeiht.«

»Gut. Selbstverständlich ist mir der Grund Eures Besuchs bekannt. Doch bei unseren letzten Treffen hatten wir kaum Gelegenheit zu sprechen.«

»Bei offiziellen Anlässen seid Ihr eine begehrte Gesprächspartnerin, Hochwürdige. Es ist schwierig, zu Euch vorzudringen.«

»Ach was.« Die Äbtissin winkte für ihr Amt eindeutig zu kokett ab. »Sagt, Tassilo, sagt mir zunächst, wie geht es Euch, wie stehen die Geschäfte?«

»Alles bestens, Hochwürdige. Ich arbeite an einem neuen Lied. Und die Geschäfte laufen blendend, da ganz München baut. So tragisch der Brand letztes

Jahr auch war, er zahlt sich für uns aus. Unsere Ziegelöfen brennen von Frühmorgens bis spätabends. Alle brauchen gebackene Steine. Die Bestellungen reichen bis weit ins nächste Jahr hinein.«

»Wie wunderbar. Und was machen die liebe Gurkenhemma und der liebe Bub Christoffel?«

»Hemma betet inzwischen zu so vielen neuen Heiligen, dass ich den Überblick verloren habe. Und sie ist einfältig wie immer. Aber sie sorgt für mich wie eine Mutter. Stoffel gedeiht prächtig, er ist ein richtig strammer Bursche geworden, fast schon ein Mann. Er ist sehr geschickt und alles andere als einfältig. Ihr wisst, dass ich ihm das Lesen und Schreiben beigebracht habe?«

»Ach, die Jugend! Ja, lasst ihn lesen und schreiben, wenn er möchte, Tassilo. Solange es gottgefällige Texte sind. Hier«, sie zog ihre linke Hand unter der weißen Schürze hervor und überreichte einen kleinen Kuchen. »Den habe ich der Schwester Köchin aus der Vorratskammer stibitzt.« Sie kicherte schelmisch. »Gebt ihn dem Stoffel. Den mag er gewiss.«

»Alle jungen Burschen mögen Kuchen. Ihr seid zu gütig, Hochwürdige.«

»Er ist ein armes Findelkind, er hat alle Güte der Welt verdient.«

»Sicher, Hochwürdige.« Tassilo sah zu Boden.

Die Äbtissin wurde ernst. Sie blickte kurz zur Tür und senkte die Stimme. »Hör zu, lassen wir die Formalitäten, Tassilo. Lass uns wie früher reden.«

»Wie Ihr … wie du meinst, werte …« Er brach ab, als sie verärgert ihr Gesicht verzog.

»Die erschütternden Nachrichten aus Oberhaching beunruhigen mich«, sagte Äbtissin Margaretha. »Als ich davon erfuhr, war mir klar, dass ich nur einem wirklich vertrauen kann, die Dinge dort aufzuklären. Dir.«

»Das ehrt mich, Marga, aber ich bin sicher nicht die beste Wahl. Irgendeine Bestie, sei es Mensch, sei es Tier, sei es ein Dämon, hat einen Bauern zerteilt. Das kann am besten der Richter vor Ort aufklären …«

»Dieser Ludwig Gröbner?« Die Äbtissin schnaubte verächtlich. »Was für ein selbstverliebter Stutzer.« Sie bekreuzigte sich sofort und murmelte irgendwas von »Vergebung« zum Herrgott. »Gut, ich möchte seine Fähigkeiten nicht bezweifeln. Womöglich könnte er es tatsächlich irgendwie schaffen, einen Mord aufzuklären.«

»Du kennst den Landrichter aus Wolfratshausen?«

»Mein Lieber!« Die Äbtissin lachte mitleidig. »Was denkst du? Nur weil ich eine Klarisse bin? Armut und Demut beherrschen mein Leben hinter diesen Mauern. Ich bin aber die Äbtissin des ältesten und größten Münchner Frauenklosters. Du musst doch zugeben: Wir beide sehen uns häufiger bei offiziellen Empfängen und Banketten als hier! Nächste Woche wieder. Beim Fest zu Ehren der Pfalzgräfin Beatrix.«

»Stimmt. Beatrix kommt in die Stadt«, grummelte Tassilo.

»Sie liebt die Jacobidult. Nun, wer liebt sie nicht, unsere Dult.« Die Äbtissin räusperte sich. »Im Übrigen suchen die Durchlauchten oft meinen Rat. Außerdem sehe ich zweimal im Jahr nach dem Rechten auf unseren Ländereien. Also, ja, ich hatte schon das eine oder andere Mal das Vergnügen, die Gesellschaft dieses Herrn Landrichters Ludwig Gröbner ertragen zu müssen. Zurück zum Thema. Es geht hier nicht um einen Mord. Es geht nicht darum, dass ein paar besoffene Bauern glauben, den Bilwis tanzen gesehen zu haben. Ja, ich habe davon gehört! Abergläubisches Pack. Getreidedämonen! Wer glaubt solchen Unsinn! Neulich war eine Schwester aus dem Böhmischen bei uns zu Gast, die hat von der Mittagsfrau erzählt, die Punkt zwölf Uhr mittags über die Felder geht und mit ihrer goldenen Sichel faule Erntehelfer köpft. Eine Mitschwester! Und dann abergläubisch! Heidnische Dämonen gibt es nicht. Den Teufel hingegen schon. Es geht darum, dass der Gottstehunsbei gesehen wurde. Der Gott! Steh! Uns! Bei! Was das einfältige Volk dem Leibhaftigen für einen Namen gegeben hat. Nun denn. Wenn sich der Leibhaftige zeigt, ist die Zeit des Tändelns vorbei. Dann müssen wir unverzüglich handeln, wir, die wir fest im Glauben sind. Keinen Fußbreit machen wir Platz für Satanas! Wenn er es denn ist. Das muss geklärt werden. Wobei ich kaum daran zweifle. Begreifst du, Tassilo, dass sich unsere Bauern nicht mehr auf die Felder trauen? Dass sie sich weigern, ihrer Arbeit nachzugehen? Sie verschanzen sich in ihren Höfen. Es ist fast Ende Juli! Bald kommt die Erntezeit. Was soll ich tun? Mal eben schnell eine Kutsche nach Taufkirchen oder Schäftlarn besteigen und dort nach dem Rechten sehen und das abergläubische Pack zum Arbeiten antreiben?«

»Zum Beispiel.«

»Ja, das könnte ich. Aber das nimmt ihnen nicht die Angst. Sicher, ich bin ihre Herrin, und sie würden sich meinem Willen beugen. Ich könnte ihnen Gottes Trostbotschaft erneut vermitteln, aber dazu haben sie ihre Pfaff… Dorfgeistlichen. Doch ich möchte Aufklärung, was wirklich passiert ist und vielleicht noch passiert. Ich möchte, dass mein Land nicht geschändet wird, dass mein Land wieder sicher ist.«

»Die Ernte ist ohnehin verregnet«, warf Tassilo ein.

»Rede nicht solchen Unsinn. Es kann immer noch etwas gerettet werden. Wovon sollen wir die Armen speisen, wenn wir nichts haben?«

»Die Sorge um die Armen treibt dich also um, Marga?« Tassilo lachte.

»Nein.« Sie sah ihm hart in die Augen. Sie war zehn Jahre älter als Tassilo. Um ihre Augen furchten feine Linien durch die Haut. »Die Sorge um unser Land. Es ist unser Land, verstehst du?«

»Ja, Vater hat es dem Kloster übereignet.«

Die Äbtissin schnaubte und tippte Tassilo auf die Brust. »Das Kloster … Darum geht es nicht. Es ist unser Land, mein Bruder. Stubenrußland. Und das gebe ich nicht kampflos auf.«

Tassilo sah seine ältere Schwester nachdenklich an. »Das Land hat Vater als Mitgift überschrieben, als du ins Kloster eingetreten bist.«

»Ich bin eingetreten? Nun ja, ich würde eher sagen, ich wurde eingetreten.«

»Ich dachte, du …«

»Du warst noch ein Kind, Tassilo. Du hättest das nicht verstanden. Und nun ist auch nicht der geeignete Zeitpunkt, darüber zu reden. Unser Vater hat mir damals befohlen, ins Kloster zu gehen. Also habe ich getan, was von einer braven Tochter erwartet wird, obwohl … Egal. Warum glaubst du, dass ich recht schnell erst Oberin und dann Äbtissin wurde? Weil Vater dafür mit Land und Gold gezahlt hat.«

»Das war mir nicht klar, Marga. Du dauerst mich.«

»Ich brauche dein Mitleid nicht, Bruder.« Die Äbtissin lächelte. »Ich brauche deine Mithilfe.«

»Verzeiht, hochwürdige Mutter«, die Schwester Pförtnerin stand urplötzlich im Türrahmen. Tassilo schrak zusammen. »Es ist Zeit.«

»Sicher, Schwester Josepha. Ich komme.« Die Äbtissin wandte sich zum Gehen. Die Pförtnerin verschwand. »Ich kann also auf dich zählen, mein kleiner Bruder?«

»Ich überlege es mir«, sagte Tassilo zaghaft.

»Überlege nicht zu lange. Ach, sag, was wolltest du mich fragen, als ich hereingekommen bin?« Sie vergaß aber auch gar nichts.

»Hmmm, das könnte peinlich sein«, druckste Tassilo herum. Andererseits war diese Schwester Pförtnerin nicht wirklich freundlich zu ihm gewesen.

»Sag schon. Du hast als Bub nie ein Blatt vor den Mund genommen.«

»Kann es sein, dass die Schwester Pförtnerin in froher Erwartung ist?«, platzte er flüsternd heraus.

»Josepha?« Die Äbtissin sah kurz zur Tür und lächelte. »Gibt es etwas, was dir entgeht? Du mit deinen Adleraugen.« Sie zuckte gleichgültig mit den Schultern. »Und wenn schon. Wir sind alle Kinder Gottes und keiner ist ohne Fehl.

In einem schwachen Moment konnte der Teufel sie davon überzeugen, dass sie dem Gärtner mehr Hingabe schulde als unserem Herrgott. Sie tut nun Buße, glaube mir. Lass uns nicht unnötig Zeit verplempern mit Geschwätz über meine sündhaften Schwestern. Geh, Bruder. Bring mir den Kopf des Gottstehunsbei.«

Immer wenn er aus dem Kloster ins Freie auf den Dultplatz trat, fühlte sich Tassilo Stubenruß wie befreit. Als würden Steine vom Gemüt kullern. Stoffel stürzte sich sofort auf seinen Herrn und strahlte ihn erwartungsvoll mit Riesenaugen an.

»Diesmal hat sie nichts für dich mitgegeben«, raunzte Tassilo.

»Das glaube ich Euch nicht, Herr.« Stoffel lächelte welpenhaft weiter. »Es wäre das erste Mal, dass die hochwürdigste Mutter nichts für mich mitgegeben hätte.«

»Hochwürdige, Christoffel, sie ist die hochwürdige Mutter, nicht die hochwürdigste.«

»Für mich ist sie aber die hochwürdigste aller Mütter.«

Tassilo verdrehte die Augen. »Manchmal wünschte ich, du wärest strunzdumm.«

»Nein, Herr, das wünscht ihr nicht. Dann könnte ich Euch nämlich nicht so gut dienen.«

»Gscheithaferl, elendiges. Hier.« Er holte den kleinen Kuchen hervor. »Mit besten Grüßen von der hochwürdigsten aller Mütter.«

»Danke, Herr!« Stoffel wickelte das Gebäck in ein Stück Tuch und verstaute es vorsichtig in der Satteltasche seines Maultiers. »Im Übrigen, Herr, kam vorhin ein Bote seiner Durchlaucht Ernst. Die beiden Herzöge wünschen Euch zu sehen.«

»Wann?«

»Am besten gleich, sagte der Bote. Die Durchlauchten erwarten Euch.«

»Na, großartig.« Seinen Plan, zurück auf die Burg Untergiesing zu reiten und den Nachmittag mit Dichten zu verbringen, konnte Tassilo begraben. Sie überquerten den Kleinen Angerbach und den Dultplatz. Der Weg zum Alten Hof, der Stadtburg der Herzöge, wäre durch die kleinen Gässlein bei der Roßschwemme und beim Heilig-Geist-Spital vermutlich kürzer gewesen, aber Tassilo bevorzugte die breiten Gassen, die durch das Innere Sendlinger Tor führten, einem Rest der ersten Stadtmauer aus der Zeit, als München noch nicht einmal halb so groß war wie jetzt. Auf dem Markt lärmten Händler und

Käufer. Immer wieder aber flatterten Satzfetzen vorbei, in denen es um den Teufel ging, der sich München nähere. Die Alten zeterten, was nur aus dem Land geworden sei.

Der Schandpfahl war leer. Der darüber enttäuschte Stoffel drängte darauf, am Narrenhäusl vorbeizugehen, das an der nordwestlichen Ecke des Rathauses stand. Es war kein Häusl, eher ein großer Käfig aus Eisenstäben. Über der Gittertür prangte das Bild eines Narren. Es war immer interessant zu sehen, wer zu tief in den Humpen geschaut hatte und zur Ausnüchterung eingesperrt worden war. Diesmal hockten zwei Burschen darin. Einer schlief eingerollt und lauthals schnarchend seinen Rausch aus. Der andere saß mit schamvoll gesenktem Kopf auf dem Boden und bemühte sich, die Schmährufe der Kinderschar vor den Gitterstäben zu überhören. Spätestens gegen Abend würde man beide freilassen. Im Narrenhäusl zu landen war nicht ehrenrührig – ganz im Gegensatz zum Schandpfahl. Burschen schlossen Wetten darüber ab, wer wann darin eine Nacht verbringen würde. Selbst Tassilo war es schon einmal in jüngeren Jahren passiert.

In München gab es nur zwei Straßen. Die Weinstraße und die Burgstraße. Alles andere waren je nach Breite entweder Gassen oder Gassl. Warum das so war, wusste niemand. Die Burgstraße führte hinein in die Alte Burg. Doch als Tassilo die Richtung einschlug, zog Stoffel ihn am Ärmel.

»Nicht die Alte Burg, Herr. Die Durchlauchten erwarten Euch in der Neuveste.«

»Kannst du das nicht gleich sagen, depperter Bub? Kaum hält man dir einen Kuchen hin, schon leidest du unter Hirnfraß.« Also die Dienergasse hinunter, am Judenviertel und dann am Barfüßerkloster vorbei zur Wasserburg.

Die Herzöge unterhielten zwei Höfe in München. Das lag daran, dass es im Jahr 1384 eine unangenehme Konfrontation zwischen Bürgern und den drei regierenden Herzögen Johann, Stephan III. und Friedrich gegeben hatte. Ungünstig für die rebellierenden Münchner war, dass sie nur sich selbst hatten, die Herzöge hingegen konnten auf die Unterstützung des Fürstenbundes bauen. Flugs tummelten sich bedrohlich bewaffnete Heere diverser Herzöge und Grafen plünderungsbereit vor den Toren der Stadt. München blieb nur die Kapitulation. Einhundert Bürger mussten bußfertig nach Dachau ziehen und auf Knien um Gnade wimmern. Die Herzöge zeigten sich gnädig, unter anderem aufgrund der Summe von 6000 Gulden Sühnegeld, hauptsächlich jedoch, weil sie nun der Stadt den Bau einer neuen Burg abpressen konnten. Denn in baulichen Angelegenheiten hatten die Landesherren der Stadt normalerweise nichts vorzuschreiben. Die alte Burg lag wenig wehrhaft und leicht zu erstürmen mitten in der Stadt. Die neue Burg, umgeben von einem Wassergraben, ließen die Herzöge östlich des Schwabinger Tors knapp außerhalb der Stadtmauern errichten. Von der Stadt aus konnte man nur auf zwei Brücken hineingelangen. Zudem besaß die Anlage im Norden ein eigenes Tor. Ein idealer Ort, um sich bei Aufständen sicher zu verschanzen und im Bedarfsfall vor ihnen zu fliehen.

Die Wachen an der Brücke ließen Tassilo ohne Kontrolle passieren. Ernst und Wilhelm, die gemeinsam regierenden Herzöge von Bayern-München, erwarteten Tassilo im Hof der Neuveste. Wilhelm III., der jüngere und jovialere der Brüder, kam umgehend auf Tassilo zu. Der knickste so tief es eben ging, ohne dabei mit den Knien den immer noch feuchten Erdboden zu berühren, wobei er wackelte wie ein krummbeiniger Storch im Sturm.

»Lasst das, mein lieber Herr Tassilo«, sagte Herzog Wilhelm. »Doch nicht hier in Staub und Kot. Erhebt Euch und gesellt Euch ein wenig zu uns. Wir überlegen gerade, was man aus diesem Juwel hier noch alles machen könnte.«

»Wir überlegen? Wir überlegen eher nicht«, sagte Herzog Ernst frostig. Tassilo verneigte sich wackelig kniebeugend erneut so tief wie möglich. »Wir überlassen es lieber unseren Nachkommen, etwas aus dieser Burg zu machen.«

»Wenn wir etwas Land dazubekommen, können wir, oder unsere Nachkommen, werter Bruder, eine prächtige Residenz daraus machen«, sagte Wilhelm und breitete die Arme aus. Tassilo sah hinauf zu den Wehrgängen. Armbrustschützen beobachteten sie. »Wir werden kommende Woche die Feierlichkeiten zum Besuch unserer Nichte zur Abwechslung einmal hier ausrichten lassen. Auch wenn wir nicht persönlich anwesend sein können.«

»Eine hervorragende Idee«, antwortete Tassilo. Er musste sich konzentrieren, denn das »Wir« verwirrte ihn angesichts der Herzöge jedes Mal aufs Neue. Sprachen sie nun von sich beiden oder benutzten sie den Pluralis Majestatis? Man musste auf der Hut sein, um nicht falsch zu antworten. »Ihr seid nicht anwesend, Durchlauchten?«, schob er nach.

»Wir müssen unser Land bereisen, besonders in unruhigen Zeiten«, sagte Ernst und strich sich über den weißen Bart. »Wir brechen übermorgen nach Straubing auf.« Die Herzöge pflegten stets umherzureisen, blieben mal hier, mal dort, mal in Straubing, mal in Tölz, mal in Schwandorf, mal in Deggendorf. Häufig genug in München. Sich regelmäßig seinem Volk zu zeigen, hatte sich über Jahrhunderte bewährt.

»Sagt, Herr Tassilo«, plauderte Wilhelm fort. »Wir haben gehört, dass Ihr hübsche Gedichte schreibt.«

»Zu gütig, Durchlaucht.« Tassilo verneigte sich.

»Eine Ode an den Maikäfer, nicht wahr? Wir finden das erstaunlich, ja, etwas wunderlich. Warum verschwendet Ihr Euer Talent an so ein schädliches Insekt, das uns die Bäume kahl frisst?«

»Hirschkäfer, Durchlaucht. Nicht Maikäfer. Meine Ode ging an den Hirschkäfer.«

»Soso. Ist Käfer nicht Käfer?«

»Verzeiht, wenn ich widerspreche …«, setzte Tassilo an.

»Ja, wir sind der Ansicht, dass Käfer Käfer ist.« Herzog Ernst – grantig und zielorientiert wie immer. »Doch wir sind nicht hier, um mit Herrn Tassilo über diese Art von Schädlingen zu disputieren.« Dass er momentan arge Probleme mit seinem Sohn hatte, dem einzigen männlichen Nachkommen derer von Bayern-München, dem Erbprinzen Albrecht, war landesweit bekannt und sorgte seit zwei Jahren für Tratsch und Klatsch. Seit Albrecht diese unstandesgemäße Liebschaft zu der Augsburger Baderstochter Agnes Bernauer pflegte, konnte man regelrecht dabei zuschauen, wie sich die Sorgen- und Wutfalten tiefer in Herzog Ernsts Stirn gruben. Albrecht war im Februar 1428 über beide Ohren verliebt von einem Turnier zurückgekehrt und hatte versucht, seine Agnes als offizielle Mätresse am Hof einzuführen. Eine Baderstochter! Als gschlampertes Verhältnis – bitte sehr, das stand einem Prinzen an, aber keinesfalls als offizielle Geliebte und schon gleich gar nicht als Gattin. Tassilo fühlte sich irgendwie mit für die Verhältnisse verantwortlich. Er pflegte mit dem Erbprinzen eine Bekanntschaft, Freundschaft konnte man es nicht nennen, denn der Standesunterscheid verbot Derartiges. Tassilo begleitete Albrecht gerne zu Turnieren, als Nichtadeliger durfte er nur zuschauen. Er war damals in Augsburg dabei gewesen, hatte die Liebe in Albrechts Augen aufflammen sehen, als diese zugegebenermaßen sehr resche Agnes den Raum betreten hatte. Damals, in jener wilden Nacht voller Wein, versetzt mit Alraune, Stechapfel und Weiß-der-Teufel-welchen-anderen-Rauschmitteln sowie Weibern, die mit einem totalen Aussetzer endete, weshalb sich Tassilo nicht wirklich an Details erinnern konnte. Er war halb nackt irgendwo in einem Heuschober aufgewacht, wohin ihn sein treuer Diener Stoffel geschleppt hatte. Seit damals riet er Albrecht stets, die Bernauerin loszuwerden, um sich seinen standesgemäßen Aufgaben zu widmen. Den Widerstand seines Vaters und vor allem den seiner drei Schwestern würde Albrecht ohnehin nicht brechen können. Würde

Albrecht seine Geliebte zur Gattin machen, bräuchte es einen neuen Thronfolger im Bayernland, denn Herzog Ernst hatte nur noch drei Töchter, zwei gut verheiratet, eine im Kloster. Schon sah sich der bislang als hartnäckiger Frauenverächter bekannte Wilhelm gezwungen, nötigenfalls den Bund der Ehe einzugehen, um Söhne zu zeugen und die Dynastie zu erhalten. All das hatte Herzog Ernst verhärmt.

»Wir haben vernommen«, so Ernst weiter, »dass Ihr die Last auf Euch genommen habt, diese unschöne Geschichte mit dem Leibhaftigen aufzuklären, die unser Land aufs Ungünstigste erschüttert.« Die beiden Brüder bekreuzigten sich bei »Leibhaftigen«. Tassilo schloss sich sicherheitshalber an.

»So würde ich das nicht formulieren, Durchlaucht«, sagte Tassilo. »Ich habe diese Last bisher nicht auf mich genommen. Denn ich glaube nicht, dass ich der Richtige bin.«

»Das ist bedauerlich.« Herzog Wilhelm zog die linke Augenbraue hoch. »Man hört so viel Gutes über Euch, Herr Tassilo. Man sagte uns, der Rat und auch die Hochwürdige haben Euch bereits beauftragt.«

»Ich habe den Auftrag aber bisher nicht angenommen.«

»Ist das so?«, fragt Wilhelm. »Wir schätzen die Hochwürdige sehr. Es stünde Euch gut an, die Hochwürdige nicht zu enttäuschen.«

»Ich schätze die Hochwürdige ebenfalls sehr.« Tassilo wurde zunehmend unwohl. »Doch dieser Auftrag …«

»Dann beauftragen wir Euch«, unterbrach Ernst, kein weiteres Widerwort duldend. »Es ist unser Wunsch.«

»Natürlich, Durchlaucht.« Tassilo innerlich kochend, verbeugte sich. Er saß in der Falle. So schnell konnte es dann doch gehen. »Wenn es Euer Wunsch ist.«

»Man berichtete uns«, so Ernst weiter, »dass sich vor dem Isartor bereits wieder die Tanzwütigen sammeln.«

»Das ist mir neu, Durchlaucht.« Tassilo erinnerte sich dann an die eine Bäuerin vom Vortag, die begonnen hatte zu tanzen. Die Tanzwut grassierte in regelmäßigen Abständen unter dem Volk, vor allem, wenn die Zeiten so schlecht waren, dass man den Herrgott besänftigen musste, indem man sich ihm opferte. Mitunter fanden sich Hunderte zusammen, die bis zur völligen Erschöpfung oder gar bis zum Tod tagelang tanzten. Nicht selten gesellten sich Selbstgeißler dazu.

»Wir dulden keine Tanzwut vor der Stadt«, fuhr Ernst fort. »Schon gar nicht am Isartor, wo es zum Floßhafen geht. Münchens Hafen ist eine unserer Lebensadern, nicht wahr? Wir haben den Platz räumen lassen.«

»Sehr weise, Durchlaucht.«

»Wegen all dieser Umstände erwarten wir, dass Ihr unseren Wunsch ernst nehmt.«

»Selbstverständlich.« Tassilo verneigte sich verärgert. Es gab kein Entkommen.

»Nun, nun, Herr Tassilo.« Wilhelm III. legte dem jungen Mann die Hand auf die Schulter. »Wir wollen Euch doch zu nichts zwingen. Am Ende werdet Ihr dann nicht aufmerksam genug arbeiten. Und jeder Fehler wäre angesichts des Leibhaftigen fatal.« Bekreuzigung. »Wir dachten uns, dass wir Euch vielleicht einen kleinen Anreiz geben, damit Euch diese Aufgabe leichter fällt. Ihr besitzt doch die ehemalige Burg Untergiesing?«

»Ja, Durchlaucht. Mein Vater hatte einst das Vergnügen, bei Euch die Burg eintauschen zu dürfen.« Was man so hochtrabend als »Burg« bezeichnete, konnte man im klassischen Sinn nicht wirklich so nennen. Es handelte sich eher um einen befestigten Gutshof oben am Hochufer der Isar. Er diente einst tatsächlich als Sitz derer von Giesing, bis diese sich partout nicht mehr fortpflanzen wollten und ausstarben. Als dann 1402 die Münchner wieder einmal gegen die Herzöge rebellierten – gut, dass Ernst und Wilhelm da schon die praktische Neuveste zur Zuflucht hatten –, holten sich die Bürger Herzog Ludwig den Gebarteten von Bayern-Ingolstadt als Unterstützung. Ludwig der Gebartete kaufte flugs ein paar Burgen rings um die Stadt, so die in Untergiesing, um von dort aus seine Vettern mit Krieg zu überziehen. Doch Ernst und Wilhelm siegten über den gebarteten Ingolstädter, und die Münchner mussten wieder einmal Buße tun. Da sich die Stubenrußens nach alter Familientradition politisch geschickt indifferent verhalten hatten, genossen sie weiterhin sowohl das Vertrauen der Herzogsbrüder als auch der Städter. Tassilos Vater tauschte schließlich lehmreiche Ländereien im Dorf Berg am Laim gegen das Anwesen in Untergiesing. So bekamen die Herzöge ihre eigenen Ziegelgründe und die Stubenruß einen schmucken, »Burg« genannten Landsitz.

»Wenn man eine Burg hat, dann wäre es doch schön, ein richtiger Burgherr zu sein, oder?« Wilhelm lächelte vielsagend, was den Blick auf sein recht ruiniertes Gebiss freigab.

»Sicher doch, Durchlaucht.«

»Machen wir es kurz«, ergriff Ernst wieder das Wort. »Wir bieten Euch an, Untergiesing wieder zum Edelsitz zu erheben. Ihr würdet den zugehörigen Ort als Hofmark bekommen mit entsprechenden Rechten und Pflichten.«

Tassilo bemühte sich, die Aufregung nicht nach außen treten zu lassen. Sein Hirn brauste, die Ohren glühten, das Herz pulsierte frenetisch, und die Knie zitterten. Ein Edelsitz! Eine Hofmark! Richtige Untertanen! Er würde in den Landadel aufsteigen. Er würde ein Edler, vielleicht sogar Ritter oder Freiherr werden. Erblicher Adel. Das wäre der gesellschaftliche Aufstieg. Er würde ein adeliges Fräulein ehelichen können. Eine Hofmark! Untergiesing war im Gegensatz zum benachbarten großen Bauerndorf Obergiesing zwar nur ein winziger Flecken mit ein paar Gütln, Leerhäusln und Sölden, aber dennoch. Tassilo von Stubenruß oder lieber Tassilo von Giesing? Jessasmariaundjosef, er hörte förmlich die Gurkenhemma durchdrehen.

»Ihr seid zu gütig, Durchlauchten«, stammelte er.

»Nimmt Euch das den Zweifel?« Ernst zog den linken Mundwinkel schräg. Es sollte wohl ein Lächeln darstellen. »Scheut Ihr nun noch die Begegnung mit dem Leibhaftigen?« Bekreuzigung.

»Sofern es überhaupt der Leibhaftige ist!«, antwortete Tassilo entschlossen. Bekreuzigung. »Da bin ich mir nicht so sicher.«

»So gefällt uns das«, schmunzelte Wilhelm.

Als sich Tassilo entfernte, hörte er noch, wie sich die hohen Herren offenbar über seine Dichtkunst unterhielten. Stolz ließ er seine Brust schwellen. Hätte er besser hingehört, hätte er es wohl unterlassen. Denn Herzog Ernst sagte zu seinem Bruder: »Sehr elegant habt Ihr das formuliert, das mit der Dichtkunst dieses Dilettanten.«

»Hätten wir ihm die Unsäglichkeit seiner Poesie vorhalten sollen?« Herzog Wilhelm sah seinen Bruder an. Dann prusteten beide los.

»Ode an den Hirschkäfer«, japste Ernst und wischte sich die Lachtränen weg.

5 Der Drudenfuß

Einen Dämpfer erhielt Tassilos Euphorie, als er über die Brücke zurück zu Stoffel schritt. Neben seinem Diener standen die missmutige Schwester Pförtnerin und eine junge Frau mit gesenktem Kopf.

»Die hochwürdige Mutter hat gesagt, dass Ihr die Anni nun heimbringt«, sagte die schwangere Nonne, drehte sich um und schritt von dannen. Nun erst erkannte Tassilo die Magd aus dem Verließ, die den Gottstehunsbei gesehen hatte.

»Äh, halt! Schwester …«, rief Tassilo. Wie hieß die Schwester noch einmal? Jacoba? Oder doch Josepha? »Wie kommt die Hochwürdige darauf, mir die Anni mitzugeben?«

»Ihr reitet doch heute nach Oberhaching, oder?« Schwester Josepha drehte sich nicht einmal um. »Da kommt die Anni her. Also nehmt Ihr sie mit. Die hochwürdige Mutter schickt Euch ihren Segen. Geht mit Gott.«

»Großartig«, fluchte Tassilo. Alle schienen bestens darauf vorbereitet, dass er aktiv werden würde, nur er selbst nicht. Er betrachtete nun die Magd zum ersten Mal richtig. Sie senkte keusch den Blick. Ein wirklich hübsches Ding, vielleicht zwanzig, blaue Augen und wohlproportionierte Rundungen. In ihrem Heimatkaff standen sicher die Verehrer Schlange.

»Du warst im Kloster heute Nacht?«, fragte Tassilo. »Ich dachte, der Fenggenmuck hat dich untergebracht.«

»Was?« Sie schien irritiert. »Nein, nein, ich war bei den Schwestern im Angerkloster, Herr.«

»Was ist das?«, fragte er und deutete auf ein goldblitzendes Kruzifix, das Anni um den Hals trug. Goldschmuck bei einer Bauernmagd?

»Das?« Anni schluckte und steckte das Schmuckstück zurück unter ihr grobleinenes Hemd. »Das gehörte meiner Großmutter selig. Es ist alles, was ich habe, Herr.«

Die Gurkenhemma flitzte, dem sprichwörtlichen aufgescheuchten Huhn gleich, umher und plapperte aufgeregt, unterbrochen von spontanen Stoßgebeten. Sie hinderte Tassilo am Packen einer Reisetasche mehr, als dass sie half. Zuletzt hängte sie ungefragt zwei dünne Kettchen mit Amuletten um Tassilos Hals und drückte ihm eine kleine Phiole in die Hand. »Geweihtes Wasser, junger Herr«, flüsterte sie verschwörerisch. »Taucht darin den Bolzen Eurer Armbrust, wenn Ihr dem Gottstehunsbei gegenübertretet.«

»Das bisschen soll reichen? Muss ich ihn nicht eher mit einem Fass oder eher gleich einem ganzen See voll Weihwasser überschütten? Wir reden immerhin vom …«, bevor er es aussprechen konnte, hatte ihm die Gurkenhemma den Mund mit ihrer Hand verschlossen.

»Spottet nicht! Jessasmariaundjosef. Ach, mein kleiner Dassl rettet das Bayernland.« Tränen stiegen in ihre Augen.

»Jetzt übertreib mal nicht, Hemma. Wir werden morgen, spätestens übermorgen wieder zurück sein. Taufkirchen ist keine Tagesreise entfernt.« Die Aussicht auf den Edelsitz hatte Tassilo seiner Amme gegenüber vorerst nicht erwähnt. Das wäre zu viel der Aufregung – vor allem für ihn, weil dann die Gurkenhemma völlig aus dem Häuschen sein würde.

»Und haltet ein wachsames Auge auf den Buben«, wisperte sie Tassilo vor dem Hoftor verschwörerisch zu und deutete mit dem Kinn auf die Magd Anni, die wie ein verwundetes Vöglein auf einem Esel hockte. »Der Bub ist in einem gefährlichen Alter, was das Weibsvolk angeht«, fügte die Gurkenhemma hinzu.

»Ist es nicht die Natur aller Männer, stets in einem gefährlichen Alter zu sein, was das Weibsvolk angeht?«, flüsterte Tassilo zurück und fing sich dafür einen Knuff auf den Oberarm ein, wofür sich die Amme sofort entschuldigte.

Wie immer genoss Tassilo noch einen Blick auf sein München hinunter. Ein Menschenknäuel zwischen Schiffertor und Angertor fiel ihm auf. Ein Tumult? Dann erkannte er, dass es sich um einen recht ansehnlichen Haufen Tanzwütiger handelte.

Am Himmel pirschten sich von Südwesten schwarzviolette Wolken heran. »Oh weh, Herr, es sieht nach einem Gewitter aus«, rief die Gurkenhemma.

»Ich bin nicht blind, Hemma.«

»Gebt gut auf Euch acht, dass Euch der Blitz nicht erschlägt.«

Sie ritten langsam los. Die Gurkenhemma folgte ihnen, fiel aber bald zurück. Sie eilte zur kleinen Giesinger Heiligkreuzkirche, um dort eine Kerze für den jungen Herrn anzuzünden. Das Kirchlein stand seltsamerweise nicht im Zentrum des Dorfes, sondern außerhalb am nördlichen Ortsrand, da wo der Grasweg genannte Pfad durch die Wiesen nach Untergiesing begann. Dass ein paar unbebaute Wiesen zwischen den großen Bauernhöfen Obergiesings und dem alten Rittersitz sowie den Gütln von Untergiesing lagen, war überhaupt der Grund, dass es zwei Giesings gab. Das Ober beziehungsweise Unter richtete sich dabei nach dem Lauf der Isar. Beide Orte lagen oben am Hochufer. Sendling auf der anderen Isarseite machte es sogar noch komplizierter, da gab es Ober-, Mitter- und Untersendling.

Von Obergiesing führte die Landstraße Richtung Tegernsee und Tölz noch ein gutes Stück durch Felder und Wiesen. Überall waren Bauern, Knechte und Mägde auf den Feldern, um die wenigen trockenen Stunden zu nutzen. Schon bald erreichten die Reisenden den Grünwalder Forst. Kühles grünes Halbdunkel umfing sie, und die Magd Anni begann Rosenkränze zu beten. Ein Eichelhäher schickte seinen Warnruf an die Tiere. Im dichten Unterholz knackte es von allen Seiten. Stoffel schloss zu Tassilo auf.

»Herr, wieso gibt es eigentlich so viele Namen für den Teufel?«, fragte er. »Ich überlege schon den ganzen Weg, wie man ihn nennt. Mir fallen ständig neue Namen ein.«

»Nämlich?«, fragte Tassilo amüsiert.

»Also, da hätten wir Luzifer, Satan und Höllenfürst. Asmodäus … Mist, vorhin sind mir doch noch viel mehr eingefallen … ah, natürlich Beelzebub, Leibhaftiger, Sohn der Verdammnis und Herr der Fliegen …«

»Das ist eine Dopplung, Stoffel«, gab sich Tassilo besserwisserisch. »Beelzebub bedeutet Herr der Fliegen.«

»Ach, das wusste ich nicht. Ich kann ja kein Latein, Herr. Ich hab früher auch immer Breznbub verstanden und mich gewundert, warum ein Bub mit einer Brezn etwas Schlimmes sein soll. Na gut, dann aber noch Tausendkünstler und Samael. Mehr weiß ich nicht, aber das reicht doch, oder? Natürlich noch Gottstehunsbei. Das ist eh klar. So viele Namen für einen.« Er lächelte zufrieden und streichelte sein Maultier am Hals.

»Baphomet und Belial fiele mir noch ein«, sagte Tassilo. »Ansonsten hast du das sehr gut gemacht. Oh, Diabolus sicherlich. Den dürfen wir nicht vergessen. Ich glaube, es gibt so viele Namen für den Teufel, weil man früher glaubte, man würde ihn durch häufiges Nennen seines Namens herbeibeschwören. Da hat man immer neue Namen ausgedacht, damit man abwechseln kann. Zur Sicherheit bekreuzigen sich immer alle.«

»Ihr nicht, Herr.«

»Ja, das stimmt. Du auch nicht.«

»Ich fürchte ihn nicht, den Höllenfürst. Mich kriegt er nämlich nicht. Ich bin fest im Glauben.«

»Das haben schon manche gesagt, Stoffel, und dennoch sind sie ihm anheimgefallen. Weißt du, ich habe nicht viel von meinem Vater gelernt oder lernen können, bevor er starb. Aber ich erinnere mich genau, dass er stets gesagt hat: Furcht ist kein guter Ratgeber, und Angst macht angreifbar. Gegen Angst hilft, sich mit ihr auseinanderzusetzen. Daran halte ich mich. Und außerdem haben wir ja noch die Gurkenhemma als Geheimwaffe! Gegen die geballte Gebetskraft meiner Amme kommt kein Heer von Teufeln an.«

Stoffel und Tassilo lachten vergnüglich. Da schlug genau vor ihnen mit lautem Knall der Blitz ein. Kein Donner hatte ihn angekündigt. Der Blitz spaltete eine Kiefer direkt am Wegesrand. Ein Teil des Baumes fiel ächzend schräg auf den Weg, der andere blieb stehen und brannte wie eine Fackel. Stoffel verschluckte sich vor Schreck an seiner eigenen Spucke und hustete würgend. Die Magd schrie und fiel vom scheuenden Esel. Tassilo war zunächst gemeinsam mit seinem Pferd zu einem unschönen Reiterstandbild paralysiert, denn Ross und Reiter stand der Schock ins Gesicht geschrieben.

»Da seht Ihr es, Herr«, greinte die Magd Anni. »Der Gottstehunsbei …«

»Halt deinen Mund, dummes Ding!« Tassilo fand seine Sprache wieder. »Dass ein Gewitter kommt, haben wir beim Losreiten schon gesehen. Da muss man immer mit Blitzen rechnen.« Zitternd saß er ab und stakste zum gefällten Baumteil. Es versperrte nicht den Weg, man konnte es leicht umrunden. »Und wenn eure Dorfpfaffen euch vernünftig unterrichten würden, dann wüsstest auch du, Anni, dass ein Blitz immer ein Zeichen unseres Herrgotts ist. Für mich ist das ein gutes Zeichen.« Tassilo glaubte selbst nicht, was er sagte, hielt es aber für besser, seinem Diener und dieser dummen Weibsperson Mut zuzusprechen. »Der gefällte Baum zeigt unsere Richtung an. Also sind wir auf dem richtigen Weg. Gott bestärkt uns in unserem Auftrag. So und nicht anders muss man Zeichen lesen!«

Anni starrte den Herrn mit offenem Mund an. Dann nickte sie langsam und stieg wieder auf den Esel. »Da mögt Ihr recht haben, Herr. Ihr seid so klug, Herr. Es ist uns schließlich kein Leid geschehen.«

»Natürlich habe ich recht.«

Sie ritten weiter, das Gewitter setzte ein. Kein Grund anzuhalten. Auf dem Weg nach Tölz konnte man sich in diesem Teil des Waldes kaum verlaufen. Die Straße war so gut ausgebaut, dass zwei sich entgegenkommende Fuhrwerke bequem aneinander vorbeifahren konnten. Ihnen kam jedoch niemand entgegen. Man musste also nur auf dem Weg bleiben, egal, wie viele Äste vom tobenden Wind herumgewirbelt wurden und wie tief die Pfützen waren. Sie schienen allein zu sein auf weiter Strecke. Über das Donnergrollen und das metallische Knattern der Blitze schob sich plötzlich ein neues Geräusch. Ein kreischendes Toben und splitterndes Brausen, als würde ein Riese rücksichtslos seinen Weg durch den Wald bahnen. Hektisch sahen sich Tassilo und Stoffel um. Instinktiv hielten sie ihre unruhigen Reittiere an. Die Magd trat ihrem Esel wie wild in die Flanken, um das störrische Vieh zwischen Pferd und Maultier zu lenken. Regen. Wald. Blitz. Donner. Prasseln. Das Brausen schwoll weiter an, woher es kam, ließ sich nicht ausmachen. Es schien von allen Seiten auf sie einzustürmen. Nun gesellte sich ein bedrohliches Knacken dazu, der Boden vibrierte.

»Jetzt kommt er uns holen«, fiepte die Magd, fingerte ihr goldenes Kruzifix heraus, küsste es und begann zu beten. Stoffel bemühte sich, so männlich wie möglich zu wirken und schielte dabei ängstlich unter seiner Kapuze zu seinem Herrn.

Äste barsten, Sträucher und niedriges Gehölz flogen umher. In diesem Moment musste selbst Tassilo zugeben, dass die Wahrscheinlichkeit sehr groß war, der Gottstehunsbei käme sie holen. Der Drang, sich schreiend auf den Boden zu werfen, war so übergroß, dass er das Gleichgewicht verlor und aus dem Sattel der Länge nach auf den nassen Waldweg klatschte. Bevor er sich aufrichten konnte, teilte sich das Unterholz. Der infernalische Lärm eskalierte, zu dem Krachen gesellte sich ein hohes vielstimmiges Kreischen, Gerassel, Johlen, Heulen, Jammern, Ächzen und Stöhnen, das zweifelsfrei die vier Apokalyptischen Reiter selbst ankündigte. Oder zumindest das Geisterheer der Wilden Jagd, auch wenn jetzt keine Raunacht war. Da war sich Tassilo sicher, und er verbarg seinen Kopf in der Armbeuge. Er wollte nicht sehen, was ihn nun zerfetzen würde. Das Beben und Tosen und Kreischen rollte an ihm vorbei und um ihn herum. Sein Pferd wieherte erbärmlich. Dass der Stoffel geistesgegenwärtig sowohl das Ross des Herrn als auch sein Maultier und den Esel am Zaumzeug gepackt hatte und trotz allem straff hielt, sonst wären die Tiere längst ausgebrochen, bekam Tassilo nicht mit. Doch nichts und niemand riss ihn hoch und zerfetzte ihn. Also riskierte Tassilo einen kleinen Blick: Borsten, gelbe Hauer, bestialischer Gestank. Ein mächtiger Eber stand zwei Schritte vor Tassilo und beobachtete ihn mit seinen blutunterlaufenen Augen. Greifbare Aggression lag in der Luft. Eine große Rotte Wildschweine rauschte derweil über den Weg und verschwand wieder im Unterholz. Als die letzte Sau mit ihren Frischlingen vorbei war, wartete der Eber noch einige Sekunden, bevor er seinen Blick von Tassilo riss und ebenfalls im Dickicht verschwand.

»Na, was habe ich gesagt.« Tassilos Stimme klang dünn, als er aufstand und wieder aufsaß. »Wildsäue. Kein Grund, an Dämonen zu glauben.«

Nach einer Stunde hatte sich das Unwetter ausgetobt. Ob es zu regnen aufgehört hatte, konnte man im Wald nicht eindeutig feststellen. Es tropfte munter von den Bäumen. Dampf stieg auf und vernebelte die Sicht. Der Wald endete so abrupt, wie er begonnen hatte. Es regnete tatsächlich nicht mehr. Nun folgten sie dem Hachinger Bach bis Unterhaching, durchquerten Taufkirchen und erreichten die Felder von Oberhaching. Land meines Vaters, dachte Tassilo. Stubenrußland, wie es seine Schwester, die Hochwürdige, betitelt hatte, obwohl es inzwischen Klosterland war. Für ihn war das alles neu, er hatte noch nie einen Fuß ins Hachinger Tal gesetzt.

»So, Anni, jetzt zeigst du uns, wo du den Koberbauern gefunden hast«, sagte Tassilo.

»Oh nein, Herr, verlangt das nicht von mir.«

»Stell dich nicht so an. Danach darfst du heimgehen.«

Die Magd zog den Kopf ein, sah sich ängstlich um und deutete Richtung Waldrand. »Dort drüben war es. Kommt mit. Da bei diesem Gebüsch habe ich mich versteckt, und der Kober lag dann da hinten.«

»Dann konnte der Täter ja ganz einfach in den Wald verschwinden«, sagte Stoffel.

»Richtig«, pflichtete Tassilo bei. Er stieg bei der Stelle ab, an der der Ermordete gelegen hatte. Das Getreide war komplett platt gedrückt und schwarz. So als hätte es gebrannt. Oder als hätte der Bilwis auf einem schwarzen Ziegenbock reitend alles Korn vernichtet. Doch das Schwarze war getrocknetes Blut.

»Herr, darf ich mal kurz im Wald verschwinden?«, fragte Stoffel. »Ich muss ganz arg bieseln!«

Tassilo brummelte zustimmend, während er den Fundort inspizierte. Bei der Bergung der Leiche hatten offensichtlich einige Menschen im weiteren Umkreis herumgetrampelt. Der starke Regen hatte noch mehr niedergedrückt. Abgesehen davon, dass Tassilo gar nicht genau wusste, wonach er suchte – er hätte keine vernünftigen Spuren finden können. Da, ein Hufabdruck. Das half nicht weiter. Er umkreiste die Stelle mit federnden Schritten, tat so, als würde er sinnieren.

»He, Anni, beschreib doch mal, wie der Kober hier gelegen hat.«

»Na, tot, Herr. Tot hat er hier gelegen.« Sie sah ihn unglücklich an.

»Nein, wie. Auf dem Rücken oder auf dem Bauch …«

»Auf dem Rücken, Herr. Alle viere von sich gestreckt. Und der Bauch war offen. Das weiß ich noch. Und seine Gedärme hingen heraus, wie wenn man eine Sau aufschneidet. Das war ganz grauselig! Und da war so ein Zeichen mit Blut oder so.«

»Wo genau?«

Die Magd sah sich um. »Da.«

Tassilo bückte sich und untersuchte die Stelle im niedergetrampelten Getreide. »Man sieht nicht viel. Da, diese Hufabdrücke sind etwas tiefer. War wohl jemand mit dem Pferd hier. Und das da könnten mehrere Zacken sein. Wie ein Stern vielleicht.«

»Ein Drudenfuß?«, rief Anni. »Himmel hilf!«

»Möglich. Außerdem heißt das Pentagramm.«

»Oh Gott. Das ist der Beweis, dass es der Leibhaftige war.«

»Ach, Dummerchen. Ein Pentagramm findest du in vielen Kirchen, es bannt die bösen Geister …«

»Ja, wir haben im Dorf über jedem Stall so einen Drudenfuß als Bann, aber trotzdem traut sich keiner mehr nachts in den Stall. Oh, Herr, egal, was die gelehrten Herren in Rom darüber erzählen. Der bannt nämlich gar nichts, der Drudenfuß. Das ist der Fußabdruck einer Drud. Darum heißt es ja Drudenfuß.«

»Was ist denn so eine Drud wieder für ein Ding?«, stellte sich Tassilo dumm. Aufgewachsen mit den Geschichten der Gurkenhemma kannte er nicht nur jede Menge Heilige, sondern auch praktisch jedes Geister- oder Schattenwesen, jeden Kobold, Dämon, Nachzehrer oder Aufhocker und natürlich Druden. Doch er wollte hören, was eine einfache Magd darunter verstand.

»Das kennt Ihr in der Stadt nicht?« Anni bekam hektische Flecken auf den Wangen. »Ein Alp ist das. Die Drud ist ein Dämon, der sich nachts auf deine Brust setzt und dir den Atem raubt und böse Träume bringt. Manche Druden sind mächtige Zauberinnen oder Unholdinnen. Die Drud fliegt durch die Nacht wie ein Vogel. Darum hat sie einen Fußabdruck wie ein Vogel.«

»Pentagramm, Dummerchen, Pen-Ta-Gramm! Und es soll böse Geister verbannen.« Er zeichnete einen Drudenfuß mit dem Finger in den Schlamm. »Siehst du. Pentagramm kommt aus dem Griechischen und bedeutet mit fünf Linien, weil man fünf gleich lange Linien braucht, um …«

»Ach, Herr, macht das sofort weg! Ihr ruft noch den Gottstehunsbei. Seht Ihr denn nicht, dass dieses Pentidings aussieht wie ein Teufel? Oben zwei Zacken, wie die Teufelshörner, und unten eine Spitze wie sein Ziegenbart …«

»Nein, von hier aus sieht man, dass es oben eine Spitze hat und unten zwei …« Er bemerkte, dass sie sich gegenüberstanden und das Mädchen das Pentagramm verkehrt herum sah. »Schau, Anni. Das ist wohl nur eine Frage des Blickwinkels.« Doch die Anni verwischte bereits mit ihren Füßen die Zeichnung und betete dabei ein Vaterunser.

»In der Stadt gebt Ihr vielleicht nichts drauf, Herr, aber hier bei uns weiß doch jeder, dass in einer Familie mit sieben Töchtern immer eine Drud sein muss …«

»Ihr macht mich noch narrisch mit eurem Aberglauben! Und bei sieben Söhnen?« Die Sache mit der Drud bei sieben Kindern in einer Familie war ihm neu. Da fiel ihm etwas ins Auge. Die Magd hatte mit ihrem Fuß einen kleinen Anhänger freigelegt.

»Da ist einer ein Druderer«, antwortete Anni und fügte noch hinzu, als sei es die normalste Sache der Welt: »Oder ein Werwolf.«

»Das ist natürlich völlig logisch«, sagte Tassilo sarkastisch und verdrehte die Augen. Dann bückte er sich nach dem Anhänger.

»Nicht wahr.« Ironie schien nicht ihre Stärke zu sein.

»Und wie viele Familien mit sieben Töchtern oder sieben Söhnen gibt es hier in der Gegend?« Eine Art Holzstück an einem zerrissenen Lederbändchen, vermutlich hatte es der Koberbauer um den Hals getragen.

»Ich weiß nicht.« Sie schüttelte wie wild den Kopf.

»Schade«, seufzte Tassilo. Er steckte den Anhänger ein. »Sonst hätten wir schnell unsere böse Drud gefunden und den Fall geklärt.«

»Eine Drud will nicht böse sein, sie kann nichts dafür, dass sie so ist. Ein Druderer auch nicht. Er wird in eine Siebener-Familie hineingeboren, also muss er eben ein Zauberer sein. Es ist sein Schicksal. Ein Fluch … «

»Herr!«, rief da Stoffel aufgeregt vom Wald her. »Kommt mal bitte!« Und als Tassilo bei ihm war, deutete er auf eine Buche. Erst erkannte Tassilo nicht, was sein Diener meinte, dann erspähte er eine im Laub gut versteckte kleine Plattform aus Brettern rund drei Meter über dem Erdboden.

»Da hat sich vielleicht ein Wilderer eine Art Hochsitz gebaut«, mutmaßte Tassilo. »Kletter mal hoch, Stoffel. Warte, ich komme nach.«

Oben stellte Tassilo fest, dass er mit der Hochsitz-Vermutung recht gehabt hatte. Von hier aus hatte man einen guten Blick auf die Felder und Wiesen am Waldrand. Einige dunkle Flecken auf den Brettern fielen ihm auf. Er bückte sich. Getrocknetes Blut. Nicht viel.

»Sieht so aus, als hätte unser Leibhaftiger hier oben gehockt, nachdem er sich am Koberbauern vergangen hat«, sagte Tassilo. »Das Blut wird wohl von seinem Messer getropft sein.«

»Drum hat ihn die Anni auch plötzlich nicht mehr auf dem Feld gesehen«, sagte Stoffel.

»Richtig. Was hältst du von einem Teufel, der auf den Baum klettert?«, fragte Tassilo.

»Nicht so viel wie von einem Teufel, der in die Hölle fährt.«

Ein kräftige Windböe zerrte am Baum und kündigte an, dass der Sturm Kraft sammelte, um erneut loszuwüten. Die beiden Männer turnten schnell vom Baum herunter. Unter dem Baum fielen Tassilo wieder ein paar Hufabdrücke auf.

»Wir bringen dich zum Hof des Angerklosters«, sagte Tassilo zu Anni.

»Nein, da muss ich gar nicht hin.«

»Was? Ich dachte, weil … Ach, dann bist du die Magd vom Koberbauern? Bringen wir dich eben nach Taufkirchen.«

»Nein, Herr. Ich bin doch keine Bauernmagd.« Das Mädchen strich sich kokett die Schürze glatt. »Ich bin dem Herrn Fenggen auf seinem Landsitz zu Diensten.«

»Der Fenggen hat hier einen Landsitz? Der Herr Nepomuk?« Tassilo überlegte, ob er davon schon einmal gehört hatte und war sich absolut nicht sicher. Wenn andere von ihren Landpartien vorschwärmten – und sie schwärmten im Gegensatz zu ihm alle –, dann schaltete er für gewöhnlich auf Durchzug bei gleichzeitigem Dauerlächeln und Nicken.

»Sicher doch. Gleich am Ortsrand von Oberhaching. Aber ich wechsle bald in die Stadt.« Anni glühte glücklich. »Übermorgen geh ich erst zu meiner Schwester nach Giesing. Die heiratet nämlich. Das ist Sonntag, und danach gehe ich in die Stadt zum neuen Dienst bei der Herrschaft«, plapperte sie vor sich hin. Niemand hörte ihr wirklich zu.

»Beeilen wir uns.« Tassilo studierte den Himmel. Der Wind zerrte an den Wolken. »Dann schaffen wir es vielleicht noch, bei Helligkeit zurück nach Giesing zu kommen.«

»Warum wollen wir denn zurück, Herr?«, fragte Stoffel. »Wir haben doch noch nichts herausgefunden.«

»Wir müssen aber nicht unbedingt vom Sturm durchgepeitscht werden.«

»Ihr könnt im Haus meines Herrn übernachten«, bot Anni an. »Der Herr wird sicher nichts dagegen haben.«

»Ohne Einladung und ohne dass der Herr des Hauses zugegen ist? Wo leben wir denn!« Tassilo lachte kopfschüttelnd.

»Dann suchen wir uns ein Wirtshaus zum Übernachten.« Stoffel strahlte selig dem Abenteuer entgegen.

»Damit wir ausgeraubt werden, uns die Krätze holen und von Bettwanzen zernagt werden? Wer weiß, vielleicht kommt ja noch die Drud vorbei und setzt sich nachts auf unsere Brust!« Anni, der Tassilos Spitze gegolten hatte, reagierte nicht. Humorloses Ding.

»Wer setzt sich nachts auf mich? Die Trude? Welche? Arntrud oder Hilltrud?« Stoffels Augen blitzten frech.

»Träum weiter, lüsterner Esel«, antwortete Tassilo und gab dem Burschen einen spielerischen Klaps auf den Hinterkopf. Als ihm einfiel, dass er junge Mägde namens Arntrud und Hilltrud beschäftigte, scheuerte er ihm richtig eine. »Keine Trude, sondern die Drud. Du hast schon richtig verstanden. Und wenn du Pech hast, ist es sogar der Druderer. Darüber hatten wir es vorhin, als du bieseln warst. Und frag jetzt nicht … Außerdem gibt es hier in der Nähe sicher kein Gasthaus.«

»Doch«, mischte sich die Magd ein. »Richtung München, einfach am Bach entlang. Könnt Ihr gar nicht verfehlen.«

»Seht Ihr, Herr«, triumphierte Stoffel.

6 Die Müllerin und ihre Söhne

Es hatte keinen Sinn. Als wären die Elemente entfesselt, droschen dicke Regentropfen aus allen vier Himmelsrichtungen auf sie ein. Obwohl die Sonne noch nicht untergegangen sein konnte, herrschte Finsternis. Der Sturm hatte unmittelbar losgelegt, als sie die Magd vor dem Haus abgesetzt hatten. Das Unwetter hatte sie dann gezwungen, von Pferd und Maulesel zu steigen und sich mühsam den Weg zu suchen. Sie waren froh, den Bach gefunden zu haben. Daran konnten sie sich orientieren. Wobei sie sich nicht sicher waren, in welche Richtung sie überhaupt liefen. Das Hochwasser des Bachs wurde so von Böen und Tropfen aufgewühlt, dass man nicht einmal die Fließrichtung erkennen konnte. Am Ende stand zu befürchten, dass sie sich nicht München näherten, sondern weiter davon entfernten. Gestandene Bäume bogen sich wie Tänzer, einige hielten nicht durch und fielen entwurzelt zu Boden. Gerade als sich Tassilo überlegte, ob er nicht doch zur Sicherheit den heiligen Columban anrufen sollte, packte ihn Stoffel bei der Schulter.

»Dort, Herr«, schrie er gegen das Brüllen an. »Da ist ein Licht! Ein Haus.«

Ein Haus. Es war kein Haus, dafür eine Mühle. Das Licht, das ihnen den Weg gewiesen hatte, kam von einem lodernden Feuer im offenen Kamin der großen Stube. Fünf Tische standen im Raum, drei waren besetzt mit plumpen Menschen. Es müffelte nach altem Fett, Schimmel und ungewaschenen Körpern. Misstrauische Augenpaare verfolgten jede Bewegung von Tassilo, der höflich um ein Nachtlager und eine Unterstellmöglichkeit für die Tiere bat.

»Soso«, brummte ein tiefer Bass vom Tisch links neben dem Kamin. »Reisende, die das Wetter fürchten. Sagt Eurem Burschen, er kann die Pferde draußen unterstellen. Neben dem Stall. Los, Wiggerl, zeigs dem Burschen!« Einer der Plumpen, offenbar dieser Wiggerl, stand auf, packte Stoffel bei den Schultern und schob ihn nach draußen in den Sturm. Tassilo konnte erst nicht ausmachen, wer sprach. Dann erhob sich eine fette Frau und kam auf ihn zu. Sie zog sich eine Haube über ihren beinahe kahlen Kopf und wischte sich die Hände an der Schürze ab.

»Könnt Ihr zahlen, Herr?« Sie baute sich dicht vor Tassilo auf. Sie roch nach uraltem Fett, Urin und Schweiß.

Tassilo wich zurück. »Sicher doch. Ich bin Tassilo Stubenruß aus München!«

»Sieh an, Tassilo Stubenruß aus München«, wiederholte sie und rückte nach, jedes Mal, wenn er zurückwich.

»Ratsherr aus München!«, betonte Tassilo in der Hoffnung, dem fetten Weib Respekt einzuflößen.

»Ratsherr aus München!«, echote die Alte und sorgte damit für allgemeine Heiterkeit.

»Ratsherr!«, rief einer der Männer. Er hatte einen Sprachfehler und eine blöde Lache. Im Licht des Feuers erkannte Tassilo eine unschöne Hasenscharte und schiefe Augen.

»Halts Maul, Alois«, rief die Alte. Wieder lachten alle.

»Ja, Ratsherr.« Tassilo bewahrte Haltung und legte seine Hand auf den Schwertknauf. »Sag, Weib, hast du ein Bett für mich und meinen Burschen? Ein sauberes? Und etwas zu essen?«

»Könnt Ihr zahlen, Herr?«, fragte die Frau erneut. »Die Zeiten sind hart, Herr. Ich bin eine arme Müllerswitwe, die ihre drei Söhne alleine durchbringen muss. Den Wiggerl habt Ihr schon gesehen, und den Rest könnt ihr Euch hier anschauen. Nur Idioten.« Sie deutete auf den Tisch, an dem Alois mit der Hasenscharte und ein weiterer Mann saßen. »Einer blöder als der andere.« Alle, außer ihren Söhnen, johlten vor Lachen. »Warum hat der Herr mich so gestraft? Und was man so hört, ist da draußen der Gottstehunsbei unterwegs! Solche Unwetter gab es doch früher nicht. Das ist nicht richtig. Das sind schlechte Zeiten, Herr. Da muss eine alte Frau schauen, wo sie bleibt.«

»Sicher doch.« Tassilo nestelte einen Silberpfennig aus seinem Beutel. Die Frau schnappte sich das Geld.

»He, Michel, haben wir etwas zu essen für den Herrn aus München?«

»Aber immer.« Einer der Plumpen stand auf und hielt einen toten Hasen an den Löffeln hoch. Nun bemerkte Tassilo, dass im Schatten der Tische auf dem Boden einige Hasen, Enten und zwei Fasane lagen. »Den Hasen hier kann er haben, der Herr«, rief Michel.

»Hasen? Am Freitag?«, gab die Alte zurück.

»Richtig. Es ist ja Freitag. Dann eine Ente. Die gilt als Fisch.«

»Seid ihr sicher, dass ihr diese Tiere verwenden könnt?«, fragte Tassilo.

»Warum denn nicht?« Die dicke Alte rückte ihm wieder nahe.

»Nun, du hast gesagt, dass du Müllerswitwe bist, nicht wahr? Und auch die anderen … Burschen hier sehen nicht aus, als wären sie Jäger im Dienste unserer Herzöge. Haben denn nicht nur die Herzöge und ihre Bediensteten das Jagdrecht in den Wäldern?«

»Was will uns der Herr damit sagen? Wollt Ihr uns etwa als Wilderer hinstellen?« Die Alte hob drohend die Hand. »Michel! Wo sind die Viecher her?«

»Die Hasen lagen tot am Wegesrand!« Alle johlten. »Und die Vögel sind beim Sturm vom Himmel gefallen.« Erneutes Gejohle.

»Da hört Ihr es, Herr Tassilo Stubenruß aus München.« Die Witwe lachte breit. Sie hatte noch genau zwei Zähne, einen oben, einen unten. »Es ist alles in Ordnung. Die Durchlauchten in München erleiden keinen Schaden. Ihr könnt die Ente haben für zwei Gulden.«

»Wie bitte? Das ist Wucher!«

»Ich leg noch eine Kelle Hirsebrei für jeden drauf. Ihr könnt aber auch fasten, wenn es dem Herrn genehm ist.« Dröhnendes Lachen füllte den Raum.

»Nun gut.« Tassilo setzte sich an einen der freien Tische und zog seinen triefenden Umhang aus. »Aber vielleicht sollte ich das trotzdem dem Landrichter von Wolfratshausen melden. Die Tiere und so …«

»Der ist weit weg!«, rief einer der Männer.

»Gut, dann vielleicht seiner Vertretung in der Gegend. Dem Amtmann von Taufkirchen.«

Einer der Männer erhob sich und kam mit breitem Gang zu Tassilo. Wo sein linkes Auge hätte sein sollen, glänzte vernarbte Haut. Er beugte sich herunter: »Und was genau wollt Ihr mir erzählen, Herr Tassilo?«

»Nun.« Tassilo machte eine unbestimmte Geste. Irgendwie bekam er das Gefühl, dass es von nun an besser war, das Thema Wilderei nicht weiter zu strapazieren. »Nichts, nur dass der Sturm Fasane vom Himmel geholt hat. Vielleicht, Herr Amtmann.«

»Ja, darum kümmere ich mich.« Der Amtmann drehte sich weg, schnappte sich die beiden Fasane und warf seinen Umhang über. »Die stelle ich mal sicher, Gundi. Für den Herrn Landrichter!« Er schüttelte sich vor Lachen.

Die fette Alte knurrte etwas und hielt einen ihrer Söhne davon ab, aufzuspringen. »Schon gut«, sagte Gundi laut. »Hast recht. Nimm die Fasane mit, Herr Amtmann.«

Als der Amtmann die Tür öffnete, um in die beginnende Nacht zu verschwinden, wirbelte der Sturm Laub und Wasser herein. Gundi stemmte sich mit aller Kraft gegen die Tür, um sie zu schließen.

»Der Gottstehunsbei«, sagte sie.

»Habt ihr ihn gesehen?«, fragte Tassilo.

Sie stellte einen Krug Wein samt Becher vor Tassilo. »Ich?« Sie sah schnell zu den anderen. »Das fehlte noch. Er ist da draußen, das weiß doch jeder. Den Koberbauern hat er erwischt und davor die Afra aus Schäftlarn.«

»Ja, davon habe ich gehört.«

»Mei, bei der Afra haben sie gedacht, dass es der Meinlingerschorsch gewesen ist. Die abartige Sau.«

»Hast du die Afra gekannt?«

»Nein.«

»Hast du den Meinlingerschorsch gekannt?«

»Nein! Woher denn. Aber wer so was macht, ist eine abartige Sau, oder? Aber der wars ja gar nicht, sondern der Gottstehunsbei. Na, zu spät. Aufgeknüpft haben sie ihn in Wolfratshausen, den Meinlingerschorsch. Wir sind alle zur Hinrichtung gefahren. Gibt es ja selten, so ein Spektakel. Schön wars.«

»Aber das ist ja entsetzlich«, entfuhr es Tassilo. »Ein Unschuldiger …«

»Schuldig sind wir doch alle!«, rief der hasenschartige Alois. »Das sagt der Herr Pfarrer in der Kirche. Wir sind alle Sünder. Darum ist der Herr Jesus für uns am Kreuz gestorben.«

»Halts Maul, Alois«, grunzte die fette Gundi. Tassilo leerte hastig einen Becher Wein. Ohne Alkohol war das hier schwer zu ertragen.

»Ich glaub eh nicht, dass das der Leibhaftige war.« Alois stand auf und kam zu Tassilo. Seine Mutter verdrehte genervt die Augen und patschte mit den flachen Händen auf die Tischplatte. »Frau Perchta!«, rief er triumphierend. »Die war das! Frau Perchta bestraft Faulheit und Verstöße gegen das Fasten!«

»Frau Perchta? Kenne ich nicht. Steht sie im Dienst des Landrichters?«, sagte Tassilo ironisch, was allen entging. Natürlich kannte er dank seiner Amme auch die Frau Perchta und ihre Spießgesellen, die Perchten. »Könnt ihr mich morgen zu ihr bringen?«

»Das geht nicht, Herr. Frau Perchta kommt, wann sie kommt, um zu strafen! Manches Mal verprügelt sie einen nur. Den Wiggerl hat sie letztes Weihnachten grün und blau geschlagen, weil der die Ziegen nie in Ruhe lässt.« Alle lachten dreckig. »Aber sie hat immer eine eiserne Axt dabei und schlitzt besonders bösen Sündern den Bauch auf! Ratsch. Zack.« Alois untermalte es mit entsprechenden Gesten und sabberndem Gelächter. »Sie kommt vor allem in den Raunächten mit ihren Gesellen. Sie kann durch die Lüfte fahren und sieht schrecklich aus …«

»Raunächte! Alois war der Name, nicht wahr?« Tassilo schloss für einen Moment die Augen und versuchte es erneut mit Vernunft. »Also, Alois, wann sind die Raunächte?«

»Vom Thomastag bis Erscheinung unseres Herrn. Das weiß ich.«

»Richtig. Und das ist im tiefsten Winter. 21. Dezember bis 6. Januar.« Tassilo atmete tief ein und wurde laut: »Herrgott, dummes Stück Mensch, denkt ihr auf dem Land überhaupt einmal, ein einziges Mal mit? Hat euch euer Aberglaube so vernebelt? Von wegen Raunächte! Wir haben Sommer! Es ist Juli, fast August.« Er begrub verzweifelt sein Gesicht in den Händen. »So viel also zu Frau Perchta.«

»Frau Perchta hat Hörner, und ich weiß nicht, ob sich Frau Perchta immer an den Kalender hält …«, sagte Alois leise und holte sich dafür eine schallende Ohrfeige von seiner Mutter.

»Seht Ihr, Herr«, seufzte sie. »Ich bin mit meiner Brut geschlagen.« Sie setzte sich ungefragt zu Tassilo an den Tisch und stützte ihren Kopf auf. Empört über diesen Verstoß gegen jegliche Sitten und die Missachtung seines Standes zog Tassilo missbilligend die Augenbrauen hoch, was der Alten entging.

»Einer dummer als der andere«, brabbelte die fette Gundi. »Schaut sie euch an. Der Lux, der Alois und der Wiggerl. Dumm wie das Vieh, aber leider nicht so nützlich. Es wird immer schlimmer mit den Backfotzngsichtern, seit ihr Vater selig tot ist. Der Alois ist zwar völlig deppert und so hässlich, dass ihn nicht einmal die Ziegen ranlassen, aber längst nicht der Schlimmste. Der Wiggerl ist so blöd, der hat schon als Kind behauptet, dass er das Erdhendl gesehen hat.«

Sie schwieg vielsagend. Tassilo überlegte. Hendl. Huhn. Na, sicher. Es fiel ihm wieder ein. Als er klein war, hatte ihn die Gurkenhemma gerne mit dem Erdhendl getriezt. Wenn es irgendwo im Haus gluckerte oder rumpelte, rief die Amme: »Das Erdhendl kommt!« Als kleiner Bub wusste Tassilo nicht, was er sich unter dem Erdhendl vorstellen sollte, zumal die Amme Widersprüchliches von sich gab, denn einerseits war das Erdhendl offenbar ein guter Schutzgeist für das Haus, andererseits musste jeder, der es sah, innerhalb eines Jahres sterben. Da Tassilo diesen Widerspruch nicht verstand und keine vernünftigen Antworten bekam, beschloss er einfach, nicht mehr ans Erdhendl zu glauben, zumal er mitbekommen hatte, dass viele unheimliche Geräusche im Haus in Wahrheit von Mäusen oder Mardern rührten. Doch viele Kinder sahen das Erdhendl, viel zu viele …

»Da müsste er längst tot sein.« Die Alte schüttelte den Kopf. »Denn wers Erdhendl sieht, muss ja in Jahresfrist sterben.«

»Ja eben«, sagte Tassilo nickend.

Sie seufzte. Unvermittelt brüllte sie: »Eine Schande seid ihr. Saubande, Hundskrüppel, verreckte.« Sie stützte sich wieder auf. Die Söhne und die anderen Männer im Raum lachten höhnisch. Lux brabbelte was von: »Die oide Brunzkachl reißts Maul auf«. Da die Alte nicht reagierte, konnte sich Tassilo aber auch verhört haben.

Tassilo wusste nicht, wie er sich verhalten sollte. Was sagte man zu einem derart dreisten Weib alleruntersten Standes, das sich seiner Grenzen nicht bewusst war, aber offenbar zu aggressivem Verhalten neigte? Tassilo probierte es mit: »Ach was.«

»Ja«, fuhr Gundi fort. Sie beugte sich vor und raunte: »Wisst Ihr was, Herr? Ich weiß ganz sicher, dass es nicht die Frau Perchta war. Das müssen die anderen nicht wissen. Denn ich habe ihn gesehen. Mit meinen eigenen Augen. Den vermaledeiten Gottstehunsbei. So wahr ich hier sitze.«

Eben noch hatte sich die Frage in Tassilos Bewusstsein gedrängt, wo denn eigentlich Stoffel blieb, denn ein Pferd, ein Maultier und einen Esel konnte man recht flott unterstellen. Doch Gundis Worte lenkten ihn ab, ihm wurde ganz heiß. »Erzähl mir mehr.«

»Da gibt es nicht viel mehr zu erzählen. Es war im Morgengrauen am Feld bei Oberhaching, nass wars und dunstig, da wollte ich …« Sie brach ab. Jaja, du wolltest deine Hasenfallen kontrollieren, Wilderergesindel, ergänzte Tassilo in Gedanken den Satz. »Da habe ich ihn gesehen«, flüsterte sie weiter. »Erst hab ich gedacht, dass es ein Schrat ist, doch das war grausiger als ein Schrat, viel grausiger. Da seh ich den Gottstehunsbei mit dem Koberbauern. Also ich hab ja nicht gewusst, dass das der Koberbauer ist. Ich kenn den gar nicht. Na, ich hab dann gesehen, wie er den Koberbauern aufgeschlitzt hat. Und dann mit seinen Eingeweiden herumgefuchtelt hat, als wären es Schlingen für …« Hasen. Sag es ruhig, Jagdfrevler. Schlingen für Hasen! »Als wären es Schnüre. Und dann gab es eine Feuersäule, und er ist im Wald verschwunden. Ganz plötzlich war er weg. Puff.«

»Du bist so nah dran gewesen, dass du alles genau gesehen hast?«

»Na, so nah auch nicht.«

»Hat es dich nicht gegraust?«

»Und wie! Aber ich bin einiges gewohnt.« Die Alte wies mit dem Kopf in Richtung ihrer Söhne.

»Hast du dort ein Mädchen gesehen?«

»Freilich. Die Magd vom Fenggen. Die hat sich im Gebüsch versteckt. Aber ich glaube, die hat mich nicht gesehen. Ich bin dann nämlich gleich weggelaufen.«

»Und hast es niemandem gemeldet?«

»Wo denkt Ihr hin!« Sie senkte sofort wieder die Stimme. »Mein Maul halt ich. Eins hab ich in meinem Leben gelernt: Maul halten. Ich weiß, was die Leute über uns denken. Die fette Buchenmüllerin und ihre depperten Buben, so ein Gschwerl. Einmal Gschwerl, immer Gschwerl. Da brauchts nicht noch einen Leibhaftigen, den ich aber gesehen habe, so wahr ich hier sitze, und so wahr mir Gott helfe. Das sag ich nur Euch! Was hab ich danach gemacht? Ich hab mich wieder in die Arbeit gestürzt.«

»Was denn für Arbeit?«, fragte Tassilo. »Ich höre kein Mühlrad.«

»Das ist ausgehängt, weil der Bach zu viel Wasser führt. Da läuft es nicht rund.« Sie richtete sich wieder auf und sagte laut: »Jetzt trinkt, Herr, trinkt. Ich werd mal die Ente rupfen und für Euch braten.« Sie grinste vieldeutig. Die Männer von den anderen Tischen prosteten ihm zu.

Wo blieb Stoffel? Tassilo merkte allmählich den Wein. Ihm wurde schwummrig. Er begann zu zittern, weil ihm flau im Magen wurde. Seit Vormittag hatte er nichts mehr gegessen. Kein Wunder. Er blickte sich um. Die anderen starrten zurück. Keiner sagte ein Wort. Beobachteten sie ihn? Natürlich beobachten sie mich, dachte er sich. Sie sehen sicher nicht oft einen Ratsherren aus der großen Stadt. Gewiss, er hatte sich bewusst dezente, landfeste Kleidung angelegt, bevor sie am späten Vormittag losgeritten waren – war das wirklich erst so kurz her? –, dennoch konnte jeder sehen, dass man einen Mann von erlesenem Geschmack vor sich hatte … Tassilo sah an sich hinunter und wurde sich bewusst, dass er vor Dreck strotzte. Im Gepäck gab es genug saubere Kleidung. Wo nur Stoffel blieb? Ob er dem Gesindel hier vielleicht ein Gedicht vortragen sollte? Würde die Kunst ihre einfachen, verhornten Seelen erreichen? Hatte er überhaupt erwähnt, dass er ein Dichter war?

»Du bist mein, ich bin dein,
das soll dir gewiss sein.
Du bist verschlossen in meinem Herzen.
Verloren ist das Schlüsselein,
du musst für immer drinnen sein«, rezitierte er ein bekanntes Gedicht halblaut vor sich hin.

»Ha?«, grunzte Alois.

»Nichts«, sagte Tassilo. Farbige Spiralen schwurbelten vor seinen Augen. Der

Wein hatte es verdammt in sich. Zeit, dass die Ente gebraten wurde! Da knallte die Tür auf und Wiggerl stürzte herein.

»Er ist da!«, kreischte er mit schriller Stimme. Seine Augen schienen aus den Höhlen quellen zu wollen. »Der Gottstehunsbei ist da! Heiligemariamuttergottstehunsbei!« Er fuchtelte mit den Armen hysterisch in Richtung Tür. Alle sprangen auf und rannten hinaus in den Sturm.

Stoffel, schoss es Tassilo durch den Kopf. Als er aufstand, drehte sich ihm alles. Er nahm sich so gut es ging zusammen und taumelte zur Tür. Draußen rannten die Männer hin und her. »Er hat den Amtmann erwischt!«, brüllte einer.

»Stoffel!«, rief Tassilo in die blitzdurchzuckte Finsternis und stolperte in den Matsch. An die folgenden Minuten konnte sich Tassilo später nur bruchstückhaft erinnern. Irgendwo flammte Feuer auf. Irgendwo brüllte jemand wie am Spieß. Jedenfalls fand er Stoffel bewusstlos im Unterstand neben dem Stall, wo sein Pferd, Maultier und Esel angebunden waren.

»Ich habs doch gesehen!«, schrie der Wiggerl in einem fort. »Der Bursche hat den Gottstehunsbei heraufbeschworen! Der Bursche wars.«

»Der Bursche ist ein Druderer!«, keifte die fette Buchenmüllerin, und Tassilo konnte nichts dagegen unternehmen, dass man ihm Stoffel aus den Armen zerrte und irgendwohin brachte. Wohin? Die Farben tanzten inzwischen so heftig in seinem Kopf, dass Tassilo langsam die Sinne schwanden.

»Der Bursche ist ein Druderer!«

Da kamen dann noch zwei Männer angeschnauft, die einen leblosen Körper schleppten. Tassilo kicherte blöde, bevor er endgültig wegdriftete.

7 Draufhauen

Als Tassilo Stubenruß zu sich kam, konnte er seinen Kopf vor Schmerzen zunächst nicht bewegen. Seine Brust drückte, als säße eine Drud darauf. Seine Bewegungsunfähigkeit war sehr ungünstig, denn er starrte direkt auf die Leiche des Amtmanns. Genauer gesagt auf den aufgeschlitzten Bauch, aus dem die Gedärme herausschlangen. Der Gottstehunsbei hatte sich sogar die Zeit genommen, die beiden Fasane sorgsam in der Bauchhöhle so zu drapieren, dass die prächtigen Schwanzfedern wie Hörner herausragten. Der eine Fasan trug ein Bändchen um den Hals.

Die Augen vor dem Anblick zu schließen, ging immerhin. Mit einem Schrei, mehr verursacht vom Kopfschmerz als vom Anblick des Toten, gelang es Tassilo schließlich, sich aus der Starre zu reißen und aufzusetzen. Er war in einem Schober oder kleinen Stall. Es roch nach Ziege. Und was da zwischen dem matschigen Stroh herumlag, waren eindeutig Ziegenbatzen. Er hatte voll hineingelangt. Draußen wurde es laut. Menschen bellten sich kurze Satzfetzen zu. Es ging offenbar um einen Burschen, den es zum Richter zu bringen galt.

Christoffel! Da war was gewesen mit seinem Stoffel letzte Nacht! Tassilo glaubte sich zu erinnern. Hatte nicht einer behauptet, der Bub sei ein Druderer? Er habe den Leibhaftigen beschworen? Tassilo wollte aufspringen, seine Beine versagten den Dienst. Er purzelte auf die Leiche. Angeekelt krabbelte er Richtung Stalltür. Die wurde in diesem Moment von außen aufgerissen. Geblendet vom Licht, sah Tassilo zwei Gestalten und dann nichts mehr, denn eine der Gestalten zog ihm einen Holzknüppel über den Schädel.

Als Tassilo Stubenruß diesmal zu sich kam, spürte er eine dicke Beule am Oberkopf. Er lag immer noch auf dem mit modrigem Stroh und Ziegenschiss bedeckten Stallboden. Diesmal konnte er sich recht flott aufsetzen. Er sah sich hektisch nach der Leiche des Amtmanns um. Nichts. Sie war weg. Wo sie gelegen hatte, war etwas getrocknetes Blut zu sehen. Draußen hörte er ein lautes Schnalzen, jemand gab Pferden ein Startsignal. Tassilo krabbelte zur Tür. Verschlossen. Er rüttelte daran. Dann spähte er durch die Spalte zwischen den

Holzbrettern. Er sah einen offenen, von zwei klapprigen Pferden gezogenen Kobelwagen davonfahren. Auf dem Bock saßen der Wiggerl, starr wie Stein, und der deppert lachende Alois. Auf der hinteren offenen Fläche lag die Leiche des Amtmanns – sowie der zum Paket verschnürte und geknebelte Stoffel.

»Um den feinen Herrn aus München kümmern wir uns dann«, hörte Tassilo eine bassige Stimme in der Nähe sagen. Die alte Gundi. »Wär schad, wenn ich den Spezialwein gestern umsonst ausgeschenkt hätte.«

»Der wacht vor heute Mittag garantiert nicht auf«, gackerte ein Mann, vermutlich der dritte Sohn Lux. »Ich hab grad ordentlich zugelangt.«

»Das hoff ich doch«, antwortete Gundi. »Den Goldfasan müssen wir ordentlich rupfen. Was seine Familie wohl zahlen wird?«

»Und wenn sie ihn gar nicht wiederhaben wollen?«, warf Lux ein.

»Das sind reiche Städter. Die wollen ihre Leute wiederhaben.« Die alte Vettel lachte, wie ein Bär hustet. »Das gehört sich bei denen so. So, und jetzt bringst du damischer Hammel die Viecher zum Toni, dem Abdecker. Lass dir aber einen guten Preis zahlen. Hörst du! Wenn du dich vom Toni schon wieder übers Ohr hauen lässt, dann hast du die längste Zeit Ohren gehabt!«

»Das Pferd ist doch bestimmt eine Menge wert und das Maultier auch«, sagte der Lux. Die Stimmen wurden leiser, weil sich Mutter und Sohn offenbar entfernten. »Wär doch ewig schad, die zum Abdecker zu bringen und zu Leim zu versieden.«

»So blöd wie du muss man erst einmal sein!«, rief Gundi. Tassilo musste sein Ohr gegen die Bretter pressen, um sie noch zu verstehen. »Der Großkopferte gestern hatte doch recht. Ihr seid zu blöd, um nur ein einziges Mal mitzudenken. Das fällt doch auf, wenn unsereins so ein Pferd auf dem Markt verkauft, Depp, damischer! Zum Abdeckertoni damit. Der weiß Bescheid. Und lass dir einen Teil nicht mit Geld, sondern mit Fleisch ausbezahlen. Fleisch vom Pferd, hörst du, nicht vom Esel!«

Entführt also. Lösegeldforderung. Und dann auch noch Stoffel in der Hand dieser Bestien. Sein Gepäck, sein Geld, seine Waffen, sein Pferd – alles weg. Wenn er schnell sein würde, dann könnte er vielleicht sein Pferd retten. Den Lux überwältigen und dann davonreiten. Dann sofort zum Richter nach Wolfratshausen. Er würde dieses Wilderernest, diesen Tummelplatz von Verrat und Verbrechen sofort auffliegen lassen. Aber wie entkommen? Der Stall war recht stabil gebaut. Und es schien ihm angebracht, die Menschen in der Nähe nicht durch Lärm auf sich aufmerksam zu machen. Sei es lautes Rufen oder Zertreten der Latten und Bretter. Er könnte versuchen, sich unter der

Bretterwand durchzugraben. Oder nach losen Stellen suchen. Das wäre das Einfachste. Er begann hektisch an den Brettern unten zu ziehen und zu schieben, ob sich eins löste. Tatsächlich fand er zwei recht lose Bretter, die er mit nur geringem Geräuschaufwand rausdrücken konnte. Noch reichte es nicht, damit er durchpasste. Er fingerte, pulte und zerrte.

Da kamen die Stimmen zurück. Und schnelle Schritte.

»Was soll das heißen, du hast ihn nicht angebunden, du hirndappiger Presssack?«, keifte die alte Vettel. »Wenn der jetzt abgehauen ist, du oreidiger Hirsch?« Sie schlug ihrem Sohn auf den Kopf.

»Das Schloss ist doch noch dran, alte Mistgurgl.«

»So redest du nicht mit deiner Mutter.« Sie schlug wieder zu. Doppelt. »Los, schließ auf und schau nach, was der Goldfasan macht! Und gnade dir Gott …« Zur Sicherheit schickte sie einen Schwung Backpfeifen hinterher und drosch noch auf den Kerl ein, als er das Schloss geöffnet hatte. Tassilo nutzte die Gunst des Moments und trat dem überraschten Lux wuchtig in den Magen. Während der Sohn zusammensackte, wich Tassilo einer gezielt gesetzten geraden Rechten der Mutter im letzten Augenblick aus und keilte auch ihr sein Knie in die Magengrube. Dann schlug er mit beiden Fäusten in ihr Genick. Die Buchenmüllerin plumpste schwer auf ihren Sohn, der sich eben aufrappeln wollte, was er nun – unter dem Gewicht der Mutter begraben – nicht mehr konnte.

»Geh runter von mir, alte Loas«, plärrte Lux, während Tassilo davonsprintete, rüber zum Stall. Dort warteten im Unterstand noch sein Pferd, das Maultier und der Esel. Er band schnell Pferd und Maultier los. Den Esel würde er opfern müssen, das ließ sich verkraften. Tassilo schnappte sich eine Mistgabel und sprang auf den Rücken seines Pferdes. Ohne Sattel zu reiten war für ihn ungewohnt, aber was blieb ihm anderes übrig. Los ging es im Galopp: Gundi und Lux, die angetaumelt kamen, stramm über den Haufen geritten – das Maultier am Zügel hinterhergezogen.

Wo der Karren gefahren war, ließ sich im feuchten Boden leicht erkennen. Wenn er sich nicht täuschte, ging es nach Südwesten. Der Weg führte quer durch Felder, Wiesen und immer wieder tiefen Wald. Mit dem schnellen Pferd würde er das langsame Fuhrwerk sicher bald einholen. Doch kein Fuhrwerk in Sicht. Wie lange war er bewusstlos gewesen? Offenbar lange genug, dass die Karre mit der Leiche und seinem Stoffel bereits Straßlach und Dingharting hinter sich gelassen hatte und auf der alten Römerstraße Richtung Beigarten dahinzuckelte. Womöglich war dort die Furt auf die andere Isarseite nach Schäftlarn trotz des Hochwassers noch passierbar.

Tassilo verschwendete keine Zeit mit raffinierten Plänen. Er beschloss, einfach draufzuhauen und dann mal sehen ... Er grub die Fersen in die Flanken seines Pferdes und galoppierte los. Als er den Kobelwagen erreichte, schlug er blindlings mit der Mistgabel auf die Buchenmüllerbrüder auf dem Kutschbock ein. Überrascht von dem Angriff stürzte Wiggerl beim zweiten Schlag vom Wagen und kullerte ins Gras. Der hasenschartige Alois wehrte sich, hielt aber immerhin die Pferde an. Tassilo sprang auf den Wagen und drosch zu, so gut es ging. Alois wich für seine Plumpheit erstaunlich geschickt aus und floh letztlich heulend mit seinem Bruder vom Wagen. Tassilo richtete sich siegreich auf. »Dreckiges Gesindel!«, rief er den Brüdern zu, die versuchten, den Wagen zurückzuerobern, was die Mistgabel verhinderte.

»He, ihr da!«, donnerte da eine Stimme, die gewohnt war, autoritär zu klingen. »Leg sofort die Mistgabel weg, dreister Kerl, sonst durchbohre ich dich mit meiner Armbrust.«

Tassilo wirbelte herum. Neben dem Wagen stand ein mächtiger Rappe, auf dessen Rücken ein Edelmann mit der Armbrust im Anschlag saß.

»Herr«, seufzte Tassilo glücklich. »Was bin ich froh, einen Edelmann hier zu treffen.«

»Halt dein vorlautes Maul, Bursche«, herrschte der Reiter ihn an und ließ langsam die Waffe sinken.

»Das ist ein Missverständnis, mein Herr. Ich bin Tassilo Stubenruß, ein ehrenwerter Bürger und Mitglied des Inneren Rats der Stadt München.«

»Ja, freilich. Darum stinkst du auch wie ein ganzer Ziegenstall, trägst ein Gewand aus Kot und Stroh und überfällst bei helllichtem Tag Reisende, die ... was in Gottes Namen ist das denn? Eine Leiche? Jessasmariaundjosef.« Er nahm seine Mütze ab und bekreuzigte sich. Dichte graue Haare standen in alle Richtungen ab, sein Bart hingegen war noch weitgehend dunkel. Auf der Stirn, kurz vor dem Haaransatz, blitzte etwas im Licht. So kam es jedenfalls Tassilo vor. Doch schon setzte der Ritter seine Kappe wieder auf.

»Ja, Herr.« Wiggerl kam unterwürfig angeschlichen. »Eine Leiche. Der Amtmann von Taufkirchen. Und das da ist der Schuldige.« Er deutete auf Stoffel.

»Der Bub hat den Amtmann so zugerichtet?«, fragte der Edelmann.

»Nein, der Bub ist ein Druderer! Ein Hexenmeister, Herr.« Alois stellte sich neben seinen Bruder. »Er hat den Gottstehunsbei beschworen, und der hat den Herrn Amtmann so zugerichtet.«

»Jawohl, edler Herr, so war es«, sagte Wiggerl zitternd und sich bekreuzigend. »Ich habs mit meinen eigenen Augen gesehen. Drum haben wir ihn gefesselt und geknebelt, damit er uns nicht verhexen kann.«

»Ich verstehe. Meine Güte, was hat er dem armen Amtmann angetan.« Der Edelmann saß ab und näherte sich mit angewidertem Blick der Ladefläche des Wagens.

»Er war es nicht«, mischte sich Tassilo ein. »So hört doch, Herr. Ich bin ein Rat aus München, und das ist mein Bursche. Wir sind gestern Abend bei dem fürchterlichen Sturm in die Fänge dieser Wilderer geraten, und nun wollen sie uns eins auswischen. Meinem Burschen hängen sie Hexerei an, und mich haben sie in einem Ziegenstall gefangen gehalten, um Lösegeld zu erpressen.«

Der Herr lachte. »Was für eine entzückende Geschichte! Du solltest auf Jahrmärkten auftreten. Hör zu, ich bin Georg Fußsteiner, Ritter und Herr zu Dingharting, ein treuer Diener ihrer Durchlauchten …«

»Die Durchlauchten!«, rief Tassilo. »Sicher, ich handle in ihrem Auftrag. Die Herzöge haben mich beauftragt, einen Todesfall im Hachinger Tal zu klären.«

»Dann werdet Ihr sicherlich ein herzogliches Schreiben mit Euch führen, werter Herr Rat.« Sarkasmus tropfte aus jedem Wort.

»Ah … nein.«

»Schade, Bursche.« Ritter Fußsteiner strich sich über den graumelierten Bart. Die Buchenmüllerbrüder kicherten. »Es hätte deine Geschichte glaubwürdiger gemacht. Als echter Gaukler musst du in so einem Fall etwas hervorzaubern und wichtig tun …«

»Gerade weil ich doch nichts hervorzaubere, müsst Ihr mir glauben.« Tassilo verzweifelte zusehend. »Hier, erlaubt mir einen untrüglichen Beweis! Öffnet meinem Burschen die Fesseln. Lasst ihn aufstehen, und dann legen wir die Leiche auf die Wiese. Wir machen das Blutgericht.«

»Davon habe ich gehört. Wenn sich der Mörder nähert, beginnt das Blut der Leiche zu fließen.« Georg Fußsteiner zog sein Schwert. Als Einziger, der Waffen mitführte, schien ihm das Risiko gering. Er durchsäbelte mühsam die vielen Taue und Stricke, mit denen man Stoffel verschnürt hatte. »Der Knebel bleibt aber drin!«, befahl der Ritter. »Nicht dass er uns behext, der Druderer.« Nun wies er die Brüder und Tassilo an, die Leiche vom Wagen auf die Wiese zu legen.

»Los, Bursche.« Fußsteiner drückte die Spitze seines Schwerts gegen Stoffels Rückgrat. »Geh hin und fass den Toten an.« Stoffel stolperte, weil sein linkes Bein eingeschlafen war und hinkte zur Leiche.

Nichts tat sich. Doch dann lief ein zähes Rinnsal violettes Blut aus der Bauchhöhle. Tassilo erstarrte. Stoffel riss panisch die Augen auf und sah seinen Herrn flehend an.

»Nun, der Beweis wäre also erbracht!« Der Ritter saß wieder auf. »Fesselt den Druderer wieder und bringt ihn sofort zum Richter nach Wolfratshausen! Am besten begleite ich euch. Und du, vorlauter Gaukler …« Er lenkte seinen Rappen nahe an Tassilo heran. »Fast wäre ich auf dich reingefallen, Missgeburt. Aber nun werde ich persönlich dafür sorgen, dass du mit deinem Spießgesellen für das Verbrechen am Amtmann zur Verantwortung gezogen wirst!«

Es war eher ein Reflex, eine irgendwie aus der Situation heraus logische Handlung, dass Tassilo den Fuß des Ritters packte, aus dem Steigbügel zog und den Reiter aus dem Sattel hebelte. Mit einem dumpfen »Uff« landete Fußsteiner auf dem Rücken. Tassilo jagte den Rappen mit einem festen Klaps auf die Flanke davon. Stoffel packen, aufs Maultier bugsieren und selbst auf das Pferd zu springen, waren eins. Alois und Wiggerl beim Davonstieben noch ordentlich eine mit der Mistgabel draufgeben, war auch noch drin.

»Danke, Herr, danke!«, schrie Stoffel, nachdem er endlich den Knebel aus seinem Mund bekommen hatte.

»Spar dir den Atem, Hexer«, rief Tassilo zurück. Im wilden Galopp jagten sie querfeldein auf den Wald zu. Die Furt bei Schäftlarn konnten sie nun vergessen. Er blickte über die Schulter zurück. Die Brüder hatten ihre klapprigen Mähren ausgespannt, Tassilo fürchtete, dass sie die Verfolgung aufnehmen wollten. Ritter Fußsteiner hatte es inzwischen geschafft, seinen Rappen einzufangen und versuchte, in den Steigbügel zu kommen. Er schien sich verletzt zu haben.

Sie hetzten die Tiere durch das Dickicht. Vor ihnen jagten Warnrufe von Eichelhähern durch das Gehölz. Tassilo vermutete und hoffte inständig, dass sie Richtung Norden ritten und die Isar links von ihnen lag. Es konnte aber auch anders sein, was Tassilo lieber verdrängte. Er wollte die Isarseite wechseln, um die Verfolger abzuhängen und schneller nach München zu kommen. Die Furt bei Grünwald fiel ihm ein. Doch bei dem Hochwasser konnte man die wohl vergessen. Wobei die Buchenmüllerbuben ja die Furt bei Schäftlarn nehmen wollten, also … Als sie nach einer Weile an eine winzige Lichtung mit einem Findling kamen, ließ Tassilo anhalten. Er lauschte. Diese verdammte Natur! Verdammter Wald! Seine Erfahrungen mit Letzterem beschränkten sich auf gelegentliche Reitausflüge und Jagdgesellschaften. Da gab es aber immer Treiber und Bedienstete, die die Sache mit der vielen Natur übernahmen. Er lauschte ins Grün. Nichts außer Vogelgesang. Die Verfolger schienen ihnen nicht auf den Fersen.

»Was hast du Depp angestellt?«, fuhr er Stoffel an.

»Nichts, Herr!«

»Nichts? Wegen nichts stinke ich also wie ein Ziegenbock und werde von einem verrückten Ritter gejagt?«

»Aber dafür kann ich doch nichts, Herr«, sagte Stoffel kleinlaut.

»Ach nein, woher denn!« Tassilo verdrehte die Augen. »Los. Dann erzähl, was gestern Abend vor der Mühle vorgefallen ist.«

»Ich weiß auch nicht«, sagte Christoffel schulterzuckend. »Der Wiggerl hat mich ausgefragt. Das kam mir seltsam vor. Wollte wissen, ob Ihr reich seid und ob wir Geld dabeihaben und solche Sachen. Ich wollte zurück ins Haus, aber der hat mich nicht gelassen. Ich hab gedacht, dass der was im Schilde führt. Und dann plötzlich fängt er das Schreien an, von wegen der Gottstehunsbei und so, und ihm fallen fast die Augen aus dem Schädel. Der ist richtig panisch geworden. Und dann dreh ich mich um, weil ich spüre, dass da was ist und dann weiß ich nichts mehr.«

»Hast du den Leibhaftigen gesehen?«

»Ich weiß es nicht, Herr. Ich hab mich umgedreht, und dann kam ein Feuerstrahl aus dem Dunkel und … peng … dann weiß ich nichts mehr. Ich bin erst wieder aufgewacht, als ich verschnürt auf dem Wagen gelegen habe.«

»Sag mir, Christoffel«, Tassilo sah seinem Diener tief in die Augen, »hast du den Leibhaftigen beschworen?«

Stoffel lachte schallend. »Ich, Herr? Nein. Nie im Leben. Ich weiß gar nicht, wie das geht.«

Tassilo sackte auf seinem Sattel zusammen. Er hatte es eh nicht geglaubt.

»Ich weiß, Herr, die Blutprobe vorhin, aber ich schwöre Euch …«

»Ach was.« Tassilo winkte ab. »Du bist unglücklich mit der Fußspitze an die Hüfte des Toten gestoßen. Ich habs gesehen. Die leichte Erschütterung bewirkte, dass sich der Körper eine Kleinigkeit verschob, dadurch etwas im Inneren in Bewegung geriet und in der Folge … Na, du weißt schon. Dieses dumme Landvolk!« Er musterte seinen Diener, der welpenhaft lächelnd auf dem Maultier saß, als wären sie auf einem kleinen Ausflug ins Grüne. »Wie kannst du blöder Bursche dauernd so fröhlich sein?«, knurrte Tassilo. »Gibt es denn nichts auf der Welt, das du nicht einfach weglachst?«

»Warum soll ich nicht fröhlich sein?« Stoffel zuckte mit den Schultern. »Es ist doch jetzt alles gut, oder?«

»Du machst mich noch komplett narrisch mit deinem Frohmut«, seufzte Tassilo. »Nichts ist gut!« Und als wollte er diese Worte unterstreichen, zischte in diesem Moment ein Armbrustbolzen dicht an seinem linken Ohr vorbei und schlug wenige Meter hinter Tassilo in einen Kiefernstamm.

»Verdammt!« Tassilo rammte dem Pferd die Fersen in die Seiten, mit einem Satz trug ihn das Tier ins Waldesdunkel. Stoffel auf dem Maultier hinterher. Und auch der Ritter Fußsteiner, Herr zu Dingharting, trieb seinen Rappen an, wenngleich erheblich schwerfälliger.

Wie sie durch das Gehölz rasten, ihnen Zweige und Äste die Gesichter zerkratzten, musste Tassilo zugeben, dass er endgültig jegliche Orientierung verloren hatte. Rein vom Gefühl her würde er sagen, dass sie nun Richtung Süden ritten, falls sie vorhin tatsächlich Richtung Norden geritten sein sollten … Müßig, sich darüber Gedanken zu machen. Die Wahrscheinlichkeit, dass sie denselben Weg zurückkamen, mochte gleich null gewesen sein. Die Wirklichkeit sah so aus: Der Wald endete. Wiesen. Felder. Es regnete wieder wie aus Kübeln. Dann hetzten sie an einem Kobelwagen vorbei, der am Wegrand stand. Auf der Ladefläche lag eine zugedeckte Leiche. In einiger Entfernung lungerten die Buchenmüllerburschen mit ihren klapprigen Mähren unter dem schützenden Blätterdach einer Eiche herum und glotzten ungläubig herüber. Tassilo drehte sich um. Ritter Fußsteiner brach eben mit dem Rappen aus dem Unterholz. Der Abstand zu ihm hatte sich so vergrößert, dass er sie nicht mehr mit seiner Armbrust erreichen konnte.

Die Müllersbuben saßen nun auf.

Tassilo lenkte sein Pferd wieder Richtung Wald. Stoffel hielt mit. Irgendwo weiter rechts müsste die Isar fließen.

Die Isar war ein arger Treibauf, ziemlich unberechenbar raste sie durch ihr Kiesbett und gestaltete selbiges gerne ständig neu. Wo gestern noch eine Kiesbank aus dem Wasser ragte, konnte schon heute ein Mann ersaufen. Gerade wenn sie Hochwasser führte, spielte die Isar mit Sand und Kies nach Belieben, schob das Geröll mal hierhin, mal dorthin, erfand neue Untiefen und Strudel. Freilich gab es ein paar Punkte, an denen es der Erfahrung nach zumindest höchst wahrscheinlich war, dass sich eine Furt bildete. So bei Grünwald und bei Schäftlarn. Doch Tassilo wollte das nicht riskieren. Es blieb also nur der Weg weiter nach Süden zur kleinen Holzbrücke von Wolfratshausen, um auf die andere Seite zu gelangen. Dort konnte er sich dann gleich dem Landrichter anvertrauen und diesem absurden Spuk ein Ende bereiten. So sein Plan.

Tatsächlich jedoch verirrten sie sich heillos im Wald und ritten wohl im Kreis. Anders konnte es ich Tassilo nicht erklären, dass plötzlich Ritter Fußsteiner zwischen den Baumstämmen auftauchte und mit ihm die Buchenmüllerbuben auf ihren Klappergestellen.

»Da lang, Herr«, brüllte Stoffel und zog die Zügel von Tassilos Pferd scharf nach links. Die Hetzjagd endete abrupt an einem umgestürzten Baum, an dem Tassilos Pferd im Sprung mit dem linken Vorderhuf hängen blieb und stürzte. Ross und Reiter konnten sich recht flott hochrappeln, doch als Folge des Sturzes stand der linke Huf ungesund seitlich weg, und das Pferd quietschte vor Schmerzen.

»Scheiße«, schrie Stoffel in den Sturm und sprang vom Muli. Ob das Knacken und Krachen tatsächlich von Ritter Fußsteiner und den Müllersburschen verursacht wurde, war unmöglich festzustellen. Spontan entschied sich Christoffel, das hinkende Pferd und sein Maultier mit Klapsen auf die Hintern weiter in den Wald zu scheuchen und seinen Herrn mit sich hinter dichteres Buschwerk zu ziehen. Tassilo folgte seinem Diener wie ein Hündchen. Der Sturz hatte ihn völlig aus dem Konzept gebracht. Sie krabbelten durchs Gestrüpp und quetschten sich durchs Unterholz. Immer weiter. Zwischenzeitlich folgten sie dem Trampelpfad von Wildschweinen. Schließlich gelangten sie an eine Hangkante. Beinahe wäre Stoffel abgerutscht und hinuntergestürzt. Tief unter ihnen gurgelte die Isar. Zwei Flöße schossen eben vorbei.

»Rechts gehts nach Wolfratshausen«, schnaufte Tassilo Stubenruß. »Los, Stoffel, da lang.« Er deutete flussaufwärts.

»Nein, Herr, das ist zu gefährlich! Damit rechnen die doch! Kommt.« Stoffel zog seinen Herrn am Ärmel weiter. Sie liefen geduckt die Kante des Hochufers entlang, bis sie an einen halsbrecherisch steilen Pfad kamen. Mehr auf den Hintern rutschend als aufrecht gehend erreichten sie das Ufer der Isar. Weil just da ein Armbrustbolzen neben Stoffel ins Wasser schlug – zumindest dachten die beiden Flüchtenden das, in Wahrheit handelte es sich nur um ein Stück Ast, das der Sturm herumgeschleudert hatte –, sprangen Tassilo und sein Diener ins Wasser.

»Ich kann nicht schwimmen«, kreischte Stoffel gurgelnd.

»Machs wie die Hunde!«, schrie Tassilo gegen das Tosen. »Wie! Die! Hunde!« Stoffels Kopf tauchte unter und wieder auf und wieder unter – und wieder auf. Schließlich blieb er oben. Er strampelte tapfer mit Armen und Beinen.

»Versuchen wir, ans andere Ufer zu kommen!«, brüllte Tassilo. Er merkte, dass es mit seinen Schwimmkünsten auch nicht weit her war. Ein bisschen

Plantschen in den Stadtbächen und in den Fischteichen in der Au war das eine, in reißenden Strömungen wieder an Land zu kommen das andere. Da schlug ihm ein Holzstamm gegen den Hinterkopf. Nicht so stark, dass er ohnmächtig wurde, aber dennoch.

Ein Floß.

»Seids narrisch, Burschen?«, schrie der Flößer am hinteren Ruder, schiere Angst in den Augen. Wie jedes größere Floß wurde das Gefährt von zwei Männern geführt, hinten stand der Steuerer, vorne der Ferg.

»Halt dich fest, Stoffel«, brüllte Tassilo und krallte sich an einen Baumstamm. Schon bückte sich der Steuerer, um Tassilo und Stoffel wie junge Hunde am Schlafittchen aus dem Wasser zu ziehen. Er stieß sie unsanft auf die Hölzer. In Windeseile rannte er zurück zum hinteren Ruder, denn der Ferg alleine am vorderen Ruder konnte das Floß nicht halten, es taumelte bedenklich hin und her. Während die beiden Männer das Floß wieder in ruhigere Fahrt brachte, rief der Ferg: »Hockts enk hi! Damische Burschen! Wolltsers zruck in d'Isar? Los. Hinhocken.«

Triefend setzten sich Tassilo und Stoffel neben die Ladung, die unter Wachstuch auf der Floßmitte zusammengebunden war. Das Floß hörte auf zu schlingern. Dennoch war Tassilo speiübel geworden. Er war noch nie in seinem Leben an Bord eines Wasserfahrzeugs gewesen.

»Mia nema enk mit nach Minga«, rief der Steuerer von hinten. Sie rauschten am Kloster Schäftlarn vorbei.

»Minga«, wiederholte Tassilo.

»Er meint München«, sagte Stoffel. »Die Leute vom Land nennen München Minga.«

»Das weiß ich, du Dummbeutel!« Kein Münchner würde je auf die Idee kommen, sein München als Minga zu verballhornen. »Ich habe das nur schon lange nicht mehr gehört«, sagte Tassilo. »Man kommt ja so selten mit dem einfachen Volk vom Lande zusammen, wenn man im Inneren Rat der Stadt …« Zu wem sprach er eigentlich? Er verstummte. Seinem Stoffel musste er keine Vorträge über seinen Stand halten. Zum hinteren Steuerer rief er dann: »Das ist sehr freundlich von Euch, Herr …«

»Bin koa Herr!«, kam es zurück. »Bin da Maxl und der Ferg vurn is da Gilg.«

»Danke, Maxl!«, schrie Stoffel, bevor sein Herr den Mund aufmachen konnte. »Und wir sind der Stoffel und der Giesinger.« Er lächelte entschuldigend zu seinem Herrn. Tassilo nickte und seufzte würgend. Er würde sich bald übergeben müssen. Stoffel hingegen lehnte entspannt an der Ladung und strahlte wie immer.

»Warum bist du jetzt schon wieder so gut gelaunt, dass man dich abwatschen könnte?«, schimpfte Tassilo, vor allem um sich abzulenken.

»Weil wieder alles gut ist. Wir kommen nach München, und es hat aufgehört zu regnen.«

Schließlich passierten sie die Burg Grünwald. An den Thalkirchner Überfällen verließen sie die Isar, denn der Maxl und der Gilg lenkten ihr Floß nach links in den Großen Stadtbach.

»Er will zur Oberen Lände«, seufzte Tassilo. Die Untere Lände direkt an der Isarbrücke wäre ihm zwar lieber gewesen, denn von dort waren es nur ein paar Schritte zum Isartor und in die Stadt, doch Hauptsache München!

Der Kalkofen kam in Sicht. Der Ländemeister winkte das Floß zu einer freien Anlegestelle. Knechte und braun gescheckte Kaltblüter standen bereit, das Floß an Land zu ziehen, zu entladen und in Windeseile zu zerlegen. Während Tassilo mit wackeligen Beinen und von seinem Diener gestützt vom Floß wankte und sich endlich übergab, steckten die beiden Flößer bereits mitten in Geschäftsdingen. Bald klimperte der Steuerer zufrieden mit seinem Geldsäckel.

»Mia bleim noch bis zur Dult in Minga«, sagte Maxl leutselig zu Stoffel. »Ihr aa? Habtsers a Unterkunft? Da vorn is a Tafernhaus. Da kennts uns dann verzoin, wos enk in d'Isar einigschmissn hod.«

»Danke«, stotterte Tassilo und bemühte sich um Haltung. »Wir müssen sofort in die Stadt.«

»Da werdens enk so sicher ned einilassn«, lachte Gilg. »Verhauen wia ia ausschaugts. Und ohne Diridari. Sandler sehens ned gern bei die feine Leut in Minga.«

»München«, antwortete Tassilo. »Es heißt München, und sie werden uns in die Stadt lassen. Glaub mir.« Er richtete sich vollends auf, sagte streng »Komm, Stoffel« und schritt erhobenen Hauptes Richtung Kalkofen.

»Hirndappig sans.« Flößer und Ländemeister sahen sich an und prusteten lachend los. »Lauter Gschockte in der Stadt.«

Tassilo ignorierte sie und schlug den Weg am Kalkofen vorbei ein. Bei der alten Westermühle, die Kaiser Ludwig der Bayer einst dem Heilig-Geist-Spital gestiftet hatte, überquerten sie den Bach. Oben an der Hangkante hatte man einen kleinen Friedhof für die Pesttoten, Aussätzigen und Armen angelegt. Das Pesthaus stand in Sichtweite einige Hundert Meter weiter Richtung Isar. Wenige Gräber waren mit Grabkreuzen gekennzeichnet. Wie auf vielen Friedhöfen weideten hier Ziegen. Keine Mauer begrenzte das Areal, so wusste man nicht genau, wo die geweihte Erde endete. Dennoch oder gerade deshalb begrub der Abdecker hier auch Selbstmörder und andere Sünder, denen man die ewige Ruhe in geweihter Erde verweigerte. Eselsgräber nannte man sie, weil die Toten wie Esel verscharrt wurden. Diese Gräber erkannte man leicht an den Dornen, die man darauf häufte, um die Sünder in der Erde zu bannen und an der Wiederkehr zu hindern.

Um keinen Bekannten in seinem derangierten Zustand zu begegnen, steuerte Tassilo nicht das Sendlinger Tor an, sondern das kleine Angertor. Die Gruppe der wilden Tänzer dicht neben dem Tor schien noch größer geworden zu sein als am Vortag. Schon hatten sich Geißler dazu gesellt und peitschten sich im Takt der Gesänge die Rücken blutig.

Die Torwache wollte ihn tatsächlich erst nicht passieren lassen. Tassilos Wutanfall verschlechterte seine Lage, denn Torwachen anschreien brachte selten Vorteile. Die eine Torwache wies Tassilo energisch darauf hin, dass er sich doch einmal anschauen möge, dann wüsste er Bescheid, warum man ihm nicht glauben wolle, dass er ein Herr und Stadtrat sei. Tassilos Argument, dass sein Gewand aus feinster Baumwolle sei, wie sie nur Herren tragen würden, gewürzt mit einigen beleidigenden Kommentaren über des Torwächters Sehfähigkeit, verschärfte die Situation. Denn der Wächter schloss aus dem edlen Stoff, dass der Kerl vor ihm offensichtlich zudem ein Dieb oder Räuber sei. Beinahe wären Tassilo und Stoffel in den Kerker geführt worden, wäre da nicht die hochwürdige Mutter im Garten des nahen Angerklosters durch den Lärm aus ihrer Kontemplation gerissen worden. Verärgert kam sie höchstpersönlich ans Stadttor, um den Radau zu unterbinden. Erst faltete sie zur Gaudi der Anwesenden mit lauter Stimme die Wachen zusammen, dann schenkte sie ihrem Bruder einen eisigen Blick, verbunden mit dem Befehl, ihr sofort zu folgen. Zuletzt schenkte sie dem Stoffel ein mitleidiges Lächeln, streichelte seine Wange und murmelte etwas von »was der arme Bub alles mitmachen muss«.

»Ich bin entsetzt, wie Ihr ausseht«, schalt sie auf dem Weg zurück ins Kloster. »Ganz zu schweigen von Eurem empörenden Auftritt eben. Ihr schreit herum wie eine besoffene Metze. Selbst die liederlichen Dirnen des Frauenhauses benehmen sich besser. Ihr bringt Schande über den Namen Stubenruß, mein Bruder. Ich werde für Euch beten!«

»Verzeiht, Hochwürdige«, keuchte Tassilo. »Wenn wir bei Euch heute die Nacht …«

»Das will ich jetzt nicht gehört haben!« Die Äbtissin stieß das Gartentor auf. »Geht zu Euren Freunden in der Stadt, Honlin oder Matthäus.« Sie betrat kopfschüttelnd den von einer hohen Mauer umgebenen Garten. »Morgen Vormittag erwartet man Euer Erscheinen zur Messe in der Peterskirche. Danach gewähre ich Euch Audienz, dann berichtet mir, wie es zu diesem …«, sie verzog angewidert den Mund und machte eine unbestimmte Geste mit der linken Hand. »Entwürdigend! Ihr berichtet mir morgen.« Die Äbtissin schlug die Tür zu.

8 Gerüchte

Wer weiß«, sagte Fenggenmathes, »vielleicht finden die Tiere alleine ihren Weg zurück. Das Pferd nicht unbedingt, Pferde sind dumm. Aber Maultiere sind schlau …«

»Ich habe dir doch gesagt, dass meine Stute ihr linkes Vorderbein gebrochen hatte«, entgegnete Tassilo wütend. »Das arme Vieh ist inzwischen im Wald verendet oder von Bären gerissen worden.«

»Bären? Ich glaube, das letzte Mal habe ich von Bären in der Gegend in den Erzählungen meines Großvaters gehört.«

»Dann eben Wölfen.«

»Ah, der Wein!« Eine Magd betrat mit einem Tablett die Stube, in der Tassilo und Mathes saßen. Eigentlich Mathes Arbeitszimmer, doch er hielt sich hier gerne auf, weil es der wärmste und trockenste Raum im Haus war. Der Magd folgte Rosa Fenggen. Sie äußerte steif ihre Anteilnahme für den Zustand des hochgeschätzten Gastes, sah ihm ernst ins Gesicht und riet, dass Tassilo sich unbedingt durch einen Bader untersuchen und versorgen lassen sollte. Sie deutete auf Krug und Becher, wünschte »Wohl bekomms« und entschuldigte sich, weil sie unpässlich sei.

»Die Schwangerschaft«, erklärte Mathes. »Sie ist fast im siebten Monat, kann aber kaum aufstehen und darf nicht das Haus verlassen. Du kannst es als große Ehre ansehen, dass sie dich begrüßt hat.«

Auf dem Schreibtisch stand an die Wand gelehnt ein kleines Bild. Das Brautbild, das Rosas Vater von Reichenhall nach München hatte schicken lassen, als er die Ehe mit den Fenggens aushandelte. Damit sie sehen konnten, dass an seiner Tochter alles dran war. Tassilo, der das erste Mal seit der Hochzeit in Mathes' Arbeitszimmer war, hatte das Gemälde noch nie gesehen. Nun betrachtete er es im Licht einer Öllampe.

»Absolut unfähiger Künstler«, sagte Mathes.

»Du nimmst mir die Worte aus dem Mund«, antwortete Tassilo. »Sieht deiner Gattin nicht sehr ähnlich. Deine Gattin ist wohl hübscher. Und die hier ist blond.«

»Du kannst mir glauben, dass ich einigermaßen überrascht war, als ich sie dann in Person gesehen habe.«

»Positiv oder negativ überrascht?«

Mathes lachte schallend. »Prost, unverschämter Bursche.« Nachdem sie angestoßen und getrunken hatten, rekapitulierte Mathes, was ihm erzählt worden war: »Also alles weg? Geld, Gepäck, Waffen, Pferd, Muli und der Esel. Alles?«

»Wenn ich es dir doch sage!«

»Was für eine Dreistigkeit. Geschieht dem Amtmann ganz recht, dass ihn der Teufel holt, wenn er solche Wegelagerei duldet. Von einer Buchenmühle im Hachinger Tal habe ich noch nie gehört«, sagte Mathes. »Aber das will nichts heißen. Es gibt etliche Mühlen am Bach. Einige stehen leer. Es gibt viel Leerstand seit der letzten Pest. Und dann die Cholera. Jedenfalls ist es durchaus auffällig, dass der Leibhaftige ausgerechnet dort auftaucht! Glaubst du, er ist dir gefolgt?«

»Wie sollte das denn möglich sein?«

»Er ist der Leibhaftige! Dem ist alles möglich.« Mathes beugte sich vor. »Und du bist dir ganz sicher, dass dein Stoffel nicht vom wahren Glauben abgefallen ist …«

»Ja«, unterbrach Tassilo unhöflich laut. »Da bin ich ganz sicher. Die Hochwürdige selbst hat vorhin seine Wange gestreichelt, und er ist nicht in Flammen aufgegangen. Ist das Beweis genug?«

»Schon gut!« Mathes lachte trocken, lehnte sich in seinem Sessel zurück und schlug die Beine übereinander. »Ich meine ja nur. Man muss alle Möglichkeiten bedenken. Vielleicht steckt diese Magd Anni dahinter.«

»Daran habe ich auch schon gedacht«, antwortete Tassilo bedächtig. »Dass sie eine Drud ist.«

»Ich weiß, dass das Aberglaube ist«, antwortete Mathes leise. »Aber immerhin hat die Anni sechs Schwestern …« Er sah Tassilo vielsagend an.

»Das ist wirklich Aberglaube. Du bist zu oft auf dem Land, werter Freund.« Tassilo lachte sein Unbehagen weg. Und wenn doch etwas dran war an der Sieben? Die Zahl Sieben war mächtig, das wusste jeder. Die sieben Todsünden, die sieben Tugenden, die sieben Leiden Mariens, die sieben freien Künste, die sieben Plagen …

»Nein.« Tassilo schüttelte den Kopf. »Das passt alles nicht zusammen. Das ist doch widersinnig.«

»Warum?«

»Warum sollte die Anni den Teufel beschwören und den Koberbauern umbringen lassen?«

»Warum wohl. Der alte Sack wird sich an ihr vergangen haben.« Mathes lachte unangebracht. »Ein resches Ding ist sie ja. Die hat es faustdick hinter den Ohren.«

»Den Eindruck hatte ich eigentlich nicht. Und warum hat sie dann die Leiche vom Kober gemeldet?«

»Um unverdächtig zu sein!«

»Sie hat außerdem das Blutgericht bestanden.«

»Dabei kann ihr gewiss der Leibhaftige helfen, oder? Ich meine ja nur. Kaum hast du die Anni am Hof meines Vaters abgesetzt, taucht der Teufel auf.«

»Ach was, und warum sollte die Anni die Magd aus Schäftlarn umbringen? Wie hieß die? Afra? Die, wegen der sie den Meinlingerschorsch unschuldig gehenkt haben.« Tassilo schüttelte erneut den Kopf.

»Weil die Afra das Liebchen vom Fußsteiner war«, sagte der Fenggenmathes.

»Was?« Tassilo schreckte hoch. »Vom Herrn Ritter zu Dingharting?«

»Genau dem.« Mathes trank seinen Becher leer und füllte nach. »Ich hatte ein schlechtes Gewissen, weil ich dir keine Hilfe leisten wollte. Drum habe ich mich ein bisschen umgehört. Georg Fußsteiner und die Afra … Das wusste zwischen Schäftlarn und Dingharting jeder. Und die Anni, so hört man, war eifersüchtig, weil der Fußsteiner früher einmal ihr seine Gunst geschenkt hatte, und das dumme Ding hatte auf mehr gehofft.«

»Aber der Fußsteiner ist nicht mehr der Jüngste«, gab Tassilo zu bedenken.

Mathes lachte dröhnend. »Und? Wo ist das Argument? Wie gesagt, ich habe mich nur umgehört, und das heißt noch nicht, dass es stimmen muss. Außerdem heißt es, dass die Afra in froher Erwartung gewesen sein soll. Also vom Fußsteiner. Der hat nämlich keine Kinder. Zweimal verheiratet und trotzdem nichts.«

»Ganz wie bei unserer Pfalzgräfin Beatrix«, kommentierte Tassilo.

»Richtig.« Mathes lachte. »Die ist auch ausgetrocknet. Na, jedenfalls hat sich die Anni wohl erst recht betrogen gefühlt. Sie hätte die Mutter des Erben sein können.«

»Vermutungen und Gerüchte«, sagte Tassilo. »Ich werde morgen nach der Messe nach Giesing gehen und die Anni noch einmal befragen. Sie kommt zur Hochzeit ihrer Schwester.«

»Das mach.« Der Fenggenmathes erhob sich. »So, und jetzt komm. Gehen wir ins Bad. Kennst du das Hundskugelbad? Hat erst neu aufgemacht. Soll recht angenehm sein, und der Bader ist kein versoffener Hurenbock wie viele andere.«

»Ja, davon habe ich gehört.« Tassilo stand auf, überall schmerzte und zog es in seinem Körper. Er streckte sich. Die Kleidung, die ihm Mathes geliehen hatte, saß halbwegs passabel. Ein wenig kurz an den Ärmeln und Beinen, denn Mathes war etwas kleiner als Tassilo, aber bis morgen früh würde es reichen.

Eine Magd platzte hektisch in den Aufbruch: »Herr, Euer Vater ist gekommen.«

Der Fenggenmathes schloss die Augen, blähte die Nasenlöcher und ballte die Fäuste. »Was wünscht er?«, knurrte er.

»Ist das eine Art, seinen Vater zu empfangen?« Nepomuk Fenggen polterte in das Arbeitszimmer.

»Verzeiht, Vater, es wäre gut, wenn Ihr Euer Kommen ankündigen würdet. Wir waren gerade im Aufbruch ...«

»Dann geh hinaus, Sohn. Ich wünsche mit Herrn Tassilo alleine zu sprechen.«

»Wie Ihr befehlt, Vater.« Mathes verneigte sich und verließ den Raum.

»Es ist mir äußerst peinlich, mein lieber Herr Tassilo, dass Ihr Zeuge werden musstet, wie sehr ich in meiner Aufgabe als Vater versagt habe«, seufzte der Fenggenmuck. »Ich bete täglich zu unserem Herrgott! Doch was soll ich machen? Er ist mein einziger Sohn. Mein Erbe. Der Erbe aller Fenggens.«

»Ihr seid zu hart zu Euch«, antwortete Tassilo. »Und zu hart zu Eurem Sohn.«

»Findet Ihr?« Der Alte lachte trocken. »Ich denke genau das Gegenteil. Ich war immer zu weich. Habe ihn nur jeden Samstag gezüchtigt, damit er am Sonntag nach der Beichte nicht doppelt bestraft wird.«

»War der Mathes denn immer so ungehorsam?«

»Nein, beileibe nicht. Aber ein liebender Vater züchtigt seine Kinder auch ohne Grund! Er muss ihnen Respekt beibringen. Da habe ich versagt. Erst seit ich ihm den Geldhahn zugedreht habe, ist er ... Ach, was schwätze ich. Familienangelegenheiten!«

»Das Geld hat schon manche Familie entzweit«, gab Tassilo Allgemeinplätze von sich. Er wünschte sich, der Alte würde endlich zum Grund seines Besuches kommen.

»Geld ist Teufelszeug«, zischte der Alte und beugte sich zu Tassilo hinüber. Alkohol wehte ihm ins Gesicht. »Reines Teufelszeug. Aber wir brauchen es, um ins Himmelreich zu kommen, nicht wahr? Der Kirche zu spenden ist gottgefällig und rettet unsere Seelen. Ach, Ihr wisst sicher, Herr Tassilo, dass der Mammon einen Keil in meine Familie getrieben hat.« Nepomuk Fenggen saß zusammengesunken auf einem kleinen Stuhl und wirkte auf einmal zerbrechlich.

»Der Zwist mit Eurem Bruder«, sagte Tassilo. Er hatte schon so viele Gerüchte gehört, warum die Brüder zerstritten waren. Jeder wusste die einzig wahre Geschichte. Meist ging es um Frauen.

»Richtig.« Der Alte ließ seinen Kopf hängen und sah nun aus wie ein unterernährtes Vögelchen, das im Winter auf einem Zaun sitzt und bald erfroren hinabfallen wird. »Immer nur Geld. Meine Mutter, Gotthabsieselig, war eine herzensgute Frau. Und sie hat große Opfer gebracht, als es uns nicht gut ging. Da wart Ihr noch ein kleiner Bub, Herr Tassilo. Damals stand es schlecht um das Handelshaus Fenggen! Kurz nach dem Tod unseres Vaters. Offene Rechnungen, Schulden. Der Herr wollte uns prüfen! Wir waren verzweifelt, mein Bruder und ich. Ach, der Bartel … Wer konnte denn ahnen, dass wir eine Schlange an unserer Brust genährt hatten.« Er schniefte. »Da hat meine liebe Mutter die Hälfte ihrer Brautgabe genommen und uns gegeben. Einen ganzen Sack voll Gold! Könnt Ihr Euch das vorstellen? Sie hat die Hälfte ihrer Witwenvorsorge ihren unwürdigen Söhnen gegeben. Ja, wir haben gefeiert! Das Geld lag auf meinem Arbeitstisch. Tja, was soll ich Euch sagen? Nach dem gemeinsamen Mahl war das Geld nicht mehr auf meinem Arbeitstisch! Natürlich haben wir erst das Gesinde verdächtigt, doch so sehr wir auch jeden Einzelnen verprügelt haben …« Er wischte sich über die Augen. »Lange Rede, kurzer Sinn. Es blieb zuletzt nur mein Bruder übrig, der die Möglichkeit gehabt hatte, das Geld an sich zu nehmen. Er bestritt es, dieser elendige Lügner. Er bestreitet es bis heute. Sicher, ich konnte ihm nie etwas nachweisen. Aber er war es. Wer sonst? Er hat das Mahl einmal verlassen, um seine Notdurft zu verrichten. Er wird das Geld wohl verprasst haben mit seinen Studentenfreunden. Und das, wo ihm mein Vater selig das Studium der Jurisprudenz in Würzburg finanziert hat! Meiner seligen Mutter brach es das Herz. Sie gab uns noch den Rest ihres Brautgelds, um unsere Schulden zu tilgen, dann starb sie in Wochenfrist vor Gram.« Er schnäuzte sich umständlich in ein Tuch.

»Das ist tragisch«, sagte Tassilo. Diese Geschichte über den Zwist hatte er in der Tat noch nie gehört.

»Ich sentimentaler alter Mann«, schalt sich der Fenggenmuck selbst und richtete sich auf. »Ich bin nicht gekommen, um Euch mit diesen Geschichten zu langweilen. Vielmehr berichtet mir über Eure Erkenntnisse.«

So erzählte Tassilo Stubenruß zum zweiten Mal an diesem Abend, was er erlebt und herausgefunden hatte.

»Ich wusste es«, sagte der Alte schließlich. »Es ist der Leibhaftige selbst.«

»Wie kommt Ihr darauf?«, antwortete Tassilo erstaunt. »Für mich sind die Zeichen eindeutig, dass es nichts mit Zauberei oder gar dem Leibhaftigen zu tun haben kann.«

»Auf solche dumme Gedanken kann nur die Jugend kommen!«, rief der Fenggenmuck. »Verzeiht, wenn ich Euch beleidigt haben sollte, Herr Tassilo. Aber Ihr seid jung. Ihr habt keinen Vater mehr, der Eure verwegenen Gedanken in die richtigen Bahnen lenken kann. Darum werde ich es Euch erklären: Die Zeichen sind eindeutig. Nichts geschieht ohne Grund. Wir alle sind Marionetten des großen göttlichen Plans. Ja, der Herrgott setzt für jeden von uns bei der Geburt das Schicksalsrad in Bewegung. Mein Schicksal ist es, mit Lug und Trug in der Familie zu leben. Mein Schicksal ist es, einen unfähigen Sohn als Erben zu haben. Das ist die Prüfung, die mir auferlegt wurde. Und solange ich lebe, werde ich alles daransetzen, einen würdigen Erben zu hinterlassen, damit ich meinem Schöpfer mit ruhigem Gewissen entgegentreten kann. Alles, was Ihr mir berichtet habt, bestätigt meine Gedanken. Unsere Stadt, das Land, alles ist der Sünde verfallen. Der Erbprinz führt eine Metze bei Hofe ein! Seine Durchlaucht Herzog Wilhelm ist dem Weibsvolk auffällig abhold! Söhne widersetzen sich der Autorität der Väter. Priester, Mönche und Nonnen geben sich der Hurerei und dem Alkohol hin. Und was der Fürstbischof in seinem Schlafgemach treibt … Und jetzt verführen sogar schon ungläubige Mohrinnen, rabenschwarz wie die Seele Satans, unverheiratete Männer. Was glaubt Ihr denn, warum der Herr die Mohren schwarz gemacht hat? Damit man ihre schwarzen Seelen sofort erkennt! Ich denke, ich muss nicht noch weitere Beispiele aufzählen. Das alles ist bekannt. Und dafür straft uns der Herrgott, indem er seinem Widersacher erlaubt, uns heimzusuchen. Glaubt mir, Herr Tassilo, das hat noch lange kein Ende!«

»Wenn Ihr so sicher seid, dass alles auf dem unergründlichen Plan Gottes beruht, warum habt Ihr dann den Rat dabei unterstützt, mich mit der Aufklärung der Vorkommnisse zu beauftragen?«, fragte Tassilo.

»Weil ich wissen wollte, ob ich recht hatte«, erklärte der Alte. »Und das hatte ich.«

»Ich möchte Euch nicht zu nahe treten, aber ich sehe das genau anders. Meine Schlüsse …«

»Das, Herr Tassilo, mag Eure Ansicht sein. Die muss ich nicht teilen.« Der Fenggenmuck stand auf. »Damit ist dieses Gespräch für mich beendet. Und ich rate Euch, beizeiten die Beichte aufzusuchen, damit Ihr unterscheiden lernt, was Geschwätz und was die Wahrheit ist.«

»Ich gebe zu bedenken«, Tassilo wollte nicht so schnell aufgeben, »dass die Vernunft ...«

»Die Vernunft!«, spuckte der Alte angewidert aus. »Ihr redet schon daher wie mein studierter Bruder. Unser Vater hätte sie aus ihm herausprügeln sollen, so wie ich es bei Mathes versucht habe. Die Vernunft ist die Widersacherin des Glaubens. Die Vernunft gilt es zu bekämpfen mit allem, was uns heilig ist. Sie ist gegen die Wahrheit. Denn nur der Glaube bringt uns Wahrheit, Herr Tassilo. Lest die Bibel und erkennt die Wahrheit. Verschwendet nicht die Zeit mit Eurer Dichtkunst, die im Übrigen eitle Tändelei ist und damit letztlich eine schwere Sünde. Ich warne Euch, Herr Tassilo, ich bin Euch wohl zugetan, aber übertreibt es nicht.«

»Hast du es überlebt?«, fragte Mathes.

»Gerade so.« Tassilo schmunzelte. »Er ist überzeugt, dass du die Wurzel allen Übels bist.«

»Was?«, brüllte Mathes und lief puterrot an. »Was soll das heißen? Hat er mich der Zauberei angeklagt? Ich werde ...«

»Nein, verzeih! Es sollte ein plumper Scherz sein«, stammelte Tassilo. »Ich wollte nicht, dass du ...«

»Unterlass solche Scherze!« Mathes funkelte ihn zähneknirschend an.

»Ich wollte nur zum Ausdruck bringen, dass er das Verhalten der Jugend dem Alter gegenüber und vor allem deines ihm gegenüber aufs Schärfste missbilligt.«

»Das ist mir nicht neu. Die Alten und ihre überkommene Sicht der Dinge!« Mathes beruhigte sich langsam. »Komm, lass uns zur Hundskugel ins Bad gehen.« Er lächelte und war von einer Sekunde auf die andere wie ausgetauscht.

»Ist dir eigentlich aufgefallen, dass der Fußsteiner eine Silbermünze in der Stirn hat?«, fragte Mathes beim Hinausgehen.

»Also doch«, antwortete Tassilo. »Mir war so, als hätte ich etwas in der Sonne blitzen gesehen.«

»Er hat sich einmal duelliert, der Fußsteiner, vor Jahren«, führte Mathes aus. »Dabei hat er einen bösen Hieb auf die Stirn bekommen. Ein richtiges Loch. Aber er hat überlebt, und er hat sich einen der besten Wundheiler aus dem Salzburgischen kommen lassen. Der war bekannt dafür, dass er mit Kopfoperationen sehr gute Erfolge erzielt. Drei von seinen Patienten sollen immerhin überlebt haben. Darunter der Fußsteiner. Der Salzburger hat das Loch mit einem Knochenmeißel exakt in die Form der Silbermünze gebracht und dann die Münze genau eingepasst. Und, glaub es oder nicht, die Münze ist inzwischen mit dem Knochen verwachsen.«

»Unglaublich, welche Fortschritte die moderne Heilkunde macht«, gab Tassilo ehrlich beeindruckt zu.

»Hoffen wir, dass der neue Bader die moderne Heilkunst beherrscht.«

»Ich habe nur ein paar Kratzer!«

Der Bader im Hundskugelbad gab Tassilo recht, mehr als ein paar Kratzer, Schürfwunden und blaue Flecken mussten nicht behandelt werden. Der Bader schmierte großzügig eine Tinktur aus Eselsurin und Schwanenfett über alle verschorften Stellen. Dann riet er noch zum Schröpfen, um die durcheinandergekommenen Körpersäfte auszubalancieren. Doch darauf verzichtete Tassilo, denn er fand seine Säfte durchaus ausbalanciert. Lieber genoss er das entspannende heiße Bad. Weil der Mathes schon früher nach Hause gegangen war, machte Tassilo zuletzt noch einen kleinen Umweg zum Henker, um sich bei der Mohrin in den nächsten Tagen einen Termin geben zu lassen. Der Fenggenmathes hatte Tassilo Beeindruckendes von der schwarzen Dirne berichtet.

9 Sonntagsmesse

Die Luft in der Peterskirche auf dem Petersbergl stand vor Weihrauchqualm, Kerzen- und Öllampenruß sowie allerlei menschlichen Ausdünstungen. Der typische Kirchengeruch. Tassilo Stubenruß schritt gemessen umher, als Ratsherr musste man sich zeigen. Er fühlte sich wieder halbwegs wohl. Bei Sonnenaufgang hatte er Stoffel losgescheucht, auf die Giesinger Burg zu flitzen und ihm seinen Sonntagsstaat sowie ein neues Pferd zu holen. Gerade noch rechtzeitig war der Bursche zurückgekehrt. Sogar an Trippen hatte Stoffel gedacht. Und so klapperten seine Holzpantoffeln in einem vielstimmigen Kanon mit all den anderen der gehobenen Gesellschaft durch die Kirche. Die Damen zeigten ihre neue Garderobe, viele modebewusste Herren wie Tassilo ebenfalls. Die Mutigen, zu denen Tassilo gehörte, trugen kräftige Komplementärfarben. Ein wenig bedauerte Tassilo, dass man in einer Kirche seine Kopfbedeckung abnehmen musste. War doch die kobaltblaue Kappe mit den gelben Federn viel zu prächtig, um nur in der Hand gehalten zu werden. Man flanierte umher und plauderte mit Bekannten. Zumindest hatte sich das im hinteren Bereich der Kirche so eingebürgert. Die vielen Stunden Gottesdienst im wahrsten Sinne des Wortes durchzustehen, schaffte kaum jemand. Aus Rücksicht auf den Ort zog man sich für Gespräche hinter die mächtigen Säulen zurück und versuchte, den Pfarrer nicht zu übertönen. So brummte über der allgemeinen Geschäftigkeit die Stimme des Pfarrers, der auf der Kanzel Lateinisches von sich gab, das ohnehin nur die wenigsten verstanden. Die Tatsache, dass der Pfarrer wie immer sturzbetrunken war und mehr lallte als redete, erschwerte selbst denen, die des Lateinischen mächtig waren, das Zuhören. Gerade wütete er gegen den Teufel, der vor den Toren der Stadt lauerte.

Die Stubenrußens besuchten traditionell die Peterskirche, schon immer. Die Fenggens die Marienkapelle, darum hatte sich Tassilo nach dem Morgenmahl von seinem Gastgeber verabschiedet. Der Oberrichter Fenggen ging für gewöhnlich in die Heiliggeistkirche. Nun sah Tassilo zu seinem Erstaunen den Fenggenbartel auf sich zukommen.

»Ihr hier und nicht in Heiliggeist?«, begrüßte Tassilo den älteren Mann. »Wird das nicht Gerede geben?«

»Ach, lasst die Leute schwätzen.« Der städtische Oberrichter winkte ab. »Ich spende so viel an alle Kirchen, da kann ich auch mal nachschauen, was die mit meinem Geld anstellen. Auf ein Wort, mein lieber Tassilo. Sagt, wie sind Eure Befragungen in Sachen des …«, er sah sich vorsichtig um, »… des Leibhaftigen verlaufen?«

»Werter Herr Bartholomäus.« Tassilo lächelte. »Wo, wenn nicht hier im Hause Gottes, könnt Ihr getrost den Namen des Satans aussprechen, ohne sein Erscheinen fürchten zu müssen.«

»Wenn ich Euch so ansehe, scheint mir, Ihr seid ihm begegnet. Diese Beule an Eurer Schläfe … Sagt, habt Ihr mit ihm gerungen?«

»Nein, das nicht, aber ich war in der Tat nahe dran!« Der Fenggenbartel riss erstaunt die Augen auf. »Passt auf …« So erzählte Tassilo Stubenruß dem Oberrichter seine Erlebnisse.

»Herr im Himmel«, sagte der schließlich. »Ich sollte wohl meinen Bruder dazu drängen, seine Ländereien im Hachinger Tal zu verkaufen!«

»Ihr redet doch nicht miteinander.«

»Ich rede schon mit ihm. Er nur nicht mit mir. Er hört aber zu. Mir scheint schon lange so, dass es da im Hachinger Tal nicht mit rechten Dingen zugeht. Die Sache mit dem Bach ist ja wohl ein eindeutiges Zeichen. Ihr wisst, was es mit dem Hachinger Bach auf sich hat?«

»Ja«, nickte Tassilo, »er ist ein Mysterium, hat keine Quelle und keine Mündung …«

»Richtig. Er taucht einfach aus dem Boden auf – einfach so! – und doch fließt er kraftstrotzend bis nach Perlach, und dann versickert er plötzlich wieder bei Berg am Laim im Boden. Habt Ihr je von einem anderen Bach gehört, der Gleiches tut? Ich nicht, und ich habe ein paar Jahre mehr auf dem Buckel als Ihr. Die Leute sagen schon immer, dass da der Teufel seine Finger im Spiel hat. Und langsam fange ich auch an, das zu glauben.«

»Euer Neffe Mathes glaubt, dass die Magd Anni eine Drud ist.«

»Was für ein Unsinn!« Der Fenggenbartel war zu laut geworden und zog tadelnde Blicke auf sich. »Absoluter Unsinn«, sagte er leiser. »Ich gebe Euch einen guten Rat, Herr Tassilo, macht es mir gleich und hört nicht auf meinen Neffen. Ich weiß, Ihr seid befreundet, doch bedenkt meine Worte. Die Magd Anni ist harmlos. Was glaubt Ihr, warum mein Bruder sie sonst in die Stadt holen sollte? Sie tritt morgen ihren Dienst in seinem Haus an.«

Dafür, dass sich die Fenggenbrüder angeblich spinnefeind waren, wusste Bartholomäus erstaunlich gut darüber Bescheid, was im Hause Nepomuk vor sich ging, fand Tassilo. Er sagte: »Man sagt, dass die Anni womöglich ein Verhältnis mit dem Ritter Fußsteiner gehabt haben soll und aus verschmähter Liebe nun Rache übt.«

»Das hat Euch mein Neffe erzählt?« Der Fenggen schnaubte wütend. »Wo der immer seine Geschichten hernimmt! Eines kann ich Euch gewiss sagen, nämlich dass die Anni nie und nimmer mit dem alten Münzschädel Fußsteiner etwas hatte.«

Münzschädel brachte Tassilo zum Kichern. »Wie könnt Ihr da so sicher sein? Der Fußsteiner hat keinen Erben, und angeblich soll die in Schäftlarn ermordete Magd Afra von ihm schwanger gewesen sein.«

»Herr im Himmel«, seufzte der Fenggenmuck. »Jetzt hört mal zu, Herr Tassilo. Ich kenne den Fußsteiner schon sehr lange. Wirklich lange. Er hat einen Erben, das könnt Ihr mir glauben. Freilich: Seine erste Frau hat drei Kinder zur Welt gebracht, von denen keines überlebt hat. Das vierte war eine Totgeburt, das gleich die Mutter mitgenommen hat. Die zweite Frau hat ebenfalls drei Kinder zur Welt gebracht und ist wie die erste bei der Totgeburt des vierten gestorben. Das sah der Fußsteiner als Zeichen. Er ist sich sicher, dass er verflucht worden ist. Seitdem hält er sich von allen Frauen fern.« Der Fenggenmuck gab Tassilo durch einen Wink zu verstehen, dass der sich zu ihm beugen sollte. »Und er hält seinen Erben von dem Fluch fern«, flüsterte er.

»Er hat einen Erb…«

»Pschsch«, machte der Fenggen. »Das weiß kaum jemand, und das soll auch so bleiben! Er hat einen Sohn, der überlebt hat. Den hat er in Sicherheit gebracht. Mehr müsst Ihr nicht wissen. Wenn er volljährig ist, wird der Bursche zurückkommen. Das, werter Tassilo, bleibt unter uns. Wir verstehen uns. Doch zurück zu der Mühle, die Ihr vorhin erwähntet. Eine Buchenmüllerin ist mir nicht bekannt. Ich biete Euch allerdings an, dass ich ein paar Gerichtsbüttel losschicke, um diese Mühle und die Verbrecher zu finden.«

»Das ist sehr großzügig von Euch.« Tassilo verneigte sich leicht. »Doch genau das hat mir schon Euer Neffe heute früh angeboten. Er hat drei seiner Männer ins Hachinger Tal beordert und mit der Suche nach der Mühle beauftragt. Seltsam, dass mir keiner zutraut, meine eigenen Männer auf die Suche zu schicken.«

»Nehmt Euch das nicht zu Herzen, Herr Tassilo. Wir wollen Euch nur den Rücken freihalten. Konzentriert Ihr Euch lieber auf die Suche nach der Bestie, so wie man es Euch befohlen hat.« Der Fenggenmuck drehte sich zum Gehen. »Ach, und versteift Euch nicht zu sehr auf die Anni. Lasst das Gesinde meines Bruders in Ruhe.«

»Ihr sorgt Euch um das Gesinde Eures Bruders?«

»Ich sorge mich um meine Familie.«

»Und das, wo Ihr und Euer Bruder … nun ja, ich will es mal so nennen, im Zwist liegt?«

»Er hat Euch erzählt, ich hätte das Geld unserer Mutter gestohlen?« Der Oberrichter kniff die Augen zusammen. »Das macht er nur sehr selten. Aber lasst Euch eins gesagt sein, Herr Tassilo Stubenruß, ich habe nichts gestohlen. Nie. Mein Bruder ist leider von seinen verrückten Ideen gefangen.« Er blickte über Tassilos Schulter und lächelte. »Wo wir gerade von Familie sprechen. Da kommt meine liebreizende Tochter Petronella …«

Tassilo erstarrte und bekam Gänsehaut. Das hatte der Fenggenbartel geschickt eingefädelt. Nun sollte also das Eheanbahnungsgespräch folgen? Lange würde er sich nicht mehr der Ehe verwehren können. Seine Schwester, die Gurkenhemma, der Oberrichter und wer nicht noch alles bedrängten ihn mit geeigneten Kandidatinnen – doch so schnell gab Tassilo seine Freiheit nicht auf. Schon gar nicht für die kalte Fenggentochter.

»Wie charmant.« Tassilo drehte sich zu Petronella um und verbeugte sich. Sie war eine elegante Erscheinung mit großen blauen Augen, die tiefen Seen glichen – und eine äußerst gute Partie, war sie doch die offizielle Erbtochter, die das Vermögen von Bartholomäus erben würde. Die Schwestern würden im Todesfall abgefunden werden. Petronella und Tassilo sahen sich an, und wussten beide, warum sie sich hier vermeintlich zufällig trafen. Wenn der Vater ihr die Hochzeit mit Tassilo befehlen würde, würde sich Petronella selbstverständlich fügen müssen. Kurz, nur ganz kurz dachte Tassilo an das Vermögen, das er mit der Ehe dazugewinnen würde. Es wäre sehr vernünftig, dieses Arrangement anzunehmen … Nein, er wollte keine Braut, die sich nur dem Vater fügte! Er war Dichter, er wollte Liebe und Liebesleid und alles, was dazu gehörte. Dachte er zumindest. Und reich war er selbst.

»Oh«, Tassilo hielt den Finger in die Höhe, als hätte er etwas vernommen. »Hat da nicht der Herr Pfarrer zur Eucharistie gerufen? Ihr entschuldigt mich.« Mit nicht sehr vornehmer Hast verschwand Tassilo Stubenruß im Gewühl.

10 Bauernhochzeit

Den Weg nach Giesing über die Au vermied Tassilo meistens. Das lag weniger an den Fischerhütten und verwahrlosten Tagelöhnerbruchbuden, durch die die Straße führte, sondern an seiner Familiengeschichte. Der steile Weg auf den Giesinger Berg führte über mehrere scharfe Haarnadelkurven. Ärmliche Holzhütten klebten neben der Straße am Hang. Schon von Weitem sah man den großen Meyerhof, der oben an der Hangkante thronte. Doch so weit waren die Eltern Stubenruß an jenem Apriltag vor zehn Jahren mit ihrer Kutsche nicht gekommen. Der Sohn vom Schefflbauern hatte nämlich dem Meyerbauern einen Streich spielen wollen, dem alten Hofhund einen Stock an den Schwanz gebunden, darum einen ölgetränkten Lappen gebunden und Letzteren angezündet. Das arme Vieh, obwohl von Rheuma geplagt, humpelte laut jaulend über die Straße und verschreckte damit die Tochter vom Paschalkbauern, die ihre Ziegen zur Weide führte. Die Ziegen stoben in alle Himmelsrichtungen davon. Eine stürmte den Weg zur Isar hinunter, ausgerechnet der taumelte der Hund hinterher. Auf dem engen Weg konnte die entgegenkommende Kutsche den Tieren nicht ausweichen. Die Geiß und der Hund mit brennendem Schweif versetzten das Pferd so in Panik, dass es durchging und die Kutsche umkippte. Das Fuhrwerk überschlug sich zweimal und rutschte dann den Steilhang hinunter. Zuvor zerquetschte es allerdings Josef Stubenruß und dessen Gattin Adelgunde die Leiber. Gnadengesuche des Giesinger Geistlichen sorgten dafür, dass man den Schefflbuben nicht sofort hängen ließ, weil er erst elf Jahre alt war. Das erledigte man nach dessen zwölftem Geburtstag. Es galt schließlich ein Zeichen zu setzen. Der Giesinger Berg forderte regelmäßig Tote durch umkippende Kutschen oder durchgehende Pferde, da brauchte man nicht noch Bauerngesindel, das an gefährlichen Straßensituationen boshaften Unsinn trieb.

Als Tassilo Stubenruß schließlich oben in Giesing ankam, war die Hochzeit schon voll im Gange. Man hatte sich gleich nach der Messe der Tradition gemäß vor der kleinen Heiligkreuzkirche versammelt. Der älteste Onkel des Bräutigams hatte die Eheschließung offiziell verkündet, und der Pfarrer hatte schnell seinen Segen gegeben – wenn er allerdings gewusst hätte, dass die Braut bereits in anderen Umständen war, hätte er den Segen verweigert. Dann hatte sich der Pfarrer umgehend auf sein Maultier geschwungen und war nach Haidhausen geritten, deren Johanniskirche er ebenfalls betreute. Das Hochzeitsvolk war zum Feiern in die große Scheune vom Paschalkbauern weitergezogen. Der Bräutigam war der Erbe des Hofes. Er hatte, wie es sich gehörte, so lange mit der Hochzeit warten müssen, bis der alte Bauer gestorben war. Noch am Totenbett des Vaters hatte der Bräutigam freudestrahlend die Familie von seinen Hochzeitsplänen informiert, was nicht wenige Familienmitglieder erzürnt hatte. Nicht die Hochzeit als solche, sondern die Wahl der Braut. Immerhin verriet schon der Familienname der Paschalks, dass man etwas Besonderes war. Sie stammten von Barschalken ab: Freien Bauern, die zwar kein eigenes Land besaßen, aber eben nicht leibeigen waren. Und dann kam der Kerl mit einer unfreien Magd als Braut! Für die Braut, die Schwester der Magd Anni, bedeutete diese Ehe einen gesellschaftlichen Aufstieg ohnegleichen. Die Braut saß vor einem grünen Laken und grinste selig in sich hinein. Über ihr hing der Brautkranz aus Stroh. Sie durfte an ihrem Hochzeitstag keinen Finger rühren. Der wohl einzige arbeitsfreie Tag in ihrem Leben, eben der schönste Tag im Leben eines jeden einfachen Weibes. Allerdings musste sie sich bei Essen und Trinken zurückhalten, so wurde es erwartet. Es schien ihr nichts auszumachen.

Ein feiner Herr aus der Stadt war auf einer Bauernhochzeit kein gern gesehener Gast. Tassilo erntete mit jedem Bückling abschätzige Blicke. Manch einer murmelte hinter seinem Rücken Verwünschungen, die Tassilo nicht hören konnte. Denn Musiker spielten auf mit Drehleier, Psalter und Flöte. Den Rhythmus gab das schnarrende Gewummer eines Trumscheits vor, ein riesiges Streichinstrument mit nur einer Saite, das wie eine Trompete klang. Manche nannten es daher Nonnentrompete, weil es vor allem Nonnen als Trompetenersatz spielten, da Nonnen nicht mit Blasinstrumenten musizieren durften. Hier spielte ein verwachsener Hutzelgreis. Obwohl er so hinfällig aussah, als würde er unter dem Trumscheit zusammenbrechen, zupfte er die Saite aus Schweinedarm mit dem Elan eines kräftigen Jünglings. Wie tapsige Tanzbären drehten sich einige Paare ungelenk, aber ausgelassen im Kreise. Grobe Hände grabschten Schultern, Hüften und Hinterteile, das Schauspiel konnte niemand wirklich tanzen nennen, anstößig war es allemal. Große hölzerne Tabletts mit gebratenem Fleisch wurden von Tisch zu Tisch getragen, dazu gab es gekochte

Rüben und Hirsebrei. Alles soff und fraß. Tassilo fühlte sich völlig fehl am Platz und wollte so schnell als möglich wieder weg. Wo steckte nur diese Anni? Er entdeckte sie beim Plausch mit einem alten Weiblein.

»Hör mal, Anni.« Tassilo zog die Magd einfach am Arm weg. »Ein paar Fragen habe ich noch an dich.«

»Sicher, Herr.« Die Anni nickte und sah ihn mit großen Augen an.

»Du bist doch keine Bauernmagd. Warum warst du überhaupt so früh unterwegs an jenem Tag?«

»Ich sollte Eier beim Huberbauern für den Haushalt holen.«

Das klang einleuchtend.

»Kennst du den Herrn von Dingharting? Den Ritter Fußsteiner?«

»Sicher, Herr, wer kennt den in unserer Gegend nicht.«

»Kanntest du die Magd Afra aus Schäftlarn?«

»Was? Die der Gottstehunsbei geholt hat? Nein. Ich war bei der Hinrichtung vom Meinlingerschorsch. Wie wir alle. Mei, wer konnte denn ahnen, dass er unschuldig war. Er war blödsinnig, versteht Ihr?«

»Der Dorfdepp?«

»Ja. Ich meine ...« Ihr Blick driftete ins Unbestimmte.

»Was? Was wolltest du sagen?«

»Nichts, Herr. Ich bin manchmal etwas verwirrt.«

»Was du nicht sagst!« Tassilo verdrehte die Augen. »Sag, bist du die Liebschaft vom Fußsteiner?«

»Was?« Ihre Augen schienen überzuquellen. »Wer sagt denn so was? Nein, ich bin nicht die Liebschaft vom Herrn Fußsteiner! Glaubt mir, Herr ... ich würde nie ...«

»Jaja«, sagte Tassilo unwirsch. »Ich glaube dir. Noch eine Frage: Warum hast du mir verheimlicht, dass du aus einer Siebener-Familie kommst?«

Sie sah betreten zu Boden und knetete ihre Hände.

»Auf der einen Seite erzählst du mir was von den Druden und den sieben Töchtern in einer Familie, auf der anderen Seite verschweigst du, dass du selbst aus genau diesem Grund eine Zauberin sein könntest.«

»Ja, eben drum, Herr.« Anni sah ihn flehend an. »Ich war so überrascht, dass Ihr die Geschichte über die Druden nicht kennt. Die kennt doch jeder.«

»Bei euch Hinterwäldlern vielleicht«, seufzte Tassilo.

»Und drum habe ich dann nichts gesagt, weil Ihr mich doch sofort verdächtigen würdet. Aber ich schwöre bei allen Heiligen, dass ich keine Drud bin! Und dass ich Euch alles gesagt habe, was ich weiß.«

Tassilo stutzte und sah sie misstrauisch an. »Das bedeutet also, dass du mir nicht alles gesagt hast?«

»Nein, Herr.«

»Warum betonst du das so? Da ist etwas, was du mir nicht gesagt hast, oder? Dummes Weib, sag mir alles und …«

»Ich habe Euch alles gesagt.« Nun sah sie ihn mit tränenumflorten Augen fest an. »Ich schwöre es bei allen Heiligen. Ich war heute früh vor dem Gottesdienst bei der Beichte, und mein Gewissen ist rein.«

»Und doch sehe ich dir an, dass du lügst. Was hast du dem Pfarrer gebeichtet?«

»Was man so beichtet, Herr.«

»Wirst du ihm nächstes Mal beichten, dass du mich angelogen hast?«

»Nein, Herr, denn ich lüge doch nicht.« Sie sah sich hektisch um. »Herr, bedrängt mich nicht weiter. Ich habe ohnehin schon gegen den Befehl meines Herrn verstoßen. Mein Herr hat mir nämlich verboten, mich noch einmal mit Euch zu unterhalten.«

»Der Fenggenmuck?«

Sie nickte.

»Wie du willst. Sind deine sechs Schwestern heute alle da?« Tassilo sah sich nach Familienähnlichkeit suchend um.

»Nein, Herr.« Anni lächelte verlegen. »Wo denkt Ihr hin. Nicht jede von uns hat so eine gute Herrschaft wie ich. Und eine meiner Schwestern ist …«

Da gab es einen Feuerblitz, und alle erstarrten. Die Musik zerbröselte atonal. Das Weibsvolk schrie und kreischte. Ein alter Mann fiel ohnmächtig zu Boden. Die Braut sprang mit offenem Mund von ihrem Sitz auf.

Tassilo zog sein Schwert und stellte sich kampfbereit breitbeinig hin. Wenn er nun dem Leibhaftigen gegenübertreten müsste, würde er bis zum letzten Tropfen Blut kämpfen.

Eine groteske Gestalt tauchte aus dem Rauch auf, dann noch eine und noch eine. Die ersten Gäste begannen zu johlen und zu lachen. Es dauerte noch einige Momente, bis sich auch Tassilo entspannte und sein Schwert wegsteckte. Eine Gauklertruppe, bunt gekleidet und mit abenteuerlichen Pappmascheemasken vor den Gesichtern, eroberte den Tanzboden. Offenbar drehte sich der Schwank, den sie gestenreich und mit schrillen Stimmen aufführten, um einen alten Lustmolch, der sich in ein junges Mädchen verguckt hatte und nun sich zur allgemeinen Erheiterung zum Deppen machte. Alles juchzte und bog sich vor Vergnügen. Tassilo schnappte sich einen Becher Wein, den er in einem Zug leerte.

Kaum fand das kleine Lustspiel sein bejubeltes Ende, verdunkelte sich der Eingang zur Scheune, denn eine riesige Gestalt erschien. Sie musste sich sogar bücken, um durch das Scheunentor zu kommen. Also doch, durchzuckte es Tassilo, nun kommt der Leibhaftige! Alle anderen Gäste erstarrten für einen Moment. Dann sprang die Braut kreischend auf, rannte quer durch die Scheune und fiel dem Monster um den Hals. Letzteres konnte sie nur, weil sich die Riesengestalt tief bückte. Auch Anni quietschte freudig und rannte zu ihrer Schwester. Nach Begrüßungsumarmungen und Busseln richtete sich das Monster wieder auf, und Tassilo sah zum ersten Mal in seinem Leben eine echte Riesin. Die Frau war mindestens zwei bis drei Köpfe größer als er, und er zählte bereits zu den größeren Männern der gesamten Umgebung. Tassilo hatte auf einem Jahrmarkt schon einmal einen Riesen gesehen. Einen grobschlächtigen Kerl mit plumper, irgendwie verwachsener Anatomie, schiefen Hüften und überlangen Armen. Doch diese große Frau war nicht verwachsen, im Gegenteil, sie war wunderbar gewachsen. Wie ein schönes Weib, alles saß an der richtigen Stelle. Und dann ihre Augen. Tassilo verlor sich fast in deren Waldgrün.

Die Braut und ihre Schwester Anni umarmten die Riesin an der Hüfte und drängten sie mit in den Raum.

»Darf ich vorstellen«, rief die Braut mit rot glühenden Wangen. »Die schönste Überraschung zu meiner Hochzeit! Wir dachten, sie ist im welschen Land unterwegs, aber nein, sie ist hier! Sie ist zu meiner Hochzeit gekommen: Meine Schwester Enakita!«

»Enakita, die biblische Gigantin«, ergänzte die Anni.

»Klar, nur wegen der Hochzeit ist die gekommen«, brummte ein Bauer neben Tassilo. »Die ist wegen der Dult gekommen mit ihrer Monstrositätenschau.«

»Ja und?«, sagte ein anderer Bauer. »Lass sie doch. Die bringt gutes Geld mit ihrer Monstrosität.«

»Hast du gewusst, dass die so eine Monsterschwester hat?«

»Freilich, du nicht? Die erzählt doch immer von ihrer Schwester, die schon vor dem französischen König aufgetreten ist.«

»Mei, wenn die alle jetzt so Monsterbälger werfen, stell dir das mal vor!«

Tassilo konnte den Blick nicht von der Riesenfrau reißen. Was für ein Weib. Er hatte sich beim ersten Blick nicht verschaut. Alles war an ihr dran, was an einem Weib dran zu sein hatte. Nur eben viel größer. Täuschte er sich, oder zwinkerte ihm Enakita zu? Da. Schon wieder. Dann senkte sie keusch ihre Augenlider. Er fühlte ein nur zu bekanntes Begehren. Eine Riesin erlegen. Das wäre etwas. Aber das brauchte er hier nun gar nicht. Ihm reichte es. Ein letzter Blick – ja, da war er sicher, sie schielte blitzend Grün zu ihm herüber und lächelte –, dann verließ Tassilo die Hochzeit und ritt bei einsetzendem Nieselregen auf seine Burg. Der Blick ins Tal auf die Stadt verriet ihm, dass Regen, Sturm und Gewitter die Tanzwütigen nicht verjagt hatten. Im Gegenteil. Es wurden immer mehr. Sie begannen sich wie Säue im Schlamm zu wälzen und wieder aufzuspringen. Dass Tassilo nach der Messe der Äbtissin des Angerklosters hätte Bericht erstatten sollen, hatte er längst vergessen.

11 In der Andechser Mühle

Der Entschluss, noch einmal ins Hachinger Tal zu reiten und selbst die Mühle zu suchen, kam recht spontan. Vielleicht lag es daran, dass es nicht regnete. Vielleicht auch daran, dass es Tassilo Stubenruß wurmte, dass ihm offenbar niemand zutraute, den Ort seiner schlimmsten Qual selbst zu suchen und die Verantwortlichen zu stellen. Es mochte affig aussehen und sogar unziemlich sein, dass ein Herr im Sonntagsputz über die Felder und durch die Wälder ritt, gefolgt von seinem fröhliche Liedchen pfeifenden Diener auf einem Maultier, doch in Tassilo brannte die Gier nach Aufklärung – und ein bisschen nach Abenteuer.

Eine Weile im Galopp und schon näherten sie sich schnell dem Hachinger Tal bei Unterbiberg. Dann den Weg am Bach entlang, vorbei an einsamen Höfen. Tassilo fiel nun auf, was ihm beim letzten Besuch entgangen war. Der Fenggenmathes hatte recht: Etliche Höfe und Häuser standen leer. Pest und Cholera waren in den letzten Jahren nicht gnädig gewesen. Vorbei ging es am winzigen Weiler Westerham und am Rittersitz Taufkirchen mit seiner Handvoll Anwesen. Kurz überlegte Tassilo, ob er dem Herrn Gebhard von Taufkirchen seine Aufwartung machen und um Unterstützung bitten sollte, doch er entschied sich dagegen. Das war seine Angelegenheit. Bald würde er auch einen Edelsitz sein Eigen nennen. Wie sollte er ihn nennen? Untergiesing klang so gewöhnlich. Und einfach Giesing wollte er ihn nicht nennen, das wäre ungebührlich, denn das Geschlecht der Giesinger war ausgestorben. Er würde sich einen beeindruckenden Namen einfallen lassen.

Einmal kamen sie an einer verlassenen Mühle vorbei. Doch die befand sich schon so im Verfall, dass man sie nicht betreten konnte.

Menschen trafen sie keine, obwohl es immer noch trocken war. Wenn sie durch die winzigen Dörfer ritten, wurden Türen und Fensterläden zugeschlagen. Nirgendwo spielten Kinder auf den Straßen. Schließlich sahen sie einen Greis, der krummrückig vor einem strohgedeckten Häuschen abseits der Straße hockte und an einem Holzstock schnitzte. Ganz offensichtlich war er zu alt, um Reißaus zu nehmen und schnell im Haus zu verschwinden. Er versuchte zwar aufzustehen, doch sank er stöhnend zurück. Fischreusen hingen an der Fassade.

»He, Alter«, rief Stoffel, »auf ein Wort!«

»Ich weiß nichts«, brummte der Greis und sah nicht von seiner Schnitzarbeit auf.

»Ach, du weißt also, was wir dich fragen wollen?«, antwortete Stoffel. »Kannst du Gedanken lesen.«

Erschrocken sah der Alte auf und bekreuzigte sich. »Nein, die Herren, nein! Kann ich nicht! Aber ich kann mir denken, was Ihr im Ort über mich gehört habt.«

»Nämlich?«, sagte Tassilo amüsiert.

»Dass ich der Druderer bin. Dass ich der Bilwis bin und das Getreide verderbe.«

»Und das bist du nicht?«

»Nein! Ich bin nur ein Fischer. Na, ich war Fischer, jetzt machen meine Beine nicht mehr mit.«

»Wovon lebst du dann?«, fragte Stoffel.

»Meine Tochter küm…«, setzte der Greis an.

»Wen interessiert das?«, unterbrach Tassilo ungeduldig. »Hör zu, alter Mann, wir suchen die Buchenmüllers. Ein fettes, altes Weib und ihre drei unnützen Söhne. Einer ist blöd, wobei alle drei blöd sind, aber einer besonders, und der hat eine Hasenscharte. Kennst du sie?«

»Buchenmüller?« Der Alte schüttelte langsam den Kopf. »Nein, es gibt hier keine Buchenmühle im Hachinger Tal. Und ich bin da geboren und war noch nie weg!«

»Lüg nicht, Alter!«, sagte Tassilo unwirsch. »Du trittst bald vor deinen Schöpfer und lügst. Du wirst wohl mal in München gewesen sein.«

»Nein, Herr, ich lüge nicht. Ich war noch nie nicht in Minga. Ich war mein Lebtag drei Mal bis Unterhaching, einmal bis Deisenhofen. Und einmal drüben in Bergham. Das wars aber. Ich schwöre, ich war noch nie weiter als Unterhaching.« Er zog seinen runzeligen Hals zwischen die Schultern und riss die Augen ängstlich auf. Sein Blick rutschte in die Ferne, als ihm etwas einfiel. Sein Nacken streckte sich. »Drüben, bei Bergham, da hats mal eine Mühle gehabt. Das war aber nicht am Hachinger Bach, sondern am Entenbach. Die hab ich mal gesehen. Außerhalb von Bergham, ziemlich versteckt. Da hats schon immer gespukt. Die weiße Frau geht dort um. Das soll eine unglückliche Müllerstochter gewesen sein, die sich zu meines Urgroßvaters Zeiten in den Aufschütttrichter gestürzt hat. Den letzten Müller hab ich noch gekannt. Ach, das ist ewig her. Der ist eines Morgens mit Sack und Pack und seiner ganzen Familie abgehauen, weil ihm die weiße Frau so zugesetzt hat. Dann stand die Mühle lange leer. Aber wir nennen die nicht Buchenmühle, sondern Andechser Mühle, weil die dem Kloster Andechs gehört. Man hat in letzter Zeit vernommen, dass sich dort Gesindel eingenistet haben soll. Wilderer sollen es gewesen sein. Aber wie die hießen und was die da gemacht haben, das weiß ich nicht, so wahr mir die Heilige Jungfrau Maria beisteht. Und das geht mich auch alles nichts an. Ich weiß nur, was im Dorf geklatscht wurde. Der Herr Gebhard hat nichts dagegen unternommen. Und nun haben sie den Amtmann umgebracht und sind verschwunden.«

»Aber das weißt du?«

»Ich weiß gar nichts. Das habe ich gehört. Vielleicht sind sie noch da. Kann ich mir aber nicht vorstellen. Den Amtmann haben sie sauber zugerichtet, hat die Hoberfranzi erzählt. Ausgeweidet wie eine Sau. Und den Gottstehunsbei sollen sie beschworen haben.«

»Da wird ihnen die weiße Frau geholfen haben.« Stoffel grinste.

»Meint ihr?« Der Greis zuckte zusammen. »Natürlich!«

»Vadder«, eine korpulente Frau kam aus der Hütte, wischte sich die Hände an ihrer Schürze ab und stemmte sie in die Hüften, »was machst du wieder? Verzeiht, die Herren, wenn mein alter Vater Euch belästigt.«

»Er belästigt uns nicht«, antwortete Stoffel.

»Hat er Euch erzählt, dass man ihn für den Bilwis hält?« Sie schüttelte empört den Kopf. »Ich habe dir schon hundertmal gesagt, Vadder, dass das nur ein Spaß der Dorfkinder ist. Sie triezen ihn, weil er ein wehrloser Greis ist, werte Herren. Kein Respekt mehr vor dem Alter, die Rotzlöffel. Das hätte es früher nicht gegeben. Glaubt nicht den Dorfklatsch.«

»Du musst keine Angst haben, Fischerin«, sagte Tassilo. »Wir tun deinem Vater nichts. Sag, warum trifft man keine Menschen in der Gegend?«

»Weil uns die Angst in den Häusern hält, Herr. Heute sind schon drei Bewaffnete durch die Gegend geritten. Das ist kein gutes Zeichen.«

»Das waren bestimmt die Männer vom Herrn Fenggenmathes«, sagte Stoffel zu seinem Herrn.

»Vermutlich. Fischerin, was weißt du über die Buch… Andechser Mühle drüben am Entenbach?«

»Hat der Vadder Euch mit den Geschichten von der weißen Frau die Nerven strapaziert? Ich weiß nichts über die Mühle, außer dass es sie gibt und sie dort gerade den Amtmann umgebracht haben. Und dass dort Teufelsbeschwörer waren. Der Mann von der Hoberfranzi war gestern wohl dort und hat gesagt, dass er eine Gestalt hat rumhuschen sehen. Aber er hat sich nicht nahe rangetraut. Die weiße Frau wars nicht, denn die Gestalt war ganz schwarz.«

»Und das habt ihr nicht gemeldet?«

»An wen denn? Unser Herr Gebhard von Taufkirchen ist zurzeit verreist auf Minga. Und zum Herrn von Dingharting dürfen wir nicht, das hat uns der Herr Gebhard verboten. Also warten wir ab und beten. Uns hilft hier niemand, wenn der Herr Gebhard nicht da ist, außer der Jungfrau Maria und den Nothelfern. Also beten wir.«

»Siehst du, die Herren von Taufkirchen und Dingharting helfen euch nicht. Dafür sind wir da.« Tassilo lächelte. Für einen Moment riss der graue Wolkenhimmel auf, und die Sonne schickte ein paar Strahlen auf die alte Hütte. »Genieß die Sonne, Fischer. Und vergesst das Beten nicht.«

Die Mühle lag gut versteckt zwischen Weiden. Hatten sie sich neulich im Sturm so sehr verirrt? Sie saßen in einiger Distanz ab und banden die Reittiere an einen Baum. Leichter Regen setzte ein.

»He!«, rief Stoffel, bevor sie eintraten. »Jemand da?«

Schweigend lauschten sie den Regentropfen, die auf das Dach platschten. Dann traten sie ein. Der Hauptraum sah noch so aus wie in jener Nacht. Tische und Stühle standen herum. Die Asche im Kamin war kalt. Ein umgestürzter Tonkrug lag neben dem Kamin. Es knarzte über ihnen.

»Ratten oder Marder?«, flüsterte Stoffel.

»Oder die weiße Frau«, antwortete Tassilo. Beide kicherten. »Wir müssen nicht leise sein. Komm, lass uns oben nachsehen. Du gehst vor, Stoffel.«

Stoffel setzte vorsichtig einen Fuß auf die Treppe. Tassilo gab ihm einen Stoß. »Nicht so zaghaft. Es ist Tag. Da sind keine Geister unterwegs.«

»Wollt Ihr nicht lieber vorgehen, Herr? Ihr seid beeindruckender …«

»Es setzt gleich was, Depp. Rauf!«

Das Obergeschoss lag im Halbdunkel. Durch die geschlossenen Läden drang kaum Licht. Vorsichtig stieß Stoffel eine Tür nach der anderen auf. Strohmatten und schmutzige Kleidungsstücke, mehr fanden sie nicht. Tassilo stocherte zur Sicherheit mit seinem Schwert in den Strohsäcken und -matratzen. Doch außer ein paar Ratten schreckte er niemanden auf.

»Alle ausgeflogen«, fasste Tassilo zusammen und wandte sich der Stiege zu. Da fiel ihm eine hölzerne Klappe an der Wand auf. Eine quadratische Minitür unten am Boden, die sich durch ein Griffloch öffnen ließ. »Was da wohl drin ist«, murmelte er vor sich hin, während er sich bückte und seinen Zeigefinger in das Loch steckte. Ein stechender Schmerz durchzuckte ihn. Etwas hatte ihn in den Finger gebissen.

»Scheißdrecksrattenviecher!« Tassilo steckte den Zeigefinger in den Mund, um das Blut wegzusaugen. Da sprang die Klappe auf und eine schwarze Gestalt schoss hervor. Baute sich auf, wurde größer und größer. Eine dichte Wolke von, ja, was? Qualm? Rauch? Staub? Eine dichte Wolke wirbelte um die Figur.

Tassilo schrie und fiel auf seinen Hintern. Stoffel stand wie versteinert mit offenem Mund da.

Die schwarze Gestalt hob langsam die Arme über den Kopf, von dem zwei kräftige Hörner abstanden. Im dunstigen Halbdunkel konnte Tassilo nicht erkennen, ob das Wesen eine Waffe hielt und damit ausholte, um ihn abzuschlachten (und dann auszuweiden wie den Koberbauern und den Amtmann).

»Huaaarghh«, gab das Wesen von sich, dann etwas, das sich wie Husten anhörte.

»Geister husten nicht.« Hatte er das wirklich gerade gesagt? Ein Sturm aus Angst, Wut und Mut der Verzweiflung brauste in Tassilos Hirn. Im Sitzen trat er reflexartig nach dem Wesen und traf es. Es knickte seitlich ein und heulte auf. Tassilo trat nach, sprang hoch und drosch auf die schwarze Gestalt ein. Stoffel löste sich aus seiner Starre und sprang dem Herrn zu Hilfe. Sie prügelten und schlugen. Die schwarze Gestalt fiel, taumelte, raffte sich auf, und versuchte die Treppe zu erreichen. Stoffel ballte beide Fäuste zusammen und schlug ihr in den Rücken. Die Gestalt hielt sich brüllend am Geländer fest. Tassilo trat zu. Die Gestalt verlor das Gleichgewicht und stürzte kopfüber die hölzernen Stiegen hinunter und blieb auf dem harten Lehmboden liegen.

»Heilige Muttergottes«, keuchte Stoffel und bekreuzigte sich. »Was ist das?«

»Das werden wir gleich sehen.« Vorsichtig schritt Tassilo die Stufen hinab, lauernd das schwarze Wesen beobachtend. Es rührte sich nicht. Erst stieß Tassilo es mit der Schwertspitze an, dann mit dem Fuß. Keine Regung. Das Schwarze war Stoff, viel Stoff.

»Ist der Geist tot, Herr?«, fragte Stoffel von oben.

»Wenn es ein Geist ist, kann er nicht tot sein, Depp.«

»Dann stecht zur Sicherheit hinein. Wenn es blutet …«

»Ich steche nicht hinein!«, rief Tassilo. »Wenn es ein Mensch ist und er noch lebt, werde ich den Teufel tun und ihn umbringen, bevor er uns nicht noch

Auskunft geben kann.« Er bückte sich und zog den schwarzen Stoff weg. Es handelte sich um eine weite Kutte mit Kapuze. Darunter kam ein plumper Mann zum Vorschein. An den Füßen trug er hohe Trippen. So hohe, dass sie ihren Träger beinahe in einen Riesen verwandelten. Beim näheren Hinsehen bemerkte Tassilo, dass es sich nicht um gewöhnliche Trippen handelte. Sie waren so geschnitzt, dass der Träger nur den Fußballen belastete, beinahe auf Zehenspitzen stand. Die Fersen schwebten über dem Boden. Der Vorderteil der Trippen war geformt wie Hufe.

Vor dem Gesicht hatte der Mann eine schwarze Pappmascheemaske, deren Augen rot umrandet waren. Tassilo nahm sie fort. Ebenso den Kopfaufsatz, der aus der Schädeldecke samt den Hörnern eines Auerochsen bestand, der mit Lederriemen unter dem Kinn fixiert war.

»Und, Herr?« Stoffel war die Treppe hinuntergeschlichen und lugte vorsichtig seinem Herrn über die Schulter.

»Der Alois«, sagte Tassilo.

»Der Buchenmüller Alois?«

»Schau nach, ob er noch lebt.«

Die gute Nachricht war, dass der Bursche den Sturz überlebt hatte, denn er atmete flach. Die schlechte, dass sie ihn weder mit Watschen noch mit kaltem Wasser wach bekamen.

Tassilo sammelte die Beweisstücke ein. Dann fesselten sie den Burschen und warteten. Alois blieb bewusstlos. Schließlich, als es begann dunkel zu werden, beschloss Tassilo Stubenruß, zurückzureiten.

»Und der Kerl?« Stoffel deutete auf den Verschnürten.

»Den holen wir morgen«, sagte Tassilo, als draußen Hufgetrappel laut wurde. Wenig später standen drei bewaffnete Männer in der Tür.

»Ihr seid die Männer vom Fenggenmuck?«, sagte Tassilo, noch bevor einer der Männer seinen Mund aufmachen konnte. Alle drei nickten.

»Den da bringt ihr zu mir. Ihr wisst, wer ich bin?«

Alle drei nickten.

»Gut, aber bitte auf meinen Landsitz. Nach Untergiesing.«

»Wann, Herr?« Endlich bekam einer sein Maul auf.

»Wann? Na, jetzt!«

»Es wird dunkel, Herr«, murrte einer.

»Ja, und?«

»Das ist uns zu unsicher, Herr. In dieser Gegend sollte man bei Nacht nicht das Haus verlassen.«

Tassilo warf verzweifelt die Arme hoch. »Was seid ihr für Kerle? Mir ist es egal, ob ihr euch hier vor bösen Geistern versteckt. Dann möchte ich ihn eben morgen in der Früh bei mir haben. Verstanden? Komm, Stoffel, wir reiten.«

»Aber, Herr, es wird wirklich dunkel.«

»Wenn wir die Viecher antreiben, schaffen wir es, bevor es finstere Nacht wird.« Tassilo stiefelte nach draußen. »Und viel Spaß mit der weißen Frau!«, rief er den Bewaffneten zu, die sich furchtsam ansahen.

12 Der Zungenlose

Gepolter und laute Rufe drangen in seinen Schlaf. Noch bevor er die Augen öffnete, brüllte Tassilo: »Hemma! Was soll das?« Dann setzte er sich auf und gähnte herzhaft, bevor er sich entschied, die Augen zu öffnen.

Ohne anzuklopfen stürmte Stoffel herein, dicht gefolgt von der Gurkenhemma.

»Kommt schnell, Herr!«, rief Stoffel und hüpfte wie eine Bachstelze ungeduldig von einem Bein aufs andere. »Sie sind da mit dem Alois!«

»Jessas, junger Herr Dassl!«, drängte sich die Amme vor. »So ein Aufruhr zu früher Morgenstunde. Ich wollte gerade zum heiligen Athanasius von Alexandrien beten, dass er mir diesen Druck vom Kopf nimmt. Ihr könnt Euch nicht vorstellen, Herr, das sind Schmerzen wie wenn einer mit …«

»Ja ja, Gurkenhemma. Geh beten.« Stoffel schob die Amme zur Seite.

»Frecher Bursche!« Die Gurkenhemma haute Stoffel auf den Hinterkopf.

»Was ist denn nun?«, rief Tassilo verärgert und schlug die Bettdecke zurück. Ein recht raffinierter Schachzug, um die Amme ruhig zu stellen. Da er nackt war, drehte sich die alte Frau sofort um und bekreuzigte sich. Stoffel grinste seinem Herrn verschwörerisch zu.

»Sie haben den Müllersburschen mit der Hasenscharte abgeliefert«, berichtete Stoffel, während Tassilo langsam seine Beine über die Bettkante schwang. Auf seinem Bauch klebte die vertrocknete Erinnerung an die unzüchtigen Gedanken an die wunderschöne Riesin, denen er sich ausgiebig hingegeben hatte. Er würde bald zur Beichte müssen.

»Gut so.« Tassilo stand auf. »Wo sind sie? Unten?«

»Ja, Herr.«

»Ich sage Euch, Herr«, die Gurkenhemma drehte sich wieder um. »Ach! Ihr seid ja immer noch nicht angezogen!« Sie verbarg ihr Gesicht in den Händen und stolperte blind Richtung Tür. »Fast möchte man meinen, Ihr macht das mit Absicht, um mich arme alte Frau zu verschrecken.«

»Aber nie im Leben!«, schmunzelte Tassilo.

»Hol dem Herrn warmes Wasser und ein Tuch für die Morgentoilette, Amme«, sagte Stoffel.

»Du hast mir nichts anzuschaffen, Bengel«, antwortete die Amme. »Außerdem habe ich das schon vorbereitet. Kommt gleich!« In der Tür drehte sie sich noch einmal um, die Hände weiterhin vor den Augen. »Ach, Herr, heute beginnt die Dult in der Stadt …«

»Ja, sicher kannst du hingehen«, sagte Tassilo. »Alle dürfen zur Dult, sag das dem Gesinde, solange nicht alle gleichzeitig gehen.«

Die drei bewaffneten, mit Lederharnischen bekleideten Männer warteten in der Halle. Vor ihnen krümmte sich der hasenschartige Alois und brabbelte – blutspuckend – Unverständliches. Einer der Bewaffneten stieß den Müllersburschen mit dem Fuß in die Seite.

»Sauhund, jetzt bist du also wieder wach«, rief Stoffel und trat Alois in den Bauch.

»Na, Männer, wie war die Nacht in der Spukmühle?«, fragte Tassilo süffisant.

»Wir haben kein Auge zugetan, Herr«, antwortete der eine. Sie hatten das Haus noch einmal gründlich durchsucht, aber weder Wertsachen, noch Gepäck oder Tiere gefunden.

»Eine saubere Familie hast du«, sagte Tassilo und beugte sich zu dem Gefangenen. »Warum haben sie dich zurückgelassen? Oder bist du von selbst geblieben? Na, deine Mutter wird froh über ein Maul weniger sein, das zu stopfen ist. Und jetzt rede, du Hund.« Er schlug ihm auf den Kopf. »Los!«

Alois gab jaulende Laute von sich.

»Woher hast du die schwarze Kutte, die Maske und die hohen Huf-Trippen?«

Alois rollte mit den Augen.

»Du sollst reden!«

»Er kann nicht reden, Herr«, warf einer der Bewaffneten ein. »Er hat keine Zunge mehr.«

»Großartig!« Tassilo richtete sich wütend auf. »Dann nützt er mir auch nichts! Warum habt ihr das gemacht, ihr Deppen? Wie kann man nur so strunzblöd sein!«

»Das waren wir nicht, Herr. Er war schon so.«

»Das soll ich euch glauben?« Tassilo packte den Müllersburschen und schob seine Zähne auseinander. »Er blutet noch aus dem Mund, verdammt. Also ist die Wunde frisch.«

»Er war schon so«, wiederholte der Mann und sah zu seinen Kumpanen. Die wichen seinem Blick aus.

Tassilo trat zu dem Mann, der betreten zu Boden starrte und den Kopf zwischen die Schultern zog. »Du da, schau mich an!«, befahl Tassilo, und als der nicht reagierte, ohrfeigte ihn Tassilo. »Warum habt ihr ihm die Zunge herausgeschnitten?«

»Das …«, der Mann wand sich. »Na, wegen dem Gottstehunsbei!«, platzte er dann heraus. »Der hat doch den Amtmann von Taufkirchen geholt! An der Mühle. Wir hatten Angst, dass der da ein Zauberer ist. Und damit er den Gottstehunsbei nicht beschwören kann, haben wir ihm … na ja …«

Tassilo kam ein Verdacht. »Hat das Euch Euer Herr befohlen?«

»Nein, Herr, unser Herr nicht. Das schwöre ich!«

»Unfähiges Pack«, schrie Tassilo. »Da findet ihr den Kerl gefesselt – von mir persönlich sicher verschnürt und abholbereit! –, und ihr Deppen habt nichts Besseres zu tun, als den einzigen möglichen Zeugen über all das Unrecht, das in letzter Zeit passiert ist, mundtot zu machen?« Er brüllte noch einige Verwünschungen und Flüche. Dann atmete er tief ein, um sich zu beruhigen. »Gut, bringt ihn in den Kerker. Im Rathaus, nicht im Falkenturm. Ich werde eine außergewöhnliche Ratssitzung einberufen.«

Acht der zwölf Ratsherren folgten dem Ruf, darunter der greise Veit Sendlinger, der sich vor Gichtschmerzen krümmte. Immerhin acht. Das reichte für einen Beschluss. Wichtig war, dass die Bürgermeister Hundertpfundt und Wilprecht sowie der Oberrichter Zeit gefunden hatten. Die Herren kamen schnell zu dem Urteil, dass der Buchenmüller Alois – oder wie immer er in Wirklichkeit heißen mochte – den Strang verdient hatte für seine schändlichen Vergehen gegen den Ratsherren Tassilo Stubenruß sowie dessen Diener Christoffel. Schon allein für den Diebstahl des Geldbeutels hätte es die Todesstrafe gegeben.

»Vermutlich«, so der Oberrichter, »könnten wir ihn auch für den Mord an dem Amtmann zur Verantwortung ziehen.«

»Nein«, sagte Tassilo. »Das war er mit Sicherheit nicht. Er war die ganze Zeit in der Stube mit mir. Die Frage ist, woher er diesen langen schwarzen Umhang, die Maske, den Hörneraufsatz und die hohen Trippen hat, die – wie ich betonen möchte – Huftritte hinterlassen!« Tassilo hatte die Beweismittel auf dem Tisch ausgebreitet.

»Warum ist das eine Frage?« Bürgermeister Wilprecht runzelte die Stirn. »Hat das mit den Vergehen gegen Euch zu tun?«

»Nein, nicht direkt. Aber seht her, das ist feine Baumwolle. Die ist teuer, und die Buchenmüllers werden die sicher nicht gekauft haben. Dazu diese markante Maske und die Hufe. Ich darf die Herren erneut darauf hinweisen, dass der Amtmann in jener Nacht von einem Wesen mit langem, schwarzem Umhang getötet wurde. Der Alois kann es nicht gewesen sein.«

»Warum?«, fragte der alte Sendlinger.

»Weil …« Tassilo schloss die Augen und griff sich an die Nasenwurzel. Verzweiflung stieg in ihm auf. Hörte ihm irgendjemand wirklich zu? »… weil er mit mir in der Stube saß. Wie ich gerade eben bereits ausführte! Wir können also davon ausgehen, dass Alois diese Sachen irgendwo gefunden hat. Vielleicht weiß er, wem sie gehören und hat sie sich ausgeliehen. Ich denke, dass der wahre Täter in der Mühle ein Versteck hatte. Und noch etwas, die Herren, der Alois hatte nur ein Messer in der Hand. Wir wissen aber, dass der angebliche Gottstehunsbei Krallen hat. Ich vermute stark, dass es sich dabei um Handschuhe handelt, die mit messerartigen Enden ausgestattet sind.«

Der Oberrichter seufzte und zuckte mit den Schultern. »Was für eine Schande, dass die Männer meines Neffen uns die Möglichkeit genommen haben, den Kerl zu befragen!« Er sah seinen Bruder mit zusammengekniffenen Augen an.

»Ich kann mich nur für meinen Sohn entschuldigen, die Herren«, sagte der Fenggenmuck. »Doch ändert das nichts an der Tatsache, dass wir es hier mit einem Halunken erster Güte zu tun haben. Ob mit oder ohne Zunge. Der Herrgott zeigt sich endlich gnädig, indem er uns einen Schurken schenkt. Ich bin sicher, dass er unser Gesuchter ist. Seid Ihr denn wirklich sicher, dass er die ganze Zeit bei Euch in der Stube saß?«

»Ich bin sicher«, antwortete Tassilo bemüht beherrscht.

»Schon gut«, wiegelte der Fenggenmuck ab und lehnte sich zurück. Seine Miene verriet, dass Tassilo ihn nicht überzeugt hatte.

»Ich werde meine Büttel losschicken«, sagte der Oberrichter, »und den Rest der Familie suchen lassen. Es kann nicht angehen, dass dieses Pack entkommt und unsere Fragen unbeantwortet bleiben.«

»Städtische Büttel können auf dem Land nichts ausrichten«, meldete sich Bürgermeister Hundertpfundt zu Wort. »Sie haben keine Befugnis …«

»Sie haben Befugnis«, unterbrach der Fenggenbartel. »Die Herzöge haben den Fall unserer Gerichtsbarkeit übertragen. Ich werde die Landgerichte durch Boten informieren lassen.«

»Eine großartige Idee«, sagte Tassilo. »Ich würde nun vorschlagen, dass wir für übermorgen die Hinrichtung ansetzen. Es ist Dult, das Volk findet sicherlich Gefallen an einem zusätzlichen Spektakel, und moralische Erbauung ist nie verkehrt.«

»Absolut dafür«, raunzte der alte Sendlinger und schlug mit den gichtigen Fingerknöcheln auf die Tischplatte, woraufhin er schmerzverzerrt seufzte. »Man muss ein Exempel statuieren gegen das Gesindel.«

»Ich bin nicht dafür«, meldete sich der Oberrichter Fenggenbartel zu Wort. »Eben genau wegen der Dult, meine Herren. Ja, so ein Spektakel ist für das Volk eine lehrreiche Abwechslung und führt die Konsequenzen eines gottlosen Lebens jenseits der tugendsamen Pfade deutlich vor Augen. Sicher. Doch die Dult ist schon Spektakel genug. Wir haben Gaukler, Monstrositäten und vor allem«, er hob den rechten Zeigefinger bedeutungsvoll, »jede Menge Händler aus teilweise fernen Landen zu Gast in der Stadt. Eine Hinrichtung würde das kaufkräftige Publikum für mindestens einen halben Tag aus der Stadt abziehen.«

»Richtig«, übernahm der Weinschenk Casper Tömlinger. »Dazu ist auch die Pfalzgräfin Beatrix mit ihrem Gefolge in der Stadt eingetroffen, und ihr großes Bankett steht an. Wir sollten die Dult in Ruhe abwarten und dann …«

»Dann?«, brauste der Sendlinger auf. »Wollt Ihr den Kerl eine Woche lang in den Kerker sperren? Das wäre höchst ungewöhnlich und kein Lehrstück für das Volk.«

»Nein«, sagte der Oberrichter. »Ich gebe weiterhin zu Bedenken, dass diese unseligen Geschichten, diese wilden Gerüchte über den Leibhaftigen, der sich München nähert, durch eine öffentliche Hinrichtung eines seiner Spießgesellen nur neue Nahrung erhalten. Die Durchlauchten haben die deutliche Anweisung gegeben, dass diese Sache höchst dezent zu behandeln ist. Es darf unter keinen Umständen Unruhe unter dem Volk geschürt werden. Stellt Euch vor, meine Herren, welchen Schaden die Stadt nehmen würde, wenn die Menschen aus Angst vor dem Leibhaftigen die Dult meiden, ja, die Stadt meiden würden!«

»Da gebe ich dem Oberrichter recht«, sagte Bürgermeister Wilprecht vom Äußeren Rat. Und selbst Fenggenmuck pflichtete seinem Bruder bei.

»Verzeiht, meine Herren«, warf Tassilo dazwischen, »aber ich bestehe darauf, dass mir Genugtuung getan wird.«

»Daran rüttelt auch niemand«, sagte Bürgermeister Hundertpfundt. »Ich verstehe jedoch die Einwände des geschätzten Oberrichters. Was schlagt Ihr also vor, Herr Fenggenbartel?«

»Ich bin nicht gegen eine Hinrichtung!«, so der Oberrichter. »Das habe ich nie gesagt. Ich finde aber, wir sollten in diesem Fall ohne Aufsehen vorgehen. Wir lassen ihn morgen früh bei Sonnenaufgang hängen. Ich informiere den

Henker. Ich würde vorschlagen, dass Herr Tassilo als Geschädigter dabei sein kann, ich sowieso. Die anderen Herren müssen nicht.« Allgemeines Gemurmel, aus dem sich heraushören ließ, dass keiner Interesse daran hatte, in aller Herrgottsfrühe zum Galgenberg zu kommen.

»Wegen so was steh ich eh nicht früh auf«, grummelte der alte Sendlinger. »Ich hab schon so viele Gehenkte gesehen.«

Oberrichter Fenggenbartel fuhr fort: »Wenn zufällig Volk vorbeikommen sollte, dann sieht es, wie ein gemeiner Dieb seine gerechte Strafe erhält. Wir werden dem Henker nichts weiter sagen, außer dass der Delinquent ein Dieb ist. So bekommt Herr Tassilo seine Genugtuung, wir vermeiden schädliches Gerede und Unfrieden. Lasst uns abstimmen. «

Tassilo Stubenruß musste akzeptieren, dass sich sechs der Räte dem Vorschlag des Oberrichters anschlossen.

Zuletzt brachte der Oberrichter das Thema Tanzwut auf. Seinem Antrag, die verrückten Tanzenden auf gar keinen Fall in die Stadt zu lassen, stimmten alle zu. Ein entsprechender Befehl ging an die Torwachen, die zudem verdoppelt wurden.

13 Der Prinz und der Kerkermeister

Die Fortschritte auf der Baustelle in der Prandasgasse liefen weitgehend nach Tassilos Wünschen. Das Dach war fertig gedeckt, in den oberen Stockwerken setzten sie gerade die Fenster ein. Glasfenster zur Straße hin, man musste schließlich zeigen, was man sich leisten konnte. Die Fenster nach hinten zum Garten würden wie überall aus transparenter, hauchdünner Tierhaut sein. Nur in seinem Arbeitszimmer wollte Tassilo auch Glasfenster. Der viele Regen hatte zwar Verzögerungen gebracht, doch wenn alles gut ging, würde er noch vor dem Winter wieder in die Stadt ziehen können. Die Pferdeställe und der Abtritt hinter dem Haus waren bereits komplett fertig. Ebenso das Küchenhaus. Sein Baumeister hatte vorgeschlagen, die Küche einfach mit ins Haus zu integrieren. Ein verwegener und moderner Plan, der Tassilo gefallen hatte, doch dann hatte er sich letztlich dagegen entschieden. Es hatte schon seinen Grund, die Küche als gesondertes Gebäude anzulegen, brachen dort doch oft Brände aus, die im Haus zu schnell übergreifen könnten. Trotz der neuen Gebäude bot der Hinterhof einen trostlosen Anblick. Das lag am Garten. Der Apfel- und der Zwetschgenbaum waren beim großen Feuer ebenso verbrannt wie die Spalierbirnen und sämtliche Johannisbeersträucher. Nun wucherte Unkraut über die schwarzen Stümpfe. Es würde Jahre dauern, bis neue Obstbäume tragen würden.

Begleitet von seinem Stoffel ließ sich Tassilo Stubenruß den Neubau vom Baumeister detailliert zeigen, bekrittelte dies und schimpfte über das, zeigte sich jedoch insgesamt zufrieden. Und er erwischte sich in dem Raum, den er bald sein neues Schlafzimmer nennen konnte, bei dem Gedanken, ob denn die Riesin bei der Deckenhöhe aufrecht stehen könnte. Enakita, Enakita. Was für ein exotischer Name. Da dämmerte es Tassilo: Enakiter, so hieß ein Volk von Riesen in der Bibel. Natürlich. In Wahrheit hieß die Riesin vermutlich ganz unexotisch Agnes oder Gerhild. Er musste schmunzeln.

»Fürwahr, beinahe ein Palast«, hörte Tassilo eine bekannte Stimme hinter ihm sagen, als sie auf der Straße standen und zum Dachfirst hinaufschauten. Tassilo drehte sich erstaunt zu der Person um, die mit langem Regenumhang dastand, das Gesicht im Dunkel der Kapuze verborgen. Tassilo knickste tief und verbeugte sich noch in der Bewegung. Stoffel und der Baumeister fielen umgehend in einer Pfütze auf die Knie.

»Zu gütig, Durchlaucht«, sagte Tassilo.

»Na, na, werter Herr Tassilo.« Erbprinz Albrecht von Bayern-München deutete an, dass man sich schnell erheben möge. »Bitte kein Aufsehen wegen unserer Person. Wir sind sozusagen …«, er blickte sich um und zog die Kapuze seines Umhangs noch tiefer ins Gesicht, »… gleichsam inkognito hier. Kommt, lasst uns etwas abseits gehen. Das Gesinde muss uns nicht zuhören.« Sie schlenderten ein paar Schritte die Straße hinunter. »Unser geliebter Vater und unser Onkel sind auf Reisen, nicht wahr? Also ist die Gelegenheit günstig. Wir haben eine Bitte an Euch, lieber Herr Tassilo.«

»Gewiss, Durchlaucht, alles, was Ihr wünscht.«

»Ihr wisst, dass wir in Liebesdingen ein wenig eigen sind.«

Das hatte der Erbprinz nett ausgedrückt, fand Tassilo. Alle Welt lästerte sich die Zungen wund über seine blinde Vernarrtheit in die Augsburger Baderstochter Agnes Bernauer. »Durchlaucht sind eben ein großer Kenner und berühmter Liebhaber zarter Frauen«, sagte Tassilo.

»Ach, Tassilo.« Der Prinz lachte leise. »Ihr habt uns selbst mehrfach gesagt, dass wir uns mit der Bernauerin nichts Gutes antun. Darum schätzen wir Euch. Ihr seid ehrlich. Meistens.«

»Danke, Durchlaucht. Ihr wisst, dass ich mich nur um Euch und um unser Bayernland sorge.«

»Gewiss. Das tun wir alle.«

»Ich habe vernommen«, sagte Tassilo, »dass Euer Onkel nun erwägt, sich zu vermählen, weil man fürchtet, die Erblinie würde leiden, wenn Ihr an der Bernauerin festhaltet.«

Prinz Albrecht sah Tassilo erschrocken an. »Das habt Ihr gehört? Dummer Klatsch.«

»Nein, Durchlaucht, das hat Euer Vater selbst gesagt.« Hatte Herzog Ernst das wirklich? Tassilo überlegte. Es schien ihm so, auch wenn er sich nicht erinnerte.

»Dann soll der Onkel doch die Base Jacobäa heiraten, mit der unser Vater uns unbedingt vermählen will, diese Jacobäa von Holland«, spuckte Albrecht aus. »Das Weib hat schon drei Ehemänner unter die Erde gebracht oder vergrault. Und alle tun so, als wären wir der Einzige, wir, der narrisch gewordene Sohn des Fürsten, der sich um den Verstand gebracht hat mit Weibern und Kräutern. Was für ein Unsinn. Allenthalben machen hochwohlgeborene Herren unwürdig geborene Weiber zu ihren würdigen Frauen! Nun gut. Lasst das unsere Sorge sein. Manches Mal beneiden wir Euch, Tassilo, dass Ihr früh Waise geworden seid und nicht dem Vater gehorchen müsst.«

»Mir scheint, Ihr unterwerft Euch auch nicht Eurem Vater.«

»Und das ist nicht einfach, aber mitunter notwendig! Doch warum wir Euch sprechen wollten, lieber Tassilo: Wir planen, das alte Jagdschlösslein bei Menzing auszubauen.«

»Die Bluetenburg?«

»Richtig, die Bluetenburg. Das Gemäuer verrottet mitten in der Würm vor sich hin. Noch ist die Substanz gut. Das sollten wir nutzen. Wir stellen uns ein weitaus repräsentativeres Gebäude vor. Einen Landsitz. Einen ruhigen und sicheren Rückzugsort für uns vor all dem Trubel hier in der Stadt. Und, hier vertrauen wir auf Eure Verschwiegenheit, zudem ein heimeliges Nest für die Dame unseres Herzens.«

»Gewiss doch, Durchlaucht.« Tassilo stimmte verschwörerisch lächelnd zu.

»Euer Baumeister hier hat Erstaunliches in kurzer Zeit geleistet«, fuhr Prinz Albrecht fort. »Gebt Ihr ihn uns, sobald er hier fertig ist?«

Ein als Frage getarnter Befehl. Tassilo Stubenruß konnte es sich nicht verkneifen zu spielen: »Wenn Durchlaucht Bedarf an Ziegelsteinen haben, wäre ich sehr glücklich, Euch beliefern zu dürfen.«

Der Prinz lachte. »Ihr wisst, dass wir über eigene Ziegeleien verfügen, nicht wahr? Doch Stubenruß-Ziegel sind weit über die Grenzen der Stadt hinaus bekannt für ihre gute Qualität. Lasst uns ein wenig überlegen, lieber Herr Tassilo. Wir werden uns einigen.«

Einen dicken Auftrag für das Fürstenhaus so gut wie sicher in der Tasche und die eigene Stadtresidenz so gut wie fertig. Höchst zufrieden gönnte sich Tassilo einen Trunk und ein kräftiges Mahl in einem kleinen Wirtshaus nahe der Dult. Gut gelaunt erlaubte er sogar seinem Stoffel, sich zu ihm zu setzten und etwas zu konsumieren.

»Darf ich mir auf der Dult den Tanzbären anschauen?«, fragte Stoffel aufgeregt und schnitt sich mit seinem Messer das Stück Braten, das ihm sein Herr zugeschoben hatte, auf der Tischplatte in kleine Stücke, die er dann verträumt mit der Messerspitze aufspießte und sich in den Mund schob. Tassilo lächelte zufrieden, dass sein Bursche Tischmanieren hatte und nicht wie alle seines Standes mit den Fingern aß. »Und die Wunderschau auch?«

»Du darfst dir alles ansehen, wo wir vorbeikommen.« Tassilo trank einen Schluck. Der Wein war langweilig, mit Sicherheit gestreckt. »Du weißt, dass wir auf die Dult gehen, weil ich neue Stoffe für meine Garderobe suche.«

»Sicher, Herr.« Stoffel zappelte unruhig auf seinem Platz und kaute. »Ich habe gehört, dass ein Weib mit Bart soll hier sein. Und ein Schlangenmensch und ein menschlicher Wurm. Und eine Ziege mit zwei Köpfen. Und sogar ein Drachenei. Das möchte ich alles sehen. Die Welt ist voller Wunder!«

»Und wenn ich dir das alles verbiete?«

»Dann …« Stoffel stiegen Tränen in die Augen. »Das könnt Ihr nicht, Herr. Ich bitte Euch.« Als er erkannte, dass er nur gefoppt wurde, fügte er schelmisch hinzu: »Dann petze ich es der Gurkenhemma.«

Tassilo musste lachen.

»Wisst Ihr was, Herr?«, fragte Stoffel mit vollem Mund. »Wisst Ihr, was ich die ganze Zeit gedacht habe? Also, ich war mir sicher, dass der Leibhaftige zur Hochzeit in Giesing erscheint, bei der Ihr wart.«

»Warum das?« Tassilo blickte seinen Diener erstaunt an.

»Wegen der Anni. Der Magd. Die war immer in der Nähe, wenn er erschienen ist.«

»Nein, war sie nicht«, entgegnete Tassilo. »Das scheint nur so. Du erinnerst dich an die Salzfuhrleute neulich an der Brücke? Da hat einer, wohlgemerkt nur einer von denen, behauptet, er habe den Gottstehunsbei gesehen auf dem Feld. Da war weit und breit keine Anni.«

»Richtig, Herr. Aber vielleicht war da der Gottstehunsbei gerade auf dem Weg nach Hause …«

»Zu Fuß über die Felder statt direkt senkrecht in die Hölle?«

»Und wenn er nun gar nicht in der Hölle zu Hause ist, Herr? Erinnert Euch an den Hochsitz, den wir gefunden haben. Dort hat er offenbar gelagert. Wozu braucht der Teufel ein Lager? Und dann bei der Mühle. Ich denke, dass die uns dort von Anfang an ausrauben wollten. Hattet Ihr den Eindruck, dass die auf das Kommen des Leibhaftigen vorbereitet waren? Dass die mit dem im Bund standen? Der Gottstehunsbei ist plötzlich gekommen. Vielleicht wollte er uns ja sogar helfen gegen dieses Gesindel. Dass man Euch bereits mit Wein vergiftet hat, konnte er nicht ahnen, oder?«

»Du meinst also, die Anni hat den Teufel beschworen, um uns zu helfen? Warum sollte sie das tun? … Nein, das ergibt alles keinen Sinn.«

»Herr, ich dachte, wir beide sind uns einig, dass es keine übernatürliche Erscheinung ist, die da umgeht. Denkt an die schwarze Kutte und das Zeug. Das muss also ein Mensch aus Fleisch und Blut sein. Jetzt hat er jedenfalls keine Maske mehr …«

»Glaubst du wirklich, dass dieser Mensch nur ein einziges Kostüm hat? Das ist ein hochwertiger Stoff. Er wird nicht arm sein.«

»Ihr habt recht, Herr. Er wird sicher Ersatz haben – und irgendwas mit der Anni zu tun haben.«

»Ehrlich gesagt habe ich auch erwartet, dass sich zur Hochzeit in Giesing etwas ereignet. Und ich bin mir zudem sicher, dass die Anni mehr zu sagen hat, als sie sagt.«

»Und der hasenschartige Alois, den wir nun den zungenlosen Alois nennen können, hat bestimmt ebenfalls mehr zu sagen.«

»Der ist, wie du richtig bemerkt hast, inzwischen zungenlos, du Dummkopf.«

»Er hat aber noch seinen Körper, mit dem er etwas ausdrücken kann. Er kann zum Beispiel einfache Fragen durch Kopfnicken oder Schütteln mit Ja und Nein beantworten. Ich weiß, Herr, dass Ihr längst über eine weitere Befragung nachgedacht habt. Nicht wahr?«

Tassilo sah seinen Diener erstaunt an. »Ja, natürlich«, antwortete der dann langsam. »Daran habe ich selbstverständlich schon gedacht. Nur steckt der Alois im Kerker …«

»Zu dem Ihr als Ratsherr Zutritt habt. Keiner würde Euch daran hindern, ihn zu befragen.«

»Richtig, Christoffel.« Tassilo Stubenruß nickte. »Genau das habe ich mir gedacht!«

Der Kerkermeister ließ sie erst alleine mit dem Gefangenen, als ihm Tassilo einen Silberpfennig zuwarf. Er hätte das Geld genauso sparen können, denn der Kerkermeister humpelte hustend vor das Gitter, setzte sich auf einen Schemel und behielt die Szenerie im Auge. Gegen den Gestank aus Exkrementen und Leid sowie um mögliche Miasmen auszubremsen, hielt sich der Ratsherr ein Säckchen mit kräftigen Kräutern vor die Nase. Auch Stoffel hatte er eins gekauft. Ein kranker Diener nutzte keinem Herrn.

»Das braucht Ihr hier nicht, Herr«, brummte der Kerkermeister hustend, spuckte gelben Auswurf in die Ecke und deutete auf die Kräutersäckchen. »Die Luft hier ist nicht so schädlich, wie Ihr denkt, Herr. Seht mich an, ich arbeite hier seit zweiundzwanzig Jahren und erfreue mich bester Gesundheit.«

Tassilo betrachtete den verkrüppelten Fuß des Mannes, das tränende linke Auge und die drei Furunkel am Hals, dann sagte er über den rasselnden Husten hinweg: »Ja. Sicher.« Und drückte sich das Kräutersäckchen dichter unter die Nase.

»Hör zu, Alois«, begann er. »Du wirst morgen früh vor deinen Schöpfer treten. Daher wäre es nun gut, wenn du unsere Fragen wahrheitsgemäß beantwortest. Du erleichterst dein Gewissen und wirst vielleicht nicht ewig im Fegefeuer brennen müssen, wenn du ehrlich bist. Hast du mich verstanden?«

Nicken.

»Bist du ein Druderer oder Zauberer?«

Panisch aufgerissene Augen und Kopfschütteln.

»Ist jemand aus deiner Familie ein Zauberer?«

Kopfschütteln.

»Kennst du die Magd Anni vom Fenggenmuck?«

Kopfschütteln.

»Kennst du die Fenggens? Den Nepomuk, den Bartel und den Mathes?«

Nicken.

Tassilo seufzte. »Gut, machen wir es einfacher. Habt Ihr gewildert? Du und seine Familie?«

Nicken.

»War eure Mühle ein Treffpunkt für Lumpenpack?«

Nicken.

»Haben deine Brüder dich so zurückgelassen? Mit Wissen der Mutter?«

Schulterzucken.

»Hast die Kutte im Haus versteckt gefunden?«

Nicken.

»Wolltest du uns töten?«

Wildes Kopfschütteln.

»Erschrecken?«

Nicken.

»Herrschaftszeiten«, polterte da der Kerkermeister los und stand schwerfällig auf. Er packte eine Fackel und leuchtete den Gang zur Treppe hinunter. »Ist da wer?« Er lauschte. Tassilo hörte beim besten Willen nichts. Auch der Kerkermeister ließ sich wieder stöhnend und röchelnd auf den Schemel fallen. »Rattenviecher, verdammte«, grummelte er. »Ausbrennen müsste man euch.«

»Könnten wir hier nun weitermachen?«, wies Tassilo den Wächter scharf zurecht und wandte sich an Alois: »Du wurdest geopfert, damit die anderen entkommen können?«

Schulterzucken.

»Die dachten, sie können Euch und die Richter beruhigen, wenn sie einen zurücklassen, gegen den sich die Rache richten wird«, sagte Stoffel. »Ganz wie Ihr vermutet habt, Herr.«

»Überlass die Schlussfol… äh, ja, genau wie ich mir dachte.«

Da kam ein Feuer. Aus dem Nichts. Erst zuckte eine Stichflamme auf, dann zischte es und eine Feuerwolke rauschte durch den Kerker. Sie nahm die Flamme der Fackeln auf, vergrößerte sich – und verpuffte so überraschend, wie sie gekommen war. Vielleicht war da eine Gestalt, ein Schatten, ein teuflisches Kichern …

Der Schreck saß für mehr als nur Sekundenbruchteile. Als sich tödliche Ruhe ausbreitete und nichts weiter geschah, löste sich Stoffel als Erster aus der Starre und rannte aus der Zelle. Er blieb lauernd stehen und lief dann Richtung Ausgang.

»Was war das?«, schnaufte Tassilo Stubenruß und hielt sich zitternd am Gitter fest.

Der Kerkermeister krümmte sich am Boden, Sabber lief aus seinem Mund, während er die Heilige Jungfrau Maria um Beistand anwimmerte.

»Was war das?«, brüllte Tassilo nun, Angst und Adrenalin rasten abwechselnd durch den Körper.

»Die Hölle hat sich aufgetan«, greinte der Kerkermeister und rappelte sich auf. »Der vermaledeite Zauberer ist ein Knecht des Höllenfürsten und hat ihn zu Hilfe gerufen …«

»Rede nicht solchen Unsinn!«, brüllte Tassilo. Der zungenlose Alois kauerte flennend in einer Ecke seiner Zelle und hielt die Hände über den Kopf.

»Na gut.« Tassilo ging, so forsch es seine noch zitternden Knie erlaubten, zum Müllersburschen, trat ihn in die Seite. »War das dein Werk? Hast du einen Zauber geschickt und uns in die Hölle blicken lassen?«

Keine Reaktion. Alois ließ seinen Blick wirr umherwandern.

»Hörst du mich?« Tassilo schlug ihm auf den Kopf. »Warst du das?«

Keine Reaktion.

»Das war eine Warnung, Herr!«, rief der Kerkermeister. »Kommt mit hinaus, Herr! Sonst holt er uns noch. Kommt!« Er humpelte davon. »Mich hält es hier nicht mehr.«

»Bleib hier, du dummer Mensch!« Tassilo verließ die Zelle. Es hatte keinen Sinn, der ohnehin kaum vorhandene Verstand des Buchenmülleralois' schien sich völlig verabschiedet zu haben. »Los, schließ die Zelle ab. Oder willst du, dass der Zauberer entkommt und ganz München verhext?«

Nachdem der Kerkermeister bebend wie Schilfgras im Morgenwind die Zelle verriegelt hatte, schärfte ihm Tassilo Stubenruß auf dem Weg nach oben ein, kein Wort über diese Angelegenheit zu verlieren. »Verstehst du?« Er musste den Mann bei den Schultern packen und schütteln. »Das bleibt unter uns. Du musst keine Angst haben. Verschließe für heute den Kerker. Lass niemanden hinein, schick deine Kerkerknechte heim. Wo stecken die überhaupt? Faules Grattlerpack! Nun gut, morgen früh bei Sonnenaufgang wird der Bursche hingerichtet und dieser Spuk hat ein Ende.«

»Da bringen mich keine zehn Pferde mehr hinunter, das sage ich Euch, Herr.«

»Morgen wirst du hinuntergehen und ihn herausholen. Du wirst ihn auf den Schandwagen ketten, und dann bist du ihn los. Es wird ein Pfarrer dabei sein – also stell dich nicht so an.«

Christoffel kam außer Atem zurück, als Tassilo vor die Tür des Rathauses trat. »Nichts, Herr«, keuchte er. »Ich habe in alle Richtungen geschaut und bin die Gassen hinuntergerannt, aber keiner ist vor mir geflüchtet. Ich habe die Kräuterweiberl gefragt«, er deutete auf die nächstliegenden kleinen Marktstände, wo alte Bäuerinnen ausschließlich Kräuter verkauften. »Niemand hat jemanden herausrennen sehen. Und die Kerkerwachen stehen da drüben am Markt und saufen Wein.«

»Fleißig, Stoffel. Das bedeutet …« Tassilo sah sich unschlüssig um.

»Das bedeutet«, sagte Stoffel, »dass sich das Feuer entweder von selbst entzündet hat. So etwas habe ich schon gehört. Das passiert in Bergwerken. Oder dass der Feuerentfacher sich unten versteckt hat, als ich losgerannt bin.«

»Richtig, genau das waren meine Gedanken«, lobte Tassilo.

»Danke, Herr. Also gehen wir noch einmal in den Kerker und durchsuchen die Zellen.«

»Fast, Stoffel, fast. Du gehst noch einmal hinunter.«

»Aber Herr!« Stoffel machte große Augen. Tassilo kannte den Blick. Der Welpenblick. Damit bekam Stoffel vor allem die weiblichen Angestellten seines Haushalts immer herum. »Ich bin doch nur ein kleiner Bub. Kein stattlicher Herr wie Ihr! Wenn sich jemand im Kerker versteckt, wird er vor mir keine Angst haben, bei Euch hingegen …«

Den Kerkermeister überzeugten zwei Silberpfennige davon, weniger Angst zu haben, die Tür zu öffnen und zumindest die Treppen hinunter mitzukommen. Die Tür oben musste offen bleiben, darauf bestand er. Tassilo und Stoffel durchsuchten die Zellen, von denen nur eine mit Alois belegt war. Auch in der Kammer, in der die Leiche des Koberbauern aufgebahrt worden war, fanden sie niemanden.

14 Der Reisende

»Ich dachte, wir gehen heim«, sagte Stoffel erstaunt.

»Willst du dich beschweren?«, antwortete Tassilo rüde.

»Nein, Herr, ich wundere mich nur, dass Ihr trotz der Ereignisse eben zur Dult wollt.«

»Zu den Dingen, die du noch lernen musst«, dozierte Tassilo, während sie die Sendlinger Gasse entlanggingen und nach links in die Dultgasse abbogen, »gehört, dass man immer so bald als möglich auf die Dult muss. Wenn man etwas Neues, Einzigartiges haben möchte. Ich möchte beispielsweise sehen, welche Stoffe aus Venedig oder Paris gekommen sind. Und außerdem muss man die Zeit nutzen, in der es mal nicht regnet.« Er steuerte zielsicher auf den ersten Stoffstand zu. Da sich Augsburg ein exklusives Handelsprivileg mit Venedig gesichert hatte, kamen venezianische Waren nur völlig überteuert über die Augsburger Kaufleute nach München – mit Ausnahme bei der Dult. Da durften auch italienische Händler nach München. »Ganz abgesehen davon bringt uns die fröhliche Dult hoffentlich auf andere Gedanken«, fügte er kaum hörbar hinzu. Schon stöberte er in den Ballen mit Baumwolle und Seide.

»In Paris trägt man seit Neuestem das hier«, sprach ihn ein Mann von hinten an.

»Honlin!« Tassilo umarmte seinen alten Freund und Ratskollegen Honlin Eßwurm. Das mochte sich nicht geziemen, und Tassilo war es sofort peinlich, doch er brauchte das einfach. Honlin Eßwurm war nach dem Tod seiner Eltern ein wichtiger väterlicher Freund für Tassilo geworden und zählte außerdem zu seinen liebsten Ratsherrenkollegen. »Du bist aus Frankreich zurück! Ich hatte es so gehofft.«

»Ich lasse mir doch die Dult nicht entgehen«, sagte der Stoffhändler und zwirbelte seinen Schnurrbart, der ebenso flammend rot leuchtete wie das Haupthaar, das unter der mit einer verwegen flauschigen, riesigen Feder verzierten Filzkappe herauswellte. »Auch wenn es eine echte Hetze war, rechtzeitig hier zu sein. Wir sind nicht einmal überfallen worden, so schnell waren wir unterwegs.« Er lachte fröhlich. Überfallen zu werden gehörte zu seinem

Alltag auf Reisen. Man konnte dem ein wenig vorbeugen, indem man sich zu Konvois mit Begleitung Bewaffneter zusammenschloss, aber es gab große, gut organisierte Räuberbanden, die das nicht abschreckte.

»Sag, lieber Tassilo, was tut sich hier in München? Man hört ja ganz Schreckliches, schon in Ulm hieß es, dass der Leibhaftige selbst die Stadtmauern bestürmen würde, und in Augsburg hat man mir versichert, dass München mittlerweile fest in der Hand Satans sei.«

»Unsinniges Geplapper«, antwortete Tassilo. Doch die Tatsache, dass die Gerüchte schon so weite Runden machten, beunruhigte ihn. »Dafür, dass alle Angst haben, ist die Dult sehr gut besucht. Lass uns ein andermal darüber sprechen. Jetzt sind alle fröhlich. Jetzt ist Dult!«

»Recht hast du. Sieh her«, Honlin lupfte seinen Wams. »Das ist das Neueste aus Paris. Dort trägt das inzwischen jeder!« Statt der beiden einzelnen Hosenbeine, die mit Nestelbändern am Unterhemd festgeknotet waren, trug Honlin Eßwurm ein aus einem Stück gefertigtes Beinkleid. »Eigentlich ganz einfach«, erklärte der Händler. »Man verlängert und verbreitert oben die einzelnen Beine und näht sie zusammen. So hat man nur ein Kleidungsstück, eine Hose. Die knotet man dann wie gehabt an das Unterleibchen.«

»Raffiniert, diese Franzosen«, musste Tassilo zugeben und wusste, dass er sofort solche neumodischen Beinkleider brauchte. Er wäre, nach Honlin, der Zweite in München, der Hosen tragen würde.

»Ich leihe dir ein Musterexemplar für deinen Schneider.«

»Und die Schamkapsel?«

»Die braucht man eigentlich nicht mehr, weil ja der Schambereich bedeckt ist«, erklärte Honlin und fügte sofort hinzu, weil er seine Kundschaft kannte: »Aber was gibt es Herrlicheres als unnützen Schmuck, der die Männlichkeit herausstreicht. Man kann natürlich eine Schamkapsel, in welcher Form und Größe auch immer, darüber tragen. Sieht sehr fesch aus. Ich habe nicht nur Baumwollqualitäten hier, sondern auch feine Wolle für die Wintertage.«

Starke Komplementärfarben bestimmten nach wie vor die Muster. Rot-gelb, blau-grün, rot-grün – Streifenmuster gab es in allen erdenklichen Kombinationen. Dazu Karomuster. Tassilo fiel die Wahl nicht leicht. Honlin Eßwurm beriet ihn ausgiebig, Tassilo kaufte die besonderen Stoffe, von denen Honlin nur wenige Ellen hatte. »Ich schicke morgen jemanden vorbei, sie abzuholen«, sagte er. »Noch eine Frage, lieber Freund.« Er zog ein Stück Stoff aus seinem Beutel. Er hatte von der schwarzen Kutte des Buchenmülleralois ein Eck abgeschnitten. »Kannst du mir sagen, woher man diesen Baumwollstoff bekommt.«

Honlin Eßwurm befühlte mit Kennermiene den Stoff. »Das ist keine Baumwolle, keine reine Baumwolle«, sagte er dann. »Das ist Barchent. Gute Qualität. Das ist ein Mischgewebe aus Baumwoll-Schuss auf Leinen-Kette. Siehst du, auf der einen Seite sehr glatt und auf der anderen etwas rau. Dafür sind die Venezianer bekannt. Inzwischen bekommst du aber auch guten Barchent aus Regensburg oder Ulm. Das hier jedoch«, er rieb noch einmal am Stoff und inspizierte ihn genau, »scheint mir italienische Ware zu sein. Schau her, das ist kein richtiges Schwarz. Eher ein sehr dunkles Blau. Diese Farbe erzielt man mit einem Extrakt aus den Wurzeln von Granatapfelbäumen und Eisenbeize. Schöne Ware. Möchtest du solchen Stoff? Habe ich sogar auf Lager.«

»Danke, nein. Hat mich nur interessiert. Wobei – ja, doch«, sagte er einer spontanen Eingebung folgend. Zuletzt verabredeten sie sich für später, denn an Dulttagen gab es für die Händler kaum Zeit zum Ratschen.

Eine Welle von Verbeugungen kündigte an, dass eine wichtige Person sich näherte. Die Pfalzgräfin Beatrix geruhte die Dult zu besuchen. Tassilo spürte die Wut über die einst erlittene Demütigung aufsteigen, und wie sich wilde Rachefantasien den Weg aus dem hintersten Hirnstübchen nach vorne arbeiteten. Um sich zu beruhigen und eine Begegnung mit ihr zu vermeiden, drängte sich Tassilo ins Gewühl. Seinen Stoffel fand er beim Tanzbären. Der räudige Braunbär wackelte hin und her und drehte sich zur Sackpfeife, die sein Besitzer spielte. Ein Eisenring war durch die Bärenschnauze gezogen. Ein kleiner Affe, exotisch wie ein Mohr gekleidet, hüpfte herum und sammelte in einem Becher Münzen ein.

»Tanzbären kommen auch außerhalb der Dult in die Stadt«, wunderte sich Tassilo. »Warum bist du so versessen darauf, immer die Bären zu sehen.«

»Weil mir die Gurkenhemma früher erzählt hat, dass da in Wahrheit ein Mensch in einem Bärenkostüm steckt. Und ich will die mal erwischen, wie sie in das Kostüm rein- oder raussteigen.«

»Du Holzkopf glaubst der Gurkenhemma?« Tassilo lachte.

»Ich habe mir schon gedacht, weil die Bären so echt … Ihr meint also«, Stoffel sah den Bären an und sein Blick wurde verzweifelt, »Ihr meint, dass das wirklich ein echter Bär ist?«

»Sicher.«

»Das … das ist so traurig.« Stoffel drehte sich weg. »Die arme Kreatur.«

»Immer wenn man denkt, dass du gar nicht so dumm bist … Los, komm weiter.«

Tassilo gönnte sich eine Tüte kandierte Veilchen, wovon Stoffel dank seines Welpenblicks zwei abbekam. Auf dem Weg zur Monstrositätenschau liefen sie der Gurkenhemma in die Arme, die mit Freundinnen unterwegs war. Die Amme stürzte sich auf Tassilo, stellte sich auf die Zehenspitzen und hängte ihm mit Schwung ein Lederband um den Hals, an dem ein Anhänger baumelte.

»Was ist das denn?« Tassilo betrachtete genervt den Anhänger. »Hemma. Das ist ein Knochen! Ein Hühnerknochen? Das trage ich auf keinen Fall, du dummes …«

»Das ist nicht einfach ein Knochen! Versündigt Euch nicht, junger Herr Dassl«, unterbrach ihn die Gurkenhemma. »Das ist eine Reliquie des heiligen Ogart von Rom.«

»Wer?« Tassilo verdrehte die Augen.

»Ogart!« Die Gurkenhemma strahlte ihren Herrn an. »Es ist ein Stück seines linken kleinen Fingers. Möge Euch diese Reliquie immer den Geist frei halten und Euch von allem Übel befreien.«

»Das ist rührend, liebe Hemma. Aber kann es nicht sein, dass das nur ein alter Knochen ist? Von wem hast du dir das andrehen lassen? Ich werde dir dein Geld zurückholen.« Es war ohnehin sein Geld. Die Amme bediente sich für gewöhnlich am Haushaltsgeld.

»Nein, Herr!« Die Gurkenhemma legte ihre Hand auf seine Brust. »Das habe ich nicht hier bei einem der fahrenden Händler gekauft. Die betrügen. Lumpenpack, ziganisches.« Sie drehte sich zu ihren Freundinnen und erklärte: »Ziganische nennt man jetzt das ägyptische Volk!«

»Was ist falsch an ägyptischem Volk?«, fragte eine.

»Das sagt man jetzt nicht mehr. Das gehört sich nicht.« Während sich ihre Freundinnen verwundert ansahen, drehte sich die Gurkenhemma mit besserwisserischem Lächeln zu Tassilo: »Das hier habe ich von dem heiligen Mann, der im Wald lebt! Meinrad heißt er. Er hat die Reliquie selbst mitgebracht.«

»Heiliger Mann?«, wiederholte Tassilo. »In welchem Wald lebt denn ein heiliger Mann?«

»Hinter Sendling bei Forstenried«, erklärte die Amme, und ihre Freundinnen, die sich um sie geschart hatten, nickten eifrig.

»Du warst mit deinen Ratschkathln bei irgendeinem versoffenen Kerl im Wald?«, fragte Tassilo entrüstet.

»Ein Heiliger ist er, der Meinrad! Er lebt als Eremit mitten im Wald in einem alten Köhlerhäuschen. In Konzepli… na, in absoluter Zurückgezogenheit. So wie unser heiliger Onophrius, der siebzig Jahre in der Wüste alle Unannehmlichkeiten ertrug.« Münchens bedeutendste Reliquie, die Hirnschale des heiligen Onophrius, war in der Laurenzkapelle in der herzoglichen Burg ausgestellt. Heinrich der Löwe selbst soll sie einst von seinen Kreuzzügen nach München gebracht haben. »Meinrad vom Wald widmet sein ganzes Leben und Streben dem Herrgott.« Die Amme glühte regelrecht. »Alle wissen von ihm. Alle. Ganz München pilgert zu ihm. Es war solch ein Erlebnis! Diese Augen, diese Weisheit. Dieses göttliche Feuer.«

Die anderen alten Frauen nickten verzückt.

»Und noch etwas, junger Herr.« Die Amme rückte ganz nahe heran. »Er hat ihn gesehen. Den Leibhaftigen! Mit seinen eigenen Augen. Jawohl. Ich dachte, das interessiert Euch.«

Ein Stöhnen. Mehr brachte Tassilo zunächst nicht zustande. »Das bedeutet, dass du all deinen Freundinnen von meiner Aufgabe erzählt hast, oder?«, grummelte er leise.

»Nun ja, junger Herr.« Die Gurkenhemma machte unwillkürlich einen Schritt zurück. »Verzeiht mir, aber … unter dem Siegel der absoluten Verschwiegenheit …« Die anderen Frauen nickten. »Wir schweigen wie ein Grab«, sagte eine.

»Warum lassen wir es nicht gleich den Bänkelsänger verkünden?«, fragte Tassilo bebend. »Mir aus den Augen, Weibsvolk! Und Hemma, sieh zu, dass du vor Sonnenuntergang oben in Untergiesing bist.«

»Ich werde nur noch kurz die hochwürdige Äbtissin besuchen«, antwortete die Gurkenhemma fröhlich und deutete hinüber zum Angerkloster auf der anderen Seite des Bachs.

»Habt Ihr etwas anderes erwartet, Herr?«, fragte Stoffel beim Weitergehen. »Mich würde nicht wundern, wenn sie sich den Tanzwütigen anschließt.«

»Wenn wir zum heiligen Onophrius beten«, seufzte Tassilo, »schickt er rechtzeitig einen Alp, der ihr in den Rücken schießt.« Sie steuerten auf das Zelt der Monstrositätenschau zu. Riesige Planen, bemalt mit einigen der Attraktionen, verdeckten den Blick hinein. Tassilo zahlte, und Stoffel musste sich beherrschen, nicht wie ein kleiner Junge loszurennen.

Das bärtige Weibsbild war geradezu skandalös leicht bekleidet, aber damit wollte man das Publikum überzeugen, dass es sich tatsächlich um eine Frau handelte. Sie kämmte genüsslich ihren ansehnlichen Vollbart, der so dicht und prächtig war wie Tassilos. Für einen Kupferpfennig durfte man am Bart zupfen, um die Echtheit zu überprüfen. Für zwei Kupferpfennige las sie aus der Hand.

»Nein!«, unterband Tassilo Stoffels bettelnden Welpenblick.

Während die Bärtige als Dauerattraktion einfach dasaß, moderierte ein Marktschreier die anderen Sehenswürdigkeiten an, die sich auf einer Bühne präsentierten oder präsentiert wurden. Der menschliche Wurm, ein Mann ohne Gliedmaßen, robbte umher und vollführte einige Kunststücke wie mit dem Mund Bälle jonglieren. Sein Körper steckte in einem grün-rot-gemusterten Raupenkostüm. Die doppelköpfige Ziege köttelte zur allgemeinen Erheiterung auf die Bühne und blökte dazu aus beiden Mäulern. Der dickste Mann und der kleinste Mann der Welt waren wirklich sehr dick beziehungsweise sehr klein und sahen nebeneinander noch grotesker aus als alleine. Dann kam die Riesin, und Tassilo spürte sein Herz pumpen. Die große Frau tat nichts, außer sich anschauen zu lassen. Sie machte ein paar äußerst elegante tänzerische Bewegungen, um zu beweisen, dass sie nicht auf Stelzen lief. Und da: Ja, sie suchte seinen Blick! Sie zwinkerte. Ihre Mundwinkel kräuselten sich. Er konnte sich unmöglich täuschen. Sie lockte ihn, das raffinierte Luder. Tassilo bekam einen trockenen Mund und wusste, dass er diese Enakita besitzen musste. Egal wie.

Schließlich präsentierte der Ansager mit großem Brimborium das sagenumwobene Ei eines Drachen. Der kleinste Mann der Welt, nun gekleidet wie ein höfischer Lakai, trug das riesige Ei auf einem roten Samtkissen auf die Bühne. Das Ei war so groß wie sein Kopf.

»Hier, seht selbst.« Der Ansager hob das Ei vorsichtig hoch und klopfte leicht dagegen. »Das ist ein echtes Ei. Du da …« Er deutete auf Stoffel. »Komm her und fass es an. Damit ihr mir glaubt.« Stoffel flitzte auf die Bühne und berührte ehrfürchtig das Ei. Er nickte, als der Ansager fortfuhr: »Es ist nicht aus Holz oder Pappmaschee. Es ist ein echtes Drachenei aus den fernsten Landen, die ihr euch überhaupt vorstellen könnt! Seht, es ist sogar noch unversehrt. Wisst ihr, was das bedeutet? Ahnt ihr es? Ja, das bedeutet, dass darin noch ein ungeborener Drache ruht!« Das Publikum wich unisono aufstöhnend zurück, auch Stoffel zog seine Hand unsicher weg. »Aber keine Angst. Das Tier darin ist tot, weil niemand da ist, der es ausbrütet.« Allgemeines Ausatmen und erleichtertes Gelächter. »Ihr wisst alle, wie ein Tatzelwurm entsteht. Genauso wie ein Basilisk. Es braucht einen alten Hahn, der ein schwarzes Ei in einen See legt, wo es die Sonne ausbrütet. Und es kann sogar passieren, dass aus einem Tatzelwurm ein Lindwurm heranwächst!« Allgemein zustimmendes Gebrumme. »Aber, liebe Freunde, das ist nur eine Legende!«

»Stimmt nicht«, rief einer aus der Menge. »Der Onkel der Nachbarin meiner Schwester hat schon mal einen Hahn ein schwarzes Ei legen sehen!«

»Dann bring ihn her, den Onkel der Nachbarin deiner Schwester!«, rief der Ansager unter Gejohle.

»Ich habe einen Tatzelwurm gesehen!«, rief ein anderer.

»Im Suri!«, antwortete der Ansager und alles lachte. »Das hier, dieses Ei, hat kein Hahn gelegt. Den hätte es beim Rauspressen sicher zerrissen.« Brüllendes Gelächter. »Das hier hat ein echter Drache gelegt! Warum sonst, glaub ihr, ist es so riesig? Der große Reisende Johannes Schiltberger hat es von seiner abenteuerlichen Durchquerung des hintersten Asiens mitgebracht und ...«

»Das wäre mir neu.« Ein Mann kicherte hinter Tassilo. Tassilo drehte sich um.

»Ihr seid ... meine Güte, Ihr seid Johannes Schiltberger, der berühmte Reisende«, flüsterte er ergriffen. Jeder in München kannte Schiltberger, der sich als Vierzehnjähriger dem letzten Kreuzzug angeschlossen hatte und dann nach dreiunddreißig Jahren in der Gefangenschaft von Osmanen und Tartaren im Jahre 1427 nach München zurückgekehrt war. Als Sklave der Ungläubigen hatte er die entlegensten Gegenden der Welt gesehen, Orte und Länder, von denen zuvor noch nie jemand gehört hatte. Die Herzöge hofierten den Weitgereisten, und auch Tassilo hatte einmal das Vergnügen, bei einem seiner Vorträge dabei sein zu dürfen.

»Ich weiß, wer ich bin«, entgegnete Schiltberger amüsiert und strich über seinen graumelierten Bart. »Und wer seid Ihr? Ein vornehmer Herr bei so einer einfachen Volksbelustigung?«

»Ihr seid doch auch hier«, konterte Tassilo.

»Schach und matt. Ich liebe Volksbelustigungen.«

Tassilo stellte sich vor. »Ich bin hauptsächlich hier, weil mein junger Diener die Abnormitäten sehen möchte. Wie dieses Drachenei, von dem Ihr behauptet, es sei keines.«

»Nein, das habe ich nicht behauptet. Ich habe gesagt, ich habe es nicht mitgebracht. Das ist wohl ein Unterschied. Und ganz nebenbei: Es ist natürlich kein echtes Drachenei.«

»Wie könnt Ihr das sagen?«

»Weil ich es weiß. Wissen hilft mitunter, Herr Tassilo. Dieses riesige Ei stammt von einem gewaltigen Vogel. Ich habe ihn selbst gesehen. Damals im königlichen Tiergarten von Bagdad. Er ist größer als ein Mann, hat unglaublich lange, kräftige Beine und kann nicht fliegen. Vermutlich weil er so riesig ist. Man nennt diesen Vogel im Orient Großer Spatz. Lacht nicht. Im Ernst.

Ich habe auch erst lachen müssen. Der Große Spatz stammt aus Afrika und seine Federn sind sehr beliebt als Schmuck.«

Sie bummelten beim Reden zum Ausgang.

»Großer Spatz«, wiederholte Tassilo, als sie vor dem Zelt standen. »Was Ihr alles an Wundern gesehen haben müsst.«

»Man mag es Wunder nennen, aber es waren keine. Sondern real existierende Dinge«, entgegnete Schiltberger. »Wunder sind nur Wunder, wenn man glaubt.«

»Richtig. Wunder benötigen Glauben.«

»Ich wollte die Wunder der Welt sehen, darum bin ich als Bub aus München weggegangen.«

»Wie mutig.«

»Mutig? Nein, naiv und neugierig. Na gut, ein wenig mutig.«

»Diesen Mut hätte ich in dem Alter nie gehabt, Herr Johannes. Die lange Zeit in der Fremde unter all den Ungläubigen, fernab dem schützenden Schoß der Mutter Kirche, muss für Euch die Hölle gewesen sein.«

»Wie kommt Ihr darauf? Es war trotz allem großartig, nein, vor allem großartig. Auch weil ich die Hölle erlebt und den Teufel selbst gesehen habe.«

»Ihr habt den Leibhaftigen gesehen?«, fragte Tassilo erstaunt. »Erzählt! Wie sah er aus? Hatte er Hörner und Bockbeine?«

»Nein. Wobei ich zugebe, dass ich das erwartet hatte. Aber der Leibhaftige ist nie, wie man ihn erwartet. Er war ein Mensch wie du und ich. Ein alter Mann, recht groß, ungefähr so groß wie Ihr. Ein Krüppel sogar mit kaputtem Bein und lahmem Arm.«

»Satan kann jede Gestalt annehmen, nicht wahr?«

»Sagt man. Aber ich spreche von einem echten Menschen. Tamerlan hieß er, manche nennen ihn auch Timur Lenk, das bedeutet Timur der Lahme. Ein großer Heerführer der Tartaren und das Teuflische in Person. Eine Bestie von solcher Grausamkeit, dass Satan selbst nicht fürchterlicher sein kann. Und das weiß ich nicht aus Erzählungen, sondern habe es selbst gesehen. Ich habe Tausende durch seinen Willen sterben sehen, und zuletzt habe ich ihn sterben sehen. Das war tröstlich. Dass der Teufel sterben kann. Lasst Euch nicht täuschen, Herr Tassilo. Fabelwesen mag es geben. Sie leben aber nur in Geschichten. Sobald man ihre Existenz beweisen kann, sind es keine Fabelwesen mehr, nicht wahr? Wenn Ihr hinter einem Geist oder Fabelwesen her seid, dann müsst Ihr Euch nicht wundern, wenn Ihr es nicht fangen könnt. Das ist das Wesen von Geistern.«

»Ich glaube, ich weiß, was Ihr meint.«

»Zauber entpuppt sich meist als einfache Gaukelei, wenn man genau hinsieht. Menschen verstehen sich besser auf Täuschung, Lug und Betrug als irgendein anderes Geschöpf. Schlimmer als der Mensch kann kein Fabelwesen sein.«

»Ihr haltet also den Leibhaftigen für ein Fabelwesen?«

»Habt Ihr mir nicht zugehört?«

»Doch. Genau sogar. Ihr habt gesagt, dass Ihr Satan begegnet seid und dass es ein Mensch war. Wenn er ein Mensch war, der nun tot ist, gibt es ihn dann noch? Haltet Ihr also den Leibhaftigen für Gaukelei? Ein Fabelwesen?

»Wenn ich den Leibhaftigen für ein Fabelwesen hielte, was wäre dann die Schlussfolgerung?« Schiltberger schürzte die Lippen und legte seinen Zeigefinger darauf. »Ich muss leider weiter«, sagte er dann. »Es war sehr angenehm, mit Euch zu plaudern. Vielleicht besucht Ihr mich einmal auf meinem Gut. Ich würde mich freuen. Aber wartet nicht zu lange, denn es kann sein, dass ich wieder auf Reisen gehe.« Er drehte sich noch einmal kurz um. »Wenn ich eines auf meiner Lebensreise gelernt habe, dann ist es, genau hinzuschauen, hinzuhören und mich nicht beeinflussen zu lassen. Tut dasselbe, wenn Ihr den Gottstehunsbei sucht.«

»Woher wisst Ihr, dass ich …«, rief Tassilo dem Mann hinterher, doch der schritt weiter und war bald zwischen den Dultbesuchern verschwunden. Tassilo widerstand dem Drang, ihm nachzulaufen.

»Was wäre die Schlussfolgerung?«, wiederholte Tassilo halblaut. »Wenn man den Leibhaftigen für ein Fabelwesen hielte …«

»Dann müsste ja auch der Herrgott ein Fabelwesen sein«, ergänzte Stoffel, der wie aus dem Nichts neben ihm stand. »Dann wäre die ganze Lehre der Bibel nur ein Märchen. Ist das eine philosophische Aufgabe, Herr? Wer hält den Herrgott für Legende? Nur ein Ketzer! Wer ist ein Ketzer?«

»Nichts, niemand«, sagte Tassilo nachdenklich. »Richtig, nur ein Ketzer würde das denken.«

15 Die Riesin

Es ging einfach, eigentlich zu einfach. Bei Sonnenuntergang leerte sich die Dult, die Händler packten zusammen und schlossen ihre Verkaufsbuden oder Wägen. Natürlich wäre es klug gewesen, jetzt nach Untergiesing zu reiten, denn bei Dunkelheit würde sich nur ein Lebensmüder auf den Weg machen. Doch Tassilo Stubenruß konnte im Zweifel immer beim Mathes übernachten. Der Freund hatte ihm völlige Gastfreundschaft gewährt. Außerdem war er noch mit Honlin Eßwurm verabredet – eine weitere Schlafmöglichkeit. Tassilo schickte seinen Diener Christoffel zu Honlin, dort alles für die Nacht vorzubereiten.

So trieb sich Tassilo auf dem Dultplatz herum. Wenn er zum Angerkloster hinübersah, überkam ihm immer das schlechte Gewissen, dass er der Hochwürdigen keinen Besuch abgestattet hatte. Also sah er nach Kräften nicht hinüber zum Kloster. Die meisten Buden waren geschlossen. Die auswärtigen Händler und Gaukler zündeten in großen Eisenpfannen auf dem Boden Feuer an, die nun heimelig zwischen ihren Wägen loderten. Essensgerüche waberten bald über den Platz. Tassilo tat wie ein zufälliger, aber neugieriger Passant. Schließlich wurde er belohnt. Hinter dem Monstrositätenzelt schlenderte die Riesin, versonnen ein Liedchen summend, geradezu direkt in seine Arme.

»Enakita«, sagte er leise.

»Ach, Herr«, antwortete sie und lächelte verlegen. Ihre Stimme war tief, ihre Augen leuchteten wie zwei grüne Sommerwiesen.

Als sie im Wagen nackt vor ihm lag, wurde ihm zu seinem Schrecken klar, dass sie insgesamt ja viel größer war als eine normale Frau, und er schämte sich für das, was er sonst immer für so außergewöhnlich groß hielt. Eine Riesin braucht einen Riesen … Noch stand sein Penis freudig aufrecht, ein vorwitziges Lusttröpfchen perlte von der Eichel, doch Tassilo überlegte schon, wie er sich der peinlichen Situation schnell entziehen könnte. Die Riesin wölbte sich ihm lustvoll entgegen, packte sein Glied mit der Hand und verwandelte Tassilos Grübeleien in brünstige Raserei, spätestens als sein Gesicht zwischen ihren Brüsten lag.

»Doch weder lass du deine Herrin, weil du mit mehr Schwung segelst,
zurück, noch soll jene deinem Lauf vorauseilen:
Eilt gleichzeitig zum Zielpunkt; Dann ist die Lust komplett,
wenn Frau und Mann zugleich überwältigt daliegen.«

Tassilo Stubenruß kannte Ovids »Ars Amatoria« in- und auswendig, und für gewöhnlich hielt er sich an diesen klugen Rat. Nicht wenige Zeitgenossen, vor allem der Klerus, hielten den weiblichen Orgasmus für Teufelswerk oder zumindest für eine Art krankhafte Hysterie, die es zu vermeiden galt. Tassilo hatte andere Erfahrungen gemacht. Für gewöhnlich beglückte er Mägde und Huren, bevorzugt aber heimlich unkeusche Bürgerstöchter oder verheiratete Frauen, so über Monate die äußerst lustanfällige Gattin vom Tömlinger. Stets Ovids Worte im Sinn. Doch diesmal konnte er einfach nicht warten, zu sehr erregte ihn ihre Außergewöhnlichkeit. Sie presste beide Hände auf seinen Hintern, schob ihn so tief hinein, dass er sich mit diesem letzten Vorstoß ergoss, am ganzen Körper zitternd, delirierend, minutenlang, wie ihm vorkam. Als sich seine Hoden leergepumpt hatten und ihn endlich wieder zurück ins Hier und Jetzt kehren ließen, blieb er so lange auf ihr liegen, bis sich seine Atmung normalisiert hatte. Draußen war es fast dunkel geworden. Ein wenig Licht kam von einem nahen Lagerfeuer.

»Babette!« Die bärtige Frau hob die Plane beiseite und hüpfte in den Wagen. Babette – die Riesin hieß also in Wirklichkeit Barbara, dachte Tassilo noch träge, bevor er begriff.

»Babette, dein Mann!«, zischte die Bärtige mit panisch aufgerissenen Augen.

»Du hast einen Mann?« Tassilo sprang auf und suchte hektisch seine Kleider.

»Verdammt«, antwortete die Riesin. »Los, schlüpf hier durch die Plane nach draußen.« Sie zeigte die Stelle. »Schnell.« Tassilo zwängte sich nackt ins Freie. Sie warf ihm seine Sachen hinterher. Während er sich anzog, hörte er drinnen, wie ein Mann – der Stimme nach der Ansager der Abnormitätenschau – polterte: »Was ist hier los, du elendige Hure?«

»Was meinst du?«, antwortete die Riesin betont unbefangen, dann wurde sie laut: »Wie redest du mit mir? Hüte deine Zunge! Ich bin deine größte Attraktion …« Tassilo raffte seine Sachen zusammen und rannte geduckt zwischen den Wagen, bis er glaubte, genug Distanz aufgebaut zu haben. Er zog sich fertig an, setzte die Mütze auf und überprüfte, so gut es im Dunkeln ging, ob er korrekt gekleidet war. Dann schlenderte er langsam aus dem Schatten der Wagen an einem Lagerfeuer vorbei von dannen. Erst als er schon auf der Sendlinger Gasse war, bemerkte er, dass sein am Gürtel befestigtes Geldsäckel so ungewohnt leicht war, zu leicht. Fluchend musste er feststellen, dass gut die Hälfte der Silbermünzen fehlte. Gut, dass er kein Gold dabei gehabt hatte. Sehr geschickt! Sie hatten nicht alles genommen, denn ein leeres Säckel wäre ihm sofort aufgefallen. Wut kochte in ihm hoch. Er kehrte um, um das Diebesgesindel zur Rede zur stellen. Und dann? Einen Gerichtsprozess riskieren, in dem seine moralische Verdorbenheit zum Thema würde?

»Raffiniertes Pack«, sagte er dann und musste lachen. »Ich lüsterner Depp.« Und wieder änderte er seine Richtung. Zum Haus von Honlin Eßwurm am Altheimer Eck beim Saumarkt war es nicht weit. Geschah ihm alles recht. Sie hatte es richtig gemacht, diese vermaledeit anziehende Monstrositätenbrut, diese gewaltige Schönheit, und ihn, die willige Weihnachtsgans, nach Strich und Faden ausgenommen. Einfach und effektiv.

Die Gasthäuser, Herbergen und klösterlichen Seelhäuser waren wegen der Dult ausgebucht. Und dennoch wirkten die Straßen wie ausgestorben. Die freilaufenden Stadtschweine schnarchten aneinander gekuschelt in Hausecken. Ab und an irrlichterte ein Mensch mit Fackel oder Öllampe umher. Vor einigen Wirtshäusern standen Eisenkörbe, in denen Unschlitt brannte, um die Nacht zu erleuchten. Von Hauswänden und Straßen verdampfte die Feuchtigkeit des vielen Regens. Leichter Nebel hing in den Gassen, der nahe Turm des Inneren Sendlinger Tors ließ sich nur erahnen.

Und von jetzt auf gleich fror es Tassilo Stubenruß tief im Herzen. Etwas griff nach ihm, das er nicht benennen konnte, weil er es nicht kannte. Schatten formten sich zu Geistern, Basilisken wuchsen aus dem Schweinekot auf der Straße. Druden setzten sich auf seine Brust, um ihm den Atem zu rauben. Tassilo Stubenruß taumelte, stieß gegen dunkle Schemen, die grollten und schnaubten und sich umgehend in Dunst auflösten. Alles Wissen schien ihm urplötzlich eitles Geschwätz. Da wusste Tassilo:

ER war da, ER beobachtete ihn, ER hielt sich in den Schatten versteckt.

Es gab keine Druden! Doch, du spürst sie gerade.

ER kann nicht hier sein! Doch, und du weißt es genau.

Es gibt keinen Gottstehunsbei! Doch, denn sonst leugnest du Gott.

»Ich weiß, dass du da bist!«, schrie er in die Nacht.

»Wie schön!«, brüllte von irgendwo eine Stimme. »Und ich weiß, dass du gleich ein paar aufs Maul kriegst, wenn du nicht still bist!«

Tassilo wollte runter von der Straße, hinein in ein schützendes Gemäuer zu Menschen und Licht. Licht, durchzuckte es Tassilo. Licht! Es dürstete ihn nach

Licht. Er war bei Dunkelheit in der Stadt ohne Licht unterwegs. Er hatte selbst im Rat dafür gestimmt, dass alle, die nachts ohne Licht aufgegriffen werden … Moment – eben noch hatte er sich am Rande des Wahnsinns gewähnt, nun fiel ihm selbst auf, dass er wieder normal dachte. Er drehte sich um die eigene Achse. Da waren keine Gespenster, Basilisken oder Druden – und auch nicht ER. Nur ein paar späte Passanten, die ihn anmurrten, wenn er sie anrempelte, die im Vorbeigehen anstierten oder ignorierten.

Ein Betrunkener torkelte ihm entgegen. Schrappte mehr an den Häuserwänden entlang, als dass er lief. Immerhin gelang es ihm, sein kleines Öllämpchen festzuhalten. Einen Rempler, ein paar Handgriffe und ein besoffenes »Wassollndes?« später verfügte Tassilo über ein Lichtlein. Gerade rechtzeitig, denn ums Eck am Färbergraben kamen zwei Stadtbüttel mit Fackeln. Sie sammelten den Betrunkenen ohne Licht ein und brachten ihn zum Narrenhäusl.

Das letzte Unbehagen fiel von Tassilo ab, als er Honlins Gastfreundschaft genoss und dessen Geschichten aus dem fernen Burgund und Frankreich lauschte. Honlin redete gerne und viel, so musste Tassilo kein Wort über seinen Zustand oder gar seinen Auftrag verlieren.

16 Am Galgenberg

Genau in dem Moment, als der erste Hahn schrie, setzte Tassilo Stubenruß seinen Schnabelschuh in den Steigbügel und schwang sich auf sein Pferd. Stoffel hüpfte auf das Maultier. Schweigend ritten sie zum Rathaus. Der Delinquent wartete, in ein einfaches Leinenhemd gehüllt, daneben Kerkermeister, Henker, ein Priester der Barfüßer, die Bürgermeister der beiden Räte und Oberrichter Fenggenbartel. Der Kerkermeister blieb zurück. Die anderen folgten zu Pferde dem Pfarrer und dem Müllersburschen, die zu Fuß gingen und das Tempo vorgaben. Am Schönen Turm hielt der Zug, denn dort läuteten die Delinquenten für gewöhnlich das erste Mal das Arme-Sünder-Glöcklein auf dem Weg zum Galgen. Doch der Oberrichter untersagte es, denn dadurch würde man in der Stadt unnötig Leute aufmerksam machen. Erst beim Neuhauser Tor durfte der Buchenmülleralois dann das Arme-Sünder-Glöcklein läuten und ein Vaterunser beten. Vor dem Tor sah man in Richtung Süden eine große Gruppe tanzender Menschen hin- und herwogen.

Der Weg gabelte sich nach dem Wassergraben. Rechts ging es Richtung Neuhausen und Dachau – und zur Hauptstatt, wo mit dem Schwert geköpft wurde. Doch das war ein ehrenhafter Tod, der einem Müllersburschen nicht gewährt werden durfte. Links ging es Richtung Pasing und Augsburg – und zum Galgenberg. Der Weg an der großen Sendlinger Wiese entlang zur Hangkante zog sich. Wenigstens regnete es nicht.

Alois, den man nicht gefesselt hatte, denn warum auch, nestelte aus seinem Hemd ein Amulett hervor und küsste es tonlos betend.

»Moment«, rief Tassilo und beugte sich vom Pferd zum Müller hinunter. Er packte das Amulett. Er hatte es schon einmal gesehen. Bloß wo? Alois begann zu greinen.

»Was soll das, Herr Tassilo?«, murrte der Oberrichter verärgert. »Lasst dem Burschen sein Kruzifix, oder was immer das ist.«

»Nur einen Moment, bitte!« Tassilo sprang vom Pferd. »Ich nehm es dir nicht weg, Alois«, sagte er, während er das Amulett in den Fingern drehte. Es war kein Kruzifix, sondern ein Zahn. Mit Golddraht gefasst und an einem Lederbändchen befestigt.

»Wo hast du das her?«

»Herr, er kann doch nicht …«, sagte Stoffel.

»Ja!«, ärgerte sich Tassilo über sich selbst. Nur Nicken und Kopfschütteln. »Gehört das dir?«

Nicken.

»Lüg nicht! Gleich trittst du deinem Schöpfer gegenüber! Gehört das dir?«

Kopfschütteln.

»Hast du es gestohlen? Nun sag schon, das macht jetzt nichts mehr aus.«

Nicken.

»Kann es sein, dass ich das schon einmal gesehen habe? Nicht an dir.«

Alois schien angestrengt zu überlegen. Dann erhellte sich sein Gesicht und er nickte.

Nun überlegte Tassilo angestrengt. Er schloss die Augen und sah es vor sich. Am Bändchen, das ein Fasan um den Hals trug. Einer der beiden Fasane, die im Bauch …

»Der tote Amtmann!«, rief Tassilo.

Nicken.

Kurz war Tassilo davor, den Anhänger abzureißen. Eine Leiche beklauen! Dann ließ er die Hand sinken. Es machte keinen Unterschied. Der Alois würde hängen, und er hatte ihm sein Wort gegeben.

»Haben wir es jetzt?«, drängte der Oberrichter. »Vielleicht möchtet Ihr uns erklären, was das sollte, Herr Tassilo?«

»Nein, das möchte ich nicht.« Tassilo saß wieder auf. »Jetzt noch nicht, verzeiht, meine Herren.«

»Ich fürchte«, raunte Bürgermeister Wilprecht dem Bürgermeister Hundertpfundt zu, »dass es keine gute Entscheidung war, den jungen Stubenruß mit der Aufklärung dieser Angelegenheit zu beauftragen.«

»Wie wahr«, seufzte Hundertpfundt.

Oben auf dem Hang, gleich neben der breit ausgebauten Straße nach Augsburg, ragten vier Galgen in den trüben Morgenhimmel. An dreien baumelten noch Hingerichtete. Man ließ die Leichen stets als Abschreckung so lange hängen, bis sie von selbst abfielen. Die letzte Hinrichtung war ein paar Wochen her, die Toten längst von Raben gefleddert. Es stank grauenhaft nach Verwesung. Kräutersäckchen kamen bei den Herren zum Einsatz.

Bei den Galgen trafen sie Melchior Pütrich, wie er am Boden herumkrabbelte, auch er ein Stadtrat. In der Frühe war er in seiner Haupttätigkeit als Apotheker unterwegs: Alraunen ernten. Alraunen wuchsen bevorzugt unter Galgen, das wusste jeder. Die seltsamen wie ein Menschlein geformten Wurzeln, so hatte Pütrich dem neugierigen Tassilo einmal erklärt, würden bevorzugt dort entstehen, wo Urin oder Sperma der Gehenkten hintropften. Nicht umsonst hießen sie im Volksmund »Galgenmännchen«. Im Moment des Hängens nässten sich die meisten Delinquenten ein und nicht wenige bekamen eine Erektion samt Ejakulation. Bei öffentlichen Hinrichtungen sorgte das stets für großes Gejohle, selbst wenn man kaum etwas sehen konnte, da die Leinenhemden der Hängenden bis zu den Knien reichten. Idealerweise bei Nacht oder am frühen Morgen kamen einige Wochen nach einer Hinrichtung die Apotheker oder manch mutiges Kräuterweiblein, um nach Alraunen zu suchen. Melchior Pütrich führte seinen Hund mit sich, denn Hunde eigneten sich bestens für die Ernte. Man band ihnen einen Strick an den Hals oder um den Schwanz, das andere Ende befestigte man an der Wurzel. Dann zog der Hund die Alraune heraus. So geriet der Mensch nicht in Gefahr, sich zu sehr dem teuflischen Wesen und den tödlichen Giften der Alraune auszusetzen. Alraunen, auch das war allgemein bekannt, konnten beim Herausziehen grässlich schreien. Damit der Hund durch das berüchtigte Gekreische nicht verhext wurde, stopfte man ihm Wachs oder Pech in die Ohren. Wobei der Apotheker Pütrich betonte, dass er noch nie eine Alraune habe schreien hören. Was vielleicht daran liegen konnte, dass er sich immer die Ohren zuhielt, vielleicht aber auch daran, dass es nur ein Aberglaube war. Dann musste man schnell drei Kreuze über der Wurzel schlagen, ein (am besten mehrere) Avemaria beten und anschließend die Alraune in reines Quellwasser legen – so wusch man alle bösen Eigenschaften aus ihr heraus, und man konnte sie als Heilmittel gegen viele Gebrechen wie sexuelle Begehrlichkeit, Schlaflosigkeit oder Schwermut einsetzen. Apotheker Pütrich nutzte sogar geweihtes Wasser. Das sei er seinen Kunden schuldig, meinte er. Alternativ ließ man die Wurzel ungesegnet und verwendete sie für bösen Zauber und die Zubereitung tödlicher oder bewusstseinserweiternder Tränke. Tassilo Stubenruß kannte nur zu gut die Wirkung der Alraune. Eine Prise in den Wein, einen Hauch ins Bier – und er war in einer Welt voller Farben und verrückter Wesen gelandet.

Nun wohnte Pütrich eher zufällig mit den anderen der Hinrichtung bei. Insgeheim rechnete er aus, wann er wiederkommen musste, um nach neuen Alraunen zu suchen. Der Henker lehnte eine Leiter gegen den freien Galgen. Er bestieg mit Alois Buchenmüller die Leiter bis zu der Stufe, an der der Henker den Strick um den Hals des Verurteilten legen konnte.

Der Henker fragte den Buchenmüller laut und deutlich, ob der ihm verzeihen würde, denn es gehörte sich so, dass der Delinquent vor seinem Tod dem Henker verzieh. Der Alois nickte. Der Henker stieg hinab und stieß die Leiter weg. Der Müllersbursche zappelte erbärmlich in der Luft. Um den Tod schnell herbeizuführen, packte der Henker die Beine des Zappelnden und hängte sich mit Kraft daran. Man konnte das Genick knacken hören. Der Priester betete. Eine Lerche sang. Alle nahmen kurz ihre Kopfbedeckungen ab. Auf der Straße näherten sich von Westen her die ersten Bauern auf dem Weg zur Dult.

Tassilo warf dem Henker einen Silberpfennig hin. »Kletter noch einmal rauf und bring mir das Amulett, das er umhängen hat.«

»Gewiss, Herr.« Bevor er die Leiter erklomm, sagte der Henker: »Hattet Ihr gestern nicht eine Verabredung mit der Mohrin? Ihr seid nicht gekommen.«

»Und wenn schon.« Tassilo Stubenruß zuckte mit den Schultern. Die Riesin hatte ihn das tatsächlich vergessen lassen. »Du hast ihr sicher einen anderen Herrn zuführen können.«

»Gewiss. Ich meine ja nur, Herr. Jetzt ist Dult, und da wird die Mohrin …«

»Jaja«, wimmelte Tassilo den Henker ab.

»Fühlt Ihr Euch jetzt besser, Herr?«, fragte Stoffel auf dem Rückweg.
Tassilo schwieg.

17 Ziegelland

Hinrichtungen – für gewöhnlich das Startsignal für einen fröhlichen Tag mit Volksbelustigungen, denn nachdem der Henker seine Arbeit verrichtet hatte, pflegte das Volk gut gelaunt bei fliegenden Händlern zu konsumieren, Bänkelsängern zuzuhören, Gauklern zuzuschauen oder die Gasthäuser zu stürmen und über die Untaten des Delinquenten, das Gerichtsurteil, die moralische Lehre für die Allgemeinheit und die Arbeitstechnik des Henkers zu disputieren. Eine beinahe heimliche Hinrichtung in den frühen Morgenstunden zog nichts dergleichen nach sich. Im Gegenteil. Tassilo Stubenruß hatte es schon im Gefühl gehabt: Der weitere Tag gestaltete sich denkbar ungünstig.

Er freute sich auf ein heißes Bad, hatte schon Anweisungen an das Gesinde gegeben, alles dafür vorzubereiten. Doch kaum auf Untergiesing zurück, traf ein Bote aus Haidhausen ein – schweißgebadet, krebsrot und außer Atem, denn er war die ganze Strecke barfuß gerannt – und richtete dem Herrn aus, dass man seine Anwesenheit am Ziegelstadel an der Landstraße nach Rosenheim dringendst erwünsche. Dietlieb Broderich, der Verwalter der Stubenrußschen Ziegeleien, erwarte den Herrn so schnell als irgend möglich und, nein, ein Aufschub sei leider völlig unmöglich. Der Herr werde sehen und verstehen, warum.

Als der Herr sah, verstand er, warum.

Die Lehmzunge östlich von München zwischen Oberföhring und Ramersdorf beutete man so aus: Man parzellierte die Felder. Die für die Landwirtschaft nötige Muttererde wurde bis zur Lehmschicht abgetragen. Dann baute man direkt an oder gar in die Grube einen Brennofen und ein Haus für die Arbeiter, das Ziegelstadel. Das nötige Feuerholz lieferten die Flöße. Tassilo Stubenruß hatte im vergangenen Jahr fast zweihundert Flöße zum Verheizen gekauft. War eine Parzelle abgeziegelt, sprich, der Lehmvorrat komplett abgebaut, schüttete man die Muttererde wieder in die Grube und gab das Land den Bauern zur Bewirtschaftung zurück. So verwandelte sich die Gegend östlich von Haidhausen langsam in eine Kraterlandschaft.

An einer abgeziegelten Parzelle nahe der Landstraße nach Rosenheim, die noch nicht zugeschüttet worden war, erwartete der Verwalter Dietlieb Broderich seinen Herrn. Um ihn herum hatten sich Ziegelarbeiter und Dörfler geschart. Schon bevor Tassilo absaß, sah er sie: die ausgeweidete Leiche, die darin lag.

»Ist es einer von deinen Männern?«, fragte Tassilo, während er vom Pferd stieg und an den Grubenrand trat.

»Nein, Herr«, antwortete Dietlieb und knetete seine Mütze zwischen den Händen. »Man kann sein Gesicht nicht richtig sehen. Wir waren noch nicht unten, Herr. Die Menschen fürchten sich.«

»Dann gehen wir jetzt runter.« Tassilo Stubenruß lief die Rampe hinunter, die für die Ziegelfuhrwerke angelegt worden war.

»Aber Herr!« Der Verwalter sah sich erschrocken zu den Gaffenden um. Einige kieksten erschrocken, Avemarias und Vaterunser schossen gen Himmel. »Herr.« Dietlieb Broderich versuchte, seinen Herrn einzuholen. »Bedenkt doch bitte die möglichen Miasmen.«

»Jaja, Miasmen.« Zu seiner eigenen Verwunderung hörte er sich rufen: »Ich scheiße auf Miasmen!« Das passierte in letzter Zeit häufiger, dass er sich selbst überraschte. Doch Tassilo Stubenruß fehlte die Muse für Selbstreflexion. Das hier war Stubenrußland. Echtes Stubenrußland, das Land seiner Familie. Nicht nur ehemaliges, wie vor wenigen Tagen im Hachinger Tal, als die Hochwürdige auf Familie gepocht hatte. Der Gottstehunsbei – oder wer auch immer – war in sein Land eingedrungen. Nun war Schluss. Und zum Glück hatte Stoffel die Kräutersäckchen von der Hinrichtung eingesteckt und holte sie nun heraus.

Das Gedärm war neben der Leiche in Form eines Pentagramms angeordnet. Zumindest ließ sich das noch halbwegs erkennen, denn die Krähen hatten sich schon am Toten bedient. Alle Verletzungen am Körper schienen denen zu ähneln, die Tassilo beim Koberbauern aufgefallen waren.

»Welche Bestie mag wohl …«, begann der Verwalter.

»Halt den Mund«, herrschte Tassilo ihn an. Er umrundete die Leiche. Das im Todesschreck verzerrte Gesicht kannte er. Doch es dauerte einen Moment, bis er es einordnen konnte. »Der Pfarrer von Giesing.«

»Jessasmariaundjosef!«, schrie der Verwalter hysterisch auf. Zu den Gaffenden am Grubenrand rief er: »Das ist Hochwürden! Hochwürden aus Giesing!«

Umgehend fiel eine Magd in Ohnmacht. Mehrere andere knieten sich hin und begannen zu beten. Hier oben auf der flachen, baumlosen Heidelandschaft zwischen Haidhausen und Ramersdorf zerrte ständig ein Wind. Umhänge flatterten, Mützen wirbelten davon.

»Wann wurde er gefunden?«, fragte Tassilo.

»Heute, Herr. Wir haben Euch sofort verständigt.«

»Er hatte am Sonntag noch eine Hochzeit in Giesing«, sagte Tassilo.

»Richtig, Herr, das haben wir gehört. Danach sollte er zu uns in die Kirche kommen. Aber er kam nicht.« Der Verwalter wollte die Leiche nicht ansehen und versuchte, sich hinter dem Rücken seines Herrn zu verstecken.

»Dann ist er mindestens ein bis zwei Tage tot, oder?«

»Richtig, Herr.« Es war Stoffel, der antwortete. »Es sieht so aus, als wäre er auf dem Weg von Giesing nach Haidhausen hier dem Gottstehunsbei …« Stoffel hätte sich am liebsten sofort auf die Zunge gebissen. Der Verwalter jaulte auf, die langsam näher gekommenen Gaffer begannen »Der Gottstehunsbei« zu kreischen und erneut zu beten.

»Dass er hier seinem Mörder«, sagte Stoffel nun besonders laut, um seinen Fauxpas auszubügeln. »Seinem Mörder! In die Arme gelaufen ist. Ein gut gewählter Ort, Herr.«

Tassilo nickte. »Die Parzelle ist abgeziegelt und etwas abgelegen. Dazu die Stapel an Feuerholz und Backsteinen dort, die den Blick verdecken. Man hätte ihn auch später finden können.« Er sah sich um. Auf dem feuchten Boden gab es jede Menge Fußspuren. »Hier sind schon zu viele Menschen herumgetrampelt, aber keine Abdrücke von Tatzen oder Hufen.«

»Wie meint Ihr?«, fragte Dietlieb irritiert.

»Müssten hier nicht Hufabdrücke sein, wenn der Leibhaftige hier gewesen wäre? Bockhufen?«

»Oh, Herr, Ihr seid so klug. Wobei … der Gottstehunsbei kann doch jede Gestalt annehmen.«

»Richtig. Vielleicht meine?«, antwortete Tassilo zynisch. »Oder vielleicht sogar deine? Wer weiß, vielleicht bist du gar nicht mein Verwalter Dietlieb, sondern der Leibhaftige!«

Der Verwalter schnappte nach Luft und blieb mit offenem Mund stehen.

»Ihr habt recht, Herr«, sagte Stoffel. »Man muss Spuren und Hinweise lesen.«

»Hier oben sind jede Menge Hufabdrücke!«, rief einer der Umstehenden vom Grubenrand. »Pferde, Esel und Ziegen!«

»Wie erstaunlich«, knurrte Tassilo. Dann sah er ihn doch: Einen tiefen Hufabdruck neben der Leiche. Seltsamerweise nur diesen einen. Als wäre er gezielt hinterlassen worden.

Ein Raunen ging durch die Menge. Irritiert hob Tassilo den Kopf. Ein von einem Esel gezogener Karren hielt an der Kante. Behände sprang die Äbtissin des Angerklosters vom Kutschbock und eilte mit wehender Kutte und flatterndem Schleier die Rampe herunter.

»Stoffel, gib der hochwürdigen Frau dein Kräutersäckchen«, befahl Tassilo.

»Danke. Ich habe das hier. Das ist wirklicher Schutz.« Die Äbtissin hielt sich einen Rosenkranz vor die Nase. Sie fand dennoch Zeit, Stoffel geradezu liebevoll anzulächeln.

»Bleibt zurück, hochwürdige Frau«, sagte Tassilo. »Das ist kein Anblick für eine Dame. Wieso seid Ihr überhaupt hier?«

»Papperlapapp, kein Anblick! Ich komme eben von den Aussätzigen.« Sie deutete nach Westen, Richtung Leprosenspital auf dem Gasteig. »Wir mussten leider Schwester Katreyn in die Isolation bringen, nachdem ihr letzte Woche zwei Finger abfielen. Dort hat mich diese erschütternde Nachricht ereilt! Es ist eine Schande!«, rief sie. »Man hat das Land unserer Vorväter aufs Widerlichste geschändet.« Sie atmete tief ein. »Nun, werter Herr Bruder, ich schätze es nicht, wenn man seine Verabredungen mit mir nicht einhält. Überhaupt nicht!«

»Verzeiht, Hochwürdige. Dringende Geschäfte haben mich abgehalten.«

»Dringende Geschäfte? Vermutlich war Weibsvolk daran beteiligt. Nun denn, klärt mich auf. Wie weit seid Ihr mit Euren Nachforschungen?«

»Ich arbeite daran«, presste Tassilo zwischen den Zähnen hervor.

»Ihr arbeitet daran«, wiederholte sie spitz. »Den Erfolg sieht man. Statt die Bestie zu erlegen oder sie zurück in den Höllenschlund zu stürzen, habt Ihr es fertiggebracht, dass sie München immer näher kommt und nun sogar unser Land entweiht. Morgen ist sie vielleicht schon hinter den Stadtmauern. Großartige Arbeit.«

»Ihr tut meinem Herrn unrecht, hochwürdige Mutter«, sagte Stoffel leise.

»Ach, tue ich das?« Die Äbtissin streichelte mit einer Hand Stoffels linke Wange. »Armer Bub. So jung und naiv.« Zu Tassilo gewandt fuhr sie fort: »Ein Herr sollte immer ein Vorbild für sein Gesinde sein. Ich werde dafür beten, dass ich Euch unrecht tue, Herr Tassilo.«

Tassilo Stubenruß schluckte den Groll gegen seine Schwester hinunter. *»Non coram plebem«*, raunte er ihr zu.

»Warum nicht?«, antwortete die Äbtissin. Der Pöbel rückte näher, um nichts vom Schlagabtausch zu verpassen.

»Wie Ihr wollt, Hochwürdige.« Tassilo straffte die Schultern. Dieses Spiel hatte er stets gehasst. Doch wenn sie es wollte, konnte er es auch: »Ihr habt völlig recht, es ist Stubenrußland, das Land meiner Vorväter, und ich bin hier der Herr. Ich führe zudem im Namen der Durchlauchten von Bayern-München die Untersuchungen in dieser grausigen Mordserie. Ich weiß, was meine Aufgaben sind und wie ich sie zu erledigen habe. Unser Herrgott hat in seiner unendlichen Weisheit jedem von uns eine Rolle im Spiel des Lebens zugewiesen. Sicher weiß daher auch und gerade eine demütige Dienerin Gottes, was ihre Aufgaben sind.« Er staunte über sich selbst. So hatte er sich noch nie zu seiner Schwester sprechen getraut. Bevor sie den Mund aufmachen konnte, fügte er hinzu: »Ich genieße stets den Besuch bei Euch, im Kreis Eurer Schwestern, die Eure Familie sind, und ich schätze Euren Rat, hochwürdige Äbtissin des Angerklosters … in geistlichen Fragen.«

Die Äbtissin starrte ihren Bruder an und ließ die Hand mit dem Rosenkranz von der Nase sinken. Er verneigte sich vor ihr und deutete einen Handkuss an. Dann beugte er sich vor, um ihr links und rechts einen Wangenkuss hinzuhauchen. Dabei flüsterte er: »Demütige mich nie wieder vor dem Pöbel, Marga.«

Laut fuhr er fort: »Ihr habt mich beauftragt, Euch den Kopf des Leibhaftigen zu bringen. Das kann ich nicht. Ich werde Euch den Kopf eines Mörders bringen.«

Die Äbtissin räusperte sich: »Mehr verlange ich nicht. Ich bin nur eine demütige Dienerin Gottes. Fahrt also mit Eurer Arbeit fort.« Sie schritt würdevoll von dannen.

»Was grinst du schon wieder so?«, schnauzte Tassilo seinen Diener an.

»Nichts, Herr. Ihr wisst, dass ich Euch gerne diene und die Hochwürdige verehre. Wenn Ihr so weitermacht, werde ich Euch auch noch verehren.«

»Untersteh dich.«

«Auf die Beine, Gesindel«, rief Stoffel dann. »Helft dem Herrn, und schafft diese Leiche weg.«

»Nein! Rührt die Leiche nicht an, bevor ich es sage.« Tassilo bückte sich und begutachtete genau Hals und Kopf des toten Pfarrers. Um den Hals hing noch an einer schweren Goldkette ein kostbares Kruzifix. »Kein Raubmord«, murmelte Tassilo. Weiter unten dann, im Gekröse, fand er, was er gesucht hatte: Ein kleines Amulett an einem Lederbändchen. Er steckte es sofort unauffällig ein. »Gut.« Er richtete sich auf. »Schafft ihn weg. Zum Oberrichter in die Stadt. Der wird alles Weitere veranlassen.«

Auf dem Weg die Rampe hinauf zu den Reittieren fiel Tassilo noch etwas ein. »Er muss den Pfaffen oben überwältigt haben, nicht in der Grube«, sagte er halblaut.

»Wie meint Ihr?«, fragte Stoffel.

»Keine Hufabdrücke in der Grube, beziehungsweise nur einer. Ein ganz gezielter, quasi eine Signatur«, sagte Tassilo und drehte sich zu den Männern um, die angeekelt die Leiche hochhoben. »He, wo ist eigentlich das Maultier des Pfarrers abgeblieben?«

»Keine Ahnung, Herr!«, rief Dietlieb, der sich abseits der Leichenbergung hielt, betont unbefangen. »Ein herrenloses Maultier ist uns nicht aufgefallen. Wenn, dann hätten wir es Euch längst gemeldet!«

»Ja, sicher«, brummte Tassilo und setzte seinen Weg fort. »Es sei denn, es wäre zufällig in ein Schlachtermesser gelaufen und dann aus Versehen verwurstet und aufgegessen worden.«

Stoffel kicherte.

18 Die Wirksamkeit der Dichtkunst

Tassilo sortierte die Amulette auf seinem Arbeitstisch und griff zur Schreibfeder, um sich Notizen zu machen. »Gut, ob die Afra aus Schäftlarn eines hatte, wissen wir nicht. Beim Koberbauern habe ich eines am Ort des Geschehens gefunden, doch das ist mit meiner Habe bei den Buchenmüllers verschwunden. Es war jedenfalls da. Das hier ist vom hasenschartigen Alois beziehungsweise dem Amtmann, und das lag beim Pfarrer.«

»Sieht nicht nach Zufall aus, Herr.« Stoffel knusperte an einer Rübe und studierte die Anhänger.

»Er gibt mir Zeichen. Er spielt mit mir«, sagte Tassilo.

»Es sind Knochen oder Zähne. Mit Golddraht gehalten.«

»Richtig.« Tassilo griff sich an den Hals und zog am Lederbändchen den Anhänger aus dem Hemd, den ihn die Gurkenhemma umgelegt hatte. Er platzierte es neben die anderen. »Knochen und Golddraht«, notierte er.

»Oh nein, Herr«, rief Stoffel und spuckte dabei einige Rübenbröckchen auf den Tisch. »Soll das das Zeichen sein, dass Ihr als Nächster auf seiner Liste …?«

»Ich denke nicht. Die Gurkenhemma hat es von diesem angeblich heiligen Kerl aus dem Wald. Sie war mit ihren Freundinnen dort. Ich glaube ihr.«

»Dann ist vielleicht der angeblich heilige Kerl im Wald unser Gesuchter? Oder ein Helfershelfer des Gottstehunsbei? Er verteilt diese Anhänger über Mittelsleute, und durch ein teuflisches Ritual findet er heraus, wo die Dinger gelandet sind, und dann schleicht er …«

»Nein, Stoffel, das tut er nicht. Die Anhänger waren zumindest beim Pfarrer und beim Amtmann nicht um den Hals gehängt. Sie besaßen sie also nicht vor ihrem Tod. Der Täter hat sie später hingelegt. Ich verstehe den Zusammenhang zwischen unseren Opfern nicht. Eine Magd, ein Bauer, ein Amtmann, jetzt der Pfarrer …«

»Vielleicht gibt es keinen Zusammenhang, Herr. Vielleicht ist es gerade diese Willkür, mit der uns der Täter weismachen will, dass er der Leibhaftige ist. Der Teufel, der nach Lust und Laune die Seelen fängt.«

»Möglich. Warum tötet er den Pfarrer auf meinem Land? Ich denke, das war kein Zufall. Warum ein Pfarrer? Vielleicht hat ihm jemand etwas gebeichtet, was auf den Täter hinweist?« Er schrieb »Wo ist der Zusammenhang?« auf das Papier.

»Die Anni?«, fragte Stoffel. »Die Anni hat ihm gebeichtet, dass sie den Täter gesehen hat und weiß, wer es ist.«

»Warum sollte das die Anni dann nicht mir oder dem Richter sagen? Das gibt keinen Sinn.« Dennoch schrieb er »Anni« groß auf das Papier und unterstrich es.

»Weil sie Angst vor dem Täter hatte, aber ihr Gewissen erleichtern wollte.«

»Diese Mühle war ein Versteck. Da hat er seine Verkleidung untergebracht, und der depperte Alois hat sie zufällig gefunden. So viel ist meiner Ansicht nach sicher. Der Umhangstoff ist hochwertig, also hat unser Täter Geld und kann wahrscheinlich jederzeit eine neue Verkleidung finanzieren. Hat er vermutlich bereits gemacht.«

»Wir sollten erst einmal den Amuletten folgen, Herr. Das bedeutet, wir müssen in den Forstenrieder Wald und den angeblich heiligen Kerl suchen.« Stoffel biss entschlossen in seine Rübe.

»Richtig. Aber heute wird es zu spät, bis wir dort sind. Ich muss mich auf den Abend vorbereiten. Der Empfang der Pfalzgräfin …«, er seufzte. »Und vorher werde ich noch ein wenig in die Stadt zur Dult gehen. Mach du alles fertig für den Abend. Wir nächtigen wieder beim Fenggenmathes.«

»Ihr sinniert immer noch über Rache nach, nicht wahr, Herr?«

»Die Pfalzgräfin? Natürlich. Mein Tag wird kommen«, knurrte Tassilo.

»Vielleicht schon heute«, sagte Stoffel mit vollem Mund.

»Rede keinen Unsinn. Und jetzt scher dich mit deiner Drecksrübe raus, das Geschmatze geht mir auf die Nerven!« Er griff zur Streusandbüchse, um die Tinte auf dem Papier zu trocknen. Er schüttelte. Leer. Auch das noch. Er durchsuchte die Schubfächer und fand keinen. Er hatte keinen Schreibsand mehr im Haus. Und das bei einem Dichter. »Großartig«, knurrte Tassilo. Gut, dass er ohnehin vorhatte, in die Stadt zu gehen.

Die Nachmittagsvorstellung war vorbei. Die Leute strömten aus dem Zelt und verteilten sich zwischen den Buden. Die Riesin Enakita setzte auf dem Weg zu ihrem Wagen den Kopfputz ab, der sie noch größer wirken ließ.

»Sei gegrüßt, Enakita«, sagte Tassilo, lässig gegen den Wagen gelehnt. »Oder soll ich dich Barbara nennen.«

»Oh.« Die Überraschung wich umgehend einem koketten Lächeln. »Ihr seid wiedergekommen?«

»Nun, ich denke, ich habe noch ein Guthaben bei dir.« Tassilo stieß sich vom Wagen ab.

Die Riesin lachte dunkel. »Habt Ihr keine Angst vor meinem Mann?«

»Nein. Ist er denn überhaupt dein Mann?«

»Nein.« Sie lachte.

Die Bärtige schlenderte vorbei. Sie trug den menschlichen Wurm in den Armen. Beide lächelten Tassilo wissend zu.

»Ich muss mich auf den Auftritt vorbereiten …«, sagte die Riesin.

»Der nächste ist erst in zwei Stunden.« Tassilo sah zu ihr hinauf in ihre grünen Augen. »Es geht mir nicht ums Geld. Das könnt ihr behalten, du und deine Halunken. Wenn du mir sagst, ich soll sofort gehen, dann mach ich das.«

»Geht.«

»Lieben, ohne Maß entflammt,
Lieben ist mein einzig Amt;
Ob sie meine Bitte hört,
Ob sie meinen Trieb verdammt,
Ob sie mich in Dorne legt
Oder in der Gnade Samt;
Lieben ohne Maß und Ziel
Lieben ist mein einzig Amt«, sang Tassilo, während er sich sehr langsam wegdrehte.

»Ist das von Euch, Herr?«, fragte Enakita mit roten Bäckchen und glänzenden Augen.

»Ja«, log Tassilo. Es war ein altes Gedicht, das er irgendwann einmal auswendig gelernt hatte.

»Es ist wunderschön«, seufzte die Riesin versonnen.

Später lagen sie nackt und erschöpft in ihrem Wagen und schwiegen selig. Gerade als Tassilo am Einschlafen war, klopfte es.

»Herr!«, rief Stoffel von draußen in jenem Flüsterton, den niemand überhören konnte. »Herr, Ihr müsst Euch langsam fertig machen für den Abend. Kommt, schnell ein Bad, ich habe Euch im Hundskugelbad eine Wanne reserviert, und dann zieht Euch um.«

19 Abendgesellschaft

Frisch gebadet und prächtig herausgeputzt in einem blau-weißen Ensemble gesellte sich Tassilo zu den geladenen Gästen, die über die kleine Brücke in die Neuveste zum Empfang der Pfalzgräfin Beatrix strömten. Der Festsaal, erleuchtet von einem Kerzenmeer, brummte wie ein Bienenstock. Kostbarer Schmuck funkelte an Ohren, Hälsen und Händen. Alle waren da, alle: Die Bürgermeister und Ratsherren, die wichtigen Bürger, die reichen Händler, die Zunftmeister, der Landadel aus der näheren Umgebung, die Äbte und Äbtissinnen der größeren Klöster. Viele kannte man, noch mehr nicht, viele grüßte man, noch mehr ignorierte man.

Tassilo leerte schnell einen Becher Wein und strich sich über seinen dunklen Bart. Es versprach ein anstrengender Abend voller kleiner Gespräche über Albernheiten zu werden. Danach stand ihm nicht das Gemüt. Die Morde, die Bestie da draußen … Trotzdem gönnte er einigen Damen, mit denen er hinter den Rücken der Gatten schon sehr amüsante Stunden verlebt hatte, ein charmantes Lächeln oder ein frivoles Augenblitzen. Die Tömlingerin, Gattin von Ratsherr Casper Tömlinger, lächelte anzüglich zurück und ließ den Blick demonstrativ zu seiner Schamkapsel gleiten. Und das, obwohl er für diesen Abend ganz entgegen seiner Gewohnheit eine recht dezente gewählt hatte, die nichts übermäßig betonte oder versprach. Ohne Zweifel würde die Tömlingerin gerne die Affäre mit Tassilo wieder aufleben lassen. Dabei war sie es gewesen, die Schluss gemacht hatte nach Monaten der Wolllust. Nun ließ Tassilo das Anzügliche ins Leere laufen. Gehab dich wohl, Tömlingerin. Auf diese Tour bekam man ihn nicht ins Bett.

Pfalzgräfin Beatrix schritt huldvoll umher, grüßte hier und da, plauschte mit diesem und jenem. In ihrem Schlepptau tummelte sich eine Handvoll schmucker Jünglinge. Tassilo versuchte, ihr auszuweichen, was nicht gelang. Er verbeugte sich und brummte einen Gruß, als die Pfalzgräfin ihm höflich zunickte. Zu seinem Verdruss blieb sie stehen: »Herr Tassilo. Man hört, Ihr habt die schwere Last auf Euch genommen, das Land unseres Vaters von der Schreckensherrschaft des Bösen zu befreien?«

»So ist es, Erlaucht. Euer Vater und Euer Onkel waren so gütig, mir den Höllenfürsten daselbst als Gegner zuzuweisen.«

Die Pfalzgräfin lachte. »Ihr seid immer noch so amüsant, wie man Euch in Erinnerung hatte. Und? Schlagt Ihr Euch gut? Werdet Ihr das Übel ins stinkende Höllenmaul zurückjagen?«

»Ich denke schon, Erlaucht.« Ihr gönnerhafter Ton machte ihn rasend. Er hasste sie mehr als je zuvor! Wenn er nur endlich Rache an ihr nehmen könnte. Und jetzt starrte sie auch noch unverholen auf seine Schamkapsel.

»Prächtig.« Die Pfalzgräfin sah im wieder ins Gesicht. »Man wünschte, dass es jemanden gäbe, der es auf sich nähme, das Übel von diesem Hofe zu verjagen«, sagte sie grimmig und sah an Tassilo vorbei. Er wandte seinen Kopf und folgte ihrem Blick. Erbprinz Albrecht war erschienen – in Begleitung seiner Mätresse, der Augsburger Baderstochter Agnes Bernauer, herausgeputzt wie eine Fürstin.

»Geliebter Bruder!« Die Pfalzgräfin rauschte mit künstlichem Lächeln auf Albrecht zu.

»Geliebte Schwester!« Man deutete Wangenküsse an. Das Brummen im Saal verebbte. Alle schienen den Atem anzuhalten, um nichts zu verpassen.

»Wie man sieht, seid Ihr in interessanter Begleitung«, sagte die Pfalzgräfin. Die Bernauerin machte einen tiefen Knicks.

»Interessant? Findet Ihr, liebe Schwester?« Prinz Albrecht lächelte. »Danke Euch, dass Ihr Euch für sie interessiert.«

»Wer tut das nicht?«, antwortete Beatrix süffisant. »Kultiviertheit wird so überschätzt.«

»Wir werden alles dafür tun, dass dieses allgemeine Interesse an unserer Begleitung weiter anhalten und sich sogar noch steigern wird. Und Eure Begleitung? Welcher der hübschen Buben ist heute der Glückliche? Sehr adrett, diese Jünglinge, und noch ohne Bartwuchs ... Oh, wie unhöflich von uns: Ist denn der werte Herr Gatte wohlauf?«

Die Umstehenden erstarrten zu Salzsäulen, Ohren wuchsen wie Rhabarberblätter. Der »werte Herr Gatte« von Beatrix war immerhin die berühmte Hussitengeißel Johann von Pfalz-Neumarkt, ein gefürchteter Ritter, in jüngeren Jahren eine regelrechte Kampfmaschine – und im Übrigen hatte man dessen Sohn erst im April diesen Jahres zum König von Dänemark gewählt.

Die Pfalzgräfin antwortete spitz: »Unser von allen hochgeschätzter Gatte ist mehr als wohlauf, geliebter Bruder. Er ist heute Abend zugegen. Er wird Euch später seine Aufwartung machen.«

»Später? Gewiss. Älteren Herrschaften sollte man alle Zeit zugestehen, die sie benötigen. Wie überaus erfreulich, liebste Schwester.« Damit ließ der Erbprinz seine Schwester stehen und begrüßte Gäste. Der ganze Saal begann wieder zaghaft zu atmen.

Der Fenggenmathes schnappte sich Tassilo und zog ihn mit sich zu einem Herrn. Erstaunt stand Tassilo vor dem alten Münzschädel, Georg Fußsteiner, Ritter von Dingharting.

»Darf ich Euch einen Freund vorstellen, werter Fußsteiner?«, sagte Mathes, seine Augen blitzten amüsiert. »Das hier ist Tassilo Stubenruß. Ihr kennt Euch sicherlich? Seid Euch gewiss begegnet?«

»Nicht dass ich wüsste«, brummte der Ritter jovial. »Sehr erfreut, werter Herr Tassilo. Man hört einiges über Euch und Eure Aufgabe, den elenden Satan zur Strecke zu bringen. Ich sage Euch, neulich habe ich einige liederliche Burschen bei mir auf den Feldern gestellt. Sie waren wohl für den Tod des Amtmanns verantwortlich. Gesindel! Gauklerpack. Der eine hat sich sogar erdreistet, sich als Ratsherr aus München auszugeben. Dabei sah man sofort, dass er ein elendiger Lump und Lügner war.«

»Hört, hört.« Fenggenmathes sah den Ritter mit dramatisch weit aufgerissenen Augen an. Tassilo unterdrückte sein Lachen.

»Und Ihr habt sicher dieses Lumpengesindel zur Verantwortung gezogen, nicht wahr?«, fragte Tassilo.

»Oh, beinahe! Doch sie sind mir wie durch Hexerei entwischt. Ich habe sie wie Ratten durch Wald und Feld gejagt, aber sie haben sich in die Isar geworfen und sind davongeschwommen.«

»Ihr wisst, Fußsteiner, dass ich in dieser heiklen Angelegenheit ermittle.« Tassilo legte seinen Arm vertraulich um die Schulter des Ritters. »Würdet Ihr diese Lumpen, vor allem den, der sich als Münchner Ratsherr ausgab, wiedererkennen? Gesetzt den Fall, wir würden dieses Gesindel schnappen.«

»Sofort«, antwortete der Fußsteiner und tippte sich an die Stirn. »Dieses Gesicht vergesse ich nie.«

»Wie überaus beruhigend. Ihr entschuldigt uns nun?«

Kichernd wie Schulbuben zogen Mathes und Tassilo weiter.

»Wann wird endlich das Essen aufgetragen?«, sagte Fenggenmathes. »Ich habe Hunger wie ein Bär!« Tassilo hörte ihm nicht richtig zu. Er hatte seine Schwester entdeckt, die abseits stand, in ein Gespräch vertieft mit dem Fenggenbartel. Mit ernsten Mienen ließen beide immer wieder kurz den Blick über die Menschen in der Nähe schweifen, als ob sie befürchteten, belauscht zu werden. Angezogen von der Geheimniskrämerei ließ Tassilo seinen Freund weitergehen und pirschte unauffällig näher. Täuschte er sich, oder berührte der Oberrichter die Äbtissin tatsächlich leicht am Ellenbogen, nur um einige Augenblicke später mit dem Handrücken wie zufällig über ihren Handrücken zu streichen? Tassilo schüttelte den Kopf, um sich selbst zur Räson zu bringen.

Als er nahe genug an den beiden war, hörte er seine Schwester »... mache ich mir große Sorgen um ihn« sagen. Um wen? Um ihn? Warum überlegte er überhaupt? Selbstverständlich würde sich eine Schwester um den Bruder Sorgen machen. Aber warum flüsterte sie deshalb mit dem Oberrichter? Noch dazu in einer körperlichen Nähe, die einer Braut Christi keinesfalls geziemte.

Eine Hand, die sich auf seine Schulter legte, unterbrach Tassilos Gedanken.

»Nun, wen haben wir denn da?«, vernahm er den leutseligen Singsang des Fürstbischofs von Freising, dessen Stimme die Tonlage einer alten Frau hatte. Altweiberstimme, wie Tassilo und Mathes häufig spotteten.

»Eure Fürstbischöfliche Gnaden.« Tassilo knickste tief und küsste den Siegelring von Nikodemus della Scala. Aus den Augenwinkeln nahm er wahr, dass die Äbtissin und der Oberrichter sich schnell in entgegengesetzte Richtungen entfernten.

»Unser Herr Tassilo, der mutige Recke, der den Leibhaftigen zur Strecke bringen wird«, erklärte der Fürstbischof salbungsvoll seiner kleinen Entourage und erntete dafür »Ah« und »Oh«. Die meisten taten nur erstaunt, denn über Tassilos Mission wusste mittlerweile jeder Bescheid. Nikodemus spielte mit einer seiner Locken, die unter seiner pelzverbrämten Scheitelkappe hervorquollen. Rechts neben ihm stand der Fenggenmuck, links ein prächtig herausgeputzter Mohr, denn Nikodemus della Scala hielt sich einen Mohren als Statussymbol, weil ein gekrönter Mohrenkopf sein Wappen zierte. Hinter dem Mohren erblickte Tassilo die Gräfin Aldegund von Elburg-Frickenwald, geschmückt wie ein Pfingstochse, seit Jahren dem Fürstbischof aufs Engste verbunden und Mutter zweier seiner Bastarde.

»Wir haben so viel Erstaunliches über Euren Einsatz für Gottes Werk vernommen«, sagte der Fürstbischof und deutete auf den Fenggenmuck. »Von unserem Freund hier. Man ist beinahe sprachlos, welche Leiden Euch unser Herrgott aufbürdet, um der Bestie aus dem Abyssus Herr zu werden. Welch schreckliche Prüfungen das für Euch sind. Wir beten für Euch, bei Gott!«

»Ich tue, was ich kann, Fürstbischöfliche Gnaden. Ich bin dem Mörder und der Wahrheit bereits dicht auf den Fersen.«

»Das interessiert mich! Wie aufregend. Wie geht Ihr dabei vor?« Die fürstbischöfliche Altweiberstimme überschlug sich fast.

»Ich untersuche die Spuren an den Tatorten, trage Beweismittel zusammen und befrage mögliche Zeugen eindringlich.«

»Wie überaus extravagant!« Der Fürstbischof und sein Gefolge kicherten. »Spuren an Tatorten? Was mag das sein? Fußspuren?«

»Zum Beispiel«, antwortete Tassilo. »Ihr wisst sicherlich, dass Jäger unterschiedliche Spuren lesen können müssen, um das Wild zu erlegen.«

»Gewiss, lieber Herr Tassilo, doch müssen Jäger zwischen Rotwild und Schwarzwild oder meinetwegen einem Fuchs oder Hasen oder Fasan unterscheiden können. Völlig unterschiedliche Spuren, nicht wahr?« Die Entourage des Fürstbischofs giggelte zustimmend. »Fasan«, echote die Gräfin glucksend.

»Wohingegen die Spuren von Menschen alle gleich sind, dünkt mir. Fuß ist Fuß. Selbst mein Mohr hier hat einen ganz gewöhnlichen Fußabdruck, nicht wahr? Man könnte seinen nicht von meinem unterscheiden, obwohl er … nun ja, eben ein Mohr ist.« Bevor Tassilo auf die Spitze eingehen konnte, fügte Nikodemus della Scala Beifall heischend hinzu: »Ach, die Jugend, vertändelt gerne ihre Zeit. Das ist das Vorrecht der Jugend, wie schon unsere Vorväter festgestellt haben.«

»Wie ich es Euch gesagt habe, Euer Gnaden«, sagte der Fenggenmuck und Tassilo Stubenruß schluckte seinen Ärger hinunter.

»Müsstet Ihr nicht nach Bockspuren Ausschau halten?«, fragte der Fürstbischof. »Es ist allgemein bekannt, dass der Leibhaftige mindestens ein Bocksbein hat! Wenn nicht gar zwei, da gibt es einen Disput unter den Gelehrten.«

»Sicher«, lächelte Tassilo säuerlich. »Davon habe ich gehört. Vom Bockbein.«

»Noch eine Frage, lieber Tassilo. Warum befragt Ihr nur eindringlich? Warum nicht hochnotpeinlich?« Der Fürstbischof sah sich gespielt irritiert um.

»Herr Tassilo scheint kein Freund der Folter«, erklärte der Fenggenmuck. »Wir fragen uns auch alle, warum Herr Tassilo an seiner ungewöhnlichen Vorgehensweise festhält.«

»Werter Herr Nepomuk, wir sprechen doch nicht von unchristlicher Folter! Das wäre höchst barbarisch und unzivilisiert. Aber das Instrument des hochnotpeinlichen Verhörs nach strengen Regeln hat sich doch bestens bewährt«, sagte Nikodemus della Scala verwundert. »Oder irren wir uns etwa?«

»Gewiss nicht«, schleimte Nepomuk Fenggen. Der Mohr verdrehte die Augen.

»Ich bin sicher«, sagte Tassilo selbstbewusst, »dass ich mit meinen Mitteln die Wahrheit finden werde.«

»Die Wahrheit. Soso. Der junge Herr Tassilo wird sicher wissen, wie er am besten vorgehen soll«, gab sich der Fürstbischof jovial. »Verzeiht unsere Fragen. Wir wollten Euch nicht inkommodieren. Nur ein wenig anfeuern! Und helfen, die Wahrheit schneller zu erkennen. Die Wahrheit muss man erzwingen, sie kommt nicht von allein. Lasst die Menschen, die Ihr befragt, zumindest auf die Bibel schwören. Die einzige Wahrheit ist das Wort Gottes und im Schoße Jesu Christi und seiner Kirche. Nur wer fest im Glauben ist, wird die Wahrheit finden, die den Beelzebub vernichtet!«

»Den Beelzebub vielleicht, doch wir reden hier von einem Menschen …«

»Sagt wer?« Der Fürstbischof sah sich amüsiert zu seinem Gefolge um. »Man muss den Teufel erkennen, um ihn bekämpfen zu können, mein lieber Herr Tassilo. Wir werden für Euch beten«, schloss Nikodemus della Scala gönnerhaft.

»Fürstbischöfliche Gnaden sind zu gütig.«

»Und hört meinen Rat: Eure Aufgabe ist schwer, ebenso wie der Weg in Gottes Himmelreich. Beides lässt sich jedoch bequemer gestalten, indem man Gottes Gunst und seinen Schutz durch großzügige Wohltaten für die Mutter Kirche gewinnt.«

»Gewiss, Euer Gnaden.«

»Ich sehe, Ihr habt mich verstanden. Oh, ist dort nicht unser hochgeschätzter Erbprinz?« Fürstbischof Nikodemus della Scala rauschte davon. »Man sagte uns, dass der junge Herr dringend einige Ermahnungen in Liebesdingen benötigt …«

»Man sagt, der Mohr ist Teil seiner erotischen Inszenierungen …« Der Fenggenmathes hatte sich wieder zu Tassilo gesellt. »Da möchte man gerne mal Mäuschen spielen.«

»Du bist ekelhaft«, antwortete Tassilo. »Ich höre überall nur noch ›man sagt‹. Man sagt dies, man sagt das. Nur Gerüchte und Tratsch.«

»Der Kitt, der eine Gesellschaft zusammenhält. Und tu nicht so tugendhaft.« Mathes stieß Tassilo in die Seite. »Damals in Augsburg, du erinnerst dich? Als unser Prinz dieses billige Agnes-Flitscherl kennengelernt hat?«

»Ja, da war ich dabei. Und?«

»Und ich weiß, was du danach noch so alles nicht sehr tugendhaftes getrieben hast. Denn da war ich dabei …«

Tassilo schloss für einen Moment die Augen. Nicht dass er stolz darauf war, was in jener Nacht in Augsburg alles und mit wem getrieben wurde, aber er schämte sich auch nicht dafür, denn er konnte sich an fast nichts mehr erinnern. »Du warst nicht bei allem dabei«, antwortete er.

»Oh! Das stimmt. Ist mir etwa etwas entgangen?«

»Etwas?«, gab Tassilo zweideutig von sich, obwohl es keinen Grund für Zweideutigkeiten gab, außer dass Tassilo seinen Freund triezen wollte.

»Erzähl es mir!«, bettelte Mathes. »Dann werde ich dir etwas erzählen von jener Nacht in Augsburg, was du noch nicht weißt.«

»Bemüh dich nicht, Mathes, ich werde dir nichts erzählen.«

»Dann erzähle ich dir auch nichts. Nichts über die Gründe, warum mein Vater mich mit zwei Jahren Wanderschaft gestraft hat.«

»Die Gründe kenne ich bereits: Weiber, Wein, Weiber, Wein. Habe ich schon Weiber und Wein gesagt?«

»Wenn du meinst.«

»Tu nicht so geheimnisvoll. Das nimmt dir keiner ab.«

Endlich ging es zu Tisch. Die Tische bogen sich, als gäbe es keine Notzeiten. Die Dekoration, ein mit Blattgold überzogener mannshoher Nachbau der Neuveste aus Kuchenteig, auf deren Spitze ein versilberter Pfau sein Rad schlug, rief bewundernde »Ahs« hervor. Zur Vorspeise reichte man gebratene Rebhühner und Lammrücken. Tassilo konzentrierte sich aufs Essen, denn er versuchte, eine allzu intensive Konversation mit dem Herren rechts von ihm zu vermeiden. Zu gerne hätte er sich mit der Dame links von ihm unterhalten, doch die steckte im Gespräch mit ihrem linken Tischherren. Rechts neben Tassilo saß ausgerechnet der Zunftmeister der Messerschmiede. Die Zunft der Messerschmiede konnte Tassilo im Grunde egal sein, nicht aber die Tatsache, dass dieser Zunftmeister gleichzeitig der Vorstand der Meistersinger war.

»Und, Herr Tassilo, feilt Ihr noch an den letzten Zeilen Eures Liedes?«, hatte der Zunftmeister gefragt. »Ihr wisst, dass Anfang Oktober das große Vorsingen ist.«

»Gewiss. Seid versichert, werter Meister«, Tassilo war glatt in diesem Moment der Name entfallen, »dass ich mit einem Lied, wie man es noch nicht gehört hat, vorsingen werde.«

»Hört, hört.« Der Zunftmeister hatte mit dem Messer zartes Fleisch von einem Rebhuhn abgeschält und sich mit der linken Hand in den Mund geschoben. Mit vollem Mund hatte er noch gesagt: »Da sind wir alle sehr gespannt.«

Kalter Schweiß war Tassilos Rücken hinuntergelaufen – noch vor wenigen Tagen hatte ihm das Vorsingen alles bedeutet, und nun! Wenn er den Zunftmeister nicht getroffen hätte, hätte er wohl keinen einzigen Gedanken mehr daran verschwendet. Um das Thema zu beenden, hatte Tassilo beim zweiten Gang – gefüllte Hasenlungen mit Mandelmilch und knusprig gebratener Hammel mit dicken Bohnen – ein paar betont naive Fragen über die Kunst des Messerschmiedens gestellt und seitdem monologisierte der Zunftmeister selbstvergessen über seinen Beruf. Man servierte Aal in Weinsud, Zuckergebäck mit Speck-Quarkfüllung, Morcheln in Mandelmilch – der Zunftmeister kannte kein Punkt und Komma, wenn er von seinen Messern erzählte.

Letztlich konnte sich Tassilo seiner linken Tischnachbarin zuwenden, der Gattin von Oberrichter Fenggenbartel. Ihr Mann saß weit weg an einem anderen Tisch – neben der Äbtissin des Angerklosters. Tassilo rätselte, warum.

»Ist es nicht ein Jammer, dass unser junger Prinz sein Leben an ein gemaines Töchterlein verschwendet«, seufzte Romhilde Fenggen bei Spanferkel mit Semmeltorte und Sauerkraut.

»Findet Ihr?«, antwortete Tassilo. »Sie ist zum einen kein gemaines Töchterlein, sondern eine Baderstochter, die Bernauerin. Und zum anderen: Ist es nicht die Wahl des Herzens, die entscheidet?«

»Ach«, sie lachte mitleidig. »Ihr jungen Träumer! Ihr seid Dichter, nicht wahr? Da müsst Ihr so denken. Doch glaubt mir: Das Herz führt uns meist in die Irre. Dem jungen Prinzen sei sein Spaß gegönnt. Gewiss. Das muss so sein. Männer sind so. Ich weiß das. Von mir aus ist sie eben keine Hure, da scheint Ihr Euch besser auszukennen. Doch ich weiß von jener Nacht in Augsburg …« Sie zog vielsagend die Augenbrauen nach oben. Tassilo fühlte sich unwohl.

»Keine Sorge, ich werde schweigen. So wie Ihr, so wie alle. Nur wenn es um die Dynastie geht, dürfen weder Herz noch Spaß die Ratgeber sein. Man hat mich damals auch gewarnt, als ich meinem Bartel versprochen wurde. Er ist ein schmucker Gockel. Ich darf das sagen, er ist mein Gemahl … ein Herr, der sehr auf Frauen wirkt. Das tut er. Soll er wirken, so viel er will. So sind Männer eben. Es steht einem Weib nicht an, einen Mann zu kritisieren. Soll er seine Geliebten haben und Bankerte in die Welt setzen. Es kümmert mich nicht, denn ich bin seine angetraute Gattin! Die Mutter seiner legitimen Kinder. Ich bin die Fenggenin. Alles andere zählt nicht.«

»Es ist Euch egal, was Euer Gatte treibt?« Tassilo war überrascht, dass der Fenggenbartel offenbar so ein Schürzenjäger war. Davon hatte er noch nicht gehört. »Er stellt den Weibsbildern nach? Setzt Bankerte in die Welt? Ihr seht mich einigermaßen schockiert.«

»Verzeiht, ich wollte Euch nicht mit Intimitäten inkommodieren.« Die Fenggenin zuckte mit den Schultern und sah ihn aufmerksam an. »Gewiss ist mir egal, was er treibt. Das muss es sogar. Alles andere würde unser Zusammenleben vergiften und mich unglücklich machen. Ich müsste mich trennen und ins Kloster gehen, so wie Eure werte Schwester Margaretha. Ich müsste der Welt entsagen. Möchte ich das? Nein. Ich jedoch möchte glücklich sein. Er versorgt mich und die Kinder gut. Was will ich mehr?«

»Das ist eine interessante Lebensphilosophie.«

»Ich sage nicht, dass mein Gemahl heute noch so freigeistig ist, wie ich ihn beschrieb. Das gehört zu seiner Lebensgeschichte.« Sie tippte mit dem Rücken ihres Messers auf Tassilos Unterarm. »Ich habe außerdem übertrieben. Es ist nur eine Geliebte und ein Bankert.«

»Wer ist es?«, fragte Tassilo neugierig. »Kenne ich sie? Kenne ich den Bankert?«

»Gewiss doch.«

»Oh nein, sagt bitte nicht, dass der Mathes sein leiblicher Sohn ist …«

»Mathes?« Romhilde Fenggen kicherte anhaltend, bevor sie schwieg.

»Ist Mathes dann der verborgen gehaltene Erbe des Fußsteiners?«

»Der Fußsteiner? Woher wisst Ihr, dass er einen verborgenen Sohn hat? Verzeiht, es geht mich nichts an, und es spielt auch keine Rolle. Ich werde Euch nichts zu all dem sagen. Ich bin kein Waschweib. So viel jedoch: Mathes Fenggen ist …« Sie spuckte es regelrecht aus: »… verdorben bis ins Mark. Oh, ja, entschuldigt, Herr Tassilo, ich weiß, dass er Euer Freund ist.« Sie winkte gelangweilt ab. »Mathes ist ein schlechter Mensch. Ganz genau wie der Nepomuk. Nepomuk ist ein bigotter Wurm, ein böser Mensch, zerfressen von seinen Sünden, der sich hinter der Maske des Betbruders verbirgt.«

»Für Nepomuk mag das zutreffen. Mathes ist sicher vieles, aber nicht bigott«, warf Tassilo ein. Die Fenggenin kannte seinen Freund offenbar gar nicht.

»In diesem Punkt gebe ich Euch recht. Und von dieser Rosa brauchen wir erst gar nicht reden!«, empörte sich die Fenggenin weiter. »Was der Mathes da geheiratet hat! Hübsches Gesicht, sicher. Sehr hübsch. Wie alle Männer fällt er auf eine Fassade herein. Aber der Charakter einer durchtriebenen Bauernmagd.«

»Er musste sie heiraten«, warf Tassilo ein.

Romhild Fenggen ging nicht darauf ein: »Man möchte nicht glauben, dass sie aus einer der angesehensten Familien Reichenhalls stammt. Sie benimmt sich … wie soll ich sagen … künstlich. Sie spielt eine große Dame. Versteht

Ihr? Sie spielt es. Sie ist es nicht. Sie ist ein einfältiges und ordinäres Menschlein in der Larve einer Dame von Stand.« Dieser Einschätzung Rosas musste Tassilo schmunzelnd zustimmen. »Und dann redet sie in einem dieser dummen Dialekte, die kein Mensch versteht. Wie man halt so im Süden von München die Worte hervorrülpst. Wie ein Flößer. Ihr kennt das, je weiter man von der Stadt wegkommt, desto weniger versteht man die Menschen. Gut, dass sie kein Plappermaul ist und in Gesellschaft gesittet schweigt.«

»Vielleicht gerade deswegen.«

»Oder weil sie einfach zu dumm ist, um etwas zu sagen. Nein, das kann nicht sein«, sinnierte sie. »Dumme Menschen reißen immer und überall ihr Maul auf, nicht wahr? Dumme Menschen heischen nach Aufmerksamkeit. Mein Mann hingegen ist ein aufrechter Mann. Das unterscheidet die beiden Zweige der Fenggens. Wie ein Baum, der zwei Äste hat, auf einem gedeihen gute Früchte, auf dem anderen wächst nur faules Obst. So ist es bei den Fenggens. Ihr kennt den Grund für das Zerwürfnis zwischen den Fenggenbrüdern? Die Geschichte mit dem Erbe der Mutter? Dem verschwundenen Geld? Ich weiß, dass mein Mann es nicht gestohlen hat.«

»Habt Ihr den Dieb gesehen?«

»Das nicht, aber ich weiß, dass mein Mann es nicht war. Nicht gewesen sein kann. Und ich weiß auch, dass sein Bruder Nepomuk das weiß. Nepomuk weiß um Bartels Unschuld. Doch er will es nicht zugeben.«

Inzwischen war man bei Huhn in Zimtsauce mit Getreideauflauf und gebackenen Zickleinköpfen gelandet.

»Der Bruderzwist wird also künstlich am Leben gehalten?«, fragte Tassilo und griff bei den kleinen Ziegenköpfen herzhaft zu.

»Gewiss. Ich weiß nicht, warum.«

»Und wer ist Eurer Meinung nach der Dieb gewesen?«

Sie sah ihn schräg an und kniff die Augen zusammen. »Das spielt keine Rolle mehr. Es würde mich aber nicht wundern, wenn Ihr es eines Tages herausfinden würdet. Wer könnte es gewesen sein, wenn es das Personal nicht war und wir alle mit meiner Schwiegermutter bei Tisch saßen … Wie man hört … ach, verzeiht, jeder spricht Euch heute Abend auf Eure Aufgabe an, und ich hatte mir doch geschworen, es nicht zu tun.«

»Redet ruhig weiter, werte Frau. Es macht mir nichts.«

»Ihr lasst Euch bei Euren Ermittlungen um diese grauenvollen Morde nicht von Gerüchten und Blendwerk ablenken. So hat es mir mein Mann berichtet. Er hält große Stücke auf Euch. Ganz im Gegensatz zu seinem Bruder. Mein bigotter Schwager fürchtet Eure Arbeit. Wisst Ihr, mein Mann und ich … wir plaudern gelegentlich ein bisschen über seine Arbeit. Darum weiß ich zum Beispiel, dass ihn vor zwei Jahren, im Februar anno 1428, ein Fall sehr beschäftigte, in den seine Durchlaucht, unser Erbprinz, mein Neffe Mathes und Ihr verwickelt wart.«

»Was Ihr nicht sagt. Der Oberrichter hat sich mit unserer wilden Zeit in Augsburg beschäftigt?« Tassilo hoffte gespannt auf mehr. »Ich höre.«

»Ihr seid ein Schelm, Herr Tassilo.« Sie lächelte und tippte spielerisch an seine Schultern. »Ihr wart selbst dabei und wisst, was passiert ist. Ihr wisst auch, dass ich Euch nicht in Familieninterna einweihen werde. Zumindest nicht, solange Ihr kein Familienmitglied seid.« Ihre Mundwinkel kräuselten sich amüsiert, sie zog vielsagend die linke Augenbraue hoch. »Ich könnte Euch Geschichten erzählen, werter Tassilo. Und mein Gatte könnte … Ach, lassen wir das. Es ist ja nicht so, als wäret Ihr daran interessiert, Teil unserer Familie zu werden? Dabei wäre meine Petronella in einem passenden Alter …«

Daher wehte der Wind. Darum saß die Fenggenin ganz zufällig neben ihm! Darum versuchte sie, ihn gegen seinen Freund Mathes einzunehmen. Das ganze Geplänkel und die Geheimnistuerei nur, um die Ehe mit ihrer Tochter Petronella anzubahnen. Tassilo begann zu kochen. Darum, da war er sich nun sicher, ausschließlich darum saßen der Oberrichter und seine Schwester beieinander, tuschelten die ganze Zeit und spähten zu ihm hinüber. Sehr geschickt eingefädelt. Sie planten seine Vermählung!

Er winkte einen Diener herbei. »Bring mir schnell etwas zu schreiben, hurtig!« Zur Fenggenhilde gewandt sagte er: »Ich verstehe, werte Fenggenin. Eure Petronella ist eine famose junge Frau und eine gute Partie. Euer Angebot ist eine solche Ehre für mich …«

Was sie antwortete, hörte er nicht. So sehr rauschte die Wut in seinem Kopf herum. Er würde sich nicht verschachern lassen. Als der Diener ein Stück Papier und einen Zinkstift brachte, schrieb Tassilo hastig ein paar Worte darauf, faltete das Papier und trug dem Diener auf: »Bring das sofort der hochwürdigen Mutter vom Angerkloster. Unauffällig.«

Romhilde Fenggen plauderte weiter, während Tassilo den Diener beobachtete, wie dieser der Äbtissin den kleinen Brief übergab. Die Hochwürdige entfaltete, las, runzelte die Stirn und sah böse zu Tassilo hinüber. Sie sagte etwas zum Fenggenbartel, der sich nun grimmig zu Tassilo umdrehte. Tassilo zog die Augenbraue blasiert nach oben und hielt den Blicken gebührend lange Stand. Er wandte sich wieder der Fenggenin zu. »Verzeiht, meine Teure«, er erhob sich. Es wurden Früchte und kräftig riechender Käse aufgetragen. »Wir plaudern später über Eure Tochter. Ihr entschuldigt mich? Ich muss … äh … «

»Ihr vertragt Käse nicht?«, fragte die Fenggenin besorgt.

»So ist es.« Er hielt sich demonstrativ den Bauch.

»Geht ein wenig frische Luft schnappen! Und kommt recht bald wieder, Herr Tassilo. Ich warte auf Euch.« Die Fenggenhilde klopfte mit der flachen Hand auf den Sitz neben sich. »Wir haben so viel zu besprechen.«

Als er den Saal verließ, spürte er die finsteren Blicke seiner Schwester und des Oberrichters auf seinem Rücken.

»Hochwürdige, gebt Euch keine Mühe mit den Fenggens«, hatte in dem Briefchen gestanden. *»Ich werde Petronella nie ehelichen. Nie!«* Das zweite Nie war fett unterstrichen. *»Nur wahre Liebe wird mich ewig binden können!«*

20 Der Abend in Augsburg

Die Frische der regnerischen Nacht tat gut und beruhigte ihn. Tassilo ließ sich Regentropfen über das Gesicht laufen, bevor er sich einen Unterstand suchte. Außer ihm waren nur wenige Menschen im Innenhof der Neuveste. Die meisten eilten zu den Aborten. Es ziemte sich nicht, beim Bankett aufzustehen, außer man musste ganz dringend.

»Unerträglich, nicht wahr?« Erbprinz Albrecht tauchte aus einem Baumschatten auf.

»Eure Schwester ist eine sehr großzügige Gastgeberin, Durchlaucht«, antwortete Tassilo ausweichend.

»Findet Ihr? Wir dachten, dass Ihr sie nicht sehr schätzt, seit sie Euch öffentlich gedemütigt hat.«

»Es ist das Recht der Edlen, den Nicht-Edlen zu demütigen.«

»Ihr redet schon Unsinn wie der Fenggenmuck.«

»Seht Ihr, Durchlaucht, schon habt Ihr mich mit Recht gedemütigt.«

Beide lachten. Sie gingen ein paar Schritte unter dem Schutzdach weg vom großen Festsaal.

»Wir möchten die Bernauerin ehelichen«, sagte der Prinz unvermittelt.

»Tut das nicht, Durchlaucht«, antwortete Tassilo. »Ihr ladet nur den Zorn Eurer Familie auf Euch.«

»Damit leben wir seit Langem. Nur wird irgendwann auch dieses Problem gelöst sein. Niemand ist unsterblich.«

»Durchlaucht!«, rief Tassilo erschrocken.

»Nein«, beschwichtigte Albrecht. »Nein, so meinten wir das gewiss nicht. Wir meinten, dass unser Herrgott jeden irgendwann zu sich ruft. Also harren wir aus. Geduld ist eine Tugend. Wir planen sicher nicht, unseren Kopf wieder in die Schlinge zu stecken wie damals in Augsburg.« Er grinste verschwörerisch. »Wir danken Euch wirklich von Herzen für Eure Verschwiegenheit in dieser Angelegenheit.«

»Darf ich ehrlich sein, Durchlaucht«, sagte Tassilo. »Da ich in letzter Zeit häufig, just heute wieder, auf Augsburg angesprochen wurde … Ich kann mich an kaum etwas erinnern. Ich meine, ja, da waren wir zu dritt, Ihr, der Fenggenmathes und ich. Erst in diesem Badehaus … und dann hat jeder zwei Weibsbilder für seine Lust genommen, und dann waren wir in Eurer Unterkunft alle unbekleidet und dann der Wein und die Alraune … Das sind Fetzen der Erinnerung. Ganz sicher weiß ich nur noch, dass ich in einem Stall irgendwo auf dem Land aufgewacht bin, wo mein Diener mich hingezerrt hat. Dann hat mein Diener mich fluchend und schnaufend aufs Pferd bugsiert – ich war zu schwach, ihn für seine Unflätigkeit zu ohrfeigen – und nach München zurückgebracht.«

Prinz Albrecht lachte leise. »Danke für Eure Offenheit, Tassilo. Uns geht es nämlich ähnlich. Wir können uns an nichts erinnern, außer an die Bernauerin. Der Rest ist ein Strudel aus Farben und Körpern und Dunkelheit. Bis auf den Morgen danach. Ihr könnt gottfroh sein, dass Euer Diener Euch fortgeschafft hat. Als wir in mein Gemach gingen, waren wir drei Männer und sechs Frauen. Als wir aufwachten, waren wir zwei Männer, denn Ihr wart bereits weg, und fünf Frauen. Man hat eine der Dirnen später am Ufer des Lech gefunden. Mit aufgeschnittener Kehle.«

»Oh, mein Gott«, stieß Tassilo hervor. »Das wusste ich nicht!«

»Nicht?« Der Prinz war ehrlich überrascht. »Ich dachte, Ihr … Hat man Euch nicht befragt?«

»Nein! Das ist mir völlig neu.«

»Man hat es gewagt, uns zu verdächtigen. Stellt Euch das vor! Uns! Den künftigen Herrscher von Bayern-München. Wir haben aber unser Gemach nicht verlassen. Und auch der Fenggenmathes nicht.«

»Sagtet Ihr nicht, dass Ihr Euch nicht erinnern könnt, was in der Nacht vorgefallen ist?«

»Richtig. Weitgehend.«

»Könnt Ihr Euch beispielsweise erinnern, wann mein Diener kam und mich mitnahm?«

»Nein. Das nicht. Wir sind uns aber sicher, dass wir den Fenggenmathes, soweit wir uns erinnern können, in der Nacht bei uns hatten und am Morgen ja auch. Und der Fenggenmathes konnte uns das bestätigen.«

»Mein Gott.« Ein Schlag der Erkenntnis durchzuckte Tassilo Stubenruß. »Am Ende war ich es, der die arme Metze ermordet hat. Bin ich ein Mörder?«

»Nein, mein Freund, keine Angst.« Der Prinz legte seinen Arm um Tassilos

Schulter. »Euer Diener hat auf die Bibel geschworen, dass er Euch abgeholt hat und ohne Begleitung weggebracht hat und die restliche Nacht bei Euch war. Die betreffende Metze war da noch bei uns.«

»Stoffel, dieser Hundling. Er hat mir kein Wort davon gesagt!«

»Niemand sagt ein Wort darüber. Man hat uns sofort aus der Schusslinie genommen. Der Fenggenmuck hat seinen Sohn zur Strafe auf Wanderschaft mit diesem Kartäuser geschickt. Und unser Vater hat uns nach Straubing verbannt.« Er grinste. »Das war recht praktisch, denn da konnten wir die Bernauerin ungestört einladen. Der Oberrichter, der Fenggenbartel, hatte die Ermittlungen auf Weisung der Herzöge an sich genommen.«

»Warum hat man mich nicht vernommen?«

»Ihr habt einen mächtigen Schutzengel, Tassilo Stubenruß. Das wisst Ihr.«

»Nein«, antwortete Tassilo ehrlich verwundert. »Wen?«

»Überlegt mal. Nun schaut nicht so dumm aus der Wäsche! Wir meinen natürlich Eure hochwürdige Frau Schwester, Äbtissin Margaretha. Sie hat großen Einfluss in der Stadt und auf den Oberrichter.«

»Und?«, fragte Tassilo. »Hat man den Täter gefasst?«

»Es fanden sich keine Zeugen. Man hat ihren Peitscherlbuben verdächtigt und hochnotpeinlich befragt, er hat nach vier Tagen strengster Befragung die Tat schließlich zugegeben. Man hat ihn gehenkt. Das arme Weib wurde zumindest christlich bestattet. Wir haben für das Begräbnis gespendet.«

»Ihr seht mich erschüttert, Durchlaucht. Das waren also die geheimnisvollen Anspielungen von Mathes. Das war also die Nacht in Augsburg, auf der mich die Fenggenin angesprochen hat.«

»Die Fenggenin weiß davon?«, brauste der Prinz auf. »Das ist empörend! Wir müssen mit dem Oberrichter über diese Indiskretion reden. Oh, kommt da nicht Euer Diener?«

21 Die Rache

Zefix, nimm deine plumpen Finger weg, du Bauerntrampel«, schnaufte Tassilo enerviert und schlug nach Stoffels Händen, die vergeblich die zarten Bänder der Schamkapsel zu lösen versuchten und immer wieder dort herumfummelten, wo Tassilo die Finger seines Dieners nicht zu fummeln wünschte. »Was ist los mit dir? Als ob du das erste Mal … Ich mach das schon selbst. Knote du die Beinlinge los.« Für gewöhnlich kleidete ihn sein Diener an, doch sie Schamkapsel übernahm Tassilo stets selbst. Wie alle niederen Stände trug Stoffel selbst keinen Gliedschirm, ja, nicht einmal Unterhosen und knotete seine Beinlinge deshalb direkt an die Tunika. Wenn der Wind womöglich zu heftig an dieser Tunika zerrte, dann konnte es vorkommen – zugegebenermaßen glücklicherweise sehr, sehr selten –, dass Stoffels Gemächt allgemein sichtbar wurde. Während sich der Diener nun im Dunkeln an die Knoten herantastete, die die Beinkleider seines Herrn mit der leinenen Unterhose verbanden, befreite Tassilo mit geübten Griffen sein Geschlecht aus der Schamkapsel. Schon rutschten die Beinlinge herunter. Stoffel kniete zu Füßen seines Herrn, half herauszusteigen. Zuletzt ließ Tassilo schwungvoll seine Unterhose nach unten gleiten und stemmte zufrieden die Hände in die Hüften. Er trat aus dem stockfinsteren Schatten des Baugerüsts, in dem sie sich versteckt hatten. Auch an ihrer Veste ließen die Herzöge eifrig die Befestigungsanlagen ausbauen, man musste ja gegen anrückende Hussiten oder aufmüpfige Münchner Bürger gewappnet sein – oder gegen den Gottstehunsbei.

Tassilo gefiel der Schein des Mondlichts auf seiner glatten Haut.

»Ich fasse es immer noch nicht, dass du mir kein Sterbenswörtchen von der Befragung nach Augsburg gesagt hast! Ich bin erschüttert.«

»Genau deshalb, Herr«, antwortete Stoffel gelassen. »Ihr seid leicht zu erschüttern. Darum haben wir beschlossen, dass es besser für Euer Seelenheil ist, wenn wir kein Wort über die Angelegenheit verlieren.«

»Wir?«

»Die Hochwürdigste, der Herr Richter und meine bescheidene Wenigkeit.«

»Da ich nichts davon wusste, konnte ich nie meine Zustimmung zu deiner Befragung geben. Das ist nicht rechtens.«

»Die Hochwürdigste hat zugestimmt.«

»Meine Schwester ist nicht dazu berechtigt! Ich verfüge über dich. Niemand sonst.« Tassilo gab Stoffel eine Ohrfeige. »Du hast mir nichts zu verheimlichen.«

»Ja, Herr. Verzeiht, Herr.«

»Wer weiß noch davon?«

»Nur wir. Falls Ihr auf die Gurkenhemma anspielt.«

»Sollte ich sonst noch etwas wissen? Wie verlief der Abend und vor allem, warum hast du mich eigentlich rausgeholt aus dem …«

»Sündenpfuhl?« Stoffel raffte die Kleidungsstücke zusammen und steckte sie sorgsam in einen Beutel, den er mit einer derben Schnur um den Leib gebunden hatte – die hölzernen Trippen zuunterst, dann erst Wams und Beinkleider und zuletzt die feine Unterwäsche, wie Tassilo Stubenruß zufrieden konstatierte. »Eben darum, wegen dem Sündenpfuhl. Der Herr Mathes hat mir befohlen, mich den Herren anzuschließen und mich gemeinsam mit den Herren zu verlustieren. Das habt Ihr nicht mehr mitbekommen, so sehr wart Ihr … nicht mehr ganz im Diesseits. Der Herr Mathes wollte sich dann mit mir beschäftigen. Das habe ich abgelehnt, denn nur Ihr seid mein Herr und habt mir zu befehlen. Er ist sehr wütend geworden. Da bin ich gegangen und habe Euch gleich mitgenommen, bevor der Herr Mathes sich womöglich mit Euch beschäftigen wollte.«

»Was meinst du mit beschäftigen?«

»Nichts, Herr, gar nichts. Hier, Herr«, Stoffel bückte sich und hob mit beiden Händen Matsch vom Wegrand auf. »Jetzt müsst Ihr Euch damit einreiben und …«

»Bist du toll?« Tassilo drehte sich angeekelt weg. »Hast du keine Nase? Das ist Schweinekot, gemischt mit Pferdeäpfeln und Menschenpisse, und wer weiß was sonst noch! Und das da? Ist das ein Stück schimmeliges Brot?«

»Aber Herr, Ihr müsst euch glaubhaft verkleiden, sonst nimmt man Euch den Bettler nicht ab.«

»Jaja.« Tassilo ging ein paar Schritte den Weg weiter, bückte sich bei einer Pfütze und sog die Luft ein. »Nun gut, das hier dürfte gehen.« Immer noch schwang Ekel in seiner Stimme mit. Aber er griff beherzt in den Matsch und rieb sich damit am ganzen Körper ein.

»Auch Euer Gesicht, Herr. Den Bart. Und Euer Ding da …«

»Jaja«, knurrte Tassilo. Sein Gesicht zu beschmieren fiel ihm schwer genug, dann wollte er sich seinem Penis widmen, doch Stoffel hielt seine Hand fest.

»Den nicht, Herr«, sagte Stoffel. »Das wollte ich eben sagen! Den wollt ihr doch bewerben. Wenn er schön sauber ist, ist er heller, wirkt größer und fällt sofort ins Auge, nicht wahr?«

»Was heißt, er wirkt größer? Er ist groß!«

»Sicher, Herr. Beeindruckend.«

Tassilo sah zufrieden an sich herunter. »Er ist prächtig, nicht wahr? Darum wollte ich ihn ... also nicht ... mit dem Zeug ... Oh, jetzt verstehe ich, was du mit beschäftigen meintest! Das ist ja unglaublich! Der Fenggenmathes?! Das müssen die Kräuter im Wein gewesen sein, die Alraune. Sonst kann ich mir das nicht erklären.«

»Gewiss, Herr.« Stoffel zog seinen Herrn mit Schwung zurück in den Schatten des Baugerüsts und legte ihm seine Hand auf den Mund. Ein zerrupfter, vor Dreck starrender Bettler schlurfte vorbei und brabbelte Unverständliches. Dabei schwang er seinen Stock in der rechten Hand, hieb gelegentlich ins Dunkel nach imaginären Personen, verlor immer wieder das Gleichgewicht und schlug der Länge nach hin. Dann rappelte er sich auf und weiter gings. Er war nackt wie Tassilo.

»Meinst du, er geht auch dorthin?«, fragte Tassilo, als der Bettler im Dunkel verschwunden war.

»Mit Sicherheit, Herr.« Stoffel nickte und verwuschelte energisch die Haare seines Herrn, der erst nach seinem Diener schlagen wollte, bevor er begriff. Dann fiel ihm allerdings ein, dass Stoffel zuletzt mit beiden Händen tief im Kot gewühlt hatte, schmeckte die Scheiße auf seinen Lippen und gab Stoffel eine so laut schallende Ohrfeige, dass sie sogar den Lärm der letzten Feiernden übertönte, der über der Veste in der Luft hing.

»Wenn Ihr unbedingt die Wachen auf uns aufmerksam machen wollt ...« Stoffel rieb sich kurz die Wange. »Ihr habt den Bettler gesehen, Herr. Genau so müsst Ihr Euch benehmen. Versteht Ihr? Was machen Hofnarren ständig?«

»Was denn?«, fragte Tassilo.

»Sie haben eine Klatsche, mit der sie ständig anderen auf den Kopf oder Hintern hauen.«

»Sehr richtig beobachtet, Stoffel. Wie der Hanswurst im Puppentheater. Gut. Nun bin ich ein Narr und schlage die anderen.«

»Wohl, Herr. Und vor allem: Sagt kein Wort. Stellt Euch stumm. Tut am besten so, als hätte man Euch die Zunge herausgeschnitten, so wie dem armen Tropf eben und dem Müllersburschen neulich.«

»Woher willst du wissen, dass man dem Kerl eben die Zunge herausgeschnitten hat?«

»So etwas höre ich.« Stoffel zog aus seinem Beutel einen rot bemalten Holzknüppel. »Hier, Herr, ganz wie ein narrisch gewordener Bettler. Fuchtelt damit herum und grunzt unverständlich. Schlagt nach jedem mit Eurem Knüppel. Keiner wird Euch erkennen.«

»Das hoffe ich.« Tassilo sah sich um. »Und nun?«

»Nun geht Ihr zur Tür an der Nordseite, so wie wir es besprochen hatten.«

»Richtig, ja.«

»Und denkt daran, Herr, wenn Ihr jemandem begegnet: Ihr seid kein Patrizier. Ihr seid ein einfacher Bettler, dem seine Kleidung, seine Stimme und sein Geist abhandengekommen sind.«

»Hältst du mich für dumm?«, schnaubte Tassilo und schritt mit erhobenem Haupt davon in die Finsternis.

»Bleibt so lange es geht im Schatten des Baugerüsts«, rief ihm Stoffel mit gedämpfter Stimme hinterher.

»Jaja.« Im spärlichen Mondlicht konnte er sich passabel orientieren. Den Weg zwischen Mauer und Wassergraben um die halbe Burg herum zur Tür an der Westseite fand er ohne Probleme. Der Pfad war ausgetrampelt von Dienstboten und Bettlern. Zweimal wäre er fast in den Wassergraben gerutscht, aber eben nur fast. Höchst unangenehm empfand er das Barfußlaufen. Das war er seit Kindertagen nicht mehr gewöhnt. Alle seine Beinlinge hatten eingenähte Ledersohlen, oft trug er Schnabelschuhe, von denen er sieben prachtvolle Exemplare besaß. Er liebte Schnabelschuhe! Ob nur mit Beinling oder mit Schuh – Tassilo trug außer Haus stets Trippen. Selbst im Haus schlüpfte Tassilo gelegentlich in Trippen, vor allem im Winter, wenn die Böden so eisig kalt waren. Und nun: Barfuß! Ständig stach ihn etwas in die Sohlen, Dinge seltsamer Konsistenz quetschten sich durch seine Zehen.

Dann stand er vor der Hintertür an der nördlichen Mauer. Dort, wo man die Aussätzigen mit Abfällen labte, wo die Bediensteten schnell ihre Notdurft verrichteten … Zu seinem Ärger bemerkte Tassilo zwei Bettlerinnen, die ihn abschätzig beäugten und sich jeweils mit der einen Hand gierig Essensreste in die Münder stopften, die sie mit der anderen Hand gleichzeitig vom Boden aufsammelten. Dafür, dass in der Neuveste gerade ein großes Bankett stattgefunden hatte, gab es wenige Abfälle hier. Tassilo vermutete, dass die Reste, die die Frauen mit den wenigen Zähnen zerkauten, die ihnen noch nicht weggefault waren, die Überbleibsel vom Vortag waren. Denn nach jedem großen Essen kamen immer erst die Bediensteten dran, und was die nicht essen wollten oder konnten, wurde jeweils zur Hälfte den Schweinen und den Bettlern, Aussätzigen oder Tollsinnigen überlassen. Auch bei der Familie Stubenruß hielt man es seit Generationen so. So konnte man sich tagtäglich an der Gewissheit erfreuen, dass man mit seiner Wohltat Gott günstig stimmte und dem Seelenheil im Himmelreich stets ein Stückchen näher rückte.

»Verpiss dich«, grunzte die eine Vettel mit vollem Mund, den sie weiter füllte, indem sie herzhaft in eine Futterrübe biss. Sie trug einen zerschlissenen Umhang, der einmal gelb gewesen sein musste, die Kapuze tief in die Stirn gezogen. Die andere war fast kahl, ein paar wirre dünne Zotteln wuchsen auf grindiger Kopfhaut. Dann sah sie an Tassilo hinunter, rempelte der anderen Bettlerin in die Seite, deutete auf Tassilos blanke Pracht und erbebte in einem krächzenden Lachen. Essensstückchen flogen aus ihrem Mund. Beide Frauen gackerten.

Ihm fiel ein, was er als Narr zu tun hatte. Er schlug mit seinem Stecken nach den Weibern, die etwas zurückwichen.

»Noch so einer!«, brummte die mit dem gelben Umhang.

»Na, dann pass auf, dass es dir nicht so geht wie dem da«, quiekte die Glatzige und deutete auf ein Bündel am Boden. Sie trat kraftvoll dem Bündel in die Seite. Das regte sich. Ein wirrer Kopf schnellte hoch, aus einem zahnlosen Mund tönten unsinnige Laute. Mit seinem Stecken schlug der Bettler, der vorhin an Tassilo und Stoffel vorbeigehumpelt war, fahrig um sich. Dann sackte er wieder zusammen. »Da, iss was«, rief die mit der Kapuze und warf dem Nackten am Boden einen abgekauten Hühnerknochen hin. »Heute gibts nichts mehr. Hab das Beste für dich drangelassen. Den Knorpel.« Sie schnalzte genießerisch mit der Zunge.

Tassilo wandte sich ab und hätte sich gerne ein parfümiertes Tuch vor die Nase gehalten, aber … seine Rolle. Er konzentrierte sich, schlug nach den beiden alten Weibern. Dann zog er die Schulten hoch, wackelte etwas mit dem Kopf und gab grunzende Geräusche von sich. Die beiden Frauen bogen sich vor Lachen. »Na, wollen wir mal abwarten, ob er Erfolg hat«, sagte die Glatzige.

»Ich wette einen Seidel Bier, dass er reinkommt«, sagte die andere, Sabber tropfte auf ihren Umhang.

»Gilt.« Die beiden Bettlerinnen gaben sich die Hand.

Unschlüssig, was er tun sollte, hockte sich Tassilo hin und wartete. Stoffel hatte ihm vorhin aufgeregt bedeutet, mit ihm zu kommen und sich tausendmal beim Erbprinzen entschuldigt, dass er die Unterhaltung gestört hatte. Doch die Zeit der Rache sei gekommen, hatte er Tassilo gesagt. Endlich! Das Warten habe nun ein Ende. Stoffel hatte gesagt, dass die Magd eine Stunde vor Mitternacht kommen würde und dass er sich dann zu zeigen habe, wenn er erfolgreich sein wollte. Dann solle er einfach mitgehen und alles über sich ergehen lassen. Und ganz wichtig: Er solle keinen Mucks sagen. Tassilo fand das alles sehr seltsam, aber er wollte sich so unbändig gerne an der Pfalzgräfin für die erlittene Demütigung rächen, also tat er, wie ihm sein Diener geheißen. Er wartete unruhig. Je länger er über diese Situation nachdachte, desto sicherer war er sich, dass er sich niemals darauf eingelassen hätte, wenn man ihn nicht eben beim Bankett an die Fenggentochter hätte verschachern wollen. Die Wut kochte wieder hoch. Es sollte etwas passieren, wünschte er sich. Jetzt. Sofort. Er wollte sich abreagieren.

Die beiden alten Vetteln starrten ihn laut schmatzend an, dazu der brabbelnde Bettler am Boden, der Gestank nach Fäulnis und Urin, die vielen Gedanken über Teufel und Hochzeit – Tassilos Kopf drohte zu platzen. Er sah an sich herunter und beschloss, sich ganz auf das zu konzentrieren, was nun passieren würde. Wieso vertraute er Stoffel? Woher wusste Stoffel so genau, was sich wann und wie zutragen würde? Er musste zugeben, dass ihn sein treuer Diener noch nie, wirklich nie betrogen oder im Stich gelassen hatte. Und er kannte den Waisenbub Christoffel, seit der ein Säugling war, also ein Leben lang. Wenn er jemandem trauen konnte, dann seinem Stoffel. Nur – woher wusste Stoffel all das? Sollte er etwa mit Beatrix' Zofe ein Techtelmechtel …? Nein, Tassilo schob den Gedanken beiseite. Wie und wann denn? Die letzten Tage waren sie beide quasi unzertrennlich gewesen, wann hätte Stoffel … ?

Tassilo beschloss, sich ein Gedicht aufzusagen, besser zu singen. Er wollte die Zeit zum Üben nutzen. Die Aufnahmeprüfung bei den Meistersingern war streng. Wenn das Lied zu Ende und die Magd nicht aufgetaucht war, würde er gehen. Er öffnete den Mund – dann fiel ihm ein, dass Stoffel ihn zu absolutem Schweigen ermahnt hatte. Was für ein Unsinn. Es gab keinen Grund zu schweigen. Dem Gesindel hier täte es sicher ganz gut, auch mal etwas hohe Dichtkunst zu vernehmen.

»Ich spring in diesem Ringe«, begann er zaghaft mit dünner Stimme. Er räusperte sich. Das ging doch besser! Volltönend dann: »Des Besten so ichs kann. Von hübschen Fräulein singen, als ichs gelernet han.«

»Oh, ein Dichter.« Die Glatzige starrte Tassilo bewundernd mit offenem Mund an. Essenbrei glänzte im Mondlicht.

»Nützt ihm nix«, sagte die andere trocken. »Er ist hier. Wie wir.«

»Ich ritt durch fremde Lande, da sah ich mancherhande, da ich die Fräulein fand.« Warum ihm das höchst anzügliche Lied des Judocus von Winßhofen einfiel, konnte er nicht sagen. Aber angesichts seiner Blöße und der verlotterten Gestalten um ihn herum kam es ihm irgendwie passend vor. »Die Fräulein von Franken, die seh ich allzeit gerne …«

»Flitscherl sind das, diese Fränkinnen«, grätschte die Glatzige dazwischen. »Ich war mal in Nürnberg, ich kann dir sagen …«

»Schschsch«, machte die andere, »wir verpassen doch die Hälfte.« Denn Tassilo ließ sich nicht stören, sondern rezitierte munter weiter: »Sie sind die feinsten Dirnen, wollt Gott, ich sollt ihn' zwirnen …«

»Das glaub ich, dass die Kerle bei denen gerne was zwirnen!«, quietschte die Redselige. »Franken-Flitscherl!« Da war Tassilo schon bei den Fräulein von Schwaben (»die haben gülden Haar«) und kam zu den Fräulein vom Rheine (»die lob ich oft und dick, denn sie sind hübsch und feine und geben freundlichen Blick«). Die eine Bettlerin gab munter zu allem ihren Senf dazu, und der Narr am Boden versuchte, die Melodie falsch mitzubrummen, was Tassilo dazu anstachelte, noch lauter zu singen. »Die Fräulein aus Sachsen, die haben Scheunen weit …«, schmetterte er in die Nacht. Die beiden Bettlerinnen kreischten vor Vergnügen.

»Hab ich auch«, brüllte die mit der Kapuze. »Willst dus sehen?« Schon lupfte sie ihr Kleid. Gut, dass es so dunkel war.

»Die Fräulein von Bayern, die können kochen wohl, mit Käse und mit Eiern, sind ihre Küchen voll. Sie haben schöne Pfannen, weiter als die Wannen und heißer als der Kohl.« Tassilo schrie inzwischen beinahe und spielte anzüglich mit dem Stecken in seiner Hand. Die Weiber kreischten vor Vergnügen und feuerten ihn an. Gerade kam er zum Ende des Liedes: »Den Fräulein hofieren soll man, solang man mag. Das Alter kommt doch schiere, kommt näher jeden Tag …«, als die Tür aufflog und eine kräftige Magd die wenigen Stufen herabtrampelte.

»Was soll dieser Lärm, ihr elendes Dreckspack?«, brüllte sie mit Donnerbass. Die beiden Vetteln brachen mitten im Gewieher ab, zogen die Köpfe ein und auch Tassilo schwieg. Nur der Bettler erwachte aus seiner Kauerstellung und krabbelte, weiterhin eine Melodie knurrend, auf die Magd zu. Die quittierte sein Näherkommen mit einem harten Tritt gegen die Rippen. Dann raffte sie ihren Rock und ging in die Hocke, um Wasser zu lassen. Die beiden Bettlerinnen schlichen sich davon.

»He du.« Die Magd richtete sich wieder auf und ging einen Schritt auf Tassilo zu. Dabei trat sie dem Bettler auf die Hand. Er quiekte. »Bursche, dreh dich mal.«

Tassilo begriff nicht. Die Magd war groß, fast so groß wie er, und breit gebaut. Nicht dick, sondern breit, fast wie ein Mann. Ihr kantiges Gesicht verstärkte den maskulinen Eindruck. Mit einem schnellen Griff entwand sie Tassilo den roten Stock, als der halbherzig nach ihr schlug. Sie berührte mit der Stockspitze seinen Penis. »Dreh dich. Bist du taub?« Also drehte er sich einmal um die eigene Achse, immer ihren prüfenden Blick spürend. Sie klopfte mit dem Stock sanft auf seinen Hintern, die Hüften und den Bauch.

»Gut«, sagte sie. »Du bist noch nicht lange in dieser misslichen Lage, oder? Du bist stramm und vielversprechend. Meine Herrin ist solchen Burschen wohl gesonnen.«

Tassilo nickte. Stoffel hatte absolut recht gehabt. Woher hatte er das nur gewusst? Jetzt, wo er dieses Mannweib von Magd sah, war er sich absolut sicher, dass sein Stoffel nie und nimmer seine Informationen erschlafen hatte. Stoffel interessierte sich nur für die kleinen drallen Mädels.

»Warte hier.« Die Magd verschwand in der Burg.

Der Bettler robbte zu Tassilo und packte dessen Fußgelenke. Dabei schüttelte er den Kopf und gab flehentliche, kehlige Laute von sich. Tassilo hatte seine liebe Mühe, den Griff des Kerls abzuschütteln.

»Los, komm mit.« Die Magd war zurückgekehrt, packte Tassilo hart am Oberarm und zog ihn hinter sich durch die Tür. Sie ließ seinen Arm erst los, als sie nach unzähligen Treppen und langen Fluren schließlich das Zimmer der Pfalzgräfin erreicht hatten. Sie schubste Tassilo in den Raum. Zwei weitere Zofen halfen eben der Pfalzgräfin aus dem Überkleid. Seine einst heimlich Angebetete so freizügig zu sehen, verschlug Tassilo beinahe den Atem. Aber er hatte eine Mission.

»Bring ihn ans Feuer, Irmengard«, sagte Pfalzgräfin Beatrix zu dem Mannweib, das umgehend Tassilo zum Kamin zerrte, in dem ein kleines Feuerchen als einzige Lichtquelle im Raum loderte. »Damit wir ihn besser ansehen können.« Sie näherte sich Tassilo, der im Schein des Feuers von allen Anwesenden wie ein Stück Vieh auf dem Markt begutachtet wurde. »Ein tumber Tor«, kicherte Beatrix, ihm in den Hintern kneifend. »Aber resch, sehr resch.« Sie stellte sich vor Tassilo und ließ ihr Unterkleid so weit über die Schultern gleiten, dass es nur noch von den Brustwarzen am Herabfallen gehindert wurde.

Tassilo starrte die Gräfin an, so dumpf er nur irgend konnte. Seine Rolle fiel ihm schwer, aber er betete wie einen Rosenkranz vor sich hin: »Ich bin ein Tor, ein sprach- und geistloser Tor.« Er konnte und wollte nicht verhindern, dass sein Körper auf die Nähe der schönen, halb nackten Pfalzgräfin reagierte. Die beiden Dienerinnen begannen zu kichern. Irmengard ließ den roten Holzstock an Tassilos Wirbelsäule entlang nach unten gleiten und drückte ihn ein kleines bisschen zwischen seine Pobacken, was Tassilo seltsamerweise noch stärker erregte.

»Mein gleichaltriger Begleiter hatte sich mit all seiner Begier auf den Angriff vorbereitet«, so sollte es Tassilo später in Worte fassen, als er seinem Stoffel detailliert über das Abenteuer berichtete. »Ich stand mit stolz aufgerichtetem Speer da!«

»Gut, Kinder«, Pfalzgräfin Beatrix klatschte in die Hände. »Husch, geht ins Bett. Lasst uns alleine. Irmengard, du nicht, du kannst mir wohl noch zur Hand gehen.« Die beiden Zofen verließen langsam den Raum.

»Soll ich ihn nicht waschen«, brummte Irmengard, als sie sah, wie ihre Herrin herzhaft zugriff und Tassilo an seinem aufgerichteten Speer zum Bett zog.

»Oh nein!« Beatrix lachte und legte sich aufs Bett. Sie wollte Tassilo auf sich ziehen, doch der rollte sich neben sie, schnurrte wie ein Kater und tat so, als würde er seinen Speer nicht beachten.

»Meine Verweigerung brachte sie vollends zum Kochen!«, berichtete Tassilo seinem Diener. »Sie gurrte und maunzte wie eine rollige Katze.«

»Sehr gut, Herr!« Stoffel stützte sein Kinn auf beide Hände, seine Wangen leuchteten rot, was man trotz des spärlichen Lichts im Badehaus erkennen konnte. Tassilo und Stoffel saßen sich gemeinsam in einem Waschtrog mit warmem Wasser gegenüber, zwischen ihnen ein Brett mit den Weinbechern und eben Stoffels Ellbogen. Nebenan, hinter einem lidschäftigen Vorhang, versorgte der Bader offenbar gerade einen Patienten mit Zahnschmerzen. Denn zwischen unzähligen Verwünschungen auf die Kunst des Baders, brüllte der Patient den heiligen Blasius von Sebaste an, ihm gefälligst beizustehen. Und wer, wenn nicht der heilige Blasius von Sebaste, bot Erlösung, wenn sich der vermaledeite Zahnwurm ins Gebiss fraß. Das wusste Tassilo dank seiner Amme nur zu gut. Für gewöhnlich pflegte der junge Herr Stubenruß um so ein einfaches Badehaus einen großen Bogen zu machen, aber nach diesem Abenteuer schien es ihm gerade recht. In einem der besseren Häuser hätte er seinen Diener nicht mit in die Wanne nehmen können, und außerdem bestand hier keine Gefahr, Bekannte zu treffen. Zudem lag dieses Bad in der Lederergasse nahe der herzoglichen Festung.

»Weiter, Herr, weiter! Was geschah dann?«

»Nun, dieses Mannweib Irmengard, das sich zu meinem Entsetzen ebenfalls seiner Kleidung entledigt, wobei klar wird, dass sie doch eine Weibsperson ist, stürzt sich auf mich, hebt mich mit einer Leichtigkeit hoch, als sei ich ein leerer Sack, und platziert mich auf ihre nackte Herrin. Mittendrauf! Und weil ich mich weiterhin verweigere, packt dieses grobe Weib meinen Speer und führt ihn der Gnädigen ein.«

»Und Ihr?«

»Ich? Es fiel mir schwer wie noch nichts auf dieser Welt, aber ich rühre mich kein Stück! Da schreit die Gräfin ihre Zofe an, mich zu stupsen und zu reizen, damit dieser verdammte Tor sich endlich bewegt. Die packt mich am Hintern und schiebt und zieht und schiebt und zieht. Ich musste einfach gar nichts tun.« Was er seinem Diener besser verschwieg, war die Tatsache, dass Irmengard nicht nur schob und zog, sondern schließlich den roten Holzstock nahm, ihn in einen Tiegel fetter Salbe tunkte, und dann die Stockspitze zwischen Tassilos Pobacken hineinschob. Sie schob und zog den Stock, was Tassilo zu seinem eigenen Erstaunen in solche Erregung versetzte, dass er sich gierig diesem Takt hingab. War das nicht eine Sünde? Teufelswerk? Hatte nicht der Beichtvater früher, als er klein war, ihn davor gewarnt, dass es die schlimmste aller Unzucht sei, wenn man einem Mann hinten etwas hineingebe? Was der Pfaffe, sein Beichtvater, damit verdeutlichte, dass er dem kleinen Tassilo befahl, sich hinzuknien und zu entblößen, um ihm dann mehrere Finger in den Hintern zu stecken. Das, so hatte der Alte dann keuchend und etwas sabbernd betont, sei widernatürlichstes Teufelswerk! Zufällig war da der Vater dahergekommen und hatte etwas gebrüllt, was der kleine Tassilo nicht verstanden hatte. Jedenfalls ward der Pfaffe danach nie wieder im Dunstkreis der Stubenrußens gesehen. Die Gedanken an den fingernden Alten flirrten Tassilo nur sehr kurz durch den Schädel und verschwanden in einem Strudel aus Lust, in den sich immer wieder das Gesicht der Riesin Enakita drängte. Ja, er hatte sich Enakita vorgestellt, während er sich von der Zofe in die Pfalzgräfin schieben ließ. Das verschwieg Tassilo seinem Stoffel.

»Und?«, fragte Stoffel. »War Ihre Erlaucht dann mit Euch zufrieden.«

»Und wie sie zufrieden war. Als ihr ihre eigene Unersättlichkeit schließlich zu viel wurde und das süße Gefühl ein Ende nahm, indem ich ihren Schoß mit meiner heißen Glut erfüllte, tirilierte sie wie ein Vöglein im Mai, und in ihren Augen tanzten Sterne. Dann jedoch, als wir alle erschöpft dalagen, passierte etwas, auf das ich mir keinen Reim machen kann. Plötzlich teilte sich ein Vorhang, den ich zuvor noch gar nicht bemerkt hatte, und der Pfalzgraf höchstselbst sprang hervor!«

»O weh, Herr. Seine Erlaucht selbst? Wie seid Ihr entkommen?«

»Es schien mir, als wäre er die ganze Zeit im Raum gewesen. Als wäre er Zeuge unserer Vereinigung gewesen. Jedenfalls stürzt er sich auf mich mit dem blanken Kurzschwert. Die Gräfin rollt sich lachend weg, rafft eine Decke und wickelt sich darin ein. Dieses furchtbare Irmengard-Weib hingegen hält mich wie ein Schraubstock fest. Von hinten. Sie drängt dabei wie eine Metze lüstern ihre Brüste gegen meinen Rücken und ihren feuchten Busch gegen meine Hinterbacken. Gott, ihr Gestank! Seine Erlaucht schreit etwas davon, dass er mir nun die Zunge herausschneiden würde, damit ich niemandem von der Schande, die ich seiner Gattin angetan habe, berichten könne.«

»Aber, das verstehe ich nicht, Herr. Ich habe Euch doch eindringlich darauf hingewiesen, dass Ihr Euch stumm stellen sollt.«

»Das habe ich doch auch! Ich verstehe es selbst nicht.« Dass die Zofe Irmengard sehr wohl mitbekommen hatte, dass er nicht nur sprechen, sondern gar schweinische Gedichte rezitieren konnte, musste Stoffel nicht wissen. Die Szene verlief in einigen Details etwas anders, als Tassilo berichtete. Denn der Pfalzgraf war zunächst höchst befriedigt und friedfertig hinter dem Vorhang hervorgekommen und hatte erst, als Irmengard »Er ist nicht stumm, Herr!« gequietscht hatte, seine Waffe gezückt.

»Wie seid Ihr der starken Zofe entkommen?«

»Ich habe ihr mit meinem Hinterkopf die Nase gebrochen.« Tassilo kicherte. »Dann habe ich mir einen Kandelaber geschnappt und mich dem Pfalzgraf zum Duell gestellt. Meine Güte, er war einst ein gefürchteter Kämpfer, doch nun ist er ein alter Mann. Wenn ich mich nicht irre, ist er beinahe schon ein Greis von siebenundvierzig Jahren! Seine Paraden waren langsam. Ich hatte ihn schnell entwaffnet, verzichtete jedoch großmütig darauf, dem gehörnten Gatten die Kehle aufzuschlitzen und konnte unerkannt fliehen. Stell dir das vor, er wollte mir die Zunge herausschneiden! Mir! Einem Mann der Dichtkunst.« Tassilo senkte den Blick ins Badewasser, wo das durch die erotischen Details prall gefüllte Glied seines Dieners beinahe die Wasseroberfläche durchbrach.

»Verzeiht, Herr«, sagte Stoffel verlegen. »Eure Erzählung war so anregend …«

»Gut, gut.« Tassilo winkte ab und sah wieder auf. Manchmal vergaß er beinahe, dass Christoffel nicht sein kleiner Bruder war. Diese animalische Triebhaftigkeit der unteren Stände! Tassilo schmunzelte. »Du bist ein heißblütiger

Bursche. Zur Feier des Tages such dir eine der Metzen aus.« Er deutete zu den Huren, die sich kundenlos im Hintergrund herumdrückten. »Aber komm später zum Fenggenmathes, wo wir wieder nächtigen.«

22 Der Nachtdämon

Saß ihm ein Alp auf der Brust? Eine Drud gar? Oder warum konnte er kaum schlafen? Gelegentlich döste er für Minuten weg, nur um dann mit schmerzenden und irgendwie verrenkten Gliedern gleich wieder stöhnend aufzuwachen. Bettwanzen und Flöhe konnten es nicht sein, die hielten sich mit dem Piesacken in den üblichen Grenzen. Die Dienerschaft räucherte die Stuben regelmäßig gründlich aus. Auch die Schlafstätte in Fenggenmathes' Gästezimmer war er gewöhnt.

Die Nacht ging Tassilo durch den Kopf. Absurde Gedanken zur Pfalzgräfin, zu Mathes, zu Augsburg, zum Erbprinzen und zu bestialischen Mördern mit absurdem Hang zu Drudenfüßen aus Gedärm. Und dann fiel ihm wieder die Magd Anni ein. Wie passte sie in dieses Spiel? Immer wieder versuchte sich Tassilo mit dem Gedanken zu beruhigen, dass er am folgenden Tag diesem seltsamen Heiligen im Forstenrieder Wald einen Besuch abstatten würde – der Name fiel ihm nicht ein – und damit sicher einige Schritte weiterkommen würde.

Warum lagen die Amulette bei den Ermordeten? Warum bestanden diese Amulette offensichtlich aus menschlichen Knochen?

Meinrad! Der heilige Mann im Wald hieß Meinrad.

Die Blase drückte. Er musste dringend bieseln!

Seine Hände tasteten unter dem Bett ins Leere. Man hatte vergessen, ihm einen Nachttopf zur Verfügung zu stellen. Er schlüpfte in die Trippen, um nicht barfuß über den Hof zum Abort zu müssen. Das Nachthemd, das man ihm geliehen hatte, reichte nicht ganz bis zu den Knien. Schwefelhölzchen und Zunder lagen bereit. Tassilo zündete eine kleine Kerze an und verließ sein Gästezimmer. Im Treppenhaus erwischte ein Luftzug die Flamme und die Kerze erlosch bis auf einen kleinen Glimmer wieder. Leise fluchend beschloss Tassilo, den Weg im Dunkeln fortzusetzen. Er kannte sich im Haus seines Freundes beinahe so gut aus wie in seinem eigenen. Außerdem fiel im Erdgeschoss ein Lichtschein durch den Türspalt von Mathes' Arbeitszimmer. War er etwa noch oder wieder auf? Um nicht zu stolpern, schlich Tassilo, so leise es seine Holztrippen zuließen, zur Treppe. Als er nach dem Geländer griff, bekam er etwas zu fassen, das sich bewegte. Er schrie kurz auf.

Da zuckte ein Feuerblitz auf, zwei kleinere Flammensäulen folgten.

Der Gottstehunsbei wuchs aus dem Dunkel heraus und starrte Tassilo Stubenruß von oben herab direkt in die Augen. Groß wie die Riesin auf der Dult. Furcht einflößender als der Buchenmülleralois neulich in der Mühle. Lange gebogene Hörner glänzten im Halbdunkel.

Dass sich seine Blase nun von selbst entleerte, daran würde er sich später nicht mehr erinnern. Tassilo nahm das Blitzen von langen Krallen aus den Augenwinkeln wahr. Er war kein großer Meister der Fechtkunst, konnte aber durchaus parieren und hatte seine Lehrer immer wieder dadurch beeindruckt, dass er schnell ausweichen, flink wegtauchen oder sich seitlich wegbiegen konnte. So wie jetzt. Eine teuflische Kralle, die auf seinen Kehlkopf gezielt hatte, rauschte ins Leere. Dann die nächste. Die fürchterlichen Pranken des Gottstehunsbei flogen immer wieder auf ihn zu, gierten nach seinen Augen, seinem Hals. Tassilo reagierte wie in Trance, bog sich wie eine Weide im Wind. Schließlich schlug er zu, trat nach vorne, prügelte wild um sich, biss zu. Wenn das seine letzten Atemzüge auf Erden sein sollten, dann würde er keinesfalls kampflos gehen. Egal, wie unvernünftig es war, denn gegen den Leibhaftigen war jede Gegenwehr sinnlos. Vielleicht einfach beten? Ihn wegbeten?

»*Tu autem, Domine, miserere nobis*«, begann Tassilo im Takt seiner blind hingeschleuderten Schläge zu brüllen. Ausgerechnet das Tischgebet nach dem Essen war ihm spontan eingefallen! Tatsächlich stockte der Gottstehunsbei kurz. Ohne zu überlegen fuhr Tassilo fort:

»*Deo gratias.*
Confiteantur tibi, Domine, omnia opera tua.
Et sancti tui benedicant tibi.
Agimus tibi gratias, omnipotens Deus, pro universis beneficiis tuis:
Qui vivis et regnas in saecula saeculorum.
Amen.«

Das ist kein Gespenst! Das ist ein Mensch in Verkleidung, schrie eine innere Stimme. Und doch er schob das Vaterunser hinterher:

»*Pater noster, qui es in caelis*
Sanctificetur nomen tuum
Adveniat regnum tuum
Fiat voluntas tua
Sicut in caelo, et in terra

Panem nostrum cotidianum da nobis hodie
Et dimitte nobis debita nostra
Sicut et nos dimittimus debitoribus nostris
Et ne nos inducas in tentationem
Sed libera nos a malo.
Amen«

Das »Amen« keuchte er, als er bereits die Treppe hinunterstürzte, verkeilt im Kampf mit dem Gottstehunsbei. Die messerscharfen Klauen seines Gegners hatten ihm blutige Wunden an Schultern und Oberarmen beigefügt. Im weiten schwarzen Gewand verhedderten sich beide. Etwas knackte und krachte erbärmlich. Holz? Knochen?

Am unteren Treppenabsatz blieb Tassilo benommen liegen. Er hob instinktiv die Arme zur Abwehr, zu mehr war er in dem Augenblick nicht fähig. Sterne tanzten in seinem Hirn.

Der Gottstehunsbei rappelte sich auf, tänzelte von einem Bein auf das andere und gab groteskes Gequietsche wie eine abgestochene Sau von sich. Dann sah Tassilo wieder die zwei Pranken mit den rasiermesserscharfen Klauen auf sich zu rasen. Sie würden ihm erst die Hände abschneiden, dann das Gesicht vom Schädel schälen, das war ihm klar. Er konnte sich nicht bewegen und schloss die Augen.

Dass die Krallen ihm nichts anhaben konnten, lag daran, dass Stoffel unter der Treppe auf einem Strohsack geschlafen hatte. Vom Gepolter und den Schreien aufgeweckt, griff er die nächstbeste Waffe, einen Besen, und schlug dem Gottstehunsbei den Stiel auf den Rücken. Das beeindruckte den schwarzen Riesen nicht wirklich, brachte ihn aber dazu, von Tassilo abzulassen.

Weil der tödliche Angriff ausblieb, öffnete Tassilo wieder die Augen. Er sah den Gottstehunsbei mit wehendem Gewand aus der Tür rauschen. Den Kopf mit den Hörnern nach vorne gesenkt wie ein Stier beim Angriff. Hinter ihm Stoffel mit dem Besen, wilde Drohungen ausstoßend. Tassilo rappelte sich auf. Der Rücken schmerzte, doch er humpelte hinterher. Hinaus auf die finstere Straße, hinüber zur niedrigen Friedhofsmauer. Die Kapelle Unserer Lieben Frau war nur ein Schemen in einer dunklen Nacht. Tassilo sah immer noch tanzende Sterne.

Tassilo kletterte die Friedhofsmauer hoch. Oben blieb er ermattet sitzen. Ihm war schwindelig. Er übergab sich. Der Gottstehunsbei war längst in der Finsternis zwischen den Gräbern verschwunden. Er hatte sich in Luft aufgelöst. Stoffel rannte noch einige Minuten brüllend zwischen den Grabsteinen herum und schlug in die Dunkelheit, kehrte dann aber zurück zu seinem Herrn. In einigen Häusern wurde Licht gemacht. »Was soll das, ihr Lumpenpack!«, schrie eine Frau aus einem Fenster. »Es ist mitten in der Nacht, Hundsbuam, elendige!«, brüllte ein Mann. Ein Nachttopf flog und zerschellte weit von Tassilo entfernt an der Mauer.

Stoffel stützte seinen Herrn auf dem Weg zurück ins Haus. Dort war inzwischen Licht gemacht worden. Die Dienstboten drängten sich verängstigt und neugierig zugleich im Eingangsbereich. Die Köchin hielt eine tropfende Kerze und leuchtete für Stoffel und Tassilo.

»Ein Einbrecher«, stöhnte Tassilo. »Nur ein Einbrecher. Wir haben ihn verjagt.«

»Jessasmariaundjosef.« Die Köchin bekreuzigte sich. »In was für unsicheren Zeiten wir doch leben! Früher hätte es das nicht gegeben. Einbrecher bei uns!«

Die schwangere Dame des Hauses stand mit großen Augen und offenem Mund oben an der Treppe, eine brennende Lampe in der Hand.

»Mein Gemahl!«, kreischte sie. »Wo ist mein Gemahl?« Sie sank ohnmächtig darnieder. Sofort sprintete eine Magd die Treppe hinauf, um die brennende Lampe aufzuheben und eine Feuersbrunst zu verhindern.

»Das Arbeitszimmer«, murmelte Tassilo. Er erinnerte sich an den Lichtschein, bevor der Gottstehunsbei ihn angegriffen hatte.

Im Raum herrschte Chaos aus Ledermappen, Papieren, Unterlagen, Geschäftsbüchern. Stühle lagen umgestürzt umher. Auf dem Boden stand ein kleiner Leuchter, in dem eine Kerze flackerte. Ein Luftzug wehte durch das offene Fenster und ließ die Papiere rascheln.

»Was für ein Glück«, entfuhr es der Köchin, die sich mit in den Raum gedrängt hatte. »Wenn die Kerze umgefallen wäre … nicht auszudenken. Heilige Muttergottes, danke, du Himmelskönigin, Quell göttlicher Gnade …«

»Pssst«, machte Stoffel und lauschte. Nun hörte es auch Tassilo. Das Röcheln.

Sie trugen den Fenggenmathes hinauf in sein Bett. Die Köchin versorgte notdürftig einige böse Schnitt- und Schürfwunden mit Wasser und einer Kräutersalbe. Ebenso bei Tassilo. Tassilo blutete zwar, doch hatte er sich nichts gebrochen. Im Gegensatz zu Mathes, dessen rechter Arm unschön seitlich wegknickte. Die Fenggenrosa, inzwischen wieder zu sich gekommen, schickte den Stallburschen los, einen Bader oder zumindest eine Hebamme zu holen.

»Er war plötzlich im Raum«, sagte Mathes, als sie nur zu dritt waren. »Ganz plötzlich. Ich weiß nicht, wie er reingekommen sein kann. Er war hinter mir.

Diese Hörner! Dann kam Feuer … Irgendwie muss ich mich gewehrt haben, sonst würde ich doch nicht mehr leben, oder?« Er sah Tassilo mit einer seltsamen Mischung aus Verwunderung und Verzweiflung an. Aus der großen Beule an seiner Schläfe rann immer noch ein wenig Blut. »Warum hat er mich nicht getötet? Warum hat mich der Gottstehunsbei verschont?«

»Vielleicht, weil er mich oben gehört hat. Ich bin aufgestanden«, sagte Tassilo.

»Ich werde dieses Monster suchen«, lallte Mathes und schlug die Bettdecke zurück. Er redete im Fieber. »Ich stürze ihn zurück in seine eigene Hölle.«

»Auf keinen Fall!« Rosa drückte ihren Mann zurück in die Kissen. »Ihr werdet liegen bleiben. Wir reden hier nicht von der Frau Perchta oder dem Bilwis, sondern vom Leibhaftigen! Welch göttliche Gnade, dass Ihr überlebt habt, mein Herr.« Sie rang die Hände über dem schwangeren Bauch. »Ich werde hier bei Euch die Nacht wachen und den Rosenkranz beten.«

»Kein Wort zu den Dienstboten«, murmelte Mathes schwach.

»Selbstverständlich«, sagte Rosa. »Was für eine kranke Seele.«

»Wie?«, fragte Tassilo verwundert und Mathes, der bereits wegdämmerte, zog kurz die Stirn kraus. »Euer Gatte? Er ist krank, sicher, aber nicht …«

»Ich spreche nicht von meinem geliebten Gatten.« Sie nahm ein Tuch und befeuchtete es in einer Wasserschüssel, die auf der Truhe neben dem Bett stand. Das Tuch legte sie ihrem Mann auf die Stirn. Als er ruhig und gleichmäßig atmete, sagte sie halblaut: »Ich meine diese furchtbare Person Anni. Diese Magd, die uns all diesen Grauen eingebrockt hat.«

»So würde ich das nicht sehen«, sagte Tassilo.

»Würdet Ihr nicht sagen, dass alles, was bisher passiert ist, mit diesem Weibsbild zu tun hat?« Je emotionaler sie wurde, desto stärker verschwand das angelernte feine Münchnerisch und der plumpe Landdialekt kam wieder durch.

»So gesehen … irgendwie schon. Ich denke jedoch nicht, dass sie der Auslöser all dieser Vorkommnisse ist.«

»So, das denkt Ihr nicht? Ich denke, es ist völlig offensichtlich. Sie und nur sie ist Dreh- und Angelpunkt dieser Vorkommnisse. Befragt sie endlich hochnotpeinlich. Nehmt sie aus dem Schutz dieses alten verblendeten bösartigen Betbruders …«

»Ihr sprecht von Eurem Schwiegervater, Frau Rosa!«

Sie ging nicht darauf ein. »Diese Anni ist eine Drud und mit dem Teufel im Bund. Ein lüsternes Miststück, das den alten Trottel in ihren Fängen hält. Ist es nicht allgemein bekannt, dass lüsternes Weibsvolk mit dem Teufel im Bunde ist? Keine gottgefällige Frau ist lüstern. Das ist, was ich weiß und was ich Euch sage. Das ist auch, was Mathes sagt.«

»Das stimmt«, musste Tassilo beipflichten.

»Sie sitzt hier in der Nachbarschaft. Das Haus meines Schwiegervaters ist gleich ums Eck. Dieses Weib musste den Teufel nicht einmal aus der Ferne herschicken.«

23 Der Heilige vom Wald

In dieser Nacht fand er beinahe keinen Schlaf, der Vormittag vertröpfelte mit Verbandswechseln, Essen, mühsamer Rekonvaleszenz und kräftezehrenden Abwehrmanövern, um den Bader am Aderlass zu hindern. Tassilo fand, er hatte bereits genug Blut in der Nacht verloren, was der Bader anders sah. Er hielt Tassilo den üblichen Vortrag über die Körpersäfte, die nur durch Aderlass wieder ins Gleichgewicht gebracht werden könnten. Tassilo gähnte demonstrativ.

Rosa ließ ihn nicht zu seinem Freund Mathes vor.

Tassilo stromerte unruhig durch das Arbeitszimmer. Der Impuls aufzuräumen überkam ihn. Er stellte Stühle hin. Er bückte sich, hob Schreibgeräte auf, suchte Papiere zusammen und legte sie auf den Schreibtisch. Ein paar kleine Gefäße lagen zerbrochen am Boden. Kräuter, Salz und Pulver verteilte sich um sie herum. Ein einziger kleiner Tonkrug war heil geblieben. Tassilo öffnete den Stöpsel. Ein helles Pulver befand sich darin. Tassilo tauchte eine befeuchtete Fingerspitze hinein und kostete. Er hatte besonders feines Salz erwartet, aber es schmeckte nur bitter. Er stellte das Krüglein auf den Schreibtisch. Er nahm das silberne Streusandgefäß in die Hand, das er Mathes zur Hochzeit geschenkt hatte. Eine wunderschöne Arbeit mit fein ziseliertem Muster. Schreibsand! Ihm fiel ein, dass er selbst welchen benötigte und bislang vergessen hatte, ihn zu kaufen. Er nahm den Deckel herunter und füllte sich eine gute Handvoll in eines der leeren Krüglein, das er verstöpselte und einsteckte. Sein Freund würde nichts dagegen haben.

Das Hochzeitsbild von Rosa lag umgedreht. Er nahm es in die Hand und betrachtete es lange. Schließlich fiel sein Blick zufällig auf das oberste Blatt auf dem Stapel, den er eben hingelegt hatte. Ein Brief. Nicht lesen, schalt er sich, das gehört sich nicht. Er las ihn. Der Salzhändler Pichler aus Reichenhall kündigte seinen Besuch in München an. Er wolle seine Tochter Rosa und die Familie des Bräutigams sehen. Nicht weiter aufregend. Interessant fand Tassilo allerdings, dass jemand mit einer Schreibfeder einen dicken schwarzen

Strich quer über den Brief gesetzt hatte. So als sei er wütend über den Brief gewesen. Er blätterte vorsichtig durch die Papiere. Wieso vorsichtig? Er musste lachen. Die waren ohnehin ungeordnet am Boden verstreut gelegen. Er fand ein unfertiges Antwortschreiben an den »geliebten Schwiegervater«, in dem der Fenggenmathes mit Bedauern mitteilte, dass eine Reise nach München in der gegenwärtigen Situation höchst ungünstig sei: *»So denn der Leibhaftige daselbst die Wege in die Stadt unsicher macht und ich verhindern möchte, dass Ihr Schaden nehmt. Wartet noch ein paar Wochen bis in den Herbst, bis sich alles geklärt hat.«* Fehlten nur noch die Abschlussformeln, die Unterschrift und das Siegel.

»Wie könnt Ihr es wagen!« Rosa stand mit einem Mal in der Tür, die Hände in die Hüften gestemmt. Romhilde hatte völlig recht, diese Rosa sprach im schwer verständlichen Dialekt eines Flößers, wenn sie sich nicht sehr im Griff hatte. »Das Arbeitszimmer meines Gemahls ist für alle tabu!«

»Verzeiht, Frau Rosa«, stotterte Tassilo und bemerkte, dass er immer noch das kleine Hochzeitsbild in der linken Hand hielt. Warum auch immer – er fühlte sich wie ein kleiner Bub bei etwas Unrechtem ertappt. Reflexartig schob er es unter sein Hemd. »Mathes ist mein Freund …«

»Niemand darf in das Arbeitszimmer meines Gemahls«, rief sie laut, diesmal recht dialektfrei.

»Wir sind Freunde …«

»Niemand. Das ist Gesetz in diesem Haus. Geht.«

»Verzeiht.« Tassilo schob sich dicht an Rosa vorbei, die ihm keinen Platz machte und ihn wütend anfunkelte.

Nein, der Fenggenmuck verweigerte schlichtweg seine Zustimmung, dass Tassilo die Magd Anni noch einmal befragen konnte. Nein, so der Fenggenmuck, auch nicht auf Geheiß seines Bruders, des städtischen Oberrichters. Wenn, dann höchstens auf Wunsch der Durchlauchten. Tassilo solle wiederkommen, sofern es denn unbedingt nötig sei, wenn die Herzöge wieder in der Stadt seien, und dann würde er, der Fenggenmuck, es sich noch einmal überlegen. Vielleicht. Den Hinweis, dass Tassilo auf Wunsch der Durchlauchten ermittelte, wischte er mit einem »Pah« davon.

Tassilo wusste, wie er das umgehen konnte. Er würde zu einem passenden Zeitpunkt einfach den Stellvertreter der Herzöge um Unterstützung bitten, den Erbprinzen.

Nein, sagte der Fenggenbartel, er würde seinen Bruder keinesfalls zwingen, ihm die Magd Anni zu übergeben. So ungeheuerlich er das empörende Verhalten seines Bruders auch fand, nein. Noch nicht, fügte er leise hinzu. Und ja, er, Tassilo, solle beizeiten eine zusätzliche Vollmacht des Erbprinzen besorgen.

Also ritt Tassilo mit schmerzenden Knochen und durchsuppten Verbänden an diesem Nachmittag nach Süden, um den seltsamen Heiligen zu suchen, von dem die Amulette stammen sollten. Meinrad vom Wald. Es regnete nicht nur nicht, nein, kein Wölklein trübte den Morgenhimmel, es schien sogar einmal die Sonne.

Vor der Stadtmauer tobten die Tanzwütigen unverdrossen. Der Reigen erstreckte sich nun nach Westen vom Sendlinger Tor bis zum Neuhauser Tor und darüber hinaus. Nach Osten, zur Isar hin, drehte sich ein weiterer Reigen. Mit Trommeln, Flöten und Trumscheits wurden miteinander konkurrierende Rhythmen vorgegeben, was niemanden in seiner Ekstase zu stören schien. Einige Geißler hatten sich zu den Tanzenden gesellt und peitschten sich im Takt der Musik.

»Eine seltsame Sucht ist zu der Zeit, unter dem Volk umgegangen,
Dass viele Leut aus Unsinnigkeit, zu tanzen angefangen,
Welches sie allzeit Tag und Nacht, ohne Unterlass betrieben,
Bis dass sie fielen in Ohnmacht, viele sind tot darüber geblieben«, sang Stoffel auf seinem Maultier ein altes Lied aus der Zeit, als die Tanzwut besonders heftig grassierte. Die Gurkenhemma hatte es oft gesungen und von den Tanzverrückten ihrer Mädchenjahre erzählt. Dabei hatte sie manchmal so verzückt geklungen, dass man vermuten konnte, sie hätte daran selbst teilgenommen.

Untersendling, Mittersendling, Obersendling. Dörfer, Schwaigen, Einöden. Äcker, Wiesen, Wälder. Das Getreide auf vielen Feldern lag schwarz und verdorben am Boden. Die Kohlköpfe auf den Krautfeldern ragten dunkel hervor. Der Bilwis hatte ganze Arbeit geleistet. Auf den Wegen und Straßen begegneten ihnen wenige Menschen. Meist Bauern oder Reisende auf dem Weg zur Dult. Sie überholten gelegentlich kleine Gruppen von Flößern, die zu Fuß auf dem Rückweg nach Wolfratshausen oder Tölz waren. Der Waldweg hinter Obersendling Richtung Forstenried war etwas belebter. Wie immer besuchten Pilger aus dem Umland Forstenried, bevor sie nach München zur Dult gingen. Die Forstenrieder Kirche Heilig Kreuz zog mit dem wundertätigen Kruzifix ja bereits seit 1229 Gläubige an. Ein Köhler, der in Sichtweite des Weges seinen Kohleofen betrieb, wies ihnen routiniert den Weg zum Heiligen im Wald.

»Zum depperten Alten müsst Ihr bei der großen Eiche nach rechts auf den Eselspfad bis zur alten Jägerhütte«, lachte der Köhler. »Könnt Ihr gar nicht verfehlen. Die Eiche ist innen hohl und halb zusammengekracht. Aber heute empfängt er nicht. Also spart Euch den Weg.«

»Wir werden es riskieren«, antwortete Stoffel.

»Ich meine ja nur.« Der Köhler zuckte mit den Schultern. »Vorhin waren welche ganz enttäuscht auf dem Rückweg, weil er sie nicht empfangen hat. Es hat keinen Sinn. Der ist stur.«

Der Pfad rechts der großen Eiche führte tief in den Forst. Grünes Zwielicht umfing sie. Der Moosteppich am Boden dämpfte die Huftritte. Die Moosgirlanden an den Ästen dämpften das Licht. Eichelhäher schrien Warnungen durchs Gehölz. Schließlich gelangten sie zu einer kleinen Rodung, in deren Mitte ein krüppeliges Holzhäuschen stand. Wie grüner Pelz überzog dichtes Moos den Bau. Aus dem Schlot stieg Rauch. Kräuterbündel und Fellbälger von undefinierbaren Kleintieren hingen zum Trocknen unter den überstehenden Dachschindeln.

»Verschwindet!«, kreischte eine hohe Stimme aus dem Inneren, als Stoffel vorsichtig gegen die windschiefe Türe klopfte. »Schert euch alle weg! Ich halte das nicht mehr aus. Weg! Weg!«

Verwirrt sahen Tassilo und Stoffel sich an.

»Was sagst du?«, sagte die Stimme nun. »Glaubst du? Nein, das mache ich nicht. Nein, lass mich in Ruhe!« Die Stimme wurde schriller. Unwillkürlich traten Tassilo und Stoffel einen Schritt von der Tür zurück. »Lass mich, du Ausgeburt der Hölle!« Die Stimme überschlug sich, dann wurde die Türe aufgerissen und ein zaundürrer alter Mann mit zerschlissener Kutte taumelte heraus. »Weg. Satanas! Du Höllenbrut!« Er fuchtelte mit den Armen, als müsse er Fliegen verscheuchen, nur dass keine zu sehen waren. »Vermaledeiter Herr der Fliegen!« Seine Haare und der Bart waren so lang wie verfilzt. Abrupt blieb er vor Stoffel stehen und bohrte ihm seinen knochigen Zeigefinger in die Brust: »Ha, wieder so ein lüsterner Jüngling, der mich versuchen soll! Der Wievielte bist du? Hat dein Herr nicht langsam genug davon, mir Lustknaben und Dirnen zu schicken? Habe ich nicht alle bisher abgelehnt? Habe ich euch satanische Lustbälger nicht Tausende und Abertausende Male mit meinem standhaften Glauben zurück ins Fegefeuer geschickt? Hmmm, sag es mir, du fleischgewordene Wollust! *Voluptas*! *Luxuria*! Habe ich nicht?!«

»Äh«, stammelte Stoffel. Man hatte ihn schon vieles geheißen – fleischgewordene Wollust war neu. Er grinste kurz und spielte spontan mit: »Abertausende

Male, werter Greis. Doch ich bin das abertausend und erste Mal. Vielleicht überlegt Ihr es Euch und gebt nach? Mein Herr gibt die Hoffnung nicht auf Euch zu verführen.«

»Ha! Du gibst es also zu.« Der Greis erstarrte. »Was sagst du?« Er sprach augenscheinlich wieder zu sich selbst. »Lass mich in Ruhe.« Er begann zu weinen »Weg!«

»Werter Greis«, meldete sich nun Tassilo zu Wort. Obwohl er die ganze Zeit direkt hinter dem Alten gestanden hatte, erschrak der so sehr, dass er einen Hüpfer machte und sich zitternd die Hände an die Brust drückte.

»Ha«, machte der Alte.

»Ich wollte Euch nicht erschrecken, werter Herr Meinrad. Ihr seid doch Meinrad vom Wald, den sie den Heiligen nennen?«

»Wohl. Bin ich wohl!« Der Alte fuchtelte wieder nach imaginären Fliegen. »Aber ich empfange heute nicht! Heute nicht! Sie lassen mich nicht in Ruhe.« Er greinte. »Darum kann ich niemanden sehen heute.«

»Doch, uns könnt Ihr empfangen«, sagte Stoffel und flüsterte: »Wir sind hier, um Euch gegen sie zu helfen?«

»Ha!« Wieder erschrak der Alte und starrte Stoffel so überrascht an, als hätte er ihn bisher nicht wahrgenommen.

»Ihr könnt sie hören?«, fragte der Alte vorsichtig und schniefte.

»Sicher doch«, antwortete Stoffel sanft und hakte sich bei dem Mann unter. »Wir haben sie vorhin gehört, als sie Euch traktierten. Deshalb sind wir gekommen. Hört genau hin: Nichts! Sie haben Angst vor uns. Wisst Ihr das nicht? Sie fürchten uns. Sie schweigen!« Er sah auffordernd zu Tassilo.

»Sicher, ich höre nichts mehr«, sagte der nach einem Moment der Belämmertheit. »Sie sind still. Was … äh … was zu erwarten war, denn sie fürchten uns, die … ähm, … Stimmen.«

»Ihr habt recht.« Der alte Meinrad klatschte begeistert in die Hände. »Sie halten ihre dreckigen Mäuler! Die ganze Nacht haben sie mich wach gehalten! Oh, danke Euch, die Herren. Kommt mit rein, die Herren, ich möchte Euch meine Dankbarkeit erweisen. Kommt, kommt.« Er sang: »Sie sind weg, sie sind weg …«

Auch im Inneren hingen dicht an dicht Kräuterbündel, Vogelbälge und Tierhäute von der Decke. Von Spinnweben ganz zu schweigen. Im Kamin flackerte ein kleines Feuerchen. Es roch nach Schimmel und Kamille, gemischt mit Rauch und Verwesung. Der Raum war ansonsten recht karg. Ein Strohlager mit zerschlissenen Wolldecken in einer Ecke – wohl das Bett –, zwei Stühle, eine Holztruhe. Auf einem Tisch brannte eine Kerze aus Unschlitt, ein paar Bücher und Werkzeuge lagen herum. Und Knochen.

Der alte Meinrad blieb im Raum stehen, legte den Kopf schräg, lauschte und rollte die Augen hin und her. Dann klatschte er wieder in die Hände und lachte zahnlos. »Sie sind wirklich still!« Kichernd setzte er sich an seinen Tisch und pusselte mit Knochenstückchen und Golddraht herum. »Setzt Euch. Trinkt etwas.« Er deutete auf einen Krug mit undefinierbarer Flüssigkeit, auf der eine grünliche Schaumkrone schwamm. Er packte den Krug mit seinen dürren Fingern und nahm einen tiefen Schluck. Tassilo wandte sich ab, um sich nicht zu übergeben.

»Sind sie immer da?«, fragte Stoffel.

»Wer?« Meinrad sah sich irritiert um.

»Na, sie! Die, die jetzt schweigen.«

»Ach, die. Nein, nicht immer. Sie kommen und gehen, nur um mich zu quälen. So wie die Irrlichter, die nachts vor meinem Haus tanzen. Oder die verfluchten Nymphen, die im Teich baden und mich verführen wollen. Oder die Lustknaben. Vorhin war erst wieder einer da. Gerade eben! Habt Ihr ihn nicht gesehen? Ihr müsstet ihm begegnet sein.«

»Oh ja«, sagte Stoffel grinsend. »Ein hübscher Bursche. Wohlgewachsen. Bestimmt direkt aus der Hölle.«

»Nicht wahr?«

»Das ist übel. Das ist teuflisch, geradezu.«

»Was du nicht sagst, Bübchen«, lachte der Alte. »Dich quälen deine Lenden, gepiesackt durch das verführerische Weibsvolk. Mich aber quält etwas ganz anderes! ER! Er fügt mir die schlimmsten Leiden zu, um mich zu prüfen. Doch ich ertrage sie. Ich ertrage alles.«

»Der Herrgott prüft Euch so schwer?«, fragte Stoffel.

»Der Herrgott? Oh, nein, meine Herren! Der nicht. Der liebt mich doch! Der liebt uns alle! Warum sollte er mich prüfen, wenn er mich doch liebt! Der Satan ist es. Höchstpersönlich! Ja, ich frage mich, warum ich in meiner Unwürdigkeit offenbar doch würdig genug bin, den Hass des Höllenfürsten auf mich zu ziehen.«

»Und?«, fragte Tassilo. »Habt Ihr eine Antwort?«

Meinrad hockte sich an den Tisch und begann mit einer feinen Säge von einem größeren Knochen sorgsam eine dünne Scheibe abzutrennen. »Was?«, sagte er nach einer Weile und hielt die Knochenscheibe prüfend gegen das Licht des Kaminfeuers.

»Habt Ihr eine Antwort, warum Satan Euch für würdig hält …«

»Ich habe ihn gesehen. Draußen im Wald. Vor dem Haus! Ich habe sein Antlitz gesehen. Er kommt in der Nacht. Wann denn sonst. Er flüstert Dinge in den Wind, versucht mich zu behexen. Er schleicht um mein Haus wie ein Dieb.« Er pusselte wieder an seinem Knochenstück herum, bohrte mit einer dicken Nadel ein Loch in den Rand.

»Vielleicht ist es ein Dieb?«, warf Stoffel ein.

»Natürlich ist es ein Dieb!«, rief der alte Meinrad.

»Eben war es noch der Leibhaftige«, stöhnte Tassilo.

»Der Leibhaftige ist ein Dieb! Er stiehlt unsere Seelen. Aber mich bekommt er nicht. Mich nicht! Ich bin gewappnet. Ich hänge meine Amulette nachts über die Tür, draußen. Manchmal nimmt er eins mit, um ihre Macht zu ergründen. Aber er kommt nicht gegen sie an. Sie schützen mich, denn ich bin der persönliche Prokurator des heiligen Ogart von Rom.«

»Prokurator?«, fragte Tassilo kritisch nach. »Ihr seid sicher, dass Ihr der Bevollmächtigte eines verstorbenen Heiligen seid?« Stoffel gab seinem Herrn ein Zeichen, nicht weiter zu bohren.

»Habt Ihr etwa Zweifel?« Meinrad sprang aggressiv auf und punzierte mit seinem Zeigefinger schmerzhaft Tassilos Brustbein. »Warum sonst, so sagt mir, trage ich seine Kutte?« Er zupfte an dem löchrigen, verdreckten Ding, das mal eine weiße Mönchskutte gewesen sein musste. »Warum sonst hat er mir seine Schriften anvertraut?« Er griff zielsicher zu einer stabilen Rolle aus abgewetztem Leder und zog daraus stockfleckige Blätter hervor. »Diese heiligen Schriften fand ich in seinen Gebeinen! Jawohl. Sie lagen mitten in seinem Becken. Hier!«

Er entrollte ein Blatt, setzte einen Finger auf eine Stelle und deklamierte: »*Fürwahr, er ist der Leibhaftige in Person. Satanas in Reinkultur. Ich bin stark. Jawohl, stark durch das Gebet. Nur so kann ich ertragen, was dieser als schmucker Lebemann getarnte Teufel mit mir und allen anderen veranstaltet. Er verbirgt sich hinter der perfekten Maske. Damit täuscht er alle. Nur mich nicht.*« Er blätterte eine andere Seite auf: »Und hier: *Ich möchte, dass Ihr wisst, dass er Euch vernichten wird, wenn er kommt. Bereitet Euch vor! Wappnet Euer Haus und schützt alles, was Ihr liebt. Denn er kennt keine Gnade.*«

Meinrad ließ die Blätter sinken. »Seht Ihr, meine Herren, die Schriften des heiligen Ogart begleiten mich. Verzeiht, dass ich so dramatisch rezitiert habe.« Er senkte verschämt den Kopf. »Die Todsünde der Eitelkeit reizte mich. Ich kenne die Worte eigentlich auswendig. Alle!«

»Ihr wollt also sagen«, Tassilo suchte nach den passenden Worten, »dass Ihr den heiligen Ogart in Rom ausgegraben habt und seine Kutte angezogen ...?«

Stoffel zog laut die Luft ein. Meinrad starrte einige Sekunden ins Leere.

»Was?«, sagte er dann. »Nein, mein Herr. Das habe ich nicht! Unser Herrgott selbst hat mich zum heiligen Ogart geführt! Ich fand ihn ... ich weiß nicht mehr, wie die Dörfer hießen, durch die ich kam. Ich bin schon so lange unterwegs. Seit wann bin ich unterwegs?« Der Alte starrte einige Sekunden abwesend ins Feuer. »Wer zählt schon die Tage? Ziemlich sicher war es im südlichen Tirol, oder nicht? Berge, Seen, Wälder. Ich hatte mich im Wald verirrt und war verzagt, dass ich bald sterben müsste! Da führte mich der Herrgott tief ins Dickicht zwischen Dornengestrüpp ... Dornbusch! Ihr wisst, was das heißt. So wie Gott sich Moses im brennenden Dornbusch offenbart hat. Ja.« Er fuchtelte nach imaginären Fliegen. »Wo ich den heiligen Ogart fand. Inmitten eines großen Ameisenhaufens! Könnt Ihr Euch das vorstellen? Er lag da in seiner weißen Kutte, winkte mich herbei und sagte mir, ich müsse keine Angst haben. Er wolle mich kleiden und nähren. Und siehe da, seine Feldflasche war noch gefüllt mit Wein und ein gutes Stück Trockenfleisch fand sich in seiner Kiste.«

»Da hat der Heilige noch gelebt?«, fragte Stoffel.

»Wieso fragst du so dumm, Bursche?«, brauste Meinrad auf.

»Weil Ihr sagtet, dass er zu Euch gesprochen hat.«

»Natürlich hat er zu mir gesprochen! Hier oben, du Dummkopf.« Meinrad tippte sich an die Schläfe. »Er war toter als tot. Ein Skelett. Hier.« Meinrad ging zu einer Truhe, öffnete schwungvoll den Deckel und stellte sich mit stolz vor der Brust verschränkten Armen daneben.

Tassilo und Stoffel tauschten einen entsetzten Blick. »Ein Skelett als Mitbewohner«, sagte Tassilo und trat näher. »Wie apart.«

»Es sieht ein wenig durcheinander aus«, meinte Stoffel leise. »Und da fehlt schon einiges, denke ich.«

»Es ist auseinandergefallen, als ich ihm die Kutte ausgezogen habe. Er hat mir gesagt, ich solle sie tragen und ihn zu einem besseren Ort bringen. Also habe ich seine Gebeine in die Kiste gelegt, so ordentlich es eben ging, und bin losgezogen. Dahin, wo er mir gesagt hat.«

»Er hat Euch gesagt, dass Ihr in den Wald bei München gehen sollt?«, fragte Tassilo.

»Ja.« Er fuchtelte wieder mit der Lederrolle und den Blättern herum. »So nahe als möglich an die Stadt! Die Stadt mit ihren giftigen Miasmen ist der Gesundheit nicht zuträglich ...« Er schüttelte sich. »Ich war trotzdem kurz dort. Keine schöne Stadt, dieses München, voller Radiweiber und Kälbertreiber. Der heilige Ogart schreibt immer von *Monacum am Isarstrand.* Dorthin ist der Leibhaftige unterwegs. Also habe ich die Kiste mitgenommen und bis hierher getragen. Auf meinem eigenen Buckel. Den Platz im Wald hat mir der heilige Ogart selbst genannt. Hier wirke und arbeite, hat er mir gesagt. Es ist schön hier.«

»Und als Dank verscherbelst du seine Knochen an dumme Pilger«, sagte Tassilo. Er war es leid, dem Alten mehr Ehre zuteilwerden zu lassen als nötig, und duzte ihn.

»Auch das hat er mir gesagt«, antwortete Meinrad. »Er hat mich angewiesen, sein Andenken zu streuen.«

»Indem du aus seinen Knochen Amulette bastelst«, knurrte Tassilo.

»Die kleinen Knochen sind nun schon weg. Die Zähne auch. Darum schneide ich die großen jetzt in Scheiben. Ich binde sie mit Golddraht! Kostbares Gold. Kostbar? Pah! Eitler Tand, den man mir nachschmeißt für meine Arbeit. Blendwerk. Wie viel kostbarer ist doch die Kraft des Heiligen, das den Träger des Amuletts durchdringt.« Er schloss die Augen, dann rezitierte er laut: *»Er ist die Rache selbst. Der Hass. Noch nie habe ich die Verkörperung des reinen Bösen so zum Greifen nah erlebt, erleben müssen. Meine Gebete prallen an ihm ab wie Regen an Dachziegeln.«*

Stoffel und Tassilo tauschten fragende Blicke. »Ogart?«, flüsterte Tassilo, und sein Diener nickte.

»Wo wir gerade vom Bösen reden«, sagte Tassilo. »Der Leibhaftige, der dich nachts besuchen kommt … Wie sieht er denn aus?«

»Groß und schwarz! Mit einer grässlichen Fratze und Zähnen und riesigen Hörnern. Manchmal bringt er einen Feuerregen. Aber nicht immer. Er weiß, dass er mich damit nicht beeindrucken kann. Manchmal kommt er als Vogel und verwandelt sich dann in einen Drachen mit riesigen Flügeln. Manchmal kommt er als Spinnentier mit giftigen Fangzähnen. Gestern erst, gestern war es ein Greif, ein geflügelter Löwe mit Adlerkopf. Auf dem Dach hat er herumgewütet! Ich verberge mich hier im Haus. Das kann er nicht betreten, weil mich der heilige Ogart beschützt.« Der alte Meinrad rollte die Schriftstücke zusammen, steckte sie in den ledernen Köcher und warf ihn achtlos auf sein Bett.

»Wäre es nicht sinnvoll, die Schriften des heiligen Ogart zu vervielfältigen?«, fragte Tassilo. »Wir könnten sie für dich in ein zuverlässiges Scriptorium geben, ich kenne da ein Klarissen-Kloster in München …«

»Nein, nein!«, rief der Alte. »Ich gebe sie nicht aus der Hand. Das wollt Ihr also! Meine heiligen Schriften!« Er wurde giftig.

»Eine Frage noch. Hat jemand einmal besonders viele Amulette gekauft? Oder kam jemand öfter?«

»Was?« Der alte Meinrad stoppte in der Bewegung. »Du meinst dieses fette Weib?«

»Vermutlich. Kannst du sie beschreiben?«

»Fett. Was an fettem Weib verstehst du nicht? Das war, als ich in München war und ein wenig von Haus zu Haus gezogen bin. Ich musste doch meine Ankunft, die Ankunft des heiligen Ogart verkünden!«

»Weißt du noch, welches Haus das war?«

»Ein Haus! Jedes Haus! Fettgefressene Städter wohnen darin. In allen Stadthäusern wohnen Fettgefressene. Fette Weiber, fette Männer, fette Dienstboten. Du Bruder Satans!« Er begann zu brüllen und zu geifern. »Fette Wampe! Fettes Hirn! Fett. Fett. Fett. Fett vernebelt ihnen den Geist! Raus, ihr Haderlumpen, Teufelsbrut. Wie seid ihr überhaupt hier hereingekommen? Wer hat euch den Weg hierher gewiesen?« Er schwenkte ein Ogart-Amulett. »Weg! Weg!«

Als sie aufsaßen, regnete es wieder. Tassilo zog die Kapuze seines gewachsten Umhangs tief ins Gesicht und fragte: »Du hast sie?«

»Aber sicher, Herr«, grinste Stoffel und klopfte auf seinen Umhängebeutel.

»Guter Junge, dann auf nach Wolfratshausen.«

»Wie meinen, Herr?«, rief Stoffel entsetzt.

»Wir haben bisher die Afra vernachlässigt, deucht mir.«

»Die Afra? Welche Af… Oh, die erste Leiche. Aber Herr, die ist längst tot und begraben. Und wir werden vor Einbruch der Dunkelheit nicht zurück sein«, gab Stoffel zu bedenken.

»Wir werden in Wolfratshausen ein Floß nehmen.«

24 Die namenlose Magd

Ihr hättet Euer Kommen ruhig ankündigen können«, maulte der Landrichter Ludwig Gröbner und wischte sich mit einem Tuch den Mund sauber. Fett lief trotzdem über seinen Bart. »Ich mag es nicht, wenn man mich beim Nachtmahl stört.« Er schob einen Teller mit halb gegessenem Schweinebraten und gekochtem Kraut von sich. Im ganzen Haus müffelte es nach Kraut.

»Verzeiht«, antwortete Tassilo. »Aber die Sonne steht noch recht hoch am Himmel für ein Abendessen.«

»Ich pflege früh zu speisen. Völlerei zu später Stunde ist eine Sünde wider die Natur und unseren Herrgott.« Er wies Tassilo einen Stuhl an seinem Esstisch an.

»Wenn Ihr meint.« Tassilo setzte sich und schob den halb vollen Teller, der vor seiner Nase stand, zur Seite. Der Teller war schmierig. Tassilo suchte eine Möglichkeit, sich die Finger abzuwischen und fand keine andere als die Tischplatte.

»Gut, kürzen wir das hier ab, Herr Tassilo. Sagt mir Euer Begehr.«

»Die Magd Afra, die vor vier Monaten in Schäftlarn aufgefunden wurde. Könnt Ihr sie beschreiben?«

»Beschreiben?« Der Landrichter lachte auf. »Seid Ihr von Sinnen? Sie war ein junges Ding. Ein totes junges Ding. Was gibt es da zu beschreiben?«

»Wie war sie angezogen? Wie war die Farbe ihrer Haare? Wie die Farbe ihrer Augen? Wie ihre Gesichtszüge?«

»Sie trug ein einfaches leinenes Kleid, wie Mägde das so tun. Sie war blond und blauäugig. Und ihre Gesichtszüge waren vom Tod entstellt. Wobei sie sicher einmal recht hübsch gewesen war.«

Tassilo durchzuckte ein verwegener Gedanke. So verwegen, dass man ihn schon irre nennen konnte. Wenige Sekunden später hätte er sich wohl selbst geohrfeigt für die Idee, aber in diesem Moment stand er neben sich. »Könnte sie so ausgesehen haben?« Tassilo holte das kleine Hochzeitsbild der Fenggenrosa hervor.

»Sicher«, antwortete Gröbner gleichgültig und versetzte Tassilo so lange in eine unangenehme Aufregung mit Herzschlägen bis zum Hals, bis er hinzufügte: »So oder auch anders. Hört, mein Herr, die Afra war eine Magd, von der hat niemand ein Bild gemalt. Außerdem war ihr Gesicht zerstört. Der Gottstehunsbei hat ihr mit seinen Klauen das Antlitz zerschlitzt. Wer weiß also, wie sie ausgesehen hat?«

»Na, ihre Herrschaft beispielsweise.« Er überspielte, dass er sich für seine absurde Idee eben in Grund und Boden schämte. Wie kam er nur darauf? Begann das alles seinen Geist zu verwirren? Jagte er doch Mächte, die sich aller Vernunft entzogen? Fiel er auf den Teufel herein? Warum dachte er, die Fenggenrosa sei eine andere? Nur weil sie ihrem Bild nicht ähnlich sah? Auf den Stifterbildern in den Kirchen sahen sich die Stifter nie sonderlich ähnlich. Maler hatten auch nicht den Anspruch und meist explizit nicht den Auftrag, realistisch zu arbeiten.

»Wessen Herrschaft?«, fragte der Landrichter blöd glotzend.

»Afras Herrschaft. Sie war Magd, also muss sie einen Herrn gehabt haben, oder eine Herrin.«

»Es hat sich keine Herrschaft gemeldet, die sie vermisst hat.«

»Und das findet Ihr nicht ungewöhnlich?«, fragte Tassilo verwundert.

»Nein.« Der Landrichter zuckte gleichgültig mit den Schultern. »Leider nein. Hier auf dem Land tauchen regelmäßig Tagelöhner auf und verschwinden wieder. Knechte oder Mägde, heimatlos, vertrieben, entflohen – wer weiß das schon.«

»Woher wisst Ihr dann, dass sie Afra hieß?«

Der Landrichter kicherte. »Ich verrate Euch etwas, Herr Tassilo.« Er beugte sich vor, als wolle er ein Geheimnis in Tassilos Ohr hauchen. Er flüsterte: »Ich weiß es nicht.« Er lehnte sich entspannt zurück. »Keiner wusste ihren Namen. Da haben wir sie einfach Afra genannt. Meine Gemahlin fand das einen passenden Namen.«

»Wie seid Ihr dann auf den Meinlingerschorsch als Täter gekommen?«

»Der hat so blöd gelacht, als er die Leiche gesehen hat.«

»Das ist nicht Euer Ernst.«

»Wir haben ihn dann vernommen«, stöhnte der Landrichter genervt. »Alles ging seinen rechten Gang, Herr Tassilo. Ich verbitte mir Unterstellungen. Der Meinlingerschorsch hat bereits vor dem hochnotpeinlichen Verhör alles gestanden. Schon als wir ihm die Torturinstrumente gezeigt haben. Wer konnte denn ahnen, dass er im Angesicht des Todes so dreist lügt. Gut, er war blöd, zugegeben. Aber solch ein dreister Lügner. Dafür wird er sicher in der Hölle schmoren.«

»Sicher«, seufzte Tassilo. »Es gibt Gerüchte, nach denen die Afra das Liebchen des Fußsteiners war …«

Der Landrichter lachte laut auf. »Was für ein Schmarrn. Der alte Münzschädel rührt kein Weib mehr an, seit er denkt, er ist verflucht.«

»Und man sagt, die Afra sei in froher Erwartung gewesen.«

»Noch größerer Schmarrn. Wir haben keinen Hinweis darauf gefunden. Glaubt mir, sie war ausgeräumt, und da fand sich kein kleines Menschlein.«

»Gut.« Tassilo stand auf. »Ich danke Euch für Eure Offenheit, Herr Gröbner. Eines noch: Seine Gnaden, der Fürstbischof, hat mir geraten, alle Befragten auf die Bibel schwören zu lassen, dass sie die Wahrheit gesagt haben.« Er zog eine Bibel aus seiner Umhängetasche.

»Das wagt Ihr nicht!« Ludwig Gröbner sprang wütend von seiner Bank auf.

»Ihr wollt Euch weigern?«

»Ich weigere mich nicht.« Der Landrichter patschte bebend seine fleischige Hand auf die Bibel. »Ich bin nur aufs Äußerste empört und werde den Durchlauchten darüber berichten. Darauf könnt Ihr Euch verlassen! Ich schwöre bei Gott, der Heiligen Jungfrau Maria und dem himmlischen Jerusalem, dass ich die Wahrheit gesagt habe, Herr Tassilo. Und jetzt schert Euch sofort raus!«

»Ihr habt Glück«, sagte der Ländemeister von Wolfratshausen und deutete auf zwei große Flöße, die noch am Ufer lagen. »Die beiden zahlen eben den Zoll und fahren dann nach München. Die Letzten für heute. Der mit den Schafen wird Euch sicher mitnehmen können. Wegen der Reittiere meine ich.«

Tatsächlich drängten sich auf einem Floß einige Schafe in einem robusten Gatter, das auf den Holzbalken montiert war. Der Flößer zeigte sich zunächst nicht sonderlich glücklich, dass er nun ein Pferd und ein Maultier zu den Schafen pferchen musste. »Pferde werden schnell unruhig, und dann kann das Floß kentern«, brummelte er. Tassilos großzügiges Fährgeld wischte schnell alle Bedenken beiseite.

Tassilo knurrte inzwischen der Magen. Stoffel hingegen pfiff fröhlich und pappsatt ein Liedchen vor sich hin. Die Köchin des Landrichters hatte ihn in der Küche mit Rohrnudeln und Bratensoße regelrecht gemästet.

25 Die Patronin der Huren

Junger Herr«, die Gurkenhemma polterte ungefragt ins Schlafzimmer. Sie trug ein Tablett mit dampfendem Hirsebrei und einem Krug gewürzten Weins. Tassilo Stubenruß schlug stöhnend die Augen auf. Er lag schon eine Weile wach und hing Gedanken nach. Doch seine umtriebige Amme wollte er in der Früh nicht ertragen.

»Raus, Hemma«, bellte er und zog sich die Decke über den Kopf.

»Oh, nein, junger Herr Dassl.« Die Amme stellte das Tablett auf die Truhe neben dem Bett und baute sich mit verschränkten Armen auf. »Bei Eurem Anblick gestern Abend ist mir der Schreck dermaßen in die Glieder gefahren, dass ich kaum schlafen konnte. Ich habe die ganze Nacht zum heiligen Polykarp von Smyrna gebetet, den Zerstörer falscher Götter, und zur heiligen Kunigunda von Lützelburg, dass die Euch helfen, schnell zu genesen.«

»Mir geht es gut«, brummte Tassilo. Eine glatte Lüge, denn seine Knochen schmerzten und zwei seiner Schnittwunden vom Kampf mit dem Nachtdämon bluteten wieder.

»Die heilige Kunigunda ist die Schutzpatronin der kranken Kinder und …«

»Hemma, ich bin kein Kind mehr!« Tassilo schlug die Decke zurück und setzte sich auf, wobei er sein Nachthemd zurechtzupfte.

»Man kann nie wissen, was hilft«, entgegnete die Gurkenhemma nüchtern und nahm den Teller vom Tablett. Sie setzte sich auf die Bettkante und rührte in dem Brei. Schließlich führte sie einen Löffel voll Richtung Tassilos Mund. »Schaut Euch an, junger Herr, wie Ihr …«

»Hemma«, zischte der gefährlich leise, »wenn du es wagen solltest, mich hier zu füttern, wirst du zu sehr vielen Heiligen für deine Genesung beten müssen.«

»Heiliger Petrus Damiani hilf!« Die Amme verdrehte die Augen und setzte den Teller ab. »Nun gut, dann lasst mich wenigstens Eure Wunden neu versorgen. Das sieht ja aus! Meine Güte.« Sie rauschte davon, um wenig später mit heißem Wasser und Leintüchern zurückzukommen. Die Tücher zerriss sie für Binden in Streifen. »Ihr solltet wirklich nach einem Bader schicken, junger

Herr«, sagte sie, als sie fertig war. »Ein kräftiger Aderlass würde Euch vermutlich schneller genesen lassen.«

»Ich habe genug Blut verloren, Hemma. Untersteh dich, einen solchen Quacksalber ins Haus zu holen.«

»Ihr jungen Burschen meint, ihr wisst alles, aber ich sage Euch, der Aderlass ist schon zu meiner Großmutters Zeiten ein wichtiges Heilmittel gewesen. Ich rede mir hier den Mund fusselig, dass der Fenggenmathes kein Umgang für Euch ist, und nun sehen wir das Ergebnis. In seinem Haus hat man Euch so zugerichtet! Einbrecher! Welch himmlische Gnade, dass es nicht der Gottstehunsbei war. Meine Güte, was sind die Zeiten unsicher geworden. Und dann seid Ihr auch noch so halsstarrig wie der Fenggenmathes, was man so hört«, grummelte die Gurkenhemma.

»Was hört man denn über den Fenggenmathes?«, fragte Tassilo eher beiläufig.

»Dass er den Bader ablehnt und keinen Aderlass möchte. Er wurde in jener Nacht neulich wohl recht schwer verletzt und wehrt sich in seiner Unvernunft gegen eine Schröpfkur oder einen Aderlass.«

»Er hat sich den Arm gebrochen und ein paar Beulen abbekommen. Da braucht man keinen Aderlass. Und woher weißt du das schon wieder?«

»Die Kuni, seine Köchin, ist doch eine alte Freundin von mir.«

»Ihr alten Ratschkathln …«, begann Tassilo, dann kam ihm eine Idee. Woher wusste Christoffel, dass die Erlaucht sich Bettler zur Befriedigung ihrer Wollust zuführen lässt? Woher wusste die Gurkenhemma vom heiligen Spinner im Wald? Wenn er es recht bedachte, wussten Dienstboten stets bestens Bescheid, was in den Häusern vor sich ging. Klatsch und Tratsch, gewiss. Und sein Vater selig hatte ihm eingebläut, dass man als Herr nichts auf Klatsch und Tratsch geben dürfe, weil man sich dann mit dem Pöbel gemeinmache und so seine von Gott gegebene Vormachtstellung aufgäbe. Wie gern hatte er als kleiner Bub jedoch dem Gerede von Köchin, Amme, Stallknechten, Mägden, Gärtnern und all den anderen Bediensteten zugehört. Durch sie, so hatte er manchmal das Gefühl, hatte er mehr über das Leben gelernt als durch die Lateinschule. Hier neben ihm stand die Gurkenhemma, die mit Sicherheit so gut wie alles über alle großen Familien der Stadt wusste oder noch herausfinden könnte.

»Hemma«, sagte er so ernst, dass die Amme die Augen aufriss und sich gerade hinstellte. »Ich möchte, dass du dich bei deinen Freundinnen ein wenig umhörst. Alles, was du an Tratsch über die Fenggens herausfinden kannst. Alles. Verstehst du? Über die Ehe von Mathes und Rosa, über den Nepomuk und ob er Liebschaften hat, dasselbe über den Bartel und Romhilde. Wer wen betrügt, wer Bankerte in die Welt gesetzt hat, wer Schulden hat und so weiter. Wer wann für längere Zeit die Stadt verlassen hat und so weiter und so weiter.«

Sie nickte ernst. »Also, Herr, der Fenggenbartel hat einen Bankert …«

»Ja, das ist mir bekannt«, unterbrach sie Tassilo. »Das war nur ein Beispiel. Ich möchte eben alles über die Fenggens wissen. Auch über ihre Bediensteten.«

Die Gurkenhemma lächelte wissend. »Wie die Anni, meint Ihr?«

»Schlaue Gurkenhemma. Gerade über die Anni.«

»Der Herr Nepomuk lässt sie nicht aus dem Haus, hört man. Sie darf Euch nicht mehr sprechen, sagt man.«

Tassilo sah sich bestätigt. Er stand vom Bett auf und tätschelte seiner alten Amme den Arm. Er sah ihr fest in die Augen. »Und nun das Wichtigste, Hemma. Schwöre mir beim heiligen Elmo von Antiochia, dass du zu niemandem als mir auch nur ein Sterbenswörtchen darüber verlierst!«

»Beim heiligen Elmo?«, fragte die Amme verwundert. »Aber junger Herr, aus dem Alter, in dem mich Unterleibsschmerzen plagen, bin ich längst hinaus.«

War der heilige Elmo von Antiochia der Patron der an Weiberleiden leidenden Weiber? Tassilo hatte den Namen auf gut Glück genannt, weil die Gurkenhemma früher regelmäßig alle vier Wochen zu ihm gebetet hatte. Wer war aktuell ihr Lieblingsheiliger? Wie hieß noch einmal der Patron der Ammen? Der wäre ideal. Mamertus? Mamertus, richtig.

Die Gurkenhemma kam ihm zuvor: »Ich schwöre gerne bei der heiligen Märtyrerin Symphorosa von Rom und ihren sieben Söhnen.« Sie bekam rote Bäckchen. »Hängt das alles mit Eurem Auftrag zusammen? Mit dem Gottstehunsbei?«

»Vielleicht.« Tassilo packte sie fest an beiden Oberarmen. »Hemma, das ist alles ganz vertraulich. Du musst schweigen wie ein Grab.«

»Aber wie soll ich denn dann etwas herausfinden? Wenn ich nichts sagen darf?«

Es würde doch schwieriger werden, als er gehofft hatte. Welcher Teufel hatte ihn geritten, dass er Hemma mit so etwas beauftragte? »Ach, vergiss es, Hemma«, sagte Tassilo. »Vergiss bitte alles, was ich dir eben gesagt habe. Zu niemandem ein Wort davon.«

»Oh, ich verstehe.« Die Gurkenhemma stemmte die Arme in die Seiten und stampfte wütend auf. »Ihr haltet mich für ein Waschweib, das sein Maul nicht halten kann! Da tut Ihr mir unrecht, junger Herr. Ich kann schweigen wie ein Grab, wenn ich muss. Ich habe schon einmal auf die heilige Symphorosa geschworen und bisher wie ein Grab geschwiegen.«

»Ach? Über was?«

»Das, junger Herr, nehme ich mit ins Grab. Ebenso wie alles, was ich nun für Euch herausfinde. Ich habe Euch auf die heilige Symphorosa und ihre Söhne Crescens, Julianus, Nemesius, Primitivus, Justinus, Stacteus und Eugenius geschworen, dass ich schweige. Ich füge noch Getulius hinzu, das war Symphorosas Gatte. Seid Ihr nun zufrieden?«

»Sicher«, antwortete Tassilo erschöpft. »Geh. Ich brauche dich heute nicht mehr.«

»Aber, junger Herr, Euer Morgenmahl ...«

»Lass es stehen! Ich esse es später. Geh.«

Tassilo kaute auf dem Federkiel herum. Er hatte sich angekleidet und an seinen Schreibtisch gesetzt. Den inzwischen erkalteten Hirsebrei würgte er nebenbei mit hastigen Schlucken herunter.

Er zündete eine Kerze an. Es regnete wieder. Nur wenig Licht drang durch die dünnen Lederhäute an den Fenstern. Tassilo las erneut die Blätter aus dem Lederköcher, den Stoffel beim alten Meinrad im Wald hatte mitgehen lassen. Es handelte sich nicht um Papier, wie er zunächst dachte, sondern um feines Pergament.

Dann tunkte Tassilo die Feder in das Tintenfass und ergänzte die Liste, die er neulich begonnen hatte. Doch statt Schlagworten notierte er nun Fragen an sich selbst. Was ihm in den Sinn kam. Schließlich sah die Liste so aus:

Diente die Mühle dem Gottstehunsbei als Versteck?

Wer kennt sich gut im Hachinger Tal aus?

Warum sieht Rosa nicht aus wie auf dem Hochzeitsbild?

Warum gibt er mir mit den Amuletten Zeichen? = Möchte er erwischt werden? Wenn ja, warum?

Warum lässt er sich blicken? Warum will er gesehen werden?

Was weiß die Anni wirklich?

Warum schützt Fenggenmuck die Anni? = Seine Geliebte?

Warum musste der Giesinger Pfaffe sterben?

Was hatte die unbekannte Magd (»Afra«) mit allem zu tun?

Alois? Die Buchenmüllerfamilie?

Warum mussten überhaupt alle sterben?

Was hat der alte Spinner vom Wald damit zu tun?

Und der heilige Ogart, der garantiert kein Heiliger war? Ogart, was soll das überhaupt für ein Name sein?

Warum flüsterten Bartel und meine Schwester so traut neulich Abend?

Weiß meine Schwester mehr, als sie sagt?

Hat es sich gelohnt, die Pfalzgräfin zu demütigen, wo ich es doch niemandem erzählen kann?

Hier merkte er, dass er abschweifte. Er strich den letzten Punkt, den er klar mit »nein« beantworten hätte müssen. Stattdessen schrieb er: Warum glaube ich nicht, dass es wirklich der Leibhaftige ist, der unter uns wütet?

»Weil er es nicht ist«, sagte er halblaut zu sich selbst. »Weil es kein Dämon, sondern ein Mensch ist. Verdammt.«

Die Handschuhe fielen ihm ein. Die klingenbewaffneten Handschuhe. Er schlug sich an die Stirn. Er müsste die Handschuhmacher in der Stadt aufsuchen, ob sich jemand solche ausgefallenen Dinger hatte anfertigen lassen. Wobei ... Der Gottstehunsbei würde kaum so dumm sein, so etwas Auffälliges in München in Auftrag zu geben.

Und dann drängte sich der alte Münzschädel, Ritter Georg Fußsteiner von Dingharting, nach vorne in die Gedanken.

»Bankerte«, schrieb Tassilo auf die Liste.

Tassilo summte das Hirn. Er setzte an, das aufzuschreiben, was ihm bei allem einfiel, wenn er die Liste las. Doch das konnte nicht sein. Sein Geist gaukelte ihm Zusammenhänge vor, die einfach nicht sein konnten. Statt den ungeheuren Gedanken aufzuschreiben, legte er die Feder beiseite und schloss das Tintenfass. Unzufrieden studierte er seine Liste. Das brachte ihn nicht viel weiter. Er griff automatisch zum Streusandbecher, nur um festzustellen, dass dieser immer noch leer war. Tassilo stand auf, um aus seinem Beutel das Gefäß zu holen, in das er den Schreibsand bei Mathes abgefüllt hatte. Er streute den Sand nachdenklich über die Liste. Er hielt das Blatt einige Augenblicke in der Hand, bevor er den Sand wegpustete. Eine Feuerfackel flammte auf. Vor Schreck ließ Tassilo das Blatt fallen, das Feuer fing. So schnell, wie die Fackel aufgeleuchtet hatte, erlosch sie wieder. Was war das? Panisch sah sich Tassilo im Raum um. War der Gottstehunsbei hier? Woher kam die Flamme? Warum war sie so schnell erloschen? Nur das Papier brannte noch. Tassilo schnappte sich den Weinkrug und schüttete die Flüssigkeit auf das Feuerchen. Dann ließ er sich mit rasendem Herzen auf den Stuhl sinken.

»Was ist los, Herr?« Stoffel kam in den Raum gestürzt. »Ich habe Euch schreien und poltern hören!«

»Nichts«, keuchte Tassilo hastig und atemlos. »Alles in Ordnung. Ich war ungeschickt mit der Kerze, und ein Schreiben ist verbrannt.«

Stoffel sah seinen Herrn nachdenklich an. »Sicher, Herr? Ihr sehrt aus, als wäre Euch nicht wohl.«

»Ja doch. Alles ist gut.« Tassilo reichte ihm die Blätter des alten Meinrads. »Hier, lies. Wozu habe ich es dir beigebracht.«

Verdattert nahm Stoffel die Blätter. »*Et* … äh, *ve… venit Dia… Diabolus* … Das ist Latein, Herr, das kann ich nicht lesen.«

»Richtig, das ist Latein. Alles ist in Latein geschrieben. Ich verstehe es und der alte Meinrad offenbar auch. Ich habe alles mehrfach durchgeschaut. Es sind keine zusammenhängenden Schriften. Es ergibt sich keine durchgängige Geschichte oder zusammenhängendes theologisches Traktat. Sieh, wie sie ursprünglich gefaltet waren. Diese Knicklinien lassen sich noch erkennen. Es kommt mir so vor, als wären es Briefe. Einzelne Seiten aus Briefen. Manche auch ganze Briefe.« Er hielt ein Blatt gegen das Kerzenlicht. »Siehst du, an den Rändern erkennt man bei genauem Hinsehen, dass dort Wachs war. Siegelwachs. Wenn man das Blatt richtig knickt«, Tassilo faltete das Pergament beim Weiterreden, »dann bekommt man einen klassischen Brief. Hier war das Wachs mit dem Siegel.«

»Aber die Anschrift fehlt, Herr.«

»Vielleicht wurde dieser Brief nie einem Boten mitgegeben. Bei anderen, wie diesem hier, habe ich festgestellt, dass es Stellen im Pergament gibt, die noch dünner als der Rest sind. So, als ob jemand mit einer feinen Klinge das Papier abgeschabt hat.« Tassilo nahm ein anderes Blatt zur Hand. »Und hier hat man sich weniger Mühe gegeben, da wurde die Anschrift einfach mit schwarzer Tinte übermalt. Siehst du? Das Gleiche gilt für die Anrede.«

Stoffel beugte sich zum Licht und studierte ein Blatt. »Ich verstehe Herr. Auch hier oben wurde etwas weggeschabt.«

»Eine Signatur fehlt ebenso.«

»Woher wusste dann aber unser seltsamer Waldschrat, dass es sich um die Gebeine eines Ogart handeln soll?«, fragte Stoffel.

»Hier.« Tassilo hielt ihm den ledernen Köcher hin. Am unteren Rand war, wenn auch durch Gebrauchsspuren ziemlich ramponiert, Ogart zu lesen. »Der Eigentümer hat es wohl prägen lassen.«

»Mit Verlaub, Herr.« Stoffel drehte das Leder hin und her. »Ich finde nicht, dass da Ogart steht.«

»Sondern?«

»Das ist doch kein G. Finde ich. Sieht wie ein C aus.«

Tassilo nahm seinem Diener das Lederetui aus der Hand. »Ogart. Ocart? Du hast recht. Eigentlich sieht es aus wie O.Cart, oder? Das da könnte ein Punkt sein. Wenn ich Ogart hieße und einen Sattler beauftragen würde, meinen Namen einzuprägen und der würde mir dann so ein seltsam geschriebenes Etwas geben, den würde ich an den Schandpfahl binden lassen.«

»Vielleicht hieß er ja Oswald Cart oder Ottokar oder Osiander?«, meinte Stoffel.

»Und was soll Cart für ein Familienname sein, Dummkopf?«

»Ein exotischer, Herr. Es gibt immerhin einen Ort, der Gurk heißt.«

»Wie immer bist du bestechend in deiner Logik«, stichelte Tassilo. »Wo du gerade schon mal hier bist, Stoffel, lauf hinunter in die Stadt zum Eßwurm, und hol dort die Stoffe, die ich gekauft habe. Da ist schwarze Baumwolle dabei. Die gibst du gleich, wenn du zurück bist, einer der Mägde. Sie soll einen Umhang daraus nähen. Einen ganz einfachen. Nur mit Kapuze. Mehr nicht. Es soll heute noch fertig sein.«

»Gewiss, Herr.«

»Ach, und geh auf der Dult vorbei und sag der Riesin, dass ich sie zu sehen wünsche. Hier, auf dem Berg. Sie soll alleine kommen.«

»Ich verstehe, Herr.« Stoffel grinste anzüglich.

»Gar nichts verstehst du«, grummelte Tassilo. »Ich muss mich noch ein wenig hinlegen.« Der Schreck von vorhin ließ ihn immer noch leicht zittern.

Es war noch nicht Mittag, als die Gurkenhemma anklopfte. Tassilo lag mit den Händen über dem Gesicht auf dem Bett, gefangen in schmerzhaften Gedankenschleifen.

»Junger Herr«, sagte die Amme spitz. Tassilo kannte den Ausdruck nur zu gut. Irgendetwas passte ihr überhaupt nicht.

»Was ist denn? Kann man nicht einmal eine Stunde Ruhe haben? Und hab ich dir nicht gesagt, dass du in die Stadt gehen sollst? Hast du deinen Auftrag vergessen?«

»Ich wollte eben gehen, Herr. Doch hier ist Besuch für Euch gekommen. Seltsamer Besuch.« Sie schüttelte missbilligend den Kopf.

»Wer?«, fragte Tassilo und stand auf, Besuch würde ihn ablenken.

»Ein bärtiges Weib und ein, nun ja, monströses Weibsbild.« Die Gurkenhemma verzog pikiert den Mund.

»Oh, jetzt schon?« Tassilo lief zur Tür, durch die eben die Bärtige von der Dult schritt. Die Riesin bückte sich unter dem Türstock durch.

»Enakita«, rief Tassilo erfreut. »So schnell? Bist du geflogen, nachdem mein Diener bei dir war? Und sagte ich nicht, du sollst alleine kommen?«

Die Riesin sah in verwundert an, dann tauschte sie einen Blick mit der Bärtigen. »Wie? Ich verstehe nicht … Verzeiht, Herr, wir waren bei meiner Schwester in Giesing zu Besuch und wollten Euch auf dem Rückweg unsere Aufwartung machen. Verzeiht, wenn wir ungelegen kommen.« Sie warf der Gurkenhemma einen finsteren Blick zu.

»Du kommst sehr gelegen.« Tassilo hörte selbst die Lüsternheit, die in seiner Stimme mitschwang und räusperte sich. »Wir haben einiges zu besprechen. Hemma, kümmere dich bitte um unseren anderen Gast. Gib ihr etwas Wein und Brot. Unten in der Küche.«

Die Gurkenhemma schenkte der Bärtigen einen abschätzigen Blick. »Ich soll also nicht mehr sofort in die Stadt, Herr, und Euren Auftrag erledigen?«

»Freilich. Gib unseren Gast in die Hände der Köchin. Dann geh.«

»Gut«, sagte die Gurkenhemma im Gehen. »Vorher jedoch werde ich eine Kerze für die heilige Maria von Ägypten anzünden.« Sie schubste die Bärtige unsanft hinaus. »Weißt du, äh …, Bartweib«, fügte sie im Gehen betont laut scheinflüsternd hinzu, »die heilige Maria von Ägypten, die war eine Hure, bevor sie sich dem wahren Glauben hingab. Seitdem ist sie die Patronin der«, sie hob die Stimme, »ehemaligen Dirnen und Helferin gegen den fleischlichen Trieb!«

»Was du nicht sagst, Amme«, antwortete die Bärtige leutselig, »und ich dachte immer, die heilige Afra von Augsburg ist die Patronin der Huren.«

»Ja, die auch, aber die Afra ist eher für Büßerinnen allgemein …« Die Stimmen entfernten sich zu schnell, um sie noch verstehen zu können.

»Was ist mit Euch?«, fragte die Riesin einige Zeit später, als beide wieder genug Atem hatten, um sich deutlich zu artikulieren. »Ihr wirkt abwesend. Habe ich Euch nicht gefallen?«

Tassilo drückte seinen Kopf kurz zwischen ihre Brüste, bevor er sich zurücklehnte. »Ich hatte vorhin ein seltsames Erlebnis«, sagte er. »Und dabei bist du mir in den Sinn gekommen.«

»Weil ich seltsam bin? Das ist nicht nett, Herr.« Sie mochte enorm groß sein, doch wenn sie schmollte, wirkte sie wie ein kleines Mädchen und ein neckischer Trotzschleier legte sich über das Grün ihrer Augen. Tassilo musste sie einfach küssen.

»Nein, das meinte ich nicht«, sagte er dann. »Ich erinnerte mich an deinen Auftritt bei der Hochzeit deiner Schwester letzten Sonntag in Giesing. Da gab es Feuersäulen, Stichflammen. Aus dem Nichts sind sie aufgeflammt! Alle waren zu Tode erschrocken ... bis du aufgetaucht bist. Darum habe ich an dich gedacht und an die Gaukler. Denn vorhin habe ich etwas geschrieben und danach wie immer Schreibsand aus der Büchse daraufgeschüttet, um die Tinte zu trocknen. Und als ich den Sand wegpustete, kam so eine plötzliche Feuersäule wie bei deinem Auftritt.«

Enakita kicherte. »Ach so, Herr. Wenn es nur das ist.«

»Was heißt, wenn es nur das ist. Kannst du dir vorstellen, wie sehr ich erschrocken bin? Ich dachte, der Gottstehunsbei sei gekommen.«

»Herr, Ihr seid so lustig.« Enakita lachte herzlich. »Der Gottstehunsbei. Nein, da wird Euch Euer Diener oder sonst jemand einen Streich gespielt haben. Nichts weiter. Wisst Ihr nicht, wie Gaukler Feuerspeien können? Oder Stichflammen hervorzaubern?«

»Nein, woher denn?«

»Bärlappsporen.«

»Bärlappsporen?«

»Ja, pulverisierte Bärlappsporen. Das ist feines Pulver, mit dem man auch sehr gut Wunden behandeln kann. Wir Schausteller verwenden es aber, weil es sich bei der kleinsten Glut entflammt. Wirft man es in die Luft oder bläst es in eine Kerze, gibt es eine beeindruckende Stichflamme, die schnell erlischt. Damit legt man einen großen Auftritt hin und hat sofort die Aufmerksamkeit der Zuschauer. Da wird Euer Diener Bärlapp in das Streugefäß gefüllt haben, um Euch zu foppen.«

»Bärlapppulver«, wiederholte Tassilo, während seine Welt taumelte.

26 Das Gewitter

Eine famose Person«, plapperte die Gurkenhemma, während sie die Sachen für Tassilo zusammenpackte. »Sie hat sofort gewusst, wer die heilige Hemma von Gurk ist!«

»Enakita?«, fragte Tassilo verwundert.

»Wer? Nein, die Reni, Renata heißt sie, die Bärtige. Ich nenn sie Reni. Eine ganz famose Person, sage ich Euch.«

»Ach, nun ist sie auf einmal nicht mehr das seltsame Bartweib?«

»Junger Herr«, sagte die Gurkenhemma streng, »Ich würde doch nie einen Menschen, der durch Gottes unergründlichen Plan nicht wie alle anderen aussieht, verurteilen. Gott wird sich schon etwas dabei gedacht haben, dass sie so aussieht. Wichtig ist, dass wir in die Herzen der Menschen sehen, nicht wahr?«

»Schwätz nicht herum. Hier! Pack das alles noch in meine Tasche.«

»Die Bibel auch? Ihr müsst Euch eh beeilen, junger Herr. Der Himmel ist so dunkel, dass es nicht lange dauern wird, bis das Gewitter losbricht. Ihr werdet sonst nass.«

»Wie oft in den letzten Wochen war ich trocken?«, antwortete Tassilo.

»Und bedenkt, dass Ihr mehr Zeit braucht, bis Ihr in die Stadt hineinkommt. Die Tanzwütigen blockieren alles. So ehrbar ihr Anliegen auch ist, die Stadt vor dem Gottstehunsbei zu schützen, so unangenehm ist das für alte Weiber wie mich – das reinste Spießrutenlaufen, wenn man sich da durchquetschen muss.«

Tassilo ritt durch das Hoftor auf die Straße. Ihm war unwohl – und wenn er konkret darüber nachdachte, was nun bevorstand, wurde ihm beinahe schlecht. Er müsste es nicht tun, redete er sich zwischendurch ein. Er könnte alles weiterlaufen lassen und den Durchlauchten mitteilen, dass der Gottstehunsbei unfassbar sei. Er würde keinen Edelsitz bekommen, nicht in den Adel aufsteigen. Das war ihm egal. Er hatte in den letzten Tagen ohnehin kaum daran gedacht. Er straffte die Schultern. Die Entscheidung war längst gefallen. Er war kein Feigling, er wollte es zu Ende bringen, egal, was die Konsequenzen waren.

Unter ihm lag die Stadt. Von hier oben sah es tatsächlich so aus, als hätten die Tanzenden einen geschlossenen Kreis um die Stadt gebildet. Eine sich drehende Stadtmauer vor der festen Stadtmauer. Von allen Seiten strömten Menschen nach München. Es schien, als würden die Gottstehunsbei-Hysterie und die Tanzenden die Leute nicht abschrecken, sondern im Gegenteil anziehen. Auf den Zufahrtsstraßen bildeten sich immer wieder kleine Staus, bis es gelang, den Tanzreigen zu unterbrechen und zu den Toren zu gelangen. Einige Reisende, so schien es jedenfalls von den Höhen Untergiesings aus, schlossen sich direkt den Tanzenden an. Der Stadtrat würde mehr Wachen aufstellen lassen müssen, dachte sich Tassilo. Und dafür sorgen, dass die Straßen nach München passierbar blieben. Vielleicht aber, so dachte er dann, wird der Reigen zum Schutz vor dem Gottstehunsbei schon morgen nicht mehr nötig sein. Dann könnten die letzten Dulttage ungestört verlaufen.

Der Himmel lag träge grau über der Stadt. Von Sendling her kroch eine rußschwarze Wolkenwalze heran, aus der vereinzelt Blitze zuckten. Je näher sie der Stadt kam, desto stärker verfärbte sie sich dunkelviolett. Zwei Rüssel senkten sich aus den Wolken zur Erde. Windhosen, ein ebenso seltenes wie gefürchtetes Naturschauspiel. Tassilo und Stoffel gaben ihren Tieren die Sporen.

Der Ländemeister an der Oberen Floßlände trieb wegen des drohenden Unwetters die Holz- und Pferdeknechte an, sich mit dem Entladen zu beeilen. Alle, die nicht mehr unbedingt am Hafen sein mussten, eilten davon – nach Hause oder in die nächste Wirtschaft, um Schutz vor dem Sturm zu suchen. So herrschte auf der Straße vor dem Isartor noch mehr Betrieb. Immerhin gelang es den kräftigen Hafenburschen, den Tanzreigen gelegentlich zu unterbrechen, damit Passanten durchkamen. Tassilo und sein Diener schlüpften durch solch eine Lücke. Die Tanzenden hatten sich in den vergangenen Tagen nicht vom Wetter aufhalten lassen und würden auch diesen Sturm durchtanzen. Starker Wind kam auf. Nahe dem Isartor hatte sich ein zerlumpter Prediger auf einen Holzschemel gestellt und schrie den Tanzenden seine Botschaft zu. Kaum einer beachtete ihn. Zwei Bäuerinnen blieben stehen und glotzten ihn an. Dann lachten sie ihn aus.

»Jawohl, der Teufel ist gekommen«, brüllte der Prediger, und als Tassilo nun nahe genug war, erkannte er den alten Meinrad aus dem Wald. »Hört meine Worte, der heilige Ogart hat mich hergeschickt, um euch alle zu warnen. Er ist unter uns. Er ist mitten unter uns! Und er ist sogar in uns! Ihr glaubt, die Stadt sei sicher? Ha! Der Leibhaftige findet immer einen Weg hinein. Da könnt ihr tanzen und tanzen und euch den Buckel blutig geißeln. Nichts ändert ihr. Nichts! Er kommt hinein, wo er will. Sogar bei mir war er! Er drückte seine hässliche Fratze gegen meine Fenster. Er hat mich bestohlen. Er hat die heiligen Worte des Ogart an sich genommen, um mich mundtot zu machen. Aber ich sage dir, Satanas, ich weiß alles auswendig! Dein mieser Raub bringt mich nicht zum Schweigen.«

Meinrads Blick fiel auf Tassilo, rutschte dann weiter zu Stoffel.

»He, Alterchen«, rief einer der beiden Bäuerinnen in die Redepause hinein. »Hast du zufällig ein paar Amulette dabei? Ich bräuchte noch eins oder zwei. Und ich komme in den nächsten Tagen nicht Richtung Forstenried …«

»Da!«, kreischte der alte Meinrad. »Da ist der Leibhaftige! Er hat mich bestohlen.« Er deutete mit ausgestrecktem Arm auf Tassilo. »Der ist es!«

Tassilo drehte sich amüsiert weg und ritt langsam zum Tor.

»Der da?«, fragte eine der Bäuerinnen.

»Satanas!«, kreischte Meinrad und sprang von seinem Hocker, um Tassilo zu folgen, was ihm im Getümmel nicht gelang.

»Ich danke Euch, meine Herren«, begrüßte Tassilo die Anwesenden, »dass Ihr meiner sehr kurzfristigen Einladung gefolgt seid. Ich bitte den ungewöhnlichen Ort zu entschuldigen. Das Schlafgemach eines Herrn ist vielleicht nicht die erste Wahl für solch eine Zusammenkunft, aber angesichts der Tatsache, dass mein Freund Mathes Fenggen noch genesen muss, bin ich froh, dass er uns hier zu Gast sein lässt. Und damit auch selbst an dem Treffen teilnehmen kann.«

Die Anwesenden tauschten argwöhnische Blicke. Das allgemeine Unwohlsein angesichts der Situation war beinahe greifbar. Neben Mathes, der mit seinem geschienten Arm im Bett lag, standen die Fenggenbrüder Nepomuk und Bartel sowie die beiden Bürgermeister Seitz Hundertpfundt und Paul Wilprecht im Raum. Eine Magd kam herein und reichte allen Wein.

»Meine Herren«, sagte Tassilo, »Ihr habt mich mit der ehrenvollen Aufgabe betraut, die grauenvollen Taten des sogenannten Gottstehunsbei zu klären. Zudem, das möchte ich der Vollständigkeit halber hinzufügen, haben mir die Durchlauchten Ernst und Wilhelm befohlen, der Sache auf den Grund zu gehen und mir komplett freie Hand gegeben. Ebenso«, fügte er schelmisch hinzu, »die hochwürdige Mutter Äbtissin, meine geliebte Schwester.« Der scherzhaft gemeinte Nachsatz sollte der Auflockerung dienen, was nicht gelang.

»Haben wir nicht deshalb bereits den Müllersburschen an den Galgen geschickt«, murmelte der Fenggenmuck. »Er war der Gottstehunsbei!«

»Nein, war er nicht«, antwortete Tassilo geduldig. »Das habe ich damals bereits dargelegt.«

»Warum haben wir ihn dann überhaupt gehenkt?«, fragte Nepomuk.

»Wegen der unerhörten Vergehen gegen den Stadtrat Tassilo Stubenruß«, sagte der Oberrichter genervt.

»Habt Ihr übrigens seine Familie ausfindig machen können?«, fragte Tassilo.

»Nein.« Der Fenggenbartel zuckte mit den Schultern. »Die scheinen wie vom Erdboden verschluckt.«

»Ha!«, rief sein Bruder. »Hinabgefahren in die Hölle, wo sie hergekommen sind! Das ist der Beweis.«

Tassilo ging nicht darauf ein. »Eine kleine Formalität noch. Seine Gnaden, Fürstbischof Nikodemus, hat mich dazu ermahnt.« Er holte die Bibel aus seiner Tasche, die er auf das Fußende des Bettes gestellt hatte. »Ihr werdet nun vor allen auf die Bibel schwören, dass Ihr die Wahrheit sagt.«

»Das ist ein Skandal!«, rief Bürgermeister Seitz Hundertpfundt.

»Ihr wagt es?«, schrie Fenggenmuck.

»Ihr weigert Euch?«, fragte Tassilo. Murrend legten alle nacheinander die rechte Hand auf die Bibel und schworen.

»Eine Kränkung sondergleichen«, knurrte der Fenggenmuck danach.

»Danke, die Herren. Seht, keiner ist in Flammen aufgegangen, also ist der Leibhaftige nicht unter uns. Beginnen wir mit dem ersten Mord an der Magd in Schäftlarn. Die Afra.«

»Ich habe dir doch gesagt«, mischte sich Mathes ein, »dass die wohl ein Verhältnis mit dem alten Münzschädel hatte und die Anni eifersüchtig auf sie war.«

»Ja, das hast du gesagt«, sagte Tassilo. »Doch seltsamerweise kannte niemand in Schäftlarn diese Magd. Und den Namen Afra haben sie ihr nur gegeben, damit es irgendeinen Namen gibt. Den Fußsteiner hat sie jedenfalls nicht gekannt.«

Mathes sank stirnrunzelnd zurück auf sein Kissen. »Das verstehe ich nicht.«

»Warum musste sie so lange vor den Ereignissen dieses Sommers sterben? Die Frage nach dem Warum stellt sich ebenso beim nächsten Mord am Koberbauern aus Taufkirchen. Ebenso beim Taufkirchner Amtmann und beim Pfarrer aus Giesing.«

»Warum? Warum?«, ereiferte sich der Fenggenmuck. »Der Leibhaftige fragt nicht, warum! Er handelt! Es gibt kein Warum! Das Schicksalsrad dreht sich!«

»Lass endlich Herrn Tassilo seine Gedanken ausführen, Bruder«, sagte der Oberrichter streng. »Wir wollen nicht den ganzen Abend hier verbringen.«

Draußen donnerte es so laut, dass die Möbel zitterten.

»Danke, Herr Oberrichter«, fuhr Tassilo fort. »Ihr seht an den Opfern, dass es sich nicht um einen fehlgeleiteten Geist handelt, der Weibsvolk missbraucht und umbringt.«

»Jetzt kommt schon zu Euren Warums!«, forderte Bürgermeister Wilprecht.

Tassilo seufzte. »Gut. Warum musste der Koberbauer sterben? Er war alleine, keine Erben, keine Familie. Ein ideales Opfer. Er bewirtschaftete einen Hof, der Euch gehört, Herr Nepomuk. Ihr selbst habt in der Nähe einen Sommersitz, nicht wahr? Von diesem Hof ist in der Früh die Magd Anni aufgebrochen, um Eier zu holen. Seltsam, nicht wahr? Habt Ihr denn keine Hühner auf Eurem Gut?«

»Freilich«, antwortete der Fenggenmuck. »Doch der Fuchs hat einige geholt. Vermutlich gab es zu wenig Eier, und die Anni ist los, welche zu holen.«

»Nicht genug Eier?«, fragte Tassilo. »Vielleicht weil es einen Übernachtungsgast gab, der ein kräftiges Frühstück erwartete? Wichtig war, dass die Anni losgeht und dann Zeugin wird, wie der Gottstehunsbei den Kober tötet. Zufälligerweise gab es noch eine weitere Zeugin, die Buchenmüllerin. Das hat der Täter später herausgefunden und zu seinem Vorteil genutzt. Er hatte sich auf einem Hochsitz am nahen Wald versteckt, bis der Koberbauer kam und die Anni in Sichtweite war. Dann hat er zugeschlagen.«

»Wie dumm«, sagte Paul Wilprecht.

»Im Gegenteil. Er wollte nämlich gesehen werden. Die Anni war wichtig. Es gehörte zu seiner Absicht, dass sich die Kunde vom Teufel verbreitet. Auch später wurde er von einem Salzfuhrwerk auf einem Feld gesehen. Er wollte gesehen werden!«

»Das ist doch hanebüchen«, stöhnte Bürgermeister Hundertpfundt und wischte sich mit einem Tuch den Schweiß von der Stirn. »Ist es nicht viel wahrscheinlicher, dass die Anni eine Unholdin ist und den Teufel gerufen hat?« Er nahm einen tiefen Schluck aus seinem Weinbecher.

»Nein!«, rief der Fenggenmuck.

»Oh, doch«, sagte der Fenggenmathes. »Die Anni ist eine Unholdin, die …«

»Ich verbiete dir jedes weitere Wort!«, unterbrach ihn sein Vater wütend.

»Niemand verbietet hier irgendjemandem das Wort«, mischte sich der Oberrichter ein. »Herr Tassilo hat die Unterstützung der Durchlauchten und des Stadtrats. Er darf alles fragen und alle befragen. Auch deinen Sohn. Weiter, Herr Tassilo. Was hat es mit der Buchenmüllerin und dem Vorteil für den Täter auf sich?«

»Die Buchenmüllerin betrieb mit ihren Söhnen in der aufgelassenen Andechser Mühle eine Kaschemme für übles Gesindel, Wilderer und Hehler. Für Geld hat sie alles gemacht. So zum Beispiel dem Gottstehunsbei ein Versteck gegeben. Dort konnte der Täter seine Verkleidung verbergen und bei Bedarf holen. Später hat der depperte Alois die Sachen gefunden und wollte uns damit erschrecken. An jenem Abend, als ich dort mit meinem Diener gestrandet bin, muss der Täter in seinem Versteck gewesen sein. Er hat mich erkannt. Vielleicht wollte er mich töten, vielleicht wollte er mich nur von seiner Existenz überzeugen. Jedenfalls war die Gelegenheit günstig und das Opfer ideal: Der Amtmann. Übrigens ein übler Kerl, denn er wusste von der Wilderei. Hat sich wahrscheinlich daran beteiligt und die Durchlauchten geschädigt.«

»Dann hat der Leibhaftige ihn dafür gestraft und zu sich geholt!«, ereiferte sich der Fenggenmuck. »Bislang habe ich noch nichts gehört, was mich davon überzeugt, dass es sich um einen Menschen in Verkleidung handelt. Nichts.«

»Du willst nur glauben, was du glauben willst«, stichelte der Fenggenbartel.

»Geduld«, fuhr Tassilo fort. »Nun hatte der Gottstehunsbei wieder einen großen Auftritt. Er wurde von mehreren Menschen gesehen. Das Wildererpack hat die Kunde sicherlich in die Dörfer ringsum getragen. Für die Buchenmüllerin und ihre Söhne war klar, dass sie fliehen mussten, nachdem ich ihnen entkommen war. Der Gottstehunsbei wird sich ihr weiteres Schweigen sicherlich mit einer großzügigen Zuwendung erkauft haben.«

»Oder er hat ihre Leichen im Wald verscharrt«, flüsterte Mathes zynisch.

»Auch eine Möglichkeit, Mathes, mein Freund.« Tassilo lächelte Mathes an. »Nun kam die Anni nach München in Euren Haushalt, Herr Nepomuk. Zuvor war sie noch auf der Hochzeit ihrer Schwester in Giesing. Danach musste der Pfarrer sterben. Warum wohl?«

»Vermutlich hat die Anni dem Pfarrer etwas gebeichtet, was mit dem Gottstehunsbei zu tun hat«, sagte Mathes.

»Das vermute ich auch. Sie sagte mir, dass sie vor der Hochzeit beichten war. Und ich bin mir sicher, dass sie mir nicht alles gesagt hat, sie verschweigt etwas. Ich bin sicher, sie hat den Gottstehunsbei erkannt und es dem Pfarrer mitgeteilt. Deshalb musste er sterben. Dass es hier keine Zeugen gab, mag

Zufall gewesen sein, denn der Täter musste schnell handeln und konnte nichts inszenieren. Es spielte keine Rolle mehr, denn mittlerweile weiß jeder, dass eine solch übel zugerichtete Leiche das Werk Satans sein muss. Der Täter hat es nicht mehr nötig, sich zu zeigen. Und dennoch hat er es noch einmal getan: Neulich nachts hier in diesem Haus. Ihr habt von dem Einbrecher gehört, meine Herren. Nun, ich kann euch aus erster Hand bestätigen, dass es kein normaler Einbrecher war. Willst du es sagen, Mathes?«

Mathes richtete sich im Bett auf und sagte leise: »Es war der Gottstehunsbei.«

»Himmel, Herr Jesus!«, kreischte der Fenggenmuck und sank betend auf die Knie. Die Bürgermeister bekreuzigten sich.

»Er ist in der Stadt«, stöhnte Seitz Hundertpfundt und wischte sich mit dem Tuch über das Gesicht. »Gott steh uns bei!«

»Weil Eure Anni ihn uns ins Haus geschickt hat!«, schrie Mathes seinen Vater an. Schwere Regentropfen prasselten gegen das Fenster. Donner krachte.

»Mathes.« Tassilo wurde ungeduldig. »Ich dachte, wir sind uns darüber einig, dass es kein überirdischer Teufelsspuk ist, sondern …«

»Du bist dir darüber einig«, entgegnete Mathes giftig. »Ich fange an, meinem Vater recht zu geben. Hier sind höhere Mächte am Werk. Und du bist der Einzige, der nicht daran glauben will. Nicht wir sind verblendet, du scheinst es.«

»Ruhe jetzt!«, brüllte Bürgermeister Paul Wilprecht zur Überraschung aller. »Verzeiht«, fügte er leise hinzu. »Fahrt fort. Ich möchte nicht länger als nötig hier sein.«

»Und ich sage jetzt«, ergriff der Oberrichter streng das Wort, »dass man sofort die Anni herholen lässt. Sie soll uns Rede und Antwort stehen.«

»Auf keinen Fall!« Fenggenmuck sprang vom Boden auf. Doch sein Bruder schritt zur Tür und rief nach einer Magd, die er mit dem Auftrag losschickte, die Anni unverzüglich herbeizuschaffen, wenn nötig mit Gewalt.

»Gut.« Tassilo holte aus seiner Tasche die Amulette, die man bei den Toten gefunden hatte, und legte sie sorgsam nebeneinander auf das Bett. »Der Gottstehunsbei hat nicht nur dafür gesorgt, dass er gesehen wird, er hat mir zudem Zeichen hinterlassen. Diese Amulette.«

»Billiges Graffel, lauter Klumpert«, schnaubte Hundertpfundt.

»Oder auch Reliquien des heiligen Ogart von Rom«, sagte Tassilo. »Die Amulette gehörten nicht den Verstorbenen, sie wurden nachträglich zu den Leichen gelegt. Als eine Art Signatur, als Hinweis.«

»Das würde bedeuten, dass der Täter gefasst werden will«, sinnierte der Oberrichter. »Wie ungewöhnlich.«

»Meint Ihr? Ich denke, es ist nur zu gewöhnlich, dass ein Mensch für seine Taten gefeiert werden möchte. Was hat ein Held von seinen guten Werken, wenn niemand davon weiß? Er gerät in Vergessenheit. Darum feiern wir Helden, von deren Taten es Kunde gibt, und machen sie unsterblich.«

»Wir feiern aber doch keine Verbrecher«, warf Wilprecht ein.

»Feiern nicht«, antwortete Tassilo, »aber wir reden über sie und machen sie so unsterblich. Wir gedenken ihrer, wenn auch voller Abscheu. Sie leben in unseren Schauergeschichten weiter, die wir später den Enkeln vor dem Kaminfeuer erzählen. Seien sie noch so pervers. Hat sich nicht Nero durch das Feuer in Rom in unser Gedächtnis gebrannt? Verdankt Caligula den fortwährenden Ruhm nicht seinen beispiellosen Gräueltaten? Und lebt nicht der Tartarenherrscher Tamerlan durch seine gottlosen Blutorgien für alle Zeiten weiter? Es mag uns befremdlich vorkommen, aber der menschliche Geist ist zu solch schrecklichen Fehlleitungen fähig.«

»Warum stellt sich der Gottstehunsbei dann nicht einfach?«, fragte der Oberrichter.

»Weil es das Spiel zerstören würde. Er möchte bis zuletzt Herr des Spiels sein und den Takt vorgeben.« Tassilo wies auf die Amulette. »Das sind seine Hinweise. Sie führten mich in den Wald von Forstenried zu einem alten Einsiedler, der sich Meinrad nennt. Ein völlig verwirrter Mensch, der schon lange seinen Geist abgegeben hat und mit einem Skelett in der Kiste lebt. Teile dieses Skeletts verkauft er als Reliquien des heiligen Ogart.«

»Davon habe ich gehört«, sagte Hundertpfundt. »Er war sogar in der Stadt und hat meiner Köchin so einen Tand angedreht.«

»Richtig, er war zunächst in der Stadt und ist von Haus zu Haus gezogen, um seine Anwesenheit bekannt zu machen, bevor er sich in die Waldhütte zurückgezogen hat. Weil er in der Stadt war, zog er die Aufmerksamkeit des Täters auf sich. Denn mit Meinrads Anwesenheit drohte etwas anderes aufzufliegen, woran dem Täter nicht gelegen sein konnte. Und gleichzeitig reifte in ihm diese kranke Idee, nun erst recht weiterzumachen. Ich muss zugeben, die Amulette alleine hätten mich nicht auf die Spur des Gottstehunsbei gebracht. Aber dann fand ich das hier in Meinrads Sachen.« Er zog das runde Lederetui mit den Briefen aus der Tasche und holte die Pergamente heraus. »Hier, angeblich die Schriften des heiligen Ogart, die keine Schriften eines heiligen Ogart sind.« Er reichte sie den Männern. Oberrichter Bartel blätterte die Schreiben durch und begann zu lesen. *»Der Teufel kommt«*, murmelte er halblaut. *»Er ist auf dem Weg nach München.«*

»Ich habe es gewusst.« Fenggenmuck sank erneut auf die Knie, zitternd betete er leise.

Zu dem Trommeln des Regens und dem Donnergrollen gesellte sich lautes Poltern vor der Tür. Schließlich flog sie auf. Der Stallbursche stürzte keuchend herein, hinter ihm folgte Stoffel, der den alten Meinrad im Schwitzkasten mit sich zerrte.

»Herr«, schnaufte der Stallbursche. »Draußen sammelt sich Pack. Man vermutet den Gottstehunsbei hier im Haus! Wir haben hier den Rädelsführer.«

»Der Teufel!«, kreischte Meinrad. »Er ist hier!«

»Lass ihn los, Bursche«, befahl der Oberrichter.

Kaum hatte Stoffel den Alten freigegeben, stürzte sich dieser auf Tassilo und packte ihn mit seinen dürren Fingern am Hemd. »Da ist er!«, schrie er mit überschnappender Stimme. »Der Leibhaftige selbst. Mit seinem perfiden Lustknaben!« Er deutete auf Stoffel. »Dieb! Dieb!« Er wollte Tassilo niederringen, was ihm nicht einmal ansatzweise gelang. Nach einer Rangelei nahm Stoffel den alten Mann wieder in den Schwitzkasten.

»Das kommt überraschend, aber durchaus passend.« Tassilo bemühte sich um Haltung.

»Herr, der Mob auf der Straße«, sagte der Stallbursche flehend. »Sie wollen das Haus stürmen.«

»Ich kümmere mich darum«, sagte der Oberrichter. »Ich werde das Volk beruhigen. Fahrt ohne mich fort, Herr Tassilo. Komm mit, Kerl.« Er verließ mit dem Stallburschen den Raum.

»Herr Meinrad«, sagte Tassilo. »Ich gebe zu, dass ich Euch etwas entwendet habe, aber es war nötig, um dem Teufel auf die Spur zu kommen. Ich versichere Euch, dass ich es nicht bin. Hier, diese Lederhülle stammt von Euch.« Er deutete auf die Prägung. »Ogart, nicht wahr?«

Der Alte nickte. »Der heilige Ogart!«

»Nicht vielleicht O.Cart?«

Der Alte starrte ihn verständnislos an. Etwas Sabber rann seinen verfilzten Bart hinunter. Der Fenggenmuck hob den Kopf und robbte auf den Knien zum Bett, wo sein Bruder die Blätter abgelegt hatte. Er stierte mit weit aufgerissenen Augen darauf.

»O.Cart.« Seitz Hundertpfundt tupfte mit dem Tuch über seinen Mund. »Ist das nicht eine Abkürzung? Bedeutet das nicht Ordo Carthusianus?«

»Richtig«, nickte Tassilo. »Dieses Behältnis trägt die Prägung des Ordo Carthusianus, auf gut Deutsch des Kartäuserordens. Sein Besitzer war also keineswegs ein heiliger namens Ogart, sondern ein Kartäuserpater. Eure Kutte, Meinrad, war sicherlich einmal reinweiß. Weiß wie die Kutte eines Kartäusers! Ihr habt sie den Gebeinen des angeblichen Ogarts ausgezogen, nicht wahr?«

»Er kleidet mich! Er nährt mich!«, quiekte Meinrad und fuchtelte nach imaginären Fliegen. Stoffel verstärkte den Druck seines Arms, bis der Alte zu ersticken drohte.

»Ich habe solch einen Brief erhalten«, krächzte Fenggenmuck. »Ich habe einen erhalten! Doch da sind noch viel mehr! Wo kommen die her? Warum haben sie mich nicht erreicht?«

»Weil sie abgefangen wurden«, antwortete Tassilo. »Aus Euren Worten deute ich, dass Ihr wisst, welchen Kartäuser wir meinen. Julius vom Kloster Christgarten. Jenen Julius, den Ihr Eurem Sohn als Aufpasser mit auf den Weg gegeben habt. Damals im Februar im Jahre des Herrn 1428!«

»Du bist es!« Der alte Fenggen stand langsam auf. »Du! Mein eigener Sohn! Du hast den Kartäuser ermordet. Du hast den Gottstehunsbei beschworen! Mein eigener Sohn!« Erstaunlich behände sprang Fenggenmuck auf das Bett und hockte sich auf den Bauch seines Sohnes. Er nahm in Windeseile die Kette mit dem goldenen Kreuz von seinem Hals und hielt das Kruzifix dicht vor dessen Gesicht. »Weiche von ihm, Satanas!«, kreischte der alte Fenggen, während sein Sohn sich unter ihm versuchte aufzubäumen, was ihm mit den Verletzungen nicht gelang.

»Runter von mir, du alter Idiot!«, brüllte Mathes. »Nehmt den Wahnsinnigen weg.«

»Weiche, du Höllenbrut!«, keifte der Fenggenmuck, während die beiden Bürgermeister mit vom Entsetzen entstellten Gesichtszügen synchron auf die Knie sanken und zu beten begannen. »Verlass den Körper meines Sohnes. Ich befehle es dir bei allen Nothelfern und dem heiligen Michael, dem Drachentöter. Weiche! Muttergottes steh mir bei. Heilige Jungfrau Maria, die du gebenedeit bist unter den Weibern …«

»Weiche du von mir, kranker Greis!«, schrie Mathes und schlug mit dem gesunden Arm nach seinem Vater. Die Faust traf Nepomuk mitten ins Gesicht. Er taumelte zurück und blieb röchelnd auf dem Rücken liegen, halb auf den Beinen seines Sohns.

»Das ist doch alles Lüge!«, brüllte Mathes. »Ich kann gar nicht der Gottstehunsbei sein! Ich bin selbst von ihm überfallen worden. Begreift Ihr das alle nicht? Tassilo ist mein Zeuge. Tassilo!«

»Das hat mich in der Tat verwirrt, Mathes.« Tassilo sah seinen Freund traurig an. »Doch was, wenn du den Überfall auf dich nur inszeniert hast?«

»Er hat mir den Arm gebrochen!«

»Den hast du dir gebrochen, als wir beide gerungen haben und die Treppe hinuntergefallen sind.«

»Ich war in meinem Arbeitszimmer, das weißt du doch!«

»Nein, ich weiß nur, dass wir dich dort gefunden haben. Mit offenem Fenster. Du bist über den Friedhof gerannt und dann hinten herum zurück ins Haus. Deine Maskerade hast du irgendwo im Haus versteckt.«

»Das ist Wahnsinn! Glaubt ihm kein Wort, die Herren!«

»Doch, ich glaube ihm.« Der das sagte, war der Oberrichter, der zur Tür hereinkam und die Anni hinter sich herzog. Beide tropften vor Nässe. »Der Mob, pah«, schnaubte der Oberrichter. »Eine Handvoll grölender Idioten. Ich habe die Stadtwache rufen lassen. Und die Anni habe ich gleich mitgebracht.«

Anni stürzte sich sofort auf den halb ohnmächtigen Nepomuk und strich ihm zärtlich über den Kopf.

»Das alleine reicht mir schon«, sagte Tassilo. »Diese Geste. Anni, du bist die Geliebte des alten Fenggens, nicht wahr?«

Die Magd sah erschrocken auf und schüttelte den Kopf unter Tränen.

»Du erwartest ein Kind von ihm«, fuhr Tassilo fort. »Du hoffst, dass dich der Fenggen zum Weib nimmt, nicht wahr?«

»Nein, Herr, das sind Lügen«, schniefte die Magd.

»Woher wollt Ihr das wissen?«, fragte der Oberrichter.

»Ich weiß es eben«, antwortete Tassilo. Dass es ihm die Hemma berichtet hatte, die es ihrerseits von der bärtigen Reni wusste, die es wiederum von der Riesin, Annis Schwester, gehört hatte, musste niemand wissen. »Was hast du dem Pfarrer gebeichtet, als du in Giesing warst? Dass du in froher Erwartung bist, aber noch ledig? Dass du dich mit dem alten Fenggen der Sünde hingegeben hast?«

»Sie ist unschuldig«, krächzte Fenggenmuck. »Ich war es, der der Sünde erlegen ist.« Er richtete sich mühsam auf und stützte sich auf die Ellenbogen. »Ich war so verwegen, meine Stellung auszunutzen und die Magd zu missbrauchen. Ich bin schwach! Die Verlockung des Weibes war zu stark für mich. Gott möge mich dafür mit dem ewigen Fegefeuer strafen. Sag ruhig die Wahrheit, Anni.«

»Gegen die Listen der Weiber sind Männer machtlos«, sagte Bürgermeister Hundertpfundt. »Hat das Weib doch die Sünde in die Welt gebracht.«

»Amen«, pflichtete sein Kollege Wilprecht bei.

»Ja, das habe ich dem Pfarrer gebeichtet«, sagte Anni nach einer Weile des Schweigens. »Und dass mich der Herr Fenggen zu seinem angetrauten Weib vor Gott machen möchte, zur Fenggenin, weil er einen würdigen Erben wünscht. Wir haben über einen Hochzeitstermin gesprochen. Die Trauung sollte heimlich außerhalb Münchens erfolgen.«

»Einen würdigen Erben?«, schrie Mathes. »Ich bin der Erbe!«

»Nichts bekommst du«, keifte Fenggenmuck. »Keinen Pfennig. Du bist das Böse. Du bist eine Missgeburt aus der Hölle. Du bist nicht mein Sohn!«

»Danke, Herr Nepomuk«, rief Tassilo. »Denn Mathes ist in Wahrheit der Sohn des alten Münzschädels, ich meine Georg Fußsteiner, Ritter von Dingharting!«

Alle starrten ihn verblüfft an.

»Ja«, triumphierte Tassilo. »Der alte Fußsteiner hat einen Sohn, den er vor dem Familienfluch in Sicherheit gebracht hat. Herr Bartholomäus, klärt bitte die anderen auf.«

»Nein«, sagte der Oberrichter mit bedauerndem Kopfschütteln. »Da irrt Ihr Euch. Der Sohn des Fußsteiners lebt im Kloster Ettal. Mathes ist wirklich mein Neffe.«

Völlig aus dem Konzept gebracht, schwankte Tassilo von einem Bein aufs andere und trank als Übersprungshandlung seinen Weinbecher leer. Zu seinem Glück ergriff der Fenggenmuck wieder das Wort: »Mein eigen Fleisch und Blut und gleichzeitig ein Sohn des Höllenfürsten. Der Kartäuser hatte recht in jedem seiner Briefe!«

»Darum musste er sterben, nicht wahr, Mathes?«, nahm Tassilo den Faden auf, um von der Blamage abzulenken. »Er durfte München nicht erreichen, sonst wäre es völlig vergebens gewesen, dass du die Briefe abgefangen hast. Du hast ihn auf dem Rückweg nach München irgendwo in den Alpen getötet und im Dickicht versteckt. Da Meinrad die Lederrolle mit den Briefen in seiner Beckenregion gefunden hat, hast du die Leiche wohl sodomiert …«

Mathes lachte irre auf. »Ja, sicher, ich habe ihm das Ding in seinen verknöcherten Arsch gesteckt!« Er sah sich zu den Bürgermeistern um, die erschrocken zurückwichen. »Wie lange wollt Ihr Euch diesen Unsinn noch anhören, meine Herren? Ihr hört das alles und seid noch nicht überzeugt, dass unser Tassilo sich dem Wahn hingegeben hat?«

Tassilo fuhr ruhig fort: »Dann ist der alte Meinrad aufgetaucht, und plötzlich drohte alles aufzufliegen. Alles. Da musstest du handeln.«

»Ich hätte den Alten und die Anni einfach umbringen können, oder?«

»Das wäre aber nicht in deinem Sinn gewesen. Die Eier, die die Anni an jenem Morgen holen sollte, waren für dein Frühstück. Du hast in Taufkirchen übernachtet. Anni, war Mathes Fenggen auf dem Landsitz an jenem Tag?«

Die Anni nickte.

»Du wolltest die Anni nicht einfach töten, das wäre zu offensichtlich gewesen. Dein Vater hätte dich bestimmt schnell verdächtigt. Denn du bist rasend vor Eifersucht und Wut. Dein Vater verachtet dich, das konnten wir alle eben erleben. Er hat sich eine junge Frau gesucht, mit der er neuen Nachwuchs zeugen kann. Einen würdigen Erben. Als die Anni schwanger wurde, musstest du sie ausschalten, indem du den Gottstehunsbei immer mit ihr in Verbindung gebracht hast. Du erzählst überall herum, dass sie eine Unholdin ist. Deine Gattin ebenfalls. Du hast mir die Lügen über den alten Münzschädel, die Afra und Annis angeblicher Eifersucht aufgetischt. Du hast in allen Gesprächen immer die Anni ins Spiel gebracht. Sie sei eine Drud, eine Teufelsbeschwörerin. Du hast mich geschickt ausgefragt. Ich habe dir ahnungslos geholfen. Von mir wusstest du von der Hochzeit in Giesing. Du konntest natürlich den Pfarrer von Giesing nicht leben lassen, nachdem er Anni die Beichte abgenommen hatte.«

»Ich dachte, du bist mein Freund«, sagte Mathes leise und verzweifelt. »Warum tust du mir das an?«

»Warum tust du mir das an?«, schrie Tassilo wütend. »Ich musste in den letzten Tagen alles infrage stellen, was unsere vermeintliche Freundschaft anbelangt. Mir ist im Nachhinein so vieles klar geworden. Frösche aufblasen, bis sie platzen, damals als wir klein waren, habe ich eigentlich gehasst. Ich habe nur dir zuliebe mitgemacht, weil es dir so viel Freude bereitet hat. Ich habe immer gedacht, du bist mein Freund, ich habe dich als Freund geliebt. Aber du, hast du mich je geliebt? Eigentlich, das weiß ich nun, weiß ich nichts über dich. Du bist freundlich und nett – und aalglatt. Zum Beispiel damals, als wir …«

»Genug der Kindereien!«, rief der Oberrichter. »Eure Bubenstreiche tun hier nichts zur Sache. Wir sind nicht deshalb hier. Herrgottnochmal.« Er bekreuzigte sich. »Ruhe jetzt, und konzentrieren wir uns auf Eure Ergebnisse, Herr Tassilo.«

Tassilo schloss die Augen und sammelte sich: »Das wirklich Schlimme daran ist, dass dein Vater es die ganze Zeit gewusst hat. Alles.«

»Das ist nicht wahr«, sagte Fenggenmuck matt.

»Ihr habt auf die Bibel geschworen!«, schrie ihn Tassilo wütend an.

»Gut«, Nepomuk sackte zusammen. »Es ist wahr. Ich wusste es. Seit jenem Tag, als er aus Augsburg zurückkam.«

»Was hat das denn jetzt damit zu tun!« Mathes schlug seine Bettdecke zurück und zog seine Beine unter seinem Vater hervor. »Seid ihr alle verrückt geworden? Ist die Welt verrückt geworden? Werter Onkel, meine Herren Bürgermeister! Bereitet diesem absurden Schauspiel ein Ende!«

»Besser wäre es, Herr Bartel, wenn Ihr den Anwesenden erklärt, was damals in Augsburg passiert ist«, sagte Tassilo ruhig und erklärte dann selbst: »In jenen Tagen, als unser Kronprinz zu einem Turnier in Augsburg weilte und sich dort in die Bernauerin verliebte. Wir haben seine Durchlaucht begleitet, Mathes und ich. Bei allen Gelegenheiten, wie ich heute mit Bedauern zugeben muss. Am Ende des Amüsements blieb eine tote Dirne zurück. Aufgeschlitzt. Wer waren die Verdächtigen, Herr Oberrichter?«

Der Fenggenbartel holte tief Luft. Es schien im höchst unangenehm zu antworten. »Seine Durchlaucht, Erbprinz Albrecht.« Die Bürgermeister zogen hörbar die Luft ein. »Der Peitscherlbub der Dirne und … Mathes Fenggen, mein Neffe.« Die beiden Bürgermeister atmeten hörbar aus.

»Man hat den Peitscherlbuben richten lassen«, sagte Tassilo, »obwohl Ihr wusstet, dass er es nicht war.«

»Er hat gestanden«, rechtfertigte sich der Oberrichter, »also war er es. Ich hatte meine Befehle! Ich konnte nicht anders handeln. Seine Durchlaucht und mein Neffe sollten sofort aus der Schusslinie gebracht werden. Man fürchtete nämlich, dass seine Durchlaucht der Täter gewesen sei.«

»Eben! Warum denn ich?«, fragte Mathes und rang die Hände. »Warum nicht der Prinz?«

»Der Prinz war verliebt«, sagte Tassilo. »Er schwebte auf Wolken wegen der Bernauerin. Glücklich Verliebte schlitzen keine Dirnen auf.«

»Glücklich verliebt?«, höhnte Mathes. »Vielleicht. Auf jeden Fall war er völlig zugedröhnt mit Wein und Alraune. So wie wir alle! Auch du. Weder er noch ich können uns erinnern, was in dieser Nacht passierte.«

»Als Mathes zurückkam und ich die Nachrichten aus Augsburg vernahm«, mischte sich Fenggenmuck ein und sah dabei betreten zu Boden, »da wusste ich, dass er es war. Fragt mich nicht, warum. Ich habe es ihm angesehen. Diesen bösen Zug erkenne ich in seinem Gesicht. Immer, wenn er etwas ausgefressen hat, hatte er diesen Zug. Schon als Kind. Schon als kleiner Bub. Der Besessene!«

»Erlaubt mir hier noch eine kurze Kindergeschichte«, sagte Tassilo. »Du bist eines Tages mit einer Goldmünze zu mir gekommen. Sagtest, du hättest sie gefunden. Wir haben uns tagelang damit Süßigkeiten und Gebäck gekauft …«

»Siehst du, was ich für ein guter Freund war«, sagte Mathes.

»Herr Nepomuk, Ihr wusstet immer, dass Euer Sohn das Geld Eurer Mutter gestohlen hatte«, wandte sich Tassilo an den Fenggenmuck.

»Wie bitte?«, brauste der Oberrichter auf.

»Ja«, nickte Fenggenmuck und senkte schuldbewusst den Kopf. »Was heißt wissen, ich ahnte es. Ich habe ihn hart bestraft, aber er hat es geleugnet. Und ich konnte doch nicht … er ist mein Sohn. Mein Fleisch und Blut. Die Familie ist wichtiger als alles andere.«

»Pah.« Mathes warf seinen gesunden Arm hoch. »Ja. Ja, das eine gebe ich zu, verdammt noch mal. Ich habe das Geld genommen damals, alter Mann. Und die drei Wochen, die du mich bei Wasser und Brot in den Keller gesperrt hast, haben mich nicht gebrochen. Nichts hat mich gebrochen. Ich habe die Strafen genossen, weil sie mir zeigten, dass ich dir überlegen bin. Soll ich dir sagen, was ich mit dem Geld gemacht habe? Ich hatte es dabei, als du mich mit diesem Pfaffen auf Wanderschaft geschickt hast. Ich habe es unterwegs mit vollen Händen ausgegeben. Jeden Taler, jeden Pfennig. Oh, ich habe dem Betbruder angeboten, ich würde ihm Huren bezahlen, aber nein, der Idiot hat lieber stundenlang seine Knie wund gebetet.«

»Was höre ich?«, rief der Oberrichter. »Du wusstest die ganze Zeit, dass ich unschuldig bin und hast trotzdem diese groteske Fehde aufrechterhalten? Du hast uns zu Feinden werden lassen?«

»Er ist mein Sohn!«, heulte Nepomuk. »Mein Fleisch und Blut, das Sinnbild meines Versagens!«

»Womit wir wieder beim Anfang wären«, sagte Tassilo. »Nach dem Mord in Augsburg – und ich will hier mal dahingestellt sein lassen, wer der wahre Täter war, denn das können wir nicht beweisen – schickte dich dein Vater auf Wanderschaft. Für den Kartäuser muss es die Hölle auf Erden gewesen sein, wie den Briefen zu entnehmen ist. Hast du unterwegs auch Mädchen aufgeschlitzt, Mathes?«

Mathes Fenggen schloss die Augen, lehnte sich zurück und verschränkte die Arme, so gut es eben ging.

»Jedenfalls musstest du verhindern, dass der Mönch deinem Vater Bericht erstatten konnte. Was passierte, ist bekannt. Du kamst alleine zurück mit der Geschichte, der Kartäuser sei in einem Kloster in Italien geblieben.«

Mathes schwieg mit geschlossenen Augen.

»Zurück in München hast du dich verliebt.«

Für einen Moment riss Mathes erstaunt die Augen auf, schloss sie aber gleich wieder.

»In ein Mädchen vom Land. Eine hübsche Brünette. Vielleicht aus Tölz oder Rosenheim. Vielleicht hast du sie schon auf dem Rückweg von Italien kennengelernt. Womit wir hierbei wären.« Tassilo holte das kleine Brautbild der Rosa Pichler hervor und warf es auf das Bett. »Dumm, dass dein Vater bereits eine Ehe mit der Pichlerin aus Reichenhall in die Wege geleitet hat. Du hast selbst gesagt, dass das Hochzeitsbild deiner Gattin nicht ähnlich sieht. Auf dem Bild ist sie blond, und das ist nur die auffälligste Abweichung. Du bist im Winter nach Reichenhall, um sie zu heiraten. Und im Februar mit der Braut zurückgekommen. In jenem Februar fand man die Rosa Pichler dann aufgeschlitzt in Schäftlarn.«

Mathes lachte trocken und schüttelte den Kopf. Auch die Bürgermeister und Fenggenbrüder lachten unisono ungläubig auf. Stoffel ließ überrascht Meinrad aus dem Schwitzkasten. Der alte Mann fiel leblos auf den Boden.

»So konntest du deine Geliebte als neue Ehefrau in München einführen. Sie spielt die Rolle der Bürgerstochter recht gut, aber nicht überzeugend. Warum verlässt sie fast nie das Haus? Weil sie Angst hat, dass sie womöglich jemand erkennt. Auf deinem Schreibtisch liegt ein unfertiger Brief an den Pichler, dass er auf keinen Fall nach München kommen soll, um seine Tochter zu besuchen.«

»Du schnüffelst in meinen Sachen?« Mathes brauste kurz auf, sank dann mit einer wegwerfenden Handbewegung zurück. »Ach, was frage ich überhaupt noch.«

»Warum redet sie in einem Dialekt, der eher nach Tölz als nach Reichenhall klingt? Weil sie von dort kommt.«

»Das stimmt«, sagte Bürgermeister Hundertpfundt. »Der Sprache nach ist sie nicht aus Reichenhall. Komisch, jetzt wo Ihr es sagt!« Bürgermeister Wilprecht nickte zustimmend.

Mathes saß kichernd auf dem Bett und schüttelte unablässig den Kopf. »Was für eine Schmierenkomödie. Ich spiele mit: Lasst Rosa kommen«, sagte er dann. »Mal sehen, was sie dazu zu sagen hat. Rosa!«, rief er dann so laut, dass man es im ganzen Haus vernehmen konnte. »Rosa! Kommt in mein Gemach!«

Wenig später trat die Fenggenrosa zaghaft in den Raum. »Ja?«

»Kommt herein«, sagte Tassilo aufmunternd. »Setzt Euch ruhig zu Eurem Gatten auf die Bettkante.«

Sie folgte schüchtern und sah unsicher von einem zum anderen. Als sie sich hinsetzen wollte, schrie Tassilo urplötzlich: »He, Wally!«

»Ja? Was?« Rosa hielt in der Bewegung inne und drehte sich zu Tassilo.

»Danke, nichts. Das war es schon. Ihr könnt nun gehen.«

»Ich verstehe nicht …«

»Das müsst Ihr nicht, Walburga.«

»Ich … was soll das? Ich heiße Rosa …« Sie sah unsicher zu ihrem Mann. »Woher weiß er das?«

»Also ist Euer echter Name Walburga?«

Sie nickte verzagt.

»Und Ihr seid nicht die Tochter des Pichlers aus Reichenhall?«

»Halt bloß deine Klappe!«, ging Mathes dazwischen.

Tassilo hielt der Frau die Bibel vor die Nase. »Schwört, dass Ihr die volle Wahrheit sagen werdet, auf die Bibel! So wahr Euch Gott helfe!«

»Ich möchte das nicht«, sagte sie leise. »Ich meine, was ist so schlimm daran, dass ich die Walburga aus Tölz bin und nicht die Rosa aus Reichenhall? Mein Mathes hat mir versichert, dass alles gut wird, wenn ich die Rosa aus Reichenhall bin.«

»Halt dein Maul, Weib!«, rief Mathes.

»Rede, Weib!«, befahl der Oberrichter.

»Der Mathes hat gesagt, … also«, stotterte sie. »Er musste doch die Rosa aus Reichenhall heiraten. Und er hat gesagt, dass die nach der Hochzeit mit einem anderen durchgebrannt ist. Weil sie heimlich verliebt war. Und dann ist der Mathes ganz verzweifelt gewesen. Wir haben uns in Schäftlarn getroffen. Mein Vater ist Flößer, wisst Ihr. Der hat mich immer mal mitgenommen. Na, der Mathes meinte dann, dass niemand wissen muss, wie übel ihm die Rosa mitgespielt hat. Und dass ich nun seine Frau werden könnte, wenn ich fortan die Rosa bin. Nun sagt, woher wusstet Ihr das?«

»Man hat mir berichtet, dass Mathes dich öfters Wally genannt hat«, hielt sich Tassilo unbestimmt. Gute alte Gurkenhemma. Die Fenggenköchin hatte es ausgeplaudert, doch sie hatte es für eine Art Kosenamen unter Eheleuten gehalten und nie Verdacht geschöpft.

»Darf ich jetzt gehen?«, fragte Walburga und strich sich über den Bauch. »Mir ist nicht gut.« Sie verließ das Gemach.

»Schmierenkomödie«, zischte Mathes. »Ja! So war es! Verdammt noch mal. Die saubere Pichlerrosa hat mich sitzen gelassen. Danke, Vater, für dieses großartige Hochzeitsarrangement. Seid Ihr nun zufrieden?«

»Alles andere«, Tassilo beachtete Mathes nicht weiter, »ergab sich dann, als Mathes mitbekam, dass sein Vater sich neu verliebt hatte. Dass er eine neue

Frau ins Haus holen wollte. Die Anni. Dass er einen neuen Erben gezeugt hat. Das konntest du nicht zulassen, nicht wahr, Mathes. Dein Erbe. Das viele Geld, das Land. Anni musste weg. Am besten so, dass es auch deinen Vater bricht. Nicht einfach aufschlitzen, wie du es mit allen anderen getan hast, sondern indem du sie zur Unholdin machst. Das würde deinen bigotten Vater mehr treffen als alles andere. Verliebt in eine Drud! Mit etwas Glück würde ihn sogar der Schlag treffen.«

»Ich bin nicht bigott!«, keifte Nepomuk. »Ich bin aufrecht im Glauben! Gott ist mein Zeuge.«

Mathes klatschte, so gut es sein kaputter Arm zuließ, applaudierend in die Hände. »Bravo, Tassilo. Großes Theater. Etwas holperig, aber insgesamt durchaus amüsant. So, und nun darf ich die Herrschaften bitten, mein Gemach zu verlassen. Nach diesem Abend brauche ich dringend Bettruhe. Danke sehr.«

»Du bist unglaublich.« Tassilo schüttelte fassungslos den Kopf. Draußen hagelte es.

»Nicht so unglaublich, wie deine wilde Geschichte. Meine Herren, wäre es nicht sinnvoll, den guten Tassilo Stubenruß wegen gemeingefährlicher Idiotie wegzusperren? Ich meine, nach all dem hier dürfte die Sachlage klar sein.« Mathes grinste überheblich.

»Du bist das Böse«, stöhnte Nepomuk und verbarg seinen Kopf in Annis Armen.

»Ich muss sagen«, Bürgermeister Hundertpfundt tupfte sich mit dem Tuch über die Stirn, »dass mich das alles hier zwar beeindruckt hat, aber wirklich überzeugt hat es mich nicht. Was gibt es für Beweise? Hat man den jungen Herrn Fenggen jemals eine Leiche berühren lassen? Gab es eine derartige Blutprobe? Das wäre ein Beweis.«

»Was ich sage!«, rief Mathes erregt. »Genau was ich sage! Wo sind deine Beweise? Du hast keine! Irgendwelcher Krimskrams von einem verrückten Waldschrat. Ja, ich habe als junger Bursche Geld gestohlen und es verprasst. Ja, ich habe eine andere Frau geheiratet, weil ich sitzen gelassen wurde. Rein rechtlich bin ich dann wohl ein Bigamist. Hängt mich deshalb.«

»Allein für den Diebstahl des Goldes wirst du hängen«, sagte Tassilo.

Mathes lachte höhnisch. »Denkst du? Mein Vater hat mich dafür schon gestraft, und er wird kaum zulassen, dass sein Sohn wegen dieser alten Geschichte hängen wird. Für alles andere gibt es nicht den Hauch eines Beweises! Wo soll ich denn das Teufelskostüm versteckt haben? Woher soll ich denn bitte schön Auerochsenhörner haben? Oder hohe Trippen mit Hufen unten dran?«

»Ich habe nie gesagt, dass zur Maskerade Auerochsenhörner gehören«, antwortete Tassilo und sah Mathes herausfordernd an.
»Du hast sehr wohl Auerochsenhörner gesagt!«
»Nein, nie. Und das mit den Huftrippen habe ich ebenfalls nie gesagt.«
»Ich habe davon gehört«, schnaubte Mathes. »Du hast die Maskerade vom Buchenmülleralois dem Gericht überlassen, nicht wahr? Daher weiß ich es. Mein Onkel hat mir davon berichtet.
»Habt Ihr, Oberrichter Fenggenbartel?«, fragte Tassilo.
»Nein, wann denn«, antwortete der.
»Dann war es jemand anderes aus dem Stadtrat«, sagte Mathes trotzig. »Was weiß ich denn. Und überhaupt! Ha! Der Gottstehunsbei hat Feuer gespuckt. Wie soll ich das machen können?«
»Ganz einfach. Und das war der letzte Beweis, der mich auf deine Spur geführt hat.« Tassilo nahm sein Streusandfässchen aus der Tasche, schüttete sich etwas Pulver auf die Hand und warf es Richtung einer der Kerzen im Raum. Die Stichflamme ließ die anderen panisch aufschreien. »Keine Angst«, beschwichtigte Tassilo. »Es sind nur Bärlappsporen. Ein alter Gauklertrick. Diese Bärlappsporen habe ich in deiner Schreibstube gefunden.«
»Sagst du!«, schnaubte Mathes verächtlich.
»Ja, sage ich.«
»Da wird mir einer der Dienerschaft einen Streich gespielt haben.« Mathes zuckte mit den Schultern.
»Unsinn. Und der beste Beweis für meine Ausführungen ist die Logik!«, rief Tassilo, leichte Verzweiflung in seiner Stimme. Er hatte es befürchtet. Es war eingetreten. Er hatte Mathes nicht zu einem Geständnis bewegen können, wie es sein Plan gewesen war.
»Seit wann seid Ihr Logiker, Herr Tassilo? Logik ist stets nur eine Frage des Glaubens«, sagte der Fenggenmuck. »Ihr glaubt, dass Eure Schlussfolgerung mit der Wirklichkeit übereinstimmt. Das tue ich nicht. Ich glaube, meine Schlussfolgerung stimmt mit der Wirklichkeit überein. Ja, ich glaube Euch, dass mein Sohn für all diese Schrecknisse verantwortlich ist. Denn das deckt sich mit meiner Logik. Doch Ihr tut so, als sei er ein normaler Mensch, ein Geschöpf Gottes. Das ist er nicht. Mein Sohn ist das Böse. Er ist ein Handlanger Satanas, ein Geschöpf der Hölle, das sich in Menschengestalt in unsere Herzen und Häuser geschlichen hat. Bringt ihn weg.«

»Das entscheide immer noch ich«, ergriff der Oberrichter das Wort. »Ich bin bereit, der Logik unseres Herrn Tassilo zu folgen, doch auch mir fehlen noch wirklich schlüssige Beweise.«

»Was ist mit den Briefen?«, fragte Tassilo verblüfft.

»Gut, die Briefe. Da habt Ihr recht. Wir werden das Haus durchsuchen lassen, wenn wir die Maskerade finden, dürfte das der endgültige Beweis sein. Ansonsten werde ich meinen Neffen der peinlichen Befragung unterziehen.«

»Alles, was ich erklärt habe, alle Zusammenhänge sind logisch!«, rief Tassilo laut.

Die Tür flog auf und eine Stichflamme zischte in das Schlafzimmer von Matthäus Fenggen, als der Gehörnte erschien.

27 Das Feuer

Noch einmal züngelte Feuer in den Raum. Die langen Krallen des Gottstehunsbei blitzten auf, seine gebogenen Hörner warfen riesige Schatten auf die Wand. Auf die erste Schreckenssekunde, in der man nur das Donnergrollen und den Regen hörte, brach der Tumult los. »Herr im Himmel«, brüllte der Fenggenmuck und schleuderte sein Kruzifix in Richtung des Gehörnten. Dann warf er sich auf die Knie und flehte lauthals um den Beistand der Jungfrau Maria, ihres eingeborenen Sohnes, der vierzehn Nothelfer und aller Heiligen. Bürgermeister Hundertpfundt schloss sich ihm umgehend an – und auch Oberrichter Fenggenbartel sank mit offenem Mund und bebender Unterlippe ganz langsam auf die Knie. Bürgermeister Wilprecht zog es vor, ohnmächtig auf dem Dielenboden aufzuschlagen. Anni kroch heulend hinter Nepomuks Rücken. Der alte Meinrad, bei dem Tassilo schon gefürchtet hatte, sein Stoffel hätte ihm das Genick gebrochen, war offensichtlich doch nicht tot. Er robbte, den heiligen Ogart anrufend, unter das Bett.

Mathes Fenggen hingegen sprang aus seinem Bett und schrie: »Das kann nicht sein! Das! Kann! Nicht! Sein!« Er bückte sich unter sein Bett, schlug Meinrad ins Gesicht, weil der ihm im Weg war, und zog etwas hervor, das er unter der Matratze deponiert hatte. Wenige Augenblicke später richtete er sich mit gefletschten Zähnen auf. An seiner rechten Hand einen Handschuh mit langen scharfen Klingen.

»Du bist es nicht!«, rief Mathes und stürzte sich auf den Gottstehunsbei, die spitzen Messer seines Handschuhs voran. Dabei stieß er die Kerzen um, die auf dem Tischchen neben seinem Bett standen. Sie fielen auf die Matratze, deren Stroh sofort Feuer fing. Die Flammen griffen in Windeseile auf den Wandbehang am Kopfende über.

»Es brennt!«, brüllte Tassilo, während er gleichzeitig versuchte, sich Mathes entgegenzustellen. Er erwischte nur das Nachthemd, das zerriss. Nackt stürzte Mathes weiter und hätte den Gottstehunsbei wohl erwischt, wenn Stoffel ihn nicht von der Seite angesprungen und zu Fall gebracht hätte.

»Es brennt!«, schrie Bürgermeister Hundertpfundt und versuchte, seine Leibesfülle hochzuwuchten. Dabei fiel er der Länge nach hin. Er krabbelte weiter. Auf den Gottstehunsbei zu, der die Tür blockierte. »Das Fegefeuer«, geiferte er. »Die Hölle wird uns verschlingen.«

Der Gottstehunsbei entblößte sein Raubtiergebiss und gab einen kehligen Laut von sich.

»Feuer! Raus!«, rief Tassilo. Er schubste den Gottstehunsbei hinaus auf den Flur, schnappte sich den Weinkrug und schüttete den kleinen Rest Wein auf das Bett. Sinnlos. Unter dem Bett hustete Meinrad erbärmlich. Schon fraßen sich die Flammen in die trockenen Deckenbalken und breiteten sich über den geölten Holzboden aus. Oberrichter Fenggenbartel war aufgesprungen und taumelte hustend zur Tür.

Stoffel rang mit Mathes, schlug ihm auf den gebrochenen Arm, um ihn zu schwächen. Mathes jaulte auf und versuchte, mit dem Messerhandschuh Stoffels Gesicht zu treffen. Der Bursche konnte sich wegdrehen, die Klingen drangen in seinen linken Oberarm. Tassilo kam seinem Diener zu Hilfe.

»Hatte ich recht?«, schrie er triumphierend. »Ich hatte recht!« Der Rauch und die Hitze raubten ihm den Atem.

»Ja, du kannst stolz auf dich sein, Freund«, spuckte Mathes aus. Tassilo trat auf die Hand mit dem Handschuh, um sie am Boden zu fixieren.

»Raus!« Fenggenmuck und Anni liefen vorbei. Was mit Bürgermeister Wilprecht und dem alten Meinrad war, konnte Tassilo nicht mitbekommen. Zu dicht wurde der Rauch. Er stieß Stoffel Richtung Tür. Dann packte er Mathes am gesunden Arm und zog ihn hinter sich her. Mathes entwand sich dem Griff.

»Du kriegst mich nicht«, schrie er hustend. Bog den Arm schwungvoll ein und rammte sich selbst die Messer seines Handschuhs in die Brust. Ein Deckenbalken brach ab und verhinderte, dass Tassilo die Leiche wegziehen konnte. Nur raus!

Das Feuer hatte bereits das Treppenhaus erreicht. Unten hörte er Leute rufen. Irgendjemand bellte Befehle, man solle sich mit dem Wasser beeilen und, verdammtnochmal, endlich eine vernünftige Menschenkette für die Eimer bilden. Dazwischen johlten Menschen, dass nun der Gottstehunsbei in seinem eigenen Feuer verbrennen würde. Tassilo wankte, am Ende seiner Kräfte, die Treppe hinunter. Hinter ihm polterten brennende Balken herunter. Ein Funkenregen hüllte ihn ein. Die Haustür schien so unendlich weit weg. Ein Adrenalinschub aktivierte die letzten Reserven. Die Tür stand offen. Draußen erkannte Tassilo Menschen. Er würde es schaffen.

Da packte ihn etwas. Ein Sog, eine Kraft, was auch immer es war, es zog ihn von der rettenden Tür weg. Tassilo röchelte und schlug um sich. Ein anderer Sog setzte ein und zog ihn zur Tür. Tassilo verlor das Bewusstsein.

28 Seelenheil

»Äußerst riskant«, sagte Oberrichter Fenggen tadelnd. »Effektiv, das gebe ich zu, aber äußerst riskant. Wie leicht hätte ein neuer Stadtbrand entstehen können! Ist Euch das klar, Herr Tassilo?«

»Ich hatte kein Feuer beabsichtigt«, verteidigte sich Tassilo Stubenruß. »Das war ein Unglück. Das wisst Ihr. Wenn mich mein treuer Christoffel nicht so mutig herausgezogen hätte – und dabei war er selbst schwer verletzt – , dann säße ich wohl nicht hier.«

»Euer treuer Stoffel, ja, ein wunderbarer Bursche. Es wurden immerhin vier Häuser zerstört. Der starke Regen hat uns zum Glück geholfen.« Der Fenggenbartel schüttelte den Kopf. »Es wird höchste Zeit, dass der Stadtrat entscheidet, dass künftig nur noch Häuser aus Stein gebaut werden dürfen! Daran, lieber Tassilo, dürftet Ihr als größter Ziegellieferant ohnehin ein Interesse haben.«

»Der Stadtrat wird das beschließen, das ist sicher«, nickte Tassilo. »Allerdings unter der Voraussetzung, dass ich Ziegelland an die Stadt verkaufe. Daran soll es nicht scheitern. Gewiss nicht. Ich muss sagen, meine Freude über die geschäftliche Entwicklung wird durch die persönliche Enttäuschung momentan getrübt.«

»Nehmt es Euch nicht zu sehr zu Herzen, dass mein Neffe Euch betrogen hat. Er hat uns alle betrogen.«

»Das sagt sich leicht, werter Oberrichter. Ihr seid nüchterner Jurist, ich hingegen Poet.« Wie sehr ihn die Tatsache mitnahm, dass der, den er für einen Freund gehalten hatte, so hintergangen und enttäuscht hatte, ließ Tassilo niemand wissen. Es nagte in seinem Inneren. Dort sollte es bleiben.

»Nun gut. Sagt, wie habt Ihr das gemacht? Das mit dem Gottstehunsbei?«

Tassilo deutete auf Enakita, die neben ihm eingesunken auf der Bank in Fenggenbartels Arbeitszimmer hockte. Als die Sprache auf sie kam, richtete sie sich auf. Die Riesin hielt die Hände zwischen den Knien gefaltet. »Das ist die Riesin Enakita, eigentlich heißt sie Babette.«

»Ich habe sie auf der Dult gesehen«, winkte Fenggenbartel ab.

»Sie braucht keine hohen Trippen mit Hufen, um so groß zu sein. Ein schwarzer Umhang, das Gesicht geschwärzt, ein falsches Gebiss und dann musste ich noch den Steinbockschädel von meiner Trophäenwand opfern.« Er schmunzelte und rieb sich die verbrannte Stelle am Arm, was höllisch schmerzte. Nicht kratzen, hatte ihm die Gurkenhemma die letzten Tage der Erholung alle halbe Stunde eingebläut und immer wieder eine Salbe darauf geschmiert, deren Inhaltsstoffe Tassilo gar nicht genau wissen wollte. »Niemand hat bemerkt, dass es kein Auerochsengehörn, sondern ein Steinbock war.«

»Darauf, werter Tassilo«, auch der Richter schmunzelte, »hat sicher niemand in diesem Moment geachtet. Was waren das für Messerhände? Habt Ihr extra solche Handschuhe anfertigen lassen?«

»Nein. Einfach dünne Röhren aus Blech, die sie über die Fingerspitzen gestülpt hat.«

Der Oberrichter schob stöhnend seinen Stuhl zurück und erhob sich mühsam. Auch er hatte sich im Feuer verletzt. Er trat humpelnd ans Fenster und sah hinaus. »Mein Neffe ist tot. Das wisst Ihr natürlich. Was heißt natürlich! Wir müssen allem Gerede vorbeugen, er sei der Leibhaftige selbst gewesen und direkt in die Hölle gefahren. Wir haben seine Leiche gefunden und ebenso die Reste von den Handschuhen. Kein Zweifel, dass er es war. Die Fenggens sind Euch dankbar. Ihr habt sehr gute Arbeit geleistet.«

»Wie meint Ihr das? Weil Euer Neffe tot ist und es keinen Prozess geben wird?«

»Ja, das auch.« Der Fenggenbartel drehte sich kurz um. »Die Familie ist wichtig. Durch den Brand … anders gesagt: Das Feuer hat die Bestie und alles, was mit ihr zusammenhing, mit sich genommen. Es gibt also keinen Grund, dem Namen der Familie Fenggen zu schaden. Lasst das Volk reden, dass das Feuer vom Teufel selbst gelegt wurde. Es stimmt irgendwie. Wichtig ist nur, dass mein Neffe zwar als Opfer des Teufels, aber nicht als Teufel selbst dargestellt wird. Und dass der Spuk des Gottstehunsbei Geschichte ist. Dass er nie wieder auftauchen wird. Das Volk wird sich beruhigen. Die Sicherheit von Stadt und Umland ist wiederhergestellt. München ist sicher. Die Herzöge werden höchst zufrieden sein. Sogar der Tanzreigen hat aufgehört. Es ist, als würde die Stadt befreit aufatmen.«

»Wenn die Toten beerdigt sind …«, sagte Tassilo.

»Sicher. Diese Tanzwütigen! Wir haben bereits siebenundfünfzig gezählt, die sich zu Tode getanzt oder gegeißelt haben. Es werden sicher mehr. Ich habe Anweisung gegeben, auf dem Pestfriedhof vor dem Sendlinger Tor ein Massengrab auszuheben. Keine Sorge, in geweihter Erde. Sie sind schließlich zu Ehren Gottes gestorben.«

»Und Mathes? Wird er in geweihter Erde bestattet?«

»Wo sonst? Auf dem Friedhof der Liebfrauenkapelle. Er wird für Generationen unsere Familie belasten, aber er ist trotz allem ein Fenggen. Wir wollen keine Fragen aufwerfen. Wir regeln das. Tja, die Fenggens stehen nun ohne männlichen Erben da. Wer weiß – hoffen und beten wir, dass die Anni einen Buben zur Welt bringt. Ich wage zu bezweifeln, dass mein Bruder jemals wieder in der Lage sein wird, seine Manneskraft unter Beweis zu stellen.«

Die Riesin bekreuzigte sich, als von ihrer Schwester die Rede war. »Dafür bete ich auch. Für einen gesunden Buben. Amen.«

»Was ist mit Rosa oder Wally?«, fragte Tassilo verwundert.

»Habt Ihr das nicht gehört? Sie hat das Kind in dieser Nacht verloren.« Der Oberrichter zuckte mit den Schultern. »Mein Bruder und ich haben ihr nahegelegt, ins Kloster zu gehen. Ich kann auf Eure Diskretion vertrauen?«

Tassilo studierte seine Fingernägel.

»Herr Tassilo?«

»Sicher, Herr Oberrichter. Die Familie Fenggen zählt zu den altehrwürdigen Säulen der Stadt München. Dem muss man Rechnung tragen«, sagte er dann gedehnt. »Sollen seine Überreste in geweihter Erde verrotten, während seine Seele im ewigen Höllenfeuer gemartert wird. Es bleibt nichts von ihm. Nicht einmal der erhoffte Ruhm.«

»Ihr seid ein vernünftiger Mann.« Der Oberrichter lächelte jovial.

»Was ist nun mit Bürgermeister Wilprecht? Man sagt …«

»Ja«, der Fenggenbartel nickte. »Er gehört zu den Opfern. Unsere Anwesenheit wird heute bei der Beerdigung erwartet. Der Äußere Rat tritt bereits morgen zusammen, um einen neuen Bürgermeister zu wählen. Auch der Innere Rat sollte schleunigst einen Nachfolger für Hundertpfundt wählen.«

»Richtig, ja.« Tassilo hatte bereits gehört, dass Seitz Hundertpfund zwar dem Feuer entkommen war, sich aber in den Wahnsinn geflüchtet hatte. Seine Familie hatte ihn daraufhin in der Hundertpfundtschen Sommerresidenz im Dörfchen Schwabing unter strenger Aufsicht wegsperren lassen. »Jemand aus seiner Familie wird in den Stadtrat berufen. Der neue Monat bricht an, also gibt es ohnehin einen neuen Bürgermeister.«

»So viele Opfer«, sagte Enakita leise. »Nur wegen einer verirrten Seele.«

»Höchst bedauerlich«, sagte der Oberrichter. »Und dieser alte Waldschrat, der sich unter das Bett geflüchtet hat … ausgerechnet!« Fenggenbartel lachte trocken auf. »Nun ja. Die Barfüßer waren so gnädig, ihm ein Armengrab zuzuweisen.«

»Ich muss den Durchlauchten Rapport geben«, meinte Tassilo. »Ebenso meiner Schwester. Ich werde wohl nicht umhinkommen, ihnen die Wahrheit zu sagen.«

»Ich war bereits so frei, die Hochwürdige über die Vorgänge zu informieren. Sie ist ebenso vertrauenswürdig wie unsere Herzöge.« Der Oberrichter kehrte an seinen Schreibtisch zurück und setzte sich vorsichtig. »Das Angerkloster kann sich ab sofort über eine Stiftung zur Armenspeisung der Familie Fenggen erfreuen.«

Tassilo Stubenruß schmunzelte. »Ihr wisst, wie man sein Seelenheil absichert.«

29 Der Gottstehunsbei

Du gehst?«, fragte Tassilo erstaunt und stützte sich auf die Ellenbogen. »Ich muss«, antwortete Enakita, während sie sich anzog. »Wir ziehen weiter, jetzt, wo die Dult zu Ende ist.«

»Ich verstehe«, sagte Tassilo enttäuscht.

Die Riesin hielt beim Binden ihrer Haube inne und sah ihn überrascht an. »Möchtet Ihr, dass ich bleibe?«

»Warum nicht?«

»Weil«, sie lachte traurig, »weil Ihr mich nie zu einer ehrbaren Frau machen würdet.«

Da hatte sie recht. Tassilo legte sich seufzend auf die Kissen zurück. Eine Jahrmarktattraktion würde nie eine passende Gattin für einen Stubenruß abgeben.

»Wer weiß, vielleicht sehen wir uns irgendwann einmal wieder.« Die Riesin beugte sich über das Bett und gab Tassilo einen Abschiedskuss. Dann verließ sie, ohne sich noch einmal umzudrehen, das Schlafzimmer.

Tassilo wälzte sich auf die Seite, auf der sie bis eben gelegen hatte, um den Rest ihrer Wärme und Nähe aufzusaugen. Er schnupperte an den Kissen.

Was ihn aus dem unruhigen Schlaf riss, konnte er nicht sagen. Es knarzte und knarrte immer überall. Bei Wind kratzten Baumäste am Mauerwerk. Und bei Regen klapperten die Fensterläden. Daran war er gewöhnt. Das Erdhendl fiel Tassilo ein, während er den Geräuschen lauschte. Die Gurkenhemma mit ihrem Erdhendl, die Buchenmüllerin mit ihrem Erdhendl. Das Scharren, das so nah klang, könnten Ratten sein. Wobei – nein, es gab Mäuse in der alten Giesinger Burg. Und wo Mäuse sind, sind keine Ratten.

Das Scharren war zu laut für Mäuse, vielleicht Marder. Tassilo schlug die Augen auf. Der Gottstehunsbei stand regungslos neben seinem Bett. Keine Stichflamme, kein Feuer. Nur die Messerhände blitzten im Mondlicht auf.

Tassilo sprang erschrocken auf die Knie. »Enakita? Babette?«, rief er dann, weil sich die Gestalt nicht regte. »Das ist nicht lustig.« Er setzte sich, sein Herzrasen beruhigte sich nicht. »Hörst du?«

Der Kopf mit den geschwungenen Hörnern drehte sich leicht. Hörner, durchzuckte es Tassilo. Auerochsenhörner, keine Steinbockhörner. Er sprang auf die Füße. Auf der Matratze stehend, war er größer als der Gottstehunsbei.

Die finstere Gestalt gab ein kratziges Lachen von sich und löste sich aus der Starre. Die Krallenhände schnellten vor. Tassilo konnte durch einen Hechtsprung seitlich ausweichen.

»Das kann nicht sein!«, brüllte er in den Raum. »Du bist tot! Du schmorst in ewiger Verdammnis!«

Das schaurig-höhnische Lachen dröhnte in Tassilos Ohren. Der Gottstehunsbei schritt auf ihn zu. Hufe klapperten. An jedem Finger eine todbringende Kralle, die vor Tassilos Augen tanzten. Tassilo stieß mit dem Fuß gegen seinen Schreibtisch. Er tastete auf der Tischplatte herum. Die Ahle, der metallene Griffel oder der Zirkel! Er bekam die Ahle zu fassen. Er hielt sie sich vor die Brust. Ein Witz, dieses kleine spitze Ding, im Vergleich zu den langen Klauen seines Gegenübers.

»Du bist nicht echt«, rief Tassilo noch einmal. Er stach mit der Ahle nach vorne. Tatsächlich wich der Gottstehunsbei ein wenig zurück. Tassilo packte seinen Schreibstuhl und schleuderte ihn auf die Gestalt. Der Gottstehunsbei hob beide Arme zur Abwehr – der Stuhl zerbrach krachend am Fenster, die Rückenlehne durchschlug die Glasscheiben. Es hatte zu regnen aufgehört, Mondlicht beleuchtete die Szenerie. Tassilo nutzte die Zeit, um den Schreibtisch mit aller Kraft hochzustemmen und auf den Gegner zu werfen. Er traf den Gottstehunsbei an den Beinen. Der jaulte auf und humpelte zur Seite.

Das Schwert. Es müsste neben dem Bett liegen. Der Gottstehunsbei wirbelte zu ihm herum. Die Messer rauschten an Tassilos Kopf vorbei. Er machte einen Purzelbaum Richtung Bett. Die Verletzungen der letzten Tage und die Brandwunden spürte er nicht. Das Schwert. Tassilo bekam den Griff zu fassen. Bevor er es aus der Scheide ziehen konnte, traf ihn ein schwerer Huftritt an der Hüfte. Das Halbrund eines Hufes spürte er genau. Ihm gelang es, das Bein des Angreifers zu fassen und diesen aus dem Gleichgewicht zu bringen. Während der Leibhaftige nach hinten taumelte, zog Tassilo das Schwert und sprang auf. Die Schmerzen in der Hüfte ließen ihn umgehend einknicken.

Der Gottstehunsbei hatte sich gefangen und ein Bein des zertrümmerten Schreibtischstuhls geschnappt. Sie standen sich zum Duell gegenüber. Stuhlbein gegen Stahlschwert. Tassilo konnte den Gottstehunsbei auf Distanz halten, der mit dem Bein gnadenlos und mit Wucht zudrosch. Mehr als einmal umrundeten die Kämpfer den Raum. Das Holzbein zersplitterte schließlich und Tassilo, völlig außer Atem, beging den Fehler, das Schwert für einen Augenblick zu senken. Der Gottstehunsbei nutzte den Moment und schlug mit dem restlichen Holzstück zu. Das Schwert segelte zu Boden.

Blind vor Wut stürzte sich Tassilo nach vorne und packte den Gottstehunsbei bei den Hörnern. Bevor ihn die Messerkrallen erreichen konnten, riss er mit aller Kraft an den Hörnern. Er legte sein ganzes Gewicht rein, stützte sich mit den Knien an der Brust des Gottstehunsbei ab. Die Hörner gaben nach. Mit dem Kopfaufsatz fiel die schwarze Maske vom Gesicht des Gottstehunsbei. Tassilo krachte wie ein Käfer auf den Rücken.

»Ihr?«, rief er entsetzt. »Ihr!«

Bevor er sich aufrappeln konnte, hatte sich der Angreifer auf ihn gesetzt. Mit den Knien fixierte er Tassilos Arme am Boden.

»Ihr seid wirklich zäh«, sagte der Oberrichter grinsend. »Meine Hochachtung. Ich hatte gehofft, Euch beim Feuer zurück ins Haus ziehen zu können. Fast wäre es mir gelungen, doch Euer treuer Stoffel ... tststs, Ihr habt ein Glück. Nun allerdings nicht mehr.«

»Ich verstehe nicht ...«, keuchte Tassilo. »Warum? Was ... Woher ... Oh, das ist das Kostüm vom Buchenmülleralois, das Ihr in Verwahrung genommen habt.«

»Richtig«, antwortete der Oberrichter. »Und diese Handschuhe habe ich mir anfertigen lassen. Hübsch, nicht wahr?« Er bewegte langsam die Finger und führte sie nahe vor Tassilos Augen.

»Also war Mathes, Euer Neffe, doch unschuldig«, stellte Tassilo fest.

»Mathes? Sicher nicht!« Der Fenggenbartel lachte. »Ihr habt sehr gute Arbeit geleistet. Das hätte ich nicht gedacht. Alles, was Ihr mit Eurer Logik erschlossen habt, traf zu. Mathes war die Bestie, als die Ihr ihn enttarnt habt.«

»Ihr habt das die ganze Zeit gewusst?«

»Nein. Mir ging es eher wie meinem Bruder. Ich habe es geahnt, befürchtet. Ich hätte allerdings nie gedacht, dass Ihr tatsächlich das Rätsel um den Gottstehunsbei lösen würdet. Ich muss zugeben, ich habe mich getäuscht. Was glaubt Ihr, was es mich an Überredungskunst gekostet hat, die Herzöge, die Bürgermeister und auch meinen Bruder davon zu überzeugen, dass man Euch beauftragen soll. Einen verwöhnten Stelzbock, der sich für einen Dichter hält und noch nie etwas sinnvolles für die Gemeinschaft geleistet hat ...«

»Was erlaubt Ihr Euch!«, brauste Tassilo auf. Er versuchte, sich aufzubäumen, was nicht gelang. Allein die Schmerzen in seiner Hüfte verhinderten es.

»Ich erlaube mir, Euch im Angesicht Eures Todes reinen Wein einzuschenken, Herr Tassilo Stubenruß. Außer Euch nimmt niemand Eure sogenannte Poesie ernst. Wie gesagt, ich habe mich geirrt. Euer freier Geist hat Euch die richtigen Schlüsse ziehen lassen. Und falls es Euch interessiert: Mein Bruder hat bereits versucht, Euch wegen Ketzerei anklagen zu lassen. Weil Ihr dem wahren Glauben so wenig Raum gegeben habt. Ihr wisst gar nicht, wie sehr Ihr Eurer Schwester zu Dank verpflichtet seid.«

»Ich verstehe immer noch nicht, warum«, stöhnte Tassilo.

»Ihr und Euer Warum.« Oberrichter Fenggenbartel lachte leise. »Warum wollt Ihr nicht meine Tochter heiraten?«

»Was hat das damit zu tun?«

»Alles. Seid Ihr so naiv? Ihr seid einer der reichsten Bürger Münchens. Ihr besitzt jede Menge Ziegelland, Herr Tassilo. Mit jedem Stadtbrand verdient Ihr noch mehr Geld, als Ihr ohnehin schon habt. Selbst wenn Ihr nun Land an die Stadt abgebt, wird Euer Wohlstand auf Generationen hin nicht schmelzen. Wie oft habe ich Euch meine Tochter Petronella angetragen? Wie oft hat es mein Eheweib versucht? Wie oft Eure geschätzte Schwester? Wir Fenggens stehen ohne männlichen Erben da. Nun, nicht ganz.«

»Was soll das heißen? Nicht ganz?«

»Geduld, mein Freund. Ihr hättet Eurer Schwester neulich nicht die Nachricht zukommen lassen sollen, dass Ihr – ich zitiere – nie die Fenggentochter heiraten werdet. Nie! Wir hätten eine große Hochzeit feiern können. Die Vermählung der großen und reichen Familien Fenggen und Stubenruß. Euer und mein Vermögen, unsere gemeinsame Macht hätten über München strahlen können. Stattdessen treibt Ihr Unzucht mit einer überdimensionierten Laune der Natur und verschmäht meine Tochter! Ihr schändet das Ansehen Eurer Vorfahren.«

»Und Ihr glaubt, dass Ihr mich mit diesem Auftritt hier umstimmen könnt?« Tassilo entspannte etwas, trotz der Messer, die vor seiner Nase drohten. »Ihr wollt mich deshalb töten, weil ich Eure Tochter nicht heiraten möchte? Bitte, nur zu, Herr Oberrichter, das müsst Ihr dann Euren Richtern erklären! Ihr habt nichts davon, wenn Ihr mich nun tötet. Rein gar nichts. Eure Familie wird in Schande kommen, niemand wird mehr Eure Tochter ehelichen. Die Fenggens werden aus den Annalen der Stadt ausgemerzt werden.«

»Das sehe ich anders. Ein kleines, aber entscheidendes Detail scheint Euch nicht bekannt zu sein. Ich hatte tatsächlich die Furcht, Ihr könntet bei Euren Ermittlungen auch dieses Geheimnis lüften. Doch nun habe ich die Freude, es

Euch mitzuteilen. Es wird das letzte sein, was Ihr je in Eurem Leben zu hören bekommt. Ihr wisst, dass ich einen Bankert habe. Einen Buben. Und wisst Ihr, wer die Mutter dieses Buben ist?«

Ein Blitz der Erkenntnis zuckte durch Tassilo. Die vertraulichen Berührungen beim Empfang der Pfalzgräfin … »Meine Schwester Margaretha«, sagte er tonlos.

»Richtig. Marga und ich hatten … Ach, was nützt es, wenn man sentimental wird. Wir haben den Buben damals in gute Hände gegeben. Eure Eltern haben Marga ins Kloster gesteckt, und ich musste bei meiner Romhilde jahrelang Abbitte leisten.«

»Christoffel«, flüsterte Tassilo.

Der Oberrichter lachte. »Ihr seid wirklich erstaunlich. Nun werde ich, nach Eurem Tod versteht sich, den letzten und einzigen männlichen Stubenruß, der gleichzeitig ein Fenggen ist, ganz offiziell als Sohn und Erben anerkennen. Und damit, mein lieber Tassilo, werde ich Zugriff auf das Vermögen der Stubenruß haben.«

»Meine Schwester wird niemals …«

»Was?«, unterbrach der Fenggenbartel harsch. »Sie wird niemals etwas erfahren. Und sie wird sicherlich ihrem geliebten Sohn alles nur erdenklich Gute wünschen.«

Tassilo versuchte, seine Arme zu befreien. So konnte das nicht enden. Er strampelte mit den Beinen. Das Gewicht des Oberrichters hielt ihn am Boden. Die Schmerzen waren längst zurückgekehrt. Ein Knie des Richters drückte genau auf seine Brandwunde.

»Lasst das«, sagte der Fenggenbartel milde. »Ihr könnt Euch nun vom irdischen Mühsal verabschieden. Gottes Himmelreich wartet auf Euch. Es ist Zeit zu sterben, Herr Tassilo Stubenruß.« Er hob die Messerhände dramatisch und lächelte diabolisch.

»Fürchtet Ihr denn nicht um Euer ewiges Seelenheil?«, stieß Tassilo hervor.

Der Fenggenbartel lachte höhnisch. »Ich bin reich, Herr Tassilo. Habt Ihr das vergessen? Ich kann mir alles leisten, auch den Weg ins Himmelreich. Genug. Hiermit«, er bog die Finger der rechten Hand ein, nur der Zeigefinger ragte hervor, »mit dieser Klinge werde ich Euch nun die Kehle aufschneiden.«

Der Finger schnellte vor und bohrte sich neben Tassilos Kopf in die Dielen. Gleichzeitig sackte der Oberrichter nach vorne. Tassilo hatte den ersten Schlag nicht vernommen, nun, als die Gurkenhemma ein zweites Mal mit der gusseisernen Pfanne dem ohnmächtigen Oberrichter auf den Schädel hieb, hörte er deutlich den Schlag.

»Wie lange warst du schon da?«, fragte er seine Amme, nachdem sie ihm geholfen hatte, unter dem Bewusstlosen hervorzukrabbeln und diesen mit allen verfügbaren Kordeln und Schnüren zu fesseln.

»Ihr meint, was ich gehört habe, Herr Tassilo?«, antwortete die Gurkenhemma. »Nichts, was ich nicht schon wusste. Ich wusste es immer. Ich habe Euch doch gesagt, dass ich Geheimnisse für mich behalten kann.«

»Was wirst du nun tun, Hemma?«

»Was ich bisher getan habe. Schweigen.«

»Ist das richtig? Stoffel ist immerhin ...«

»Der Herrgott hat uns allen eine Rolle in diesem irdischen Leben zugewiesen. Es ist nicht an uns, das infrage zu stellen. Ein jeder soll zufrieden an seinem Platz sein.«

31 Das Lied

Bei der Hinrichtung stand Romhilde Fenggen stolz erhobenen Hauptes in der ersten Reihe und ließ sich keine Regung anmerken, während die Schmährufe des Pöbels auf sie einprasselten. Die Töchter waren zu Hause geblieben. Man hatte im Stadtrat lange diskutiert, ob man den Oberrichter für seine Verbrechen hängen oder enthaupten sollte. Tassilo hatte für den Galgen plädiert, den ehrenlosen Tod, und die Mehrheit hinter sich gebracht. Letztlich hatten die Herzöge ihr Veto eingelegt, man könne einem derart wichtigen Bürger beim Sterben nicht die Ehre rauben und wie einen gewöhnlichen Verbrecher aufknüpfen. Daher wurde Bartholomäus Fenggen auf dem Feld vor dem Neuhauser Tor, gleich hinter dem Übungsgelände der Armbrustschützen, vom Scharfrichter mit dem Schwert geköpft.

Als der Henker das abgeschlagene Haupt an den Haaren packte und hochhielt, jubelte die Menge auf. Tassilo sah zu seiner Schwester hinüber, die abseits stand und den Schleier halb vors Gesicht zog. Die Hochwürdige nickte ihm kurz zu. Er hatte ihr den versprochenen Kopf des Gottstehunsbei gebracht. Nun konnte das Leben weitergehen.

Die einst stolze Familie Fenggen, deren Mitglieder über Generationen mit der Geschichte Münchens bis dato aufs Engste verbunden waren, verschwand sang- und klanglos aus dem Stadtbild. Ihre Stiftungen wurden aufgelöst, ihre Andachtsbilder diskret entfernt. Selbst in der Stadtchronik fand sich der Name nicht mehr. Stattdessen machte der Name, vermischt mit dem Gottstehunsbei, unrühmliche Karriere im Alpenraum, wo man den Kindern Schaudergeschichten von den Fenggen, Fangga oder auch Fänken erzählte – grauenhaften, riesengroßen Walddämonen mit schwarzem Haupthaar und struppigen Bärten aus Baumgeflecht, bekleidet mit Joppen aus Baumrinden und Lendenschurzen aus Tierfellen. Sie lauerten im Dickicht den Menschen auf, besonders liebten sie kleine Burschen, die sie für gewöhnlich mit ihren gewaltigen Nasen aufschnupften.

Seit zwei Tagen hatte es keinen Regen mehr gegeben. Der Herbst kündigte sich an. Die Pest kam zurück, in Rosenheim hatte es bereits die ersten Fälle gegeben.

Das Vorsingen bei den Meistersingern drängte. Er war kein Poet. Dessen waren sich alle sicher, außer ihm. Er hatte nie ein überzeugendes Gedicht oder mitreißendes Lied geschrieben. Erfolgreich war er nur, wenn er die Werke anderer rezitierte. Seine Ode an den Hirschkäfer – holprig! Das musste er sich selbst eingestehen. Es lag womöglich an den Themen. Über die wahre Liebe zu schreiben, wenn man noch nie die wahre Liebe erlebt hatte, konnte nicht zum Erfolg führen. Er brauchte ein Thema, in dem er sich auskannte. Nun gab es dieses Thema.

Tassilo Stubenruß, frisch geadelter Edler von Lerchenheim, alleiniger Hofmarkherr von Untergiesing mit Sitz ebenda, Stadtrat von München, tauchte seine Schreibfeder in das Tintenfass und begann zu schreiben:

»Wie der Gottstehunsbei ins Münchner Land am Isarfluss kam …«

Nachwort

Zum historischen Umfeld der Zeit in München um 1430 habe ich einiges recherchieren können, so z. B. – wie im Buch erwähnt – dass am 24. April 1429 ein Großfeuer fast das ganze Kreuzviertel zerstörte, und am 12. Juli 1429 ein Hochwasser die Isarbrücke beschädigte. Ebenso, dass im Oktober 1430 die Pest nach München zurückkehrte. Auch das schlechte Wetter habe ich mir nicht ausgedacht: Ab 1430 begannen in Mitteleuropa extreme Wetteranomalien mit eisigen, langen Wintern und verregneten, kurzen Sommern, die zu verheerenden Hungerskatastrophen führten. Sie beendeten endgültig die mittelalterliche Warmzeit, in der auch in Bayern Wein angebaut worden war – darum tranken die Münchner in ihrer Frühzeit hauptsächlich Wein. Die kleine Eiszeit begann – und die Münchner musste auf Bier umstellen.

Einige Personen in diesem Buch lebten tatsächlich. So natürlich die Herzöge Ernst und Wilhelm III. von Bayern-München, Ludwig der Gebartete von Bayern-Ingolstadt, Erbprinz Albrecht und dessen Geliebte Agnes Bernauer, Pfalzgräfin Beatrix und deren Gatte Johann von Pfalz-Neumarkt, Johannes Schiltberger und Erzbischof Nikodemus della Scala. Auch die Namen vieler Münchner Patrizierfamilien sind belegt: Astaler, Tömlinger, Sendlinger, Eßwurm, Hundertpfundt etc. Jedoch ist alles, was diese historischen Personen im Buch sagen oder tun, einzig und allein meiner Phantasie entsprungen.

Da es keinen Stadtplan aus dem 15. Jh. gibt, habe ich den Plan selbst gezeichnet. Dabei habe ich mich am ältesten Münchner Stadtplan von Tobias Volckmer von 1613 orientiert. Die Straßennamen entsprechen – sofern recherchierbar – denen des 15. Jh. Mein Dank gilt hier dem Franz, der mir historische Karten und Stadtmodelle zur Verfügung gestellt hat, die mir weitergeholfen haben, das spätmittelalterliche München zu rekonstruieren.

Der Hachinger Bach gab den Menschen früher echte Rätsel auf. Sagen rankten sich um ihn, in denen der Teufel meist seine Hand im Spiel hatte. Man konnte sich sein Entstehen und sein Ende nicht erklären. Er hat keine wirkliche Quelle. Auf rund 100 m tritt Grundwasser bei Deisenhofen aus einer Flussmergelschicht (Hachinger Sperrschicht) aus und versickert dann nach ca. 12 km in der Münchner Schotterebene zwischen Perlach und Berg am Laim.

Zuletzt möchte ich noch meinen Probelesern für ihre Anmerkungen und Hinweise danken!

Ein mittelalterlicher Road-Trip

Historischer Roman nach einer wahren Begebenheit

*In **Der Gottstehunsbei** hat er einen kleinen Gastauftritt: Der »deutsche Marco Polo« Johannes Schiltberger, der Münchner, der Sibirien entdeckte …*

Ein lustiges Abenteuer soll es werden, als der Knappe Johannes Schiltberger im zarten Alter von 14 Jahren München verlässt und sich 1394 dem letzten Kreuzzug anschließt. »Bis ans Ende der Welt und dann immer weiter!«, scherzen er und seine Kumpels. Doch das christliche Heer wird von den Osmanen in einem blutigen Gemetzel aufgerieben, Hans gerät in türkische Gefangenschaft. Fortan dient er als Militärsklave – erst bei den Osmanen, dann bei den Mongolen unter der »Geißel Gottes«, dem gefürchteten Schlächter Tamerlan. Hans sieht Städte und Regionen, die selbst heute noch exotisch klingen: Delhi, Samarkand, Konstantinopel, Astrachan, Kairo, Damaskus, Teheran …

Mehr noch: Schiltberger dringt als erster Europäer bis in die endlosen Weiten Sibiriens vor. Er erlebt die Hölle, aber auch den Himmel auf Erden, begegnet großen Männern wie erbärmlichen Wichten, menschlichen wie tierischen Bestien und steht mal staunend, mal zitternd vor den Wundern der Welt.

Schiltberger gelang 1427 die Flucht nach München, wo er seine Erlebnisse veröffentlichte. Martin Arz hat dem deutschen Weltenbummler mit dem Roman **Die wilde Reise des unfreien Hans S.** ein fulminantes Denkmal gesetzt. Frei nach Schiltbergers Reisebericht entführt Arz den Leser auf einen rasanten, abenteuerlichen Trip quer durch den mittelalterlichen Orient und Zentralasien.

Martin Arz
Die wilde Reise des unfreien Hans S.
… und seine höchst erstaunlichen Erlebnisse auf dem Weg ans Ende der Welt

Hirschkäfer Verlag München, 2016, Broschur,
440 Seiten, 16,90 €
ISBN 978-3-940839-53-4

Auch als eBook!

»Großer Lesespaß und ein sinnenfroher Rausch.«
InMünchen

»Lesenswert!« *Süddeutsche Zeitung*

»Martin Arz hat einen kurzweiligen Roman gestrickt, der immer die Nähe zum Original sucht.«
Muh

www.hirschkaefer-verlag.de